천석꾼 외동딸

천석꾼 외동딸

일흔이 훌쩍 넘어서야 이 이야기를 그나마 펴낼 수 있었다는 데서 나는 우선 내 자신에 대해 참 대견하다고 생각한다. 그리고 이 이야기를 통해 내 친구 정애의 일생을 다시 한 번 더듬어 보고자 한다.

이 소설을 통해 그려지는 정애의 삶은 어찌 보면 아주 평범하고 보편적인 삶이라고 볼 수 있다. 세상에는 이런 삶들이 부지기수일 테지만, 한 여성의 입장에서 보면 이 세상에 태어났을 땐 누구의 아내가 되려고, 또 누구의 엄마가 되려고만 태어난 게 아닐 것이다. 일단 자신의 인생을 살려고 태어났을 것이다.

누구누구의 아내나 누구누구의 엄마란 말은 따지고 보면 자기 일생의 일부일 뿐이다. 정애는 결국 자기 자신이 살아남으려고 표면적으로는 남들처럼 평범한 삶의 궤도 위로 올라서지만 내면적으로는 그녀가 선택한 잘못된 시작이 그녀의 기나긴 인생 여정에서 피 말리는 고통과 질곡을 안겨준다. 나는 정애가 선택한 어리석은 삶과 잘못된 시작이 그녀의 일생에서 굽이마다 어떤 고통과 깨우침을 안겨주는가를 이 소설을 읽는 독자들의 가슴에 깊이 새겨졌으면 하는 바람, 간절하다.

하기야 지금 이 시절에는 말도 안 되는 이야기가 될 수도 있겠지만, 정애와 같은 시절을 함께 살아온 나로서는 가슴이 짠하다. 예나 지금이나 우리들 삶의 주위를 둘러싼 기류는 다르지만, 그 삶을 완주하는 과정은 비슷할 것이기 때문이다.

자신이 옳은 줄 알고 행여 정애 남편과 같은 삶을 사는 바깥양반들께서도 늦게라도 자기 가정과 가족들을 위해 자신을 한번 되돌아보는 계기가 되고 개선할 수 있는 삶의 계기가 되었으면 하는 바람, 간절하다.

사람은 100년에 가까운 저마다의 일생을 살아가면서, 젊은 시절 잘못된 생각이나 남의 흉내를 내는 선택으로 그 삶의 방향이 1mm만 틀어져도 시간이 흐를수록 그 삶의 각도가 무한하게 벌어져 있는 것을 실감하게 될 것이다. 그렇지만 연습이 없는 인생은 그때 되돌릴 수도 없고 컴퓨터의 하드 디스크처럼 백지의 상태로 포맷해버릴 수도 없다. 너무 기구하게 일생을 마친 것 같은 안타까운 마음에 정애의 이야기를 한 땀 한 땀 엮어 보았지만, 필자의 마음이 개운치 않은 것은 또 무슨 연유 때문일까?

아픔 때문일까?
무거움 때문일까?
연습이 없는 단 한 번뿐인 인생!
스스로 순간순간을 잘 다듬으며 살아갈 것을 염원하며 이 이야기를 세상에 내놓는다.

2019년 10월 저무는 날에
시흥시 정왕동에서
박종희 드림

박종희 장편소설

천석꾼 외동딸

■ 차례

프롤로그

1970년대 초, 지방 읍 소재지에서 여고를 갓 졸업한 한 처녀가 있었는데 이름은 박정애(朴貞愛)였다. 그녀의 동창들 일부는 2년제 교육대를 거쳐 국민학교(초등학교) 교사로 사회생활을 시작했고, 더러는 인근 학교나 농협, 또는 면사무소 같은 데서 직장생활을 하는 친구들도 있었다. 그 친구들은 "월급을 탔다."며 그녀를 불러내 한턱을 내기도 했다. 그때마다 정애는 긴 머리를 뒤로 틀어 올리고 당시 유행하던 속칭 월남치마를 입고 나가곤 했다. 직장 다니는 친구들이야 멋진 투피스에다가 뾰족 구두까지 신고 맘껏 멋을 부리고 있었지만, 그녀는 엉성한, 좋게 말하면 자유스런 모양을 하는 게 일쑤였다. 그렇다고 해서 그녀가 주눅 들거나 꿀리지는 않았다.

왜? 부푼 꿈이 있었으니 말이다. 교사들이 부족해서 고등학교를 졸업한 학생에게 준교사, 또는 그 다음의 순회교사라는 제도를 만들어 일정한 시험이나 교육과정을 거치면 굳이 교육대를 졸업하지 않아도 교사 자격증이 부여돼 국민학교에 근무할 수 있었던 그 시절, 그녀는 비록 교육대에는 진학하지 못했어도 준교사 자격증이라도 갖고 싶어했던 시골 면소재지 여고 졸업생이었다.

정애의 아버지 박천석(朴千石) 씨는 중학교 시절 동경했던 서울 경성대에 들어가기 위해 그 첫 조치로 서울 경성고를 당당하게 합격해 입학한, 그야말로 지방에서 수재란 소리를 들으며 경성에서 유학생 생활을 했던 재원이었다. 그렇지만 호사다마란 옛 말의 굴레에선 빠져 나올 수 없었다. 가족들이 선대로부터 물려받은 유전적인 병력을 피하지 못해 폐질환의 사촌이라고 일컬어지던 늑막염에 걸려 그는 급히 하향할 수밖에 없었다. 하기야 그녀의 큰아버지와 열여섯 살 된 삼촌까지도 그 병으로 세상을 하직했으니 말이다. 정애의 할아버지께서는 슬하에 삼형제를 두셨는데 막내아들마저 저승으로 보낼 수는 없었을 것이다. 일단 건강이 우선인 만큼 유학생활 중간에 막내아들을 고향으로 불러내려 몸의 병부터 완치시키려고 혼신의 힘을 다 쏟았다. 그 통에 정애 아버지는 청운의 꿈을 일단 접어둔 채 고향으로 내려올 수밖에 없었다.

그 후로 정애 아버지의 생활은 그야말로 살얼음판이었다. 해마다 천석을 거두며 살아오신 그녀 할아버지의 보살핌 속에서 금이야 옥이야 하는 과보호 생활이 필수처럼 돼 있었다. 그 후로 고르고 고른 물 찬 제비의 몸매를 가진 대구 출신 서정희(徐靜姬) 여인과 결혼에 성공했다. 결혼 후 박천석 씨는 슬하에 5남매를 두었다.

서정희 여사는 연달아 아들 둘을 낳은 뒤 정애를 낳았다. 정애 밑에 또 아들을 낳았다. 동네 어른들 말씀처럼 아들 복이 터진 것이다. 그런데 그 밑에 또 딸이 태어난 것이다. 세상에나, 눈에 넣어도 아프지 않을 그 딸은 어찌 그렇게 눈이 초롱초롱하고 이목구비가 빼어났을까? 그 위 오빠들과 언니가 따라갈 수 없을 만큼 인형같이 예쁘고 뽀오얀 피부를 가진 딸이었다. 정애는 눈 하나만 컸지 사실 다른 건 다 별로였다. 아버지는 말할 것도 없고 엄마마저 무척 행복한 나날이 한동안 계속되었다.

정애는 그 동생이 예쁘기는 그지없었다. 그렇지만 어린 나이에 맨날 그 여동생을 데리고 놀아야 하는 일이 힘겨웠다. 집 바깥을 나갈 때는 데리고 다니기도 퍽 성가시고 불편했다. 자유도 없었다. 동생이 네 살이 될 때까지 정애는 학교 가는 것 빼놓고는 여동생을 데리고 다녀야 할 정도로 늘 같이 생활해야 했다. 어떨 땐 친구들과 늦도록 놀고 올 때도 옆에는 꼭 동생이 동반되었다. 정애는 그런 가정환경이 정말 싫을 때가 많았다.

그렇지만 엄마는 항상 명절 때가 되면 두 자매에게 똑같이 색동치마와 색동저고리 한복을 손수 만들어 입혔다. 솜을 넣어 예쁘고 따뜻한 버선까지 손수 만들어 신기곤 했다. 그 통에 두 자매는 한겨울 내내 색동 한복에 꽃버선을 신고 자랐다. 그 시절 남들은 검정고무신을 신고 다녔지만 정애네는 부유하다 보니 두 자매는 늘 색동 한복 차림에 신발까지 꽃무늬가 예쁜 코고무신을 신고 다녔다.

정애는 그 겨울 한때만큼은 동생과 같이 예쁜 색동 한복을 입고 나가기를 좋아했다. 왜냐하면 둘이 그러고 밖에 나가면 동네 사람들이나 친구들의 부러워하는 선망의 눈길이 느껴졌기 때문이다. 그야말로 동네가 훤했다. 정애도 그때만큼은 동네 스타였다. 다른 사람들은 따뜻하고 파릇파릇 새싹이 돋아 오르는 봄을 기다렸어도, 두 자매만큼은 어쩌면 그 추운 겨울도 빨리 가지 말았으면 하고 바랐을 지도 모를 일이다.

청천벽력

그 예쁜 여동생은 누굴 닮아서 그렇게 노래를 잘 불렀을까?

큰오빠는 대구로 유학 가서 제일 명문 고등학교라 부르는 학교에 합격해 평소에는 대구 외갓집에서 기거했다. 그러다 방학 때가 되면 시골집으로 내려왔다.

사춘기 시절 큰오빠는 학교 음악회에 가입해 유행가를 곧잘 갖고 와서 동생들에게 선을 보였다. 안방에서 네 살박이 예쁜 여동생 빼놓고 사남매가 둘러앉아 큰 오빠가 가지고 온 그 유행가부터 신나게 배웠다. 큰오빠가 가지고 온 유행가는 "잘 있거라 나는 간다 이별의 말도 없이……." 로 시작되는 〈대전 부르스〉 같은 대중가요들이었다.

사남매는 큰 오빠를 따라 유행가를 몇 번씩이나 따라 불러봤지만 신통치 않았다. 그런데 느닷없이 막내가 따라 불렀다. 언니와 오빠들이 반복해 따라 부르는 모습을 보고 터득한 것이다. 순간 언니와 오빠들은 누구랄 것도 없이 입을 다물고 그 막냇동생의 노래를 듣고 있다가는 잘래잘래 고개를 흔들어 댔다.

"잘 있거라 나는 간다~ 이별의 말도 없이♬ 떠나가는 새벽열차 대전 발 영시 오십분……♬"

세상에, 막냇동생은 음정 박자 하나 안 틀리고 기가 차게 노래를 완창 했다. 열심히 따라 부르며 열창하던 큰오빠가 어이없는 듯 한동안 말을 못했다. 그해 겨울, 그렇게 방학 동안을 동생들과 함께 생활하던 큰오빠 는 2월이 되자 다시 개학을 위해 대구로 올라갔다.

큰오빠가 외가로 올라간 지 3개월이 지난 5월 어느 날이었다. 정애와 동생은 색동 한복은 안 입었지만 자랑으로 그 꽃신을 신고 집에서 좀 멀 리 떨어진 동네 친구네 집에서 놀다가 집으로 돌아오는 길이었다. 동생 이 더 놀다 오겠다면서 패악(悖惡)을 부리며 울어댔다. 정애로서는 참으로 난감했다. 늦게 가면 엄마한테 혼이 날 것이다. 빨리 집에 가서 저녁밥을 먹어야 했으므로 정애는 발버둥치는 동생을 뻘뻘 땀을 흘리며 업고 올 수밖에 없었다. 어쩐 일인지 동생은 처음보다 집으로 돌아오는 중간에 더 큰 울음을 터트렸다.

"이눔우 지지배! 너 진짜 한번 혼나 봐라."

정애는 몸부림치는 동생을 감당 못해 땅바닥에 털썩 내려놓았다. 그때 동생이 "신발! 내 신발……." 하면서 땅바닥에서 발버둥치는 걸 보니 꽃 신 한쪽이 없어진 맨발이었다. 정애는 우는 동생을 길바닥에 놔두고 꽃 신을 찾으러 오던 길을 더듬어 되돌아가 봤지만 벌써 누가 주워 갔는지 꽃신은 아무리 찾아보아도 보이지 않았다.

정애는 덜컥 겁이 났다. 원체 비싼 신발이라 이제 엄마한테 혼날 일만 남았다고 생각했다. 정말 태어나서 처음으로 동생을 심하게 두들겨 패고 말았다. 그 통에 저녁때가 지나서야 맨발의 동생을 업고 집으로 돌아와서 엄마의 눈치만 보고 있었다. 무진장 혼날 것을 각오했는데 엄마는 의외로 동생을 그 지경으로 때렸단 이유로 정애를 야단쳤을 뿐 꽃신 잃어버린 것에 대해서는 혼내지 않았다. 정애는 지레 겁을 먹은 게 억울해 얼굴이 퉁퉁 부어있는 동생을 째려보며 혼자 씩씩거려 댔다.

며칠 후였다.

그날은 일요일이었다. 툇마루에서 동생과 같이 밥을 먹으면서 또 한바탕 싸우고 나서 동생은 혼자 밖으로 놀러 나갔다. 정애는 대청마루에서 머리끄덩이를 붙잡아 당기는 엄마한테 붙들려 꼼짝 못한 채 엄마 무릎에 머리를 처박고 있었다.

머릿니가 온 동네 아이들 머리에 알을 까놓고 활개치던 시절이라 거의 매일 한 번씩 엄마한테 붙잡혀 곤혹을 겪어야만 했다. 큰 신문지를 깔아놓고 참빗으로 빗어 내리면 이가 우두두 막 떨어졌다. 감당을 못할 만큼 머릿니가 많은 애들은 아예 그 아이 엄마가 머리에다 디디티(DDT) 가루약을 하얗게 버물려 놓았다. 정애는 두피가 따갑고 너무 고통스러워 엄마에게 사정하듯 말했다.

"엄마! 금애 데리러 가야 돼. 쫌 있다 하자고……."

금애는 정애 막냇동생 이름이었다.

"괜찮다. 잘 놀다 올 끼다. 어서 빗질이나 마치자……."

엄마는 정애의 머리채를 더욱 다잡고 무릎에다 꾹꾹 짓눌러댔다.

얼마나 시간이 흘렀을까?

빗질이 끝났는지 엄마는 그제야 정애를 해방시켜주었다. 그리곤 집안 구석구석 처박혀 있는 빨래거리를 주섬주섬 챙겨 냇가로 빨래를 하러 갈

참이었다. 그때 동네 신작로 큰길가 양철집에서 두부도 만들고 고기도 굽고 막걸리도 파는 술집 아지매네 딸 윤희가 다급히 대문을 밀고 들어섰다. 윤희가 겁먹은 얼굴로 엄마에게 전해주었다.

"아지매, 금애가 뜨거운 물에 데어서 지금 병원에 갔어요. 빨리 병원으로 오시래요……."

"뭐?"

엄마는 퍽이나 놀라는 표정이면서도 빨래거리를 다 주워 모아 함지에 담아놓고 느긋하게 병원으로 향했다. 정애는 부엌으로 들어가서 씻을 풋나물을 양동이에 담아 들고서 동네 공동 우물로 두레박을 들고 대문을 나섰다.

나물을 거의 다 씻어갈 때였다. 서정희 여사를 언니라 부르면서 정답게 지내는 옆집 아지매가 금애를 안고 심난한 얼굴로 바삐 걸어왔다. 엄마는 비틀거리는 걸음걸이로 옆집 아지매를 뒤따라왔다. 그 뒤에는 동네 꼬마들이 우르르 따라왔다. 정애는 뭔가 큰일이 생겼나 싶어 얼른 나물바구니를 챙겨들고 잰 걸음으로 대문 안으로 들어섰다. 동네 아이들이 대문 밖에 서서 근심어린 얼굴로 쑤군거렸다.

"금애가 끓는 물에 삶겼데……."

뭔 소린가 싶어서 얼른 나물양동이를 툇마루에 내려놓고 금애가 누워 있는 안방으로 들어갔다. 엄마와 옆집 아지매, 그리고 아버지가 누워 있는 금애를 내려다보고 있었다. 발가벗겨 놓은 금애는 상체가 빨갛게 화상을 입은 채로 누워 있었는데 머리카락은 온통 함박눈을 맞은 듯 하얀 약 덩어리들이 덕지덕지 붙어 있었다. 동네 대중의원 의사선생님이 빨간 아까징끼(소독약 머큐롬)를 금애의 상체 환부에 발라 주었다고 했다.

금애는 눈을 초롱초롱하게 뜨고 방 주위를 살피고 있었다. 얼굴도 그렇게 고통스러운 얼굴은 아닌 듯했다. 작은오빠가 오고 남동생도 오고 식구들이 속속 방안으로 들어와 근심스런 얼굴로 금애를 지켜보았다. 아버지는 차마 바닥에 앉지 못하고 윗목에 세워둔 아이디알 발 미싱(재봉틀)에 기대어 서 있었다. 엄마가 물었다.

"금애야! 내가 누구야?"

"엄마."

금애가 대답했다.

"그럼 얘는 누구야?"

엄마가 정애를 가리키며 물었다.

"언니."

"얘는 누구?"

"오빠."

"그럼 저기 저 사람은?"

"아부지."

금애는 가족들을 차례차례 다 알아보았다.

그날 낮, 금애는 언니와 아침밥을 먹으며 한바탕 싸우고 나가 또래 친구들과 큰길가로 나가서 놀았다. 양력 5월 15일인데도 그날따라 날씨는 수월찮게 더웠다. 윤희네 막걸리집 방에는 길 쪽으로 통하는 문이 활짝 열려 있었고, 아버지는 그 집 방에서 동네 김씨 아저씨와 화해술을 마시고 있었다.

그 동네는 5일장이 매달 4일과 9일에 열렸다. 그러니까 14일이었던 어제가 바로 장날이었는데 김씨 아저씨와 다툼이 있었다. 아버지는 아침부터 화해술이랍시고 또 술자리를 하고 있었던 것이다. 평소 술을 무척 좋아하는 편이었고, 한편으로는 동네 유지에다 한량으로 평판이 나 있어서 동네에서 인기도 좋았다. 날씨가 더운 편이라 신작로로 향한 가게 딸린 방문이 활짝 열려 있어 금애가 길을 가다가 아버지를 발견한 것이다. 금애는 아버지가 그 집 방안에 있다는 사실이 무척이나 반가워서 "아부지이!"하며 그 집 방안으로 들어갔다. 그러나 아버지는 김씨 아저씨와 말씀 중이라 금애를 못 본 것이다.

금애는 아버지 옆으로 다가가 앉는다면서 부엌으로 통하는, 잠가 놓지 않고 그냥 닫아 놓은 문에 기대어 앉아버렸다. 부엌으로 통하는 그 문아래 부뚜막엔 큰 가마솥이 걸려 있었다. 그때 윤희 엄마는 부뚜막에서 잠깐 뒤돌아서서 다른 일을 하고 있었다. 문을 열면 바로 밑에 걸려 있던 가마솥엔 두부를 만드는 중이라 콩물이 펄펄 끓고 있었다. 그런데 금애가 부엌문에 기대앉다가 그대로 가마솥에 거꾸로 나가떨어진 것이다.

뭔가 풍덩! 하는 소리와 함께 윤희엄마는 다리 두 개가 솟구쳐 있는 모습을 보고 놀라서 얼른 양다리를 붙잡고 건져내어 돼지 주려고 받아놓은 구정물통 찬물에다 금애를 담갔다 건져 올렸다. 윤희 엄마는 처음에 자기 딸인 줄 알았다. 너무나 눈 깜짝할 사이에 일어난 일이라 어느 누구 한 사람 손을 쓸 순간도 없었다. 그냥 죽는다고 소리 지르는 아이를 부둥켜안고 동네 의원으로 달려갔지만 화상환자 전문병원도 아닌 시골 동네 의원에서 의사가 처방할 수 있는 조치는 화상 입은 환부에 아까징끼 정도나 발라주는 응급처치 외엔 다른 방법이 없었다.

병원에서 빨간 아까징끼로 응급처방을 받고 집으로 이송된 금애는 일단 식구들을 알아보았다. 가족들은 펄펄 끓는 콩물에 들어갔다 나왔어도 금애의 눈은 이상 없는 줄 알았다. 삽시간에 이웃사람들이 소문을 듣고 몰려들었고, 인근 경일약국 아저씨가 달려와서 금애의 눈을 점검했다. 손전등을 켜서 금애 눈을 비췄지만 금애의 동공은 움직이지 않았다. 경일약국 아저씨가 말했다.

"눈이 반쯤은 실명됐네요."

그래도 엄마는 믿지 않았다. 조금 전까지 전 가족을 다 알아보지 않았던가? 화근엔 녹두가 좋다 하여 고모가 부엌에 가서 녹두를 삶아 진한 녹두물을 한 보시기 식혀 들고 왔다. 숟가락으로 떠먹이려고 금애를 일으켜 앉혔다. 금애는 계속 찬물만 달라고 칭얼거렸다. 차다고 하면서 숟가락으로 떠먹이려고 했더니 자기가 혼자 마시겠다고 고집을 부려 그릇채로 주었다. 양손으로 그릇을 들고 녹두물을 한 번에 벌컥벌컥 다 마셔버렸다. 속이 타는 모양이다. 정말 가여웠다.

잠시 후 금애가 오줌이 마렵다고 했다. 윗목에 놓여 있는 요강을 가져다가 앉히려 했더니, 금애가 또 자기가 혼자 앉겠다고 고집을 부렸다. 용을 쓰며 요강에 가 앉아 볼일을 다 보고 난 후 금애는 다시 끙끙대며 기어와서 자리에 누웠다. 그리고는 눕자마자 조금 전에 마셨던 녹두물을 입으로 코로 쉴 새 없이 게워 올리기 시작했다.

금애는 안간힘으로 녹두물을 마시고 그 마신 녹두물을 오줌으로 배설하고는 더 이상 버티지 못하고 생을 마치는 중이었다. 엄마는 차마 그 모습을 지켜볼 수가 없어 건넌방으로 엉금엉금 기어가 땅바닥을 치며 통곡했다.

"금애야 가지 마라. 이 무슨 청천벽력이냐? 이 엄마를 두고 니가 어딜

가느냐?"

온 가족이 넋을 잃은 채 울음을 터트렸다. 곁에서 지켜보고 있던 동네 사람들도 그만 넋을 잃고 말았다.

삽시간에 집안은 발칵 뒤집혔다. 대문 안팎으로 동네 사람들이 모여 들어 웅성거렸다. 아버지는 재봉틀 앞에 기대어 선 채 발이 붙어 버렸고, 오빠들은 엄마 곁으로 다가가 같이 붙잡고 울었다.

옆집 아지매가 장롱 속에서 담요를 끄집어내 금애의 몸과 얼굴을 덮어 주었다. 정애는 금애가 죽었다고 생각은 했지만 실감이 나지 않았다. 그냥 자고 있을 것이라고 생각했다. 정애는 조용히 금애 곁으로 다가가서 살며시 담요를 들고 금애의 얼굴을 보았다. 빨간 아까징끼가 칠해져 있는 얼굴이었지만 아주 편안한 모습이었다.

그렇게 뜨겁고 아파서 못 견뎌 하던 고통스런 얼굴은 아니었다. 편안한 모습으로 고이 잠들어 있는 얼굴이었다. 하지만 머리카락에 하얀 두부 멍울이 군데군데 붙어 있어서 차마 두 눈 뜨고 지켜볼 수 없을 정도로 처참했다. 정애는 그 빨간 얼굴 위 머리카락에 붙은 제일 크고 희게 생긴 두부 멍울을 살며시 떼어 주었다. 두부 멍울이 달라붙은 두피 부위 머리카락이 뜨거운 물에 튀겨놓은 닭털처럼 아무 저항감도 없이 쑥 뽑아져 나왔다.

밤이 되었다.

말끔히 씻긴 금애의 몸을 일꾼이 지게에다 지고 한 2km쯤 떨어진 공동묘지로 향했다. 아버지와 엄마는 정신을 차리지 못하고 넋이 나간 상태로 양쪽 방에 한 사람씩 앉아 있었다. 금애가 누웠다 실려나간 안방에는 아버지 친구들이 앉아 있었다. 대청마루를 중간에 둔 건넌방에는 엄마 친구들이 모여 앉아 아버지와 어머니를 위로해 주느라 분주했다. 고모와 사촌언니는 양쪽 방에 앉은 손님들 치르느라 바빴다. 안방에는 동네 유지들이 모여 앉아 술상이 차려졌고, 친구 분들은 아버지를 위로하기 위해 내키지 않는 소리를 하거나 노랫가락을 흥얼거리기도 했다.

"여보게, 기가 막힌 일이지만 어차피 이렇게 된 걸 어쩌겠나? 정신 차리시게……."

"그래, 산 사람은 살아야지……."

제각기 한 마디씩 위로의 말이 오고간 뒤였다. 아버지가 하나 가득 부어 놓은 술잔을 들고 그 당시 유행하던 유행가를 불렀다.

"타~향살이 몇 해 던~가 손꼽아 헤어보니~ ♬ 고향 떠나 십여 년에 청춘만 늙~~어……흐흑……이보게! 그게 쥐새낀가? 새 새낀가? 빨간 아까징끼를 처발라 놓은 그 얼굴이 당최 뭐란 말인가? 으흐흐흑……."

두 눈에 글썽하던 눈물이 순식간에 빗물처럼 흘러내리며 아버지는 오열하기 시작했다. 정애는 열어놓은 안방문 대청마루 곁에 서서 아버지의 오열하는 모습을 지켜보며 소리 죽여 흐느꼈다. 눈에 넣어도 아프지 않을 막내딸을 잃고 슬픔을 참지 못해 '타향살이'란 노랫가락에다 자신의 감정을 실어 부르는 아버지의 노래가 너무나도 구성졌고 슬프게 들리기도 했다.

금애를 공동묘지에 묻고 온 다음날부터 엄마는 반미치광이처럼 변해 있었다. 엄마는 아버지가 그 시간에 그 술집에 있었다는 이유로, 그래서 그런 사건이 벌어졌다는 이유로, 그래서 금애가 그 끔찍한 봉변을 당했다는 이유로, 아버지의 멱살을 움켜잡고 온 동네 시장터를 끌고 다녔다. 아버지는 너무나 기가 막힌 자신의 잘못됨을 인정하셔서 그랬을까? 엄마가 끌고 다니는 대로 멱살을 잡힌 채 그냥 끌려 다녔다.

금애는 평소 집밖을 나갔다가 길거리에서 아버지를 만나면 "아부지 돈신!" 하면서 어리광을 부렸다. 돈신은 '돈 십 원'을 말하는 것이다. 십 원만 있으면 국화빵이 열 개요, 사탕도 열 개다. 아버지가 금애에게 오른손 새끼손가락을 내주면 금애는 아버지의 새끼손가락을 붙잡고 깡충깡충 투스텝을 밟으며 아버지와 같이 걷곤 했었다. 아버지는 딸과 함께 걷던 그 길을 엄마에게 멱살을 잡힌 채 개처럼 끌려 다니고 있는 중이었다.

엄마는 평소 정애와 오빠들이 다 학교에 가고 없으면 맨날 금애와 단둘이 집을 지켰다. 그런데 이제 혼자 집에 남아 있으려니까 더 괴롭고 우울증에 시달리는 것이다. 정애가 학교에 갔다가 대문을 열고 들어서면 엄마의 울음소리가 온 집안에 퍼지며 마당 구석구석까지 들려왔다.

엄마가 금애의 일을 아버지한테 원망했던 것처럼 정애도 엄마가 자신의 머리채를 붙잡고 이만 잡지 않고 보내 줬으면 금애가 그런 끔찍한 일은 당하지 않았을 거라며 엄마를 원망할 수도 있었을 것이다. 하지만 금애를 잃고 슬픔을 참지 못해 몸부림치는 엄마의 모습이 너무 애처로웠기에 정애는 차마 그런 얘기를 입 밖으로 낼 수 없었다.

나이가 어려서 그랬을까? 생각은 거기까지 미쳤어도 말은 할 수가 없었다. 그건 다 금애의 운명이 그렇게 되라고 그랬던 것이 아닐까 싶기도 했다. 날이면 날마다, 밤이면 밤마다, 아기 찾는 애달픈 엄마와 함께, 짝 찾는 고양이도 밤새도록 헤집고 다니며 처절한 울음을 터뜨려 댔다.

첫 사랑

　우여곡절 끝에 정애는 겨우 여고를 졸업했다. 정말 여고 3년 동안 말도 많고 탈도 많고 추억도 많았다. 어쩌면 작은 격동의 3년이라 할까? 아직 초년생이긴 하지만 정애는 이제 학생 신분에서 벗어나 미쓰로 사회인 대접을 받았다.

　가세가 기울어서 간신히 여고 졸업은 했지만 대학은 정애 자신이 알아서 포기해야만 되었다. 아버지는 그때까지도 자존심과 위신을 그대로 유지하면서 살았다. 정애 엄마는 그래도 딸이 여고 졸업을 했는데 축하해 줄 명분을 생각했다. 남편 몰래 가사일로 생활비를 조금씩 모아둔 쌈짓돈으로 하나밖에 없는 딸을 위해 동네 양장점에 데리고 가서, 밝은 자주색 투피스 한 벌을 마련해 주었다. 중학교 3년, 고등학교 3년, 내리 6년을 까만색의 교복만 입고 다니다가 자주색 투피스 정장을 다 입어보게 되었다. 졸업과 동시에 성인이 된 느낌이라 정애는 정말 꿈만 같았다. 진짜 인생행로에 접어든 느낌이었다.

정애는 여고 3년 동안 버스 통학을 하면서 그 시절 유행했던 인근 남학교 2학년이었던 보이프렌드 김상우(金相雨)와 사귀고 있었다. 상우는 지난해 서울로 진학해 교육대에 들어갔는데, 이제 2학년에 접어들었다. 그런 상우에게서 편지 한 통이 우체국을 통해서 배달되었다. 그는 편지 속에서 말했다.

　"어머니는 중2때 돌연 돌아가시고 늙으신 아버지와 누나 둘이 가족의 전부입니다. 이제까지 가족에 대한 사정이나 저 자신의 사정 같은 건 어느 누구에게도 말한 적이 없었지만, 정애 씨한테는 꼭 이렇게 털어놓고 싶은 마음에 필을 들었습니다. 지금은 밤 아니, 새벽 두 시. 잠을 이루지 못한 채 지금도 그 어느 방학 때 집에 내려갔을 때처럼 고향에서 한밤중에 정애 씨가 알 턱이 없는 그대의 집 앞을 행여 정애 씨가 나와 줄까 싶어 간절히 기다리며 불이 켜져 있는 반투명의 그대 방을 쳐다보며 수십 번 배회하다가 쓸쓸히 집으로 돌아오곤 했던, 그때 그 심정으로 또 이렇게 잠 못 이루는 저의 심정을 그대는 아시는지요?"

　자신의 처지와 정애에 대한 사랑의 감정을 상우는 구구절절 써 내려갔다. 이건 4년 전 어느 날 밤 자신이 태어나 처음으로 사랑을 고백했던 그 후로 필로서 두 번째 고백하는 것이었다. 정애는 가슴이 뭉클했다. 정말 어쩌면 이런 사랑이 또 있을 것이라 싶었다. 그가 자신의 집 앞에 와서 그렇게 많이 배회했다는 것을 정애는 진정 몰랐으므로 그에 대한 연민이 더욱 더 깊어졌는지도 모를 일이었다.

　지난해 크리스마스이브 날은 막냇동생이 책 한 권을 전해주었다.

　"집 앞에서 상우 형을 만났는데 이거 누나 갖다 주래……."

　하면서 건네주는 그 책 한 권! 포장지를 조심스레 뜯어보니 얇은, 하지만 겉표지는 두꺼운 그 책! 제목이 〈마음의 창이 열릴 때〉라고 씌어 있었고 저자는 〈A. 린드버그〉라고 적혀 있었다.

저자야 뭐, 문학에 대해 거의 문외한인 정애가 알 턱이 없었고, 책의 제목에서 정애는 또 한 번 마음이 요동치고 있었다. 끝장에 상우의 심정을 축소해서 쓰인 글이 있었다.

〈최후의 발악일까? 영존(永存)의 길!〉

정애는 그 한마디의 단어에서 상우가 뭔가 큰 어려움을 겪고 있는 건 아닐까 싶었다. 하지만 마음으로만 안타까워했을 뿐 어떻게 달리 표현할 방법을 모르고 지낼 수밖에 없었다. 정애 또한 사춘기 접어들면서 자신의 마음에 드는 남자친구로부터 사랑 고백을 받은 게 처음이라 아무리 아버지가 어깨에 힘을 주는 가문이라 해도 결코 상우에게서 마음을 뗄 수가 없었다.

친구들의 입을 통해 상우와 정애의 정분이 그만 좁은 동네에서 소문으로 번져 갔다. 그래도 정애와 상우는 서울과 고향 사이라 소문만큼 제대로 된 만남은 거의 없었던 편이었다. 절절한 편지만 주고받았을 뿐이었는데 매일 동네를 몇 바퀴씩 도는 우체부 또한 정애에게 편지를 전할 땐 예사로운 눈빛이 아니었다. 좁은 동네에서 처녀가 소문에 꼬리를 물면 시집가긴 다 틀렸다고 쑤군거리는 말들이 떠돌았다. 그렇지만 사실 이 두 젊은 연인들은 그렇게 소문난 만큼 깊은 관계는 되지 못했다. 그냥 사춘기 때의 첫정인 만큼 플라토닉의 단계를 넘어서지 못한, 정말 애틋하지만 순수함을 떠나지 못했다.

그런데 무슨 영문인지 별안간 정답게 보내주던 상우의 편지가 뚝 끊어졌다. 한동안을 그렇게 자신의 심정과 가정사까지 다 토해놓으며 정애에게 마음을 준 상우가 아니던가? 별안간 소식을 끊은 상우에게 정애는 몇 통이나 기별을 보냈건만 전혀 답이 오지 않았다. 정말 이상한 일이었다.

정애는 발 빠른 친구의 정보망을 통해 서울에서 교편을 잡고 있던 상우가 겨울방학이 돼서 고향으로 내려 왔다는 소식을 들었다. 그 친구는 또 다른 소식도 전해 주었다.

"정애야, 상우 결혼하려는가 봐! 그 누나가 그러더라고…… 같은 학교에서 교편 잡고 있는 여선생이라 하더라……."

정애는 그런 말까지 들은 뒤끝이라 상우가 자신에게 무슨 변명이라도 직접 해야 될 게 아닌가 싶었다. 그리고 상우가 곧 자신을 찾아오리라 생각했다. 하지만 상우는 찾아오지 않았다. 정애는 가슴이 답답해 못 견딜 지경이었지만 기다리고 또 기다렸다. 그러나 상우는 10일이 지나고 20일이 지나도 얼굴 한 번 내밀지 않았다. 그때 정애는 상우가 정말 야속하게 느껴졌다.

처음엔 자신이 자존심을 많이 내세워 상우가 힘들어했지만 이제는 서로의 마음이 통한 사이가 아니던가? 어렵게 마음을 열어 서로가 그렇게 애타는 사랑을 갈구해 왔건만, 정애로서는 요즘의 상우가 정말 이해가 되지 않았다. 거기다 다른 여자와 결혼한다는 풍문까지 들려오다니…… 정애는 직접 상우를 만나 전후 사정을 들어봐야만 답답한 가슴이 뚫릴 것 같았다.

무슨 일일까? 내가 뭘 잘못했기에 그가 이렇게까지 할까? 도대체 그 이유가 뭘까?

정애는 더 이상 상우를 향해 어쩌고저쩌고 하는 의문조차 물을 수 없었다. 그날 밤 정애는 불면증에 시달려야 했다. 이튿날 정애는 궁여지책으로 또 편지를 썼다.

우편으로 부치고 나서도 며칠간 마음이 편치 않았다. 2월 말경 폭설이 내린 터라 그녀의 고향 마을은 찻길이고 뭐고 온통 질퍽거리며 지저분했는데 하필 그날 상우가 찾아왔다.

정애는 긴 월남치마 위에다 반코트를 입고 부리나케 집을 나섰다. 그를 뒤로하고 정애는 정신없이 혼자서 들판 한가운데로 나 있는 철둑길로 걸어갔다.

상우가 뒤에서 천천히 따라왔다. 질퍽거리는 땅바닥에 하얀 눈이 남아 있는 부분을 밟으며 둘은 앞서거니 뒤서거니 하면서 철둑길로 향했다. 상우가 먼저 말을 걸었다.

"요사이 월남치마가 유행인가 봐요. 우리 누나도 그걸 잘 입고 다니던 데……."

상우는 어색하게 웃으면서 적막을 깨트렸다. 하지만 정애는 분한 마음도 있고 해서 아무 말도 나오지 않았다. 그동안 가슴 졸이던 날을 생각하면 정말 그가 밉기도 했다. 정애는 그동안 속 태우며 보낸 기막힌 시간들을 생각했을 땐 꼭 무슨 말을 해야 된다고 생각했는데 그를 보자 갑자기 머릿속이 하얗게 되면서 아무 말도 할 수가 없었다. 상우는 아무 일도 없었다는 듯 너스레를 떨었다.

"아니, 나를 그렇게 만나봐야겠다고 구구절절 편지까지 보내놓고 어찌 말을 않고 그래요?"

그제야 정애는 안 되겠다 싶어 입을 열었다.

"그동안 왜 아무 연락도 없었어요?"

정애는 톡 쏘듯 한 마디 해놓고는 그의 표정을 살폈다.

"그냥 좀 바쁘기도 했고……."

"제가 상우 씨 만나려고 애쓴 거 알아요?"

상우는 약간 쓸쓸한 표정으로 대답했다.

"알아요."

"그럼, 왜 그랬는지 이유도 알겠네요?"

"네. 알지만 지금은 제 마음이 너무나 괴롭고 어디론가 떠밀려 가는 심정이라 무슨 말을 할 수가 없네요."

"왜요? 그런데 그 소문은 사실인가요?"

상우는 정애가 무슨 말을 물으려는지 알고 있었다.

"그렇지만 나는 아직 그 사람과 손도 한 번 잡아보지 않았고……."

정애는 속으로는 "그런데도 결혼을 한다는 말인가요?" 하면서 상우를 마구 윽박지르고 싶은데 그런 말들이 마음속에 꼭꼭 숨은 채 전혀 입 밖으로 나오지 않았다.

이 사람이 왜 이런 말을 하고 있는가? 그리고 나는 왜 이 사람에게 더 이상 할 말을 못하고 이러고 있나?

혼자서 그런 생각만 하면서 따라 걷는데 상우가 또 입을 열었다.

"건강하게 잘 지내요. 나 같은 거는 이제 잊어버리고요……."

순간 정애는 "그만 올 것이 오고 말았구나." 하고 가슴이 철렁, 내려앉았다. 그렇게 애써 상우를 만났던 그날, 정애는 그에게 꼭 전해야겠다는 말들도 다 전하지 못한 채 그렇게 찝찝한 채로 그를 돌려보내고 말았다.

몸과 마음이 그렇게도 춥고 허허롭던 그 겨울이 다 가고 다시 봄이 올 때까지 상우한테서는 계속 소식 한 장 없었다. 양력 3월이 거의 끝날 무렵, 진달래와 개나리가 한바탕 진을 치다 스러진 뒤 철쭉이 몽우리를 터트리던 어느 따뜻한 봄날이었다.

그날따라 정애는 독감에 걸려 누워 있었다. 윗목 앉은뱅이책상 위에
놓인 까만 전화기에서 벨이 울렸다. 전화기 몸체 옆구리에 손잡이가 달
려 있어, 전화를 걸 땐 그걸 돌리면 동네 우체국에서 교환 아가씨가 받아
서 몇 번 연결해 달라고 하면 코드를 꽂아 연결해 주었다.

그 동네는 지서를 비롯해 면사무소나 관공서, 그 외 가게를 가진 몇몇
상점을 빼놓고는 아직 전화기를 갖춘 가정집들이 많지 않아서 전화번호
부는 100번을 넘지 못했다. 그 중 정애네 전화번호는 45번이었다.

"여보세요?"

정애는 좀 무거운 까만 송수화기를 들었다.

"아! 여보세요. 정애니?"

동네에서 〈국희〉라는 자기 이름을 상호로 내걸고 미장원을 운영하고
있는 언니였다. 국희 언니는 상우 막내 누나와 절친 사이였다. 그래서 국
희 언니는 정애와 상우의 관계를 누구보다 잘 알고 있었다.

"아, 언니, 웬일이세요? 콜록콜록⋯⋯."

"너 감기 걸렸구나. 아이고, 어쩌나? 내가 너에게 알려줄 게 있어 전화
했어. 잠깐 이리로 올래?"

정애는 무슨 일일까 하고 봄 스웨터 하나만 걸친 채 슬리퍼를 덜덜 끌
면서 초췌한 얼굴로 국희미장원으로 들어섰다.

"에구, 핼쑥하네. 여기 좀 앉아."

국희 언니는 손님이 앉을 의자 하나를 들이밀었다. 한창 농번기라 미
장원엔 손님이 없었다. 그렇지만 한번씩 5일장이 설 때면 한꺼번에 파마
손님이 들이닥쳐 미장원은 북새통을 이루기도 했다.

정애는 무슨 일인가 싶어 국희 언니가 내민 의자에 앉아 의아한 얼굴로 언니를 바라보았다. 국희 언니가 오른쪽 맨 끝 서랍에서 봉투 하나를 꺼냈다. 보통 사용하는 누런 편지봉투가 아니라 언뜻 보기에도 무슨 청첩장 같았다.

"이거, 나한테 온 청첩장인데 아무래도 네가 알아야 할 것 같아 불렀어. 한번 봐. 상우 결혼한데……."

국희 언니가 봉투를 내밀면서 말했다. 안 그래도 몸이 시원찮은데 그 봉투를 받아든 순간 정애의 손은 사시나무 떨듯 떨었다. 국희 언니 보기가 창피해서 아무리 진정하려고 해도 손은 수전증 환자처럼 떨고 있었다. 정애는 청첩장 안에 쓰여 있는 신랑신부 이름과 음력 4월 초파일 날짜만 확인하고 청첩장을 얼른 덮어버렸다.

이걸 내가 뭣 하러 봐?

정애는 손이 떨려 벌써 국희 언니에게 마음을 들켜 버렸지만, 아파서 빨리 누워야겠다며 미장원을 나왔다.

"괜찮아? 내가 괜히 불렀니?"

국희 언니의 시선을 뒤통수로 느끼며 정애는 허둥지둥 집으로 향했다.

바보같이 내가 이때까지 왜 그랬을까? 그가 나에게 그만큼 적극적이라 느긋하게 그의 감정만 굳게 믿고 있었던 때문일까?

정애는 몇 날 며칠 입술이 다 부르트도록 심한 몸살을 앓았다.

첫사랑은 그렇게 지독한 감기몸살을 앓으며 끝나고 말았다.

후문이지만, 상우는 속속드리 드러낼 수 없는 집안 사정에 떠밀려 정애한테 미안하다는 말도 한 마디 못한 채 누나의 손에 이끌려 부잣집 딸이랑 눈물을 머금은 채 이른 결혼을 하고 말았다는 뒷말이 들려왔다.

천석꾼 외동아들

스물세 살이 되었다.

그때까지 첫사랑의 상처는 아물 수도 없는 상태로 지속되었다. 그렇지만 표면적으로는 시골 면소재지에 살면서 근처 읍내에 있는 여고를 졸업하고 신부수업(?)을 하면서 황금시절을 보내고 있는 그 지역의 고학력 출신 처녀가 된 것이다.

정에의 아버지 박천석 씨는 이상하게도 그 옛날에 떵떵거리며 살던 버릇이 몸에 배어 있어도 처자식한테는 참으로 인색한 편이었다. 천석 씨에게는 자식의 장래나 생계를 위하는 것보다 자신의 체면과 위신을 지키는 일이 더 중요했다. 밖에 나가서는 돈을 펑펑 쓰면서도 집안 식구들에겐 그냥 자신의 그늘 밑에서 잘 자라 시집 장가만 잘 가면 된다는 사고가 몸속 깊이 배어 있는 위인이었다.

정애는 그런 아버지 밑에서 태어난 5남매 중 외동딸이다. 여동생 금애를 비명에 떠나보내고 엄마는 근 2년 동안 반쯤 미쳐 헤매다가 아버지의 배려와 사랑으로 2년 만에 남동생 하나를 더 얻고 나서야 제정신을 차린 것 같았다. 새로운 생명에 빠진 탓이랄까?

아무튼 그런 집안 분위기 속에서 막내 남동생도 차츰 커가고 정애도 일단 여고를 졸업한 것이다. 오빠 둘에다 밑으로 남동생 둘이라 정애는 중간에서 샌드위치 신세로 성장했다. 그러다 보니 웬만한 건 거의 남자 성격이나 다름없었다. 그래도 타고난 천성이 여자이다 보니 미래에 대한 꿈은 오히려 다른 친구들보다 더 큰 것일지도 모른다.

아버지는 동네에서는 물론이고 인근 군 ·읍 ·면 ·동을 통 털어 박 아무개 하면 모르는 사람이 없을 정도로 어른들 사이에선 유명했다. 명성도 높았다. 아버지 세대의 같은 동창들 중엔 어느 대학 학장이다, 군수다, 읍장이다 하면서 그 시절 지방에서 선망의 대상이었던 이른바 "한자리 하는 동창들"이 태반이었다. 그 중 정애 아버지는 돈벌이가 되지 않던 면 의원, 무슨 조합장, 그 중 면 의원은 기호 1번으로 출마해서 당선되었고, 당선 기념으로 정애네 큰 마당에서 돼지를 두 마리나 잡아서 동네잔치를 벌이기도 했다. 하지만 면 의원으로 당선된 그 이듬해 다시 발병한 신상의 병마로 면 의원직을 그만 둘 수밖에 없었다.

그 뒤로는 금전적인 소득이 전혀 없는 명예직으로만 이름을 떨쳐 왔지만 천석 씨의 자식들 5남매는 그야말로 거리를 다닐 때도 절로 어깨에 힘이 들어가 있었다. 하지만 아버지의 자만으로 관공서의 일이라면 자식의 일이라도 전부 전화 한 통으로 해결했다. 그 때문에 자식들은 사실 사회를 거의 모르고 자랐다. 어떻게 보면 정애네 가족 모두는 아버지의 명예와 체면을 받쳐주는 부속물에 지나지 않았다.

이처럼 정애의 고향 마을과 면 지역에서는 천석 씨의 위상과 영향력이 대단했다. 그러므로 대통령 선거나 국회의원 선거 때쯤 되면 그 후보자들이나 선거에 관련된 사람들이 제일 먼저 찾아오는 집이 정애네 집이었다. 그런 연유로 정애네 가족은 뭣도 모르고 괜히 어깨에 힘주며 거리를 활보하곤 했다. 그런 사람들이 아버지를 찾아 인사를 올 때마다 아버지는 "선거에 보태 쓰라."며 금일봉이 든 봉투를 그들에게 찔러 넣어 주었으니까 말이다.

아버지는 할아버지로부터 물려받은 그 많은 재산을 자식들 키우는데, 또 자식들이 아버지를 믿고 어깨에 힘주고 돌아다니며 큰일 작은 일 저질러 놓은, 이른바 사고 뒷수습 비용으로 퍼 대느라, 또 아내가 잘 못 쓴 빚보증 수습 비용 등으로 야금야금 빼내 쓰다 보니 십여 년 세월에 할아버지가 물려주신 천 석 살림이 거의 탕진이 되고 말았다. 정애 나이 스물셋 되던 해는 고택 같은 집만 두 채 남아 있었다. 토지는 다 팔아먹은 뒤였다. 아버지는 그 많던 재물을 자식과 가정을 위해서 다 퍼 나르며 보호해 주었는데 왜 "내 그늘 밑에서 제 갈길 못 찾아가느냐?"며 머리 큰 오빠들과 엄마를 힐책하곤 했다.

첫째 아들이야 맏아들이라 아버지의 얼굴이나 진배없으니 대도시로 유학을 보내 대학까지 공부시키고, 병역의무 마치고 돌아오자 곧장 혼인시켜 유학시킨 도시로 내보냈다. 둘째아들은 오남매 중에서 제일 머리가 좋아서 아주 잘될 줄 알았는데 세상을 잘못 알았을까? 아니면 가족에 대한 아버지의 처사가 잘못된 탓일까? 스무 살 후반부터 술에 파묻혀 살았다. 돈이 없어도 그 동네에선 박 아무개 둘째아들 하면 다 아는 사실이라 술집에서는 아버지를 믿고 외상으로 술을 달라는 대로 대주었다.

결국 아버지는 당신의 명예와 위신의 그늘 아래서 성장하고 있는 자식들의 장래는 저절로 다 잘 풀릴 줄로 알고 있었는데 그건 착각이었다. 셋째아들과 막내아들까지도 손위 형들의 전철을 밟고 있었다. 그건 어쩌면 그렇게 사는 형들이 셋째와 넷째의 눈에는 좋게 보였을지도 모를 일이다.

하지만 아버지는 자식들이 머리가 크고 나니까 방종으로 흐르는 아들들 뒤치다꺼리에 감당을 못했다. 원래 성격이 좀 남성적인 면도 있었지만, 정애는 그 5남매 중 딸로는 혼자이다 보니 오빠들과 남동생들 틈에 끼어서 자라서 그런지 오빠와 남동생들의 행실이 눈에 거슬려 뻑 하면 다투기 일쑤였다. 어렸을 때부터 딸 하나라고 귀여움은 독차지했지만, 시종일관 아버지가 집안의 대소사와 오빠들 뒤치다꺼리하는 모습을 철들면서부터 계속 쭉 봐왔기 때문에 아버지의 일거수일투족도 정애로서는 참으로 못마땅할 때가 많았다.

하지만 어쩌겠는가? 자신을 이 세상에 낳아주신 아버지 아닌가? 비록 아버지가 그렇게 무량 없이 사셔도 남들한테 도움이 되었으면 되었지, 해 끼친 것은 없으니 이제 스물 셋밖에 안 된 시골 처녀가 뭐 어쩌겠는가? 5남매 중간에 태어난 출생의 순서와 외동딸이라는 위치가 어디 그리 흔하던가? 오빠나 동생들이 그렇게 사는 것 또한 환경에서 온 자연의 이치가 아니겠는가. 그러니 그런 환경 속에서 성장해온 정애로서는 평소 못마땅한 아버지의 행동도 뭐 그렇게 죄스러운 일도 아니라며 그냥 지나치듯 보고 넘겼다.

천둥

꽃샘바람이 이제 막 피기 시작한 진달래와 개나리를 시샘이라도 하듯 이리저리 세차게도 흔들어댔다. 정애는 아직도 무서운 악몽에서 헤매듯 마음이 안정되지 않은 상태로 하루하루를 보냈다. 행여 상우가 심경이 변해서 결혼을 취소하고 그 전처럼 뜨겁게 느껴지는 편지나 소식을 보내주고 자신을 찾아와 주지 않을까 하고 부질없는 생각을 해보기도 했다.

첫사랑의 실연이 오죽했으면 그런 생각까지 다 했을까마는, 이건 꼭 꿈 같았기 때문에 그래도 근 5년을 가슴 설레며 장래를 꿈꾸어왔던 그런 감정들이 그녀의 가슴속에서는 송두리째 날아갔다는 사실을 실감하지 못하고 있었다. 차 한 대가 지나갈 때마다 흙먼지가 풀풀 날리는, 자갈이 드문드문 박혀 있는 신작로 길을 정애는 터벅터벅 걸었다. 길 양쪽 가장자리에는 미루나무 가로수가 서 있고, 흙먼지를 뒤집어쓴 풀잎들이 어지럽게 뒤엉켜 있었다.

저만치서 트럭 한 대가 터덜거리며 자갈들을 양쪽으로 튕기면서 달려왔다. 트럭이 짓궂게 온통 정애에게 그 흙먼지를 다 쏟아 붓고 가는 통에 정애는 한동안 숨을 멈추고 돌아서 있었다. 공중을 부유하던 흙먼지가 길바닥으로 가라앉을 때까지.

지금 공중을 부유하고 있는 이 흙먼지처럼 내가 겪은 모든 일들이 시간이 지나면 제자리로 돌아가 차분히 가라앉으면 얼마나 좋을까?

정말 턱도 없는 상상을 해보며 정애는 안타까운 마음으로 산책길을 걸었다. 산책은 이제 하루의 일과가 되어 있었다.

봄이라서……상우가 결혼한다는 계절이라서 더 그런가?

정애는 이때까지 한 번도 느끼지 못했던 공허함 속에서 그와 거닐던 철길과 논둑길, 그리고 신작로 길을 혼자서 걷는 것이 거의 일과가 되었다. 그런 생활 속에서 하루하루를 이겨오는 사이, 정애는 성격이 점점 과격하게 변해가고 있었다.

이듬해 봄이 되었다.

천석 씨는 뭐가 그렇게 자신이 있는지, 딸의 장래와 미래를 자신의 가치관대로 좌지우지하듯 정애를 불러 앉혀놓고 일장 연설을 하며 세뇌시키기 시작했다.

"여자는 말이다. 집에서 조신하게 살림 사는 법을 잘 배운 뒤, 배필감 찾아 시집을 잘 가는 게 최고다……."

아버지의 훈시를 한 쪽 귀로는 듣고 한 쪽 귀로는 흘러 보내면서 정애는 픽 웃고 말았다. 집안 살림살이가 거덜 나고, 가세가 몰락할 대로 몰락한 지도 오래 되었다. 그런데도 아버지는 아직도 현실을 바로 보지 못한 채 자신의 위신과 체면 세우기에만 급급하고 있는 것 같은 느낌이 들어 절로 한숨이 나왔다.

　너무 세상을 모르고 살아서 그럴까? 친구들이 직접 돈을 벌어 와서 집안 대들보 노릇(?)을 하는 게 정애에게는 안쓰러워 보이기도 했던 터라 오히려 그녀는 아버지가 주장하는 말들로 억지 위안을 삼고 있는지도 모를 일이었다.

　그 무렵 서울 종로구 연건동에 살고 있는 외숙모가 정애에게 전화를 했다. 외삼촌이 타계하신 후 서울대학교 앞 동네로 거주지를 옮겨 대학생들을 상대로 하숙을 치며 외숙모는 생계를 이어가고 있었다.

　외숙모는 정애가 집에서 놀고 있다는 소식을 듣고 취직이 될 때까지만이라도 서울로 올라와서 외숙모를 좀 도와주면 안 되겠냐고 물었다. 전화를 끊고 혼자 생각에 잠겨 있는데 곁에서 듣고 있던 엄마가 "서울로 올라갈 생각이 있느냐?" 하고 물었다. 정애는 엄마의 물음에 잠시 숙고했다. 외숙모의 전화 한 통이 우선은 답답한 시골생활을 좀 벗어날 수 있는 기회가 될 수 있겠다는 생각이 들었다. 그리고 또 한편으로는 서울로 올라가면 상우와 만나지는 못하더라도 같은 하늘 아래서 서울 공기를 마시면서 숨 쉴 수 있겠다는 몽상 같은 생각이 밀려와 선뜻 서울로 올라가겠다고 대답해 버렸다. 외숙모네 집에서 오래 있을 수는 없다 해도 서울로 올라간다는 그 자체만으로도 이 지루하고 무기력한 농촌생활에서 벗어나 서울 생활이라는 걸 한 번 체험해 볼 기회라고 생각했다.

　갑자기 서울생활에 대한 동경이 호기심처럼 밀려왔다. 수돗물 마시면 피부 때깔도 벗는다는 말도 있지 않은가? 아니, 일단 상우가 살고 있다는 그 서울이란 곳에서 잠시라도 머물며 온 몸으로 서울생활을 느껴보고 싶기도 했다. 그렇게 마음을 굳히고부터는 정애는 갑자기 바빠진 사람 모양 동네 친구들한테 떠벌리기 시작했다.

"야! 나 서울 갔다 올께……."

"별안간 서울은 왜?"

정애처럼 집에서 신부수업을 하고 있는 친구도 있지만, 직장을 다니는 친구들은 정애가 한동안 고향에 없다고 해서 그리 서운할 것도 없을 것이다. 한 친구가 말했다.

"그래, 니가 요즘 답답하기도 할 것이다. 서울 가서 수돗물 좀 먹고 와. 까짓 꺼, 그 사람이 다가 아니거든?"

그 친구는 정애의 뱃속까지 다 빼내 주고받은 친구였다. 그 친구의 말마따나 정애는 우물 안의 개구리에 불과할지도 모를 것이다.

진달래에 이어 철쭉도 다 떨어진 어느 어수선한 초여름 밤. 아직 장마철은 먼 것 같은데 구질구질 비가 내렸다. 꽤 많은 비가 창밖을 두드렸고, 어수선하게 바람도 밤새 나뭇가지를 흔들어 댔다. 저 멀리서 천둥소리가 가늘게 들리는가 싶더니 어둡던 방안에 뻔쩍! 하고 불이 켜지고, 천둥이 이내 큰 굉음으로 변해 밤하늘을 흔들어댔다.

바깥 날씨 탓일까? 밤이 한참 깊어진 시각인데도 정애는 계속 뒤척거리며 밤잠을 못 이루었다. 아니, 여러 가지 상념에 사로잡혀 숫제 잠을 잘 수가 없었다.

혹시 서울로 올라가면 상우를 만날 수 있을까? 외숙모께서 하숙을 치고 계신다면 내가 도와줄 일이란 뻔한 것일 텐데 내가 과연 그런 일들 외 다른 일들도 도와 드릴 수가 있을까?

새벽 두 시나 됐을까?

캄캄하던 방안이 별안간 전깃불이 들어온 듯이 환하게 밝아졌다가 순식간에 또 어두워졌다. 밤 열두 시가 넘어서부터는 전깃불마저 끊어져 버렸는데 이제는 우르릉 쾅쾅 하는 우레 소리까지 들려오면서 정애의 마음을 더욱더 심란하게 만들었다.

정애는 계속 뒤척이다 그만 잠자리에서 일어났다. 심란해서 더 이상 누워 있을 수도 없었다.

왜 이렇게 잠은 안 오고 가슴까지 두근거릴까?

그녀는 양초갑에서 새 양초를 한 자루 꺼내 불을 붙여 펄럭거리는 촛불을 응시하며 혼자 우두커니 앉아 있었다.

그 시절에는 초저녁부터 제공해 주던 전깃불이 밤 12시가 되면 꺼져버렸다. 그래서 생활이 좀 괜찮은 집은 양초를, 그렇지 않은 집은 등잔이나 호롱불을 방마다 준비해 두는 것이 관례였다.

바깥바람이 좀 잠잠해지는지 펄럭거리는 촛불이 조용해졌다. 정애는 촛불 앞으로 다가가 종이와 만년필을 꺼내 들었다. 그리고는 문득 상우를 생각해보았다.

이 시각 그는 아내가 된 그 여인 옆에 누워서 행복한 내일을 꿈꾸며 깊은 잠속에 빠져 있겠지……아들도 낳았다던데…….

잠 못 이루는 이 밤, 잠시 잠잠하던 빗줄기와 천둥이 또 한 차례 지축을 흔들며 사람 마음까지 불안하게 뒤흔들어 놓았다. 정애는 만년필을 들고 자신의 심정을 글로 써 내려갔다.

〈 천둥 〉

새악시처럼 수줍은 빠알간 볼은
기다림에 지쳐 붉게 멍들었건만
그래도
파아란 아쉬움이 아롱지는
해맑간 하늘이 그립다
노스탈지아처럼 번지는
애띤 그리움 속에
가끔 가슴 저리도록
그 장엄한 노을을 시새움한
천둥
그래도 넌
천지를 호통할 수 있는
그 자신감이 부러워라.

즉석에서 써내려간 글이 감출 게 없는 그녀의 솔직한 심정일 것이다.
바보 같은, 진짜 바보 같은, 그리고 시련 같지 않은 시련이 천둥을 통해
자신의 몸속으로 헤집고 들어와 자신의 옴 몸 전체를 옥죄며 지배하고
있는 느낌이었다.
며칠 후 정애는 서울이란 곳을 처음으로 큰마음 먹고 올라갔다.
거기도 사람 사는 곳인데 설마 무슨 큰일이야 있겠냐? 일단 올라가 보
자. 외숙모님이 올라오라고 하셨는데 뭔 걱정이야.

정애는 흔들리는 마음을 다 잡고 다잡으면서 버스를 타고 고향 역으로 나가, 서울행 기차로 갈아탔다.

두려움 반, 설렘 반으로 한 나절을 달려가 마침내 서울역에 도착했다.

앞서가는 사람의 뒷모습을 지켜보며 대합실로 들어서자 한 살 아래인 외사촌 동생 수야가 예정대로 마중을 나와 주었다. 정애는 그제야 극도의 긴장감이 풀린 얼굴로 수야가 가자는 데로, 종로로 향하는 버스에 올라탔다.

한참 가다 보니까 얼마 전 이웃집 TV에서 시청했던 대연각호텔 화재 사건 때 비쳐주던 그 호텔이 아직 복구도 안 된 채 차창 밖에 나타났다. 버스가 점점 다가가자 연기가 뿜어져 나오던 대연각호텔 그 위층에서 수건을 흔들며 살려 달라고 절규하던 그 중국인 투숙객 얼굴이 선하게 눈앞을 스치고 지나가는 듯했다.

외숙모가 하숙을 치고 계시는 집은 아담한 한옥이었다. 외숙모가 쓰고 계시는 안방까지 합쳐서 방이 다섯 개였다. 그 중 외사촌동생 수야가 방한 개를 쓰고 있었고 나머지 세 개는 하숙을 쳤다. 한 방에 두세 명씩, 대학생이라기보다는 거의 서울대학교 졸업 후 사법고시나 행정고시를 준비하는 고시 지망생들이었다. 그들은 낮에는 길 건너 서울대학교 교실에 가서 공부를 하거나 도서관에 가서 공부를 하다가 저녁때 하숙집으로 돌아와서 저녁밥을 먹고, 잠시 자유시간을 가진 뒤 또 두툼한 법서와 씨름하다 잠자리에 드는 게 일과였다.

시골에선 상상도 못한 치열한 생존경쟁의 현장이었다. 이건 서울 가서 상우와 한 하늘 아래서 숨 쉰다는 그런 낭만을 갖고 상경한 정애에게는 정말 사치라는 생각이 들 정도였다. 방 세 개가 나란히 붙은 자그만 끄트머리 방엔 30대쯤 돼 보이는 수염 텁수룩한 아저씨가 기거하고 있었다. 아마도 그는 어떤 징크스를 가지고 수염을 안 깎는지도 모를 일이다. 또 다른 방에는 서울대 졸업 후 고시 공부하는 두 명이 기거하고 있었는데, 젊은 학생 두 명 중 한 학생은 얼굴이 잘 생겼다. 그런데 안타깝게도 어릴 적 소아마비를 앓았는지 다리를 심하게 절룩거렸다. 그래도 머리가 좋아 서울대 법대에 합격해 판검사를 꿈꾸며 열심히 공부하고 있었지만, 정애는 왠지 안쓰러움이 밀려왔다.

저녁때가 되자 외숙모는 저녁 밥상을 차리기 시작했다. 상추쌈이랑 김치랑 된장찌개가 주 반찬으로 오르는 시골 밥상과는 좀 다른 밥상이었다. 아니 진짜 많이 달랐다. 생선튀김, 고구마튀김, 계란부침, 오징어포조림 등이 김치와 함께 곁들어졌다. 국은 김칫국이었다. 외숙모가 차린 밥상에서 낯익은 것은 김치와 간혹 먹던 김칫국뿐이었다. 된장을 풀어 끓인 구수한 시금치국은 어디에서나 공통되는 음식인가 보다. 아니 시골에선 그 시금치 국도 얼큰한 고춧가루를 듬뿍 넣어 끓이는데 서울에선 그렇게 퍼 넣던 고춧가루를 사용하지 않을 뿐이다.

외숙모 댁에서의 생활은 하루 종일 집안에 갇혀 있는 생활이 대부분이었다. 그렇지만 자랑하듯 정애는 고향 친구들에게 수시로 편지를 보냈다. 어느 날엔 서울에서의 이런저런 생활을 여행기처럼 꼼꼼하게 실감나게 전하면서 은근히 자랑을 하기도 했다. 정애보다 더 시골에 살고 있는 몇몇 친구들에게는 괜히 으쓱대고 싶은 마음도 알게 모르게 숨겨져 있었다. 그야말로 도회지 생활에 물들지 않은 시골의 웰빙 규수들에게는 멋진 바보들의 대행진일 수도 있을 것이다.

결혼 후 서울에서 신혼생활을 하고 있는 상우의 소식은 한 고향에서 태어나 계속 고향에 살고 있는 그의 고향 친구들을 통해서 자주 듣는 편이었다. 상우는 요즘 서울 답십리 초등학교에서 교편을 잡고 있다는 소식도 들었다. 조금 잠잠해져 있던 정애의 마음속엔 또 다시 작은 파문이 일기 시작했다. 정애의 일상은 우선 낯선 서울생활에 익숙해 가고 있었지만, 항상 가슴 저 한구석에는 답십리가 떠나지 않았다.

텔레비전에서 그때 초저녁 프로그램으로 방영되고 있던 일일연속극 〈여로〉는 정말 대인기였다. 그 드라마 때문에 계란을 배달해 주는 아줌마가 급히 서둘렀다. 일주일 치를 조심스레 우리 그릇에다 옮겨다 놓은 그 아주머니는 정신없이 "빠이빠이"를 하며 떠났다. 빨리 집에 가서 〈여로〉를 봐야 된단다.

"아유 오늘 바보 장욱제가 몇 십 년 전에 헤어졌던 마누라 태현실을 만나는 날이랑께요?"

정애 자신도 정말 〈여로〉의 방영 시간을 마음 조급히 기다리는 사람 중의 한 사람이었다. 아마 온 나라가 그 시간을 기다리는 건 아니었을까 싶은 정도였다.

KBS의 방송 드라마는 그것 말고도 밤 10시에 방영되는 〈고향〉이라는 드라마가 또 하나 더 있었다. 앳된 아가씨 역할의 반효정 씨와 박해숙 씨가 열연한 드라마였다. 신구 씨가 드라마 속에서 탁구라는 주인공으로 나오는 〈야간비행〉은 정말 손바닥에 땀이 고일만큼 큰 인기를 끌고 있던 드라마였다.

정애가 태어나서 처음으로 본 남북 적십자회담을 가슴 졸이며 밤새워 시청할 때도, 중간 중간에 곁들인 연예인들의 춤과 노래 때문에 꼬박 밤을 샐 때도 있었다. 그럴 때마다 순간순간 답십리는 왜 떠오르는가? 도시에서 몇 번씩 상영되다 시골 삼류극장으로 내려온 멜로물 영화를 볼 때, 서커스단이나 야외극장들이 가끔 정애네 집 앞 장터 채소전 공터에 천막을 쳐 놓았을 때, 스피커로 음악을 들려주며 선전을 할 때, 그 들뜨고 가슴 두근거렸던 그때의 기분보다 저녁 식사가 끝나고 밤만 되면 TV 앞에 모여앉아 드라마 보고 뉴스 보고 다른 사람이 다 잠들어 있을 한 밤중까지 방송이 계속 되다가 애국가가 울려 퍼지는 마지막 시간까지도 정애는 불쑥불쑥 떠오르는 답십리 생각에 끌려 다닐 때가 많았다.

그해 여름 한낮, 정애는 할일이 없으면 흰 백지에다 자주 혼자만의 독백을 끄적거리곤 했다. 그러다 보니 비가 오나 바람이 부나 그 수많은 날들을 답십리 생각에 끌려 다니곤 했다. 그렇게 가슴 저리도록 사무치는 생활만 계속하다가 보니 어느 날은 문득 주소도 알고 있으니 편지라도 한번 보내볼까 하는 생각에까지 이르게 되었다.

그래. 다른 것은 생각지 말고 일단 편지나 한번 보내보자.

이미 다른 여성과 결혼한 사람을 못 잊어 자꾸 연연하며 매달린다는 것을 남이 알면 아니, 정애 자신이 생각해도 정상이 아니라는 생각부터 먼저 들었다. 그렇지만 이미 병적 상태로 진전되어버린 자기 혼자만의 집착에서 빠져 나올 수가 없어서 정애는 학교로 편지라도 한번 보내 보자는 생각까지 갖게 되었다. 그래서 새 종이 위에다 무슨 말을 적으려고 하니 순식간에 눈앞이 하얗게 변하면서 멎어버린 시계처럼 손이 움직여지지 않았다. 그런 경직 상태에서 벗어나려고 깊은 숨을 몇 번이나 들이쉬고 나서,

"상우야, 나 서울 와 있다. 서울이란 곳에 와서 네가 사는 답십리 쪽을 바라보며 숨을 쉬다 보니 네 생각이 나서 소식 전한다. 너는 지금 결혼생

활이 너무너무 행복할 줄 믿는다.”

여기까지 적고 보니 다른 할 말이 없어지면서 펜이 더 나가지를 않았다. 평소 자신의 가슴 속에 꽉 차 있던, 상우에 대한 자신의 심경은 말 한마디 꺼내지도 못한 채 편지는 마지막 인사를 하고 있었다. 정애는 편지 봉투를 밥풀로 꼭꼭 붙인 뒤 자신이 몸담고 있는 외숙모네 집 주소도 틀림없이 잘 적었다. 그리고는 우체국으로 달려가 자기 손으로 직접 편지를 부쳤다.

그렇지만 한 달이 지나도록 회답은 오지 않았다. 혼자의 몸부림이었을 뿐 회답이 올 리가 만무했다. 연로한 아버지와 누나들의 등쌀에 참다 못해 조기결혼에 몸을 던진 사람이 아니던가?

그러고 얼마나 지났을까?

대구에 사는 외숙모의 외손녀 미영이가 올라왔다. 정애에게는 외사촌 언니의 딸로써 조카가 되는 셈이다. 미영이는 시집도 안 간 정애에게 서슴없이 “아지매”라고 불렀다. 물론 외숙모께서 그렇게 하라고 시켰겠지만 결혼 전에 그런 호칭을 처음 듣는 정애로서는 기분이 묘했다.

미영이는 대구에서 여상을 갓 졸업하고 취업되기 전에 외할머니 댁에 잠깐 다니러 온 것이다. 정말 미영이는 미인이라고 칭할 수 있을 만큼 몸매와 얼굴을 다 갖추고 있는 아이였다. 그녀는 학교의 추천으로 은행에다 이력서를 내놓고 연락 오기만을 기다리고 있는 처지라고 했으나 정애 생각으로는 여객기 스튜어디스나 미쓰코리아 선발대회 같은 데 출전하면 선(善) 정도는 따 놓은 당상일 것 같은 생각이 들었다. 그래서 그런지, 미영이는 꽤 쾌활하고 도전적이었다. 거기다 개방된 사고방식과 만사에 당당하고 자신 있는 모습이 부러웠다.

미영이는 정애보다 세 살 아래였다. 그런데도 판에 박힌 정애의 고루한 생각과 미영의 당당하고 개방적인 생활은 비교도 할 수 없을 만큼 딴판이었다. 그렇게 당당하고 개방적인 미영이를 볼 때마다 정애는 억지로라도 자신의 장점만 몇 가지 내세우며 위로 받고 싶은 심정이었다. 그래서 두 사람을 불러놓고 외숙모가 무슨 일을 도와 달라고 해도 정애는 언니인 자신이 하고 말아야지 하면서 미영이에게는 "아지메가 할 테니까 너는 방에 들어가 쉬어라." 하면서 궂은일은 자신이 손수 해 버렸다.

다음 날도 그랬다. 미영이 혼자 집을 보게 하고 정애는 외숙모가 부탁한 물건을 사러 동대문시장으로 나갔다. 동대문시장은 외숙모네 집에서 그리 멀지 않았다. 그렇지만 외숙모가 시키는 대로 이것저것 사고 구경도 하다 보니까 시간이 꽤 흘러가버린 것 같았다. 정애는 택시를 타고 부랴부랴 집으로 달려왔다.

"미영아! 뭐하냐? 이것 좀 받아 줘!"

정애는 무거운 여러 가지 물건들을 들고 들어오면서 외쳤다. 그런데도 집안은 잠든 듯이 조용했다.

"얘가 집을 비워 놓고 어딜 갔나?"

정애는 물건을 마루에다 내려놓고 안방으로 들어섰다. 헌데 이게 웬일인가? 방안은 어수선하고 미영은 방 한구석에서 어깨 옷이 찢어진 채 울고 있지 않은가? 정애는 깜짝 놀라 소리쳤다. 순간 정애는 강도가 들어왔었다고 생각했다.

"미영아! 어쩐 일이야? 말을 해, 말을."

그래도 미영은 말없이 울고만 있었다. 정애는 답답해서 견딜 수가 없었다. 미영이는 끝까지 말도 안 하고 울고만 있는데 외숙모가 들어오시면 얼마나 놀라실까? 집안에는 그나마 도둑맞은 흔적은 없는 것 같았다. 그럼 뭐란 말인가?

정애는 장을 봐 온 물건들을 처리하고 다시 안방으로 들어갔다. 조금은 마음이 진정된 듯한 미영이에게 다시 물었다.

"어떻게 된 거야? 말을 해 봐."

미영은 그제사 입을 열었다.

"문간방 오빠가……."

정애가 시장간 사이 미영이 집을 보고 있었는데 대문을 두드리는 사람이 있어 문을 열어보니 문간방 학생이었단다. 문을 열어주고 들어오려니까 그 학생이 미영이 보고 혼자 있느냐고 묻더라는 것이다. 그래서 혼자 있다고 했더니 이야기 할 것이 있다고 해서 무슨 이야긴지 모르지만 집에 아무도 없으니까 나중에 얘기 하자고 했다는 것이다. 그 순간, 그는 다짜고짜 미영이를 따라 안방으로 들이 닥쳤고 미영은 무서워서 나가라고 소리를 쳤는데 그 학생은 당황한 나머지 손으로 미영의 입을 막았고 미영은 급박한 마음에 소리를 치며 몸싸움을 한 것이다.

순식간에 실랑이가 벌어지고 미영의 어깨등 옷이 찢어졌다. 몸부림치는 과정에서 그 학생의 안경이 벗겨져 그만 깨졌다고 했다. 학생은 미영에게 상대방의 안경이 깨어지면 법적으로 어떻게 되는지 아느냐고 협박을 하고서 밖으로 나갔다고 했다. 미영은 그 학생이 서울대 법대를 다니고 있다는 것을 알고 있었기에 잔뜩 겁을 먹고 울고 있었던 것이다.

기가 막혔다. 정애는 법 같은 건 잘 몰랐다. 그렇지만 법이란 것도 사람이 살아가는 세상에서 사람이 살자고 생긴 것이거늘 어찌 그렇게 적반하장인가? 정애는 미영에게 말했다.

"걱정 마! 내가 이 녀석을……."

그 학생은 이제 갓 대학교를 입학한 초년생이었다. 미영이와는 동갑이라고 보면 될 것이다. 그도 그럴 것이 이 녀석은 미영이가 처음 왔을 때부터 미영의 빼어난 미모에 얼이 빠져 그럴 수도 있다고 짐작했다.

아침에 집을 나갈 때 빠뜨리고 나간 책 한 권을 가지러 하숙집에 들어와 보니까 아무도 없고 미영이 혼자 집을 보고 있으니까 이때가 그녀에게 접근해 볼 수 있는 기회라고 생각했던 것이다. 자기는 그래도 서울대 법대생이니까 우쭐한 마음에 자기 맘대로 될 줄 알고 시도했다가 자신만 우스운 꼴이 되고 나니까 뒷일도 무섭고 법대 다닌다는 핑계로 안경 사건을 대두시켜 미영에게 위협을 주고 나간 것이다.

훌쩍거리고 있는 미영이를 달래놓고 정애는 저녁밥을 지으려 부엌으로 나왔다. 저녁밥을 다 지어놓고 평소처럼 부엌방에다 밥상을 차리고 있는데 외숙모가 외출에서 돌아왔다. 외숙모는 하숙생들 방을 향해 저녁을 먹자고 방방이 다니면서 문을 두드렸다. 하숙생들이 하나 둘씩 식당 방으로 건너와 맛있게 저녁밥을 먹고 자기 방으로 건너갔다. 그런데 그 학생은 들어오지 않았다. 외숙모네 하숙집은 밤 아홉시 이후에 들어오는 사람은 저녁밥을 차려주지 않는 원칙이 있었는데 그 학생은 밤늦게 들어왔는지 그 다음 날 아침에서야 얼굴을 볼 수 있었다.

외숙모는 어제 일어난 미영이 사건을 알고 있었다. 아마 지난밤에 미영이가 이야기를 한 모양이었다. 아침 식사가 끝나자 외숙모는 그 학생에게 오후에 좀 일찍 들어오라고 했다.

오후 5시쯤에 그 학생이 들어왔다. 안방에 외숙모와 미영이 그리고 정애와 그 남학생 등 네 명이 앉아 있었다. 네 사람 다 아무 말이 없었다. 그 어색한 침묵을 깨듯 외숙모가 착 가라앉은 목소리로 말을 꺼냈다.

"미영이로부터 이야기는 다 들었는데 그 시초가 어떤지 이제 학생 말 좀 들어보자."

그 학생은 아무 말도 못하고 미영이 입을 열었다.

"할머니! 제가 혼자 집을 보고 있는데 이 학생이 들어와서 저 혼자 있느냐고 묻더니 다짜고짜 안방으로 쳐들어와서는 저보고 사랑한다고 했어요."

외숙모는 가만히 듣고만 있더니 그 대학생에게 물었다.

"학생, 그 말이 정말인지 말해요. 정말 그랬쑤?"

그 대학생은 잠시 머뭇거리더니 말을 했다.

"아니에요. 미영이가 저에게 꼬리를 쳤고 그래서 접근했다가 의외로 실랑이가 있었습니다. 불문곡직하고 저의 안경이 깨어졌으니 법대로 하겠습니다……."

외숙모는 순간 혀를 깨물린 듯 어이없는 표정이었다. 옆에서 바라만 보고 있던 정애가 갑자기 언성을 높였다.

"학생! 어제 미영이가 하고 있었던 꼴을 내가 지금 다 얘기 해줄까? 지금 학생이 말한 것을 우리가 믿어줄 거라고 생각해?"

대학생이 조금 당황하는 눈치였다. 정애가 다시 말을 이었다

"지금 학생이 서울대 법대를 다닌다고 우쭐해서 우리 같은 사람들을 우습게 본 모양인데 내가 시장 갔다가 집에 왔을 때 미영이 하고 있었던 꼴을 그대로 말해 줄까? 난! 강도가 왔다 간 줄 알았다고……."

정애가 보기에도 그 대학생은 기가 조금은 죽어 있는 것 같았다. 정애는 그때를 놓치지 않고 본론으로 들어갔다.

"학생은 지금 깨진 안경 건으로 미영이를 겁탈하려고 한 것을 면해 볼 심산인 것 같은데……나! 시장 갔다 온 다음 상황을 그대로 내가 가서 다 말할 테니 그럼 고소해 봐! 앞길이 창창한 젊은이가 그러면 못 써! 항상 결과가 있으면 그에 앞서 동기가 있는 법이야……."

그 학생은 서울대 법대를 다닌다는 사실을 이 촌(?) 여자들에게 과시하고 싶었던 것이 분명했다. 대학생은 할 말을 잊었는지 겁에 질렸는지 말을 잇지 못했다. 그 상황에서 외숙모도 더 이상 말을 잇지 못했다. 정애도 그들보다 기껏 세 살 더 먹었을 뿐인데 서울대생과 맞서서 대결했다는 게 지나고 나니 참 대견하게 느껴졌다. 그 다음날로 외숙모는 미영이를 대구 자기네 집으로 내려 보냈다.

정애는 약속했던 대로 서울에서 1년 생활을 채우고 고향으로 내려왔다. 외숙모가 그동안 고생 많았다며 멋진 옷 몇 벌을 챙겨주었다. 외숙모가 마련해 준 멋진 투피스를 차려 입고 금의환향하듯 고향으로 내려오니 친구들이 하나같이 반가워 어쩔 줄을 몰라 하는 표정이었다. 정애와 제일 친한 친구 수희는 그동안 중학 동창 병두와 목하 열애 중이었다. 병두도 교육대를 졸업하고 인근 학교로 발령을 받아 초등학교 교사로 직장생활을 하고 있었다.

정애가 내려왔다는 소식을 듣고 친구들이 모이면 온통 학창시절의 그 남학생들과 지금의 자기 상대(짝) 얘기들로 저마다 가슴 들떠 재잘거리곤 했다. 그렇지만 정애만은 혼자 쓸쓸하고 크게 할 얘기가 없어 겉도는 표정을 지었다. 그러다간 어색한 분위기를 피해 볼 양 이따금씩 친구들을 따라 헛웃음을 지으며 모임이 끝나는 시간만 기다리는 표정이었다.

지워버리고 싶은 시간들

정애가 스물 네번째 생일상을 받고 며칠 지난 어느 날이었다.

그날은 눈이 많이 와서 온 동네가 눈에 쌓여 새하얀데 신작로 길만 오가는 자동차들에 의해 지저분하게 녹아 있었다. 정애는 그날 친구 선남이네 집에서 저녁때까지 시간을 보내다가 밥까지 얻어먹고 늦게 집으로 돌아왔다. 집에 도착하니 동생이 다가왔다.

"어디 갔다 왔어? 전화 왔었는데……."

"누구?"

"상우형한테서 전화 왔어……."

정애는 귀를 의심했다. 그 사람은 결혼했고 정애에게 전화할 사람이 아니지 않던가? 더구나 서울 있을 때 학교로 편지까지 보냈을 때도 이렇다 대꾸 한마디 없지 않았던가?

"언제? 뭐라 그러대?"

"한 세 시간쯤 됐어. 누나 잠깐 왔다 갈 수 없냐고……기다리겠다고 했어!"

정애는 시간을 봤다. 밤 열시가 다 되어 가고 있었다. 상우의 집까지 가려면 2km는 족히 걸어야 했다. 시골이라 이 시간에는 버스도 끊어져 갈 수도 없었다. 더욱이 상우네 집에는 전화도 없었다. 그렇다 보니 지난 날에도 연락할 일이 있으면 항상 정애가 서면을 보내거나 직접 찾아갔다. 전화도 우체국에서 교환원을 두고 직접 고객들이 요구하는 전화번호를 연결시켜 주던 시절이라 그의 집으로는 연락할 방법이 없었다.

정애는 밤새 고민했다. 그가 왜 연락했을까? 날 새면 가볼까? 무슨 일일까? 서울에서 내가 편지를 해서일까? 궁금해서 잠을 이루지 못했다.

이튿날 날이 밝자마자 정애는 아침밥도 먹는 둥 마는 둥 일단 선남이네 집으로 갔다. 선남이는 어젯밤 늦게까지 놀다 가놓고 이른 아침에 왜 또 왔느냐는 얼굴이었다.

"얘! 상우가 어제 저녁에 내 너희 집에 있을 때 전화를 했더란다."

"웬일이래? 야! 웃긴다. 그래, 뭣 때문에 전화했대?"

"어제 나 좀 만나자고 지네 동네로 좀 와 달라고 그랬다는데……어제는 물론 시간이 늦어서 안 되고……. 야! 오늘이라도 가볼까 하다가 너하고 상의해 보고 가든지 말든지 하려고……."

선남은 상기된 얼굴로 신기해서 못 산다는 표정이다.

"아이고오, 가야 되고 말고……. 가보자. 진짜 궁금해서 못 살겠다. 너 안 갈려고 그러니?"

선남은 아예 자신도 따라 나설 기세를 보였다.

"그래. 금방 가면 좀 그렇고 이따 점심 먹고 슬슬 가보자"

선남은 일찌감치 점심을 먹고 아예 정애네 집으로 와 있었다.

두 사람은 신작로 길을 걸었다. 밤새 눈이 많이 내려 쌓이고, 하늘이 맑게 개여서 온 천지가 하얗고 햇빛에 눈이 부셨다. 정애는 늘씬하게 생긴 까만 바지와 서울에서 외숙모가 사다주신 연분홍색에다 하얀 줄이 가로로 쳐져 있는 스웨터를 입고 있었다. 정애 얼굴은 달덩이처럼 하얗고 분홍색 스웨터가 백설과 함께 오히려 정애 얼굴을 더 눈부시게 만들어주는 것 같았다.

"얘! 우선 수희네 집부터 가보자"

정애는 상우가 머물고 있다는 큰누나 집에는 직접 가보기가 거북스럽게 느껴졌다. 상우의 큰누나는 큰 양계장을 운영하고 있었는데 그 누나의 딸이 정애 막내 동생과 중학교 동창이었다. 그래서 두 사람은 친근한 사이이기도 했다.

정애와 선남은 그 동네에 살고 있는 수희네 시댁으로 갔다. 시 어른들이 있으니까 집으로는 들어갈 수가 없어 수희를 집밖으로 불러냈다. 수희는 정애를 보자마자 아주 기가 막힌다는 듯 말했다.

"야! 기어코 니가 왔구나……."

정애와 선남은 갑자기 어리둥절해졌다.

"무슨 말이야, 뜬금없이?"

정애는 의아한 마음에 그렇게 물었다. 선남이도 한 마디 거들었다.

"야, 무슨 말을 그렇게 해? 어젯밤에 올 수 있었지만, 오늘도 안 올려는 걸 내가 우겨서 같이 왔어, 얘. 궁금하잖아……."

수희는 정애의 어깨를 두드리며 말을 이었다.

"나는 어젯밤에 네가 안 오길래 안 오는 줄 알았어. 어제 상우 씨가 와서 무슨 일인지 우리 집 양반과 나를 불러서 같이 나갔더니, 괜히 심각하더라. 대폿집에서 술 한 잔 마시며 너의 집에 전화하더라. 울적하다며 보고 싶다고…….”

정애는 아무 말도 할 수가 없었다. 갑자기 가슴이 뭉클해지면서 온 전신에 전율이 흐르는 것 같았다.

왜 그랬을까?

수희는 흥분해 있었다. 결혼식은 안 올렸지만 수희는 병두가 다니는 학교 근처에서 살림을 차리고 동거에 들어간 처지여서 그런지 처녀 땐 정애와 상우 편이었던 수희는 어느새 상우의 부인 편이 되어 있었다.

“세상에 아무리 그래도 처자식 있는 사람이 옛 애인을 만나러 오고……. 야! 그렇다고 여기까지 찾아오다니 너도 똑같다.”

수희가 기가 막힌다는 듯이 혀를 차며 말했다. 말없이 수희를 바라보고 있던 정애는 무척 서운한 마음이 들었다. 정애와 수희는 얼마 전까지만 해도 똑같은 처지의 커플이었고, 정애가 그동안 그에 대해 얼마나 신경을 쓰고 있었으며, 우리들끼리 만나면 서로의 상대에 대해 얼마나 큰 기대와 관심을 갖고 화제가 되었던가? 자기가 결합에 성공했다고 해서 나에게 이렇게 안면을 바꿀 수가 있을까? 정애는 서운하다 못해 수희가 얄밉기까지 했다.

“가 봐! 자기 누나 집에 있을 거야. 만나서 어떡하려고 그래?”

정애는 그냥 집으로 돌아가고 싶었지만 수희의 소행이 괘씸해 일단 그의 누나네 집으로 가보기로 했다. 집 앞에 도착해 상우의 생질녀(누나의 딸)를 찾았다. 상우의 생질녀는 정애 동생과 중학교 동창이라 정애와도 안면이 있었다. 상우의 생질녀인 정숙이가 나왔다. 정숙은 정애를 보고 정색을 했다.

정애는 삼촌을 만나러 왔다고 말하려니까 쑥스럽고 창피했다. 그렇지만 어쩔 수 없었다. 정숙은 삼촌의 결혼 전부터 정애와 삼촌의 관계를 알고 있었던 터였다.

"삼촌이 오셨다던데 계시니?"

정숙은 미안한 듯이 말했다.

"삼촌이 계속 기다리다가 조금 전 2시 기차로 서울로 가셨어요. 오늘이 돼지 돌날이거든요."

돼지는 상우의 아들이었다. 돼지처럼 튼튼하게 자라라고 닉네임을 그렇게 붙인 모양이었다. 정애는 실망 반 다행 반의 심정으로 발길을 돌렸으나 조금은 허탈했다.

왜 나를 찾았을까? 무슨 일일까?

그 뒤로 궁금증은 더욱 심해졌다. 도시물을 먹은 때문일까? 정애의 시골생활은 더 따분하고 암담했다. 그 후로도 정애는 기껏 선남의 집이나 옆집에서 편물을 하고 있는 한 동갑내기 아가씨 집을 오가며 뜨개질이나 배우고 수예나 놓으면서 하루하루 소일하고 있는 형편이었다.

그해 봄날 정애는 밤늦게 잠이 들어 곤하게 자고 있었다. 정애의 방문을 열면 복도처럼 길쭉한 마루가 있는데 그 마루엔 큼지막한 종이 상자가 하나 놓여 있었다. 상자 안에는 노란 병아리들이 콕콕 모이를 쪼아 먹으며 삐약 삐약 울고 있었다. 그리고 상자 위에는 병아리들이 밖으로 나오지 못하게 큰 유리판을 덮어 놓았다.

정애의 방 옆은 안방이다. 남동생 둘과 작은오빠 정우가 기거하고 있었다. 마당 저편 아래채에는 부모님이 거처하고 있었다. 정애의 방에는 조그만 책상 위에 까만 전화기가 한 대 놓여 있었다.

새벽 두시 정도나 되었을까? 정애의 방으로 작은오빠 정우가 들어왔다. 그는 다짜고짜 전화기 앞으로 가서 손잡이 수화기를 냅다 돌려댔다. 또 술을 마신 것이다. 잠깐 누구에게 통화하고 나갈 것이라고 생각한 정애는 잠이 깼다가 다시 잠을 청했다.

그러나 정우는 누구에게 전화하려는 게 아니었다. 우체국 교환원과 승강이를 벌이고 있었다. 교환원이 아가씨여서 젊은 청춘에 한 번씩 그럴수도 있겠다 싶어 정애는 작은오빠 정우가 곧 자신의 방을 나갈 것이라 생각하고 다시 잠을 자려 했다.

그런데 계속 시끄럽게 교환원과 옥신각신하더니 급기야 입에 담지 못할 욕지거리를 하며 시간 끄는 걸 보니 정우는 분명 별 볼일 없이 술이 취해 교환원 아가씨에게 전화를 걸고 시비를 걸고 있는 것이 분명했다.

정우는 정애와 세 살 차이가 나는 바로 위 오빠였다. 큰오빠는 결혼한 후 대구에서 직장을 잡아 생활하고 있는 터라 작은오빠 정우가 맨날 술 마시고 집에 들어와서 깽판을 놓고 하면 부모님도 감당을 못하고 어쩔 수가 없다는 표정으로 한숨만 푹푹 내뱉어 댔다. 동생들도 나이 차이가 있다 보니 뭐라고 말 한 마디 못한 채 혼자서 속만 끓여대는 처지였다. 결국 상대할 수 있는 건 나이 세 살 터울인 정애뿐이었다.

남자들 틈에서만 살아서 그런지 정애는 여자지만 성격이 좀 괄괄한 편이다. 그런 성격 탓인지 일단은 잘못된 것을 보면 물불을 가리지 않는 면이 있었다. 그래도 혈액형이 A형인 특성 때문인지 속은 무척 여리고 참는 일이 대다수였다.

정애는 몇 번이고 참고 참다가 나중에는 그냥 부딪치고 말았다. 왜냐하면 끝까지 참아 봐도 상대편에서는 깐을 봐서 더 기고만장이었기 때문에, 또 계속 시달리겠다는 판단이 섰을 땐 정애는 망설임 없이 들고 일어선다. 그래야만 끝이 나기 때문이다.

정애는 이런 경지에 이르도록 참고 또 참았다. 그새 시간은 새벽 세시를 넘고 있었다. 교환원과 쌍욕으로 계속 승강이를 벌이던 작은 오빠의 못된 술버릇은 끝날 줄 모르고 계속 이어졌다. 정애는 일단 작은오빠의 행동을 저지해야 될 지경이다. 집안에서 조금 시끄럽고 마는 편이 어쩌면 나을지도 모른다는 생각이 스쳐갔다. 아마 정우는 술이 만취가 되어서 시간관념도 없는 상태인 것 같기도 했다.

정애와 정우는 성인이 되면서 여러 가지 일로 집안에서 부딪치는 일이 잦았다. 그때마다 정우는 정애의 조리 있는 말과 행동으로 더 이상 할 말이 막힐 땐 술주정을 그만두곤 했었다. 아마도 정우 자신은 뭔가가 불만 때문에 억지를 부리곤 하겠지만, 정애와 부딪치면 할 말을 잊곤 하는 걸 보면 자기 자신도 무의식중에 양심은 있었던 모양이다.

정우는 그냥 맨 정신일 때는 말도 없고 자기표현도 잘 안 했다. 너무 내성적이어서 그럴까? 평소 가슴에 담아 두었던 일과 이야기들도 술의 힘을 빌려야만 온몸으로 내 뿜었다. 그런 작은오빠의 성격을 너무나도 잘 알고 있었기에 정애는 더 이상 참지 못하겠다는 몸짓으로 벌떡 일어났다.

정우는 전화 수화기를 들고 교환원한테 욕을 내뱉으면서도 정애를 의식한 것 같았다. 아니! 일부러 술을 마시고 정애 방에 들어와서 정애한테 시비를 걸어오는 듯도 했다. 진짜로 교환원과 통화가 되고 있는 것인지 거짓으로 수화기만 들고 장시간 떠드는 것인지 그걸 정애로서는 알 수가 없었다. 그러나 정애의 결단적 반응이 없다면 언제까지 전화질을 끌고 나갈지 모를 일이었다.

"전화 끊지 못해?"

정애는 참다못해 독이 오른 자세로 정우에게 소리를 꽥 내질렀다.

"도대체가 말이야, 나이가 몇 살인데 예의가 없어? 아무리 돌멩이라 해도 숙녀가 잠옷 입고 잠들어 있는 한밤중에 뭣 하는 짓이야?"

정우는 수화기를 귀에다 댄 상태로 소리쳤다.

"너하고는 더 이상 말하기 싫으니 조용히 해!"

"지금 말 못하게 하는 거 아니잖아? 사람 잠 좀 자자구……."

"이 쌍년아 조용히 하랬는데 왜 자꾸 떠들어?"

정우는 수화기를 방문 미닫이를 향해 힘껏 내던졌다. 수동식 손잡이가 달린 까만 전화기는 굉장히 무거웠고, 내동댕이친 전화기는 문지방과 부딪치는 순간 손잡이가 떨어져 나갔다. 정애는 열을 받을 대로 받은 얼굴이었다.

"이 자식 봐! 이게 도대체 뭐하는 짓이야?"

"뭐 이 자식? 이 X 같은 년! 너, 죽어 볼래?"

정우는 정애의 머리채를 거머쥐었다. 정애도 하이칼라 정우 머리채를 같이 잡고 밀었다 당겼다 하면서 몸싸움을 해댔다. 짧은 머리카락이라 정우의 머리카락은 잘 잡히지 않는다. 키도 정애보다 더 큰 상태라 맞상대는 쉽지가 않았다. 놓친 머리카락을 잡고 또 잡아도 정우의 머리카락은 번번이 놓치고 만다. 정애는 정우에게 머리채를 움켜잡힌 채 옴짝달싹을 못하고 약이 오를 대로 올라 소리만 내질러 댔다.

"이거 놔! 안 놔? 너 정말 개처럼 살래?"

정애가 뱉어대는 말 한 마디 한마디가 정우에게는 더욱 자극을 안겨주었다. 안방에서 자고 있던 동생들과 아래채의 아버지 어머니는 처음부터 정우의 하는 짓을 알고 있었다. 그런데도 건드리기가 싫어 모른 척 상황만 지켜보고 있었던 모양이다.

정애는 아악! 아악! 숨넘어가는 비명만 질러댔다. 안방에서 자고 있던 동생들이 상황 판단을 한 듯 뛰쳐나왔다. 아래채에서 아버지 어머니도 그 넓은 마당을 가로질러 맨발로 달려왔다. 정애는 정우에게 머리채를 잡힌 채 방문 밖으로 질질 끌려 나오고 있었다. 그 모습을 지켜본 아버지가 소리를 질렀다.

"그 손 못 놔?"

정우는 더욱 더 휘어잡고 놓지 않는다.

"네 이년! 내 오늘은 네년을 죽여 버릴 테다."

안방에서 나온 동생들은 머리채를 잡고 있는 정우의 손을 떼어 내려고 애를 썼다. 어머니는 정우를 막 두들기며 울부짖었다.

"이 웬수 같은 눔아! 왜 허구한 날 사람 속을 썩여? 과년한 동생 시집도 못 가게 할 거냐? 이게 뭣 하는 짓이냐?"

"이런 년은 시집 못 가도 돼! 내가 오늘 이 년을 아주 죽여 버릴 거야……."

아버지는 정우의 그 말에 순간 아들의 따귀를 냅다 내갈겼다. 상황이 이렇게 진전되다 보니 정우는 아무리 자신이 술을 먹고 잘못을 저질렀다 해도 자기편이 한 사람도 없는 그 상황이 야속하고 더욱 가슴을 쓰라리게 했다. 정우는 복바치는 설움을 참지 못해 문밖 종이상자 위에 병아리가 밖으로 나오지 못하게 덮어놓은 유리판을 주먹으로 쳐서 깨트리고 말았다. 그 바람에 잡혀 있던 정애의 머리채가 정우의 손아귀에서 풀려났고 병아리 몇 마리가 놀라서 뛰쳐나와 허둥댔다. 악을 쓰고 있던 정애는 울부짖었다.

"매일 이래 가지고 어떻게 살아? 나, 시집 안 가도 돼. 차라리 나 오늘 죽을 거야. 너 이 자식 나 죽여! 내가 이래 가지고 시집이나 제대로 갈 것 같아? 내 생애 철천지 웬수 같은 눔! 엉엉엉……."

언뜻 보니 정우의 오른손 주먹에서는 피가 흐르고 있었다. 그러나 정애는 독이 오를 대로 오른 얼굴이었다. 응원군들이 옆에 있어서 그런지 정애는 분기가 하늘을 찔렀다. 그 발악적 상황이 그녀의 성깔마저 걷잡을 수 없이 만들어버려서 정애도 이성을 잃어버린 사람처럼 정우에게 자극이 될 만한 말만 골라서 내뱉고 있었다.

"나 하나 죽고 너 없어지면 우리 집 편할 거다. 오늘 너 죽고 나 죽자……."

순간 정우도 자기 성깔을 이기지 못해 깨어진 유리조각을 집어 들고 입에 넣더니 빠작빠작 씹어대기 시작했다. 삽시간에 정우 입에서 철철 피가 흘러 나왔다. 아버지, 어머니, 동생들까지도 순식간에 얼굴이 백랍처럼 굳어지면서 놀란 표정으로 울음을 터뜨려 댔다. 정애도 순간적으로 몸을 떨면서 놀랐지만 여기서 굽히면 앞으로 더 속수무책일 것 같은 생각이 밀려와 이를 앙다물었다. 정우의 입에서 계속 검붉은 피가 흘러내렸다. 그러면서도 그는 씩씩거리며 정애를 노려봤다. 그러거나 말거나 정애는 아무렇지도 않은 듯 이를 앙다문 채 소리쳤다.

"야, 이 자식아! 유리쪼가리 씹으면 다냐? 그 어설픈 행동으로 사람 겁주려고? 어림도 없다. 나! 오늘 죽을 결심하고 있으니 너도 내 손에 죽어 봐. 이 새끼야!"

정애의 이 말을 들은 아버지가 순간 정애 뺨을 한 대 후려 갈겼다. 아마 아버지가 그러면 정우가 마음을 좀 돌리지 않을까 싶어서 선수를 쳤는지도 모를 일이다.

"못 된 지지배! 이 상황에도 그런 소리가 나오냐?"

"아버지는 왜 그래요? 저 자식이 집안 식구들을 겁주고 나 겁줘서 앞으로도 지 맘대로 휘젓고 다니려고 그런가 본데 저걸 가만 둬요? 냅 둬요. 오늘 나 죽고 저 자식 죽이려니까……."

순간, 정애는 눈에 보이는 게 없어졌다. 이성적으로 상황 판단을 할 여력을 잃고 말았다. 그러다 보니 어느새 날이 희뿌옇게 새고 있었고, 어머니와 동생들은 그 난장판을 치우고, 아버지는 일부러 나무라는 척하면서 정애를 떠밀어 아래채 당신의 거처로 데려갔다. 그 사이 정우는 어느 정도 술이 깼는지 더 이상 붙잡지는 않았다.

금방 아침이 되었다. 어머니가 아래채로 내려오셨다. 방에 들어온 어머니는 걱정스런 표정으로 말했다.

"너 지금 밖에 나가지 마라. 정우가 너 나오길 기다리고 있어."

정애는 살짝 문을 열고 빠끔히 위채를 내다보았다. 정우는 정애 방문 앞 뜨락 위 마루에서 연탄집게를 오른 손으로 짚고 걸터앉아 있었다. 언젠가는 정애가 자기 방으로 올 거라 생각하고 기다리고 있는 것 같았다. 하기야 아무리 그래도 누나도 아니고 동생인데 그 동생한테 오만 소리를 다 듣고 자존심이 구겨질 대로 구겨졌는데 그 분함이야 오죽하겠는가.

"너 나타나면 죽인다고 저러고 있는데 어쩌면 좋으냐?"

"괜찮아 저러다 지치면 관두겠지 뭐!"

정애는 겁이 났지만 그래도 작은오빠를 무시하기로 했다.

"지가 술 마시고 싶어서도 오래 못 갈 걸……."

정애는 억지로 여유를 부려 보았다. 딴은 그럴 수밖에 없으리라 생각하고 있었다. 그런데 그게 아니었다. 저녁때가 되어도 끼니도 굶어가며, 연탄집게를 집고 앉은 채 정우는 꼼짝도 않고 있었다. 할 수 없이 정애는 아래채에서 부모님과 또 다시 하룻밤을 더 지내야 했다. 정우는 그 이튿날 아침이 되어도 그 자리를 떠나지 않고 앉아 있었다.

정애는 그제서야 더럭 겁이 났다. 이 일을 어떻게 수습해야 좋을지 몰랐다. 이번에는 정말로 그냥 넘어가지 않을 듯한 예감이 밀려왔다. 연 이틀을 저러고 앉아 있는데 독이 오르면 배도 고프지 않나 보다. 어머니가 밥을 먹어라 해도 정우는 대답도 않은 채 그 자리를 지켰다. 보다 못한 어머니가 밥상을 차려 갖다 주었다. 미운 놈이지만 그래도 아들이니까…….

정우는 앉은 자리에서 후딱 밥그릇을 비우고는 또 그대로 앉아 있었다. 그 좋아하는 술도 마시고 싶지 않은지 원! 정애는 기가 막혔지만 부모님의 심정이 어떠했을까? 그렇다고 정애도 계속 아래채에만 틀어박혀 있을 수는 없었다. 언제 들켜서 무슨 일이 일어날지도 모르고……할 수 없는지 아버지가 말씀하셨다.

"너! 뒷문으로 나가서 잠시 대구 큰오빠네 가서 좀 있다가 오너라."

어머니가 정우가 잠시 화장실간 틈을 타 정애 방에 들어가서 옷과 소지품 몇 개를 살짝 갖고 나왔다. 평소 자식들 위해 돈 몇 푼 쓰는 것조차 벌벌 떨며 인색하기 그지없던 아버지도 그날은 무슨 생각을 하셨는지 속 주머니 지갑 속에 넣어둔 지폐 몇 장을 꺼내 대구로 갈 차비라며 건네주었다. 정애는 그나마도 감지덕지 고마운 표정으로 받으며 얼른 뒷문을 빠져나왔다. 그리고는 쫓기다시피 대구로 가는 전동차에 몸을 실었다.

저녁 무렵, 대구 큰오빠네 집으로 들어서니까 큰오빠와 올케언니가 깜짝 놀라는 얼굴로 물었다.

"연락도 없이 어쩐 일이야?"

정애는 자초지종을 얘기하고 오빠에게 선처를 구했다. 그럴 수밖에 없었던 것이 그때 큰오빠 내외는 어린 남매를 데리고 신암동 단칸방에서 세 들어 살고 있는 형편이었다. 사정을 뻔히 알면서도 어쩔 수 없이 그렇게 더부살이 신세를 지게 되어 정애는 그 누구보다 올케언니한테 정말 미안했다.

두 번째 갈림길

길거리엔 늦은 봄비가 촉촉이 거리를 적시고 있다. 가로수 잎사귀들은 제법 이파리가 큼직해졌다. 정애는 말끔히 포장된 아스팔트길을 혼자서 터벅터벅 걸었다. 그녀의 현재 처지가 말이 아니었던 것이다.

"우리 집 전화기는 아버지가 고쳐 놨을까?"

정애가 대구로 올라올 때 어머니는 귀띔하듯 말해주었다. 집안이 잠잠해지고 작은오빠 성깔이 풀리면 전화할 터이니……그러나 한 달이 다 되어 가는데도 집에선 소식이 없었다. 정우가 화가 나도 아주 단단히 났었나 보다. 하기야 유리조각까지 씹어댔는데도 아무도 겁먹는 사람이 없었으니…….

그런 상태로 며칠이 지났다. 아침밥을 먹고 있는데 주인집에서 정애를 불렀다. 전화가 왔다는 것이다.

"아이쿠, 이제서 전화가 왔나 보다."

정애는 얼른 건너가 전화를 받았다. 송수회기 속에서 어머니의 목소리

가 들려왔다

"작은오빠 이제 풀렸어. 와도 된다."

"그래. 알았어, 엄마! 나 금방 갈게. 전화비 많이 나오니까 빨리 끊어. 자세한 이야기는 가서 하고……."

정애는 큰오빠에게 집안 분위를 전하면서 가뿐한 마음으로 집에 갈 채비를 했다. 큰오빠는 섭섭한 마음 반, 시원한 맘 반으로 말했다.

"오늘 가려구? 미안하다. 그동안 해준 것도 없는데……."

"아니야, 오빠! 내가 더 미안하지. 그동안 정말 미안했어요, 언니. 고생 많이 했지? 나 돈 한 푼도 없으니까 차비나 좀 줘요."

정애는 전동차 안에서도 답답한 심정을 가누지 못했다. 다가올 앞일이 두렵기까지 했다.

"혹 작은오빠가 나를 보면 또 돌변하지는 않을까?"

그런 초조함과 불안감 속에서 집에 도착한 정애는 일부러 집 뒷문으로 들어갔다. 무서워서 앞문으론 못 들어 갈 것 같았다. 이상한 몰골을 하고 들어서던 정애는 정우가 마당에 서 있는 것을 보고 가슴이 덜컹했다. 순간 정애는 멈칫 서 버렸다. 정우는 정애를 보더니 씨익 웃었다. 정애도 얼떨결에 반가운 표정으로 안도의 숨을 내쉬며 멋쩍게 웃어주었다.

그 후에도 정우는 정애와의 일에는 상관없이 술을 마시고 들어와서 집안에 있는 유리창이란 유리창은 다 박살내버리곤 했다. 위채가 학교 교실처럼 유리창으로 되어 있는데, 그 유리창문을 열고 들어서면 가로로 긴 마루가 있고 마루를 건너 방이 있지만, 밖에서 보면 아주 썰렁했고 한두 번은 깨트리고 나면 그 많은 것을 다시 갈아 넣곤 했는데, 사흘이 멀다 하고 깨어버리니 아버지는 다시 유리를 끼워 넣지 않았다.

그러다 보니 집이 마치 나가는 집 같았다. 이웃 보기 창피해서 못 살 지경이었다. 매일 술은 먹어야 되고, 주위 술집에서 외상술을 마시고는 청구서는 매번 집으로 날려 보냈다.

아버지와 어머니는 그 술집들을 찾아가서 술을 주지 말라고 부탁까지 해봤다. 그러나 그 주인은 "술 안 주면 행패를 부려서 장사도 못한다."고 했다……

이곳 면소재지 안에서는 아버지 안면을 보고 그 누구도 정우를 건드리지 않는다. 정우가 그걸 깐보고 심지어 면사무소와 지서까지 쳐들어가서 행패를 부렸지만, 그냥 타일러서 돌려보내곤 했다. 이건 완전히 정애네 가문에 조상님이 잘못 되셨는지 집안에 폐인이 한 사람 생긴 것이다.

정우의 술주정 행각은 그녀가 대구에서 내려온 뒤에도 계속됐다. 그렇지만 정애는 이상 정우를 건드리지 않았다. 아버지는 아예 정우를 내놓은 자식으로 포기해 버렸다.

원래 아버지는 밖에 나가서 자신이 쓰는 돈에 대해서는 아까움을 모르는 사람이지만 자식들이나 마누라에게 쓰는 돈은 한 푼이 아까워서 벌벌 떠는 위인이다. 어머니가 왕년에 남의 빚보증을 여러 번 서서 집 두 채를 하루아침에 날렸고, 건강 관계로 아버지는 십수 년째 일은 하지 않고 지방유지 생활만 해왔으니 집안 살림이 거덜 나지 않으면 그것이 오히려 더 이상할 것이다. 밖에 나가서 쓰는 돈은 많았고, 학교 성적이 부실해 5남매 대학을 안 보냈어도 고등교육까지는 모두 다 마쳐주었다.

그럴 때마다 돈쓸 일 생기면 그 많던 땅뙈기를 한두 마지기씩 팔아먹기 시작하여 머슴 두고 농사짓던 땅이 20여 년 동안 거의 다 팔다시피 한 상태가 되고 말았다. 그야말로 몰락한 양반가의 말로였던 것이다. 아버지는 할아버지로부터 물려받은 그 많은 토지를 건사하지 못한 채 이 핑계 저 핑계 대면서 탕진해 버린 것이다. 자식들이 학교에 내야 될 돈이 있어,

"아버지 돈 좀 주세요,"

하면 아버지는 자식들 보는 앞에서 가슴을 쥐어뜯곤 했다.

"나 팔아서 가져가라."

장마 때 곳곳에 비가 많이 와서 수재민이 생겨 학교에서 수재의연금을 갖고 오라고 해서 아버지에게 수재의연금 낼 돈을 달라고 하면 아버지는 대번에,

"우리 돼지우리에 물이 많이 들어와서 나도 수재민이 됐다. 학교 가서 나도 돈 좀 도와 달라고 해라."

하면서 끝까지 돈 한 푼 내놓지 않은 채 그냥 학교 가라고 윽박질러 댔다. 큰오빠를 빼놓고, 정우 오빠를 비롯하여 그 밑으로의 4남매는 늘 그렇게 말도 되지 않는 아버지의 궤변에 농락당하면서 구차스럽게 고등학교 과정을 간신히 마친 셈이다.

자식들도 큰 도시에 나가서 취직을 한다면 모를까, 그 지방에서는 취직(관공서, 농협 등등)도 못하게 했다. 아버지 얼굴 깎인다는 것이 이유였다. 아마도 그런 과정을 겪고 성장했다면 어느 집인들 자식들이 제대로 성장했을 리 만무했을 것이다. 성격들이 많이 삐뚤어졌거나 평생을 내적 트라우마에 시달리며 살아가게 될 것이다.

그런 과정을 겪으며 성장해서 그런지 정애네 5남매는 정도(正道)를 걸으며 살고 싶은 것이 염원이었다. 웬만큼이라도 똑똑했다면 그 시절에는 대처로 나가서 자수성가나 홀로서기라도 했을 것이다. 하지만 정애네 5

남매는 아무도 그렇지 못했다. 그저 아버지에게 불만만 쌓여 있었는데 머리 굵어서는 정우가 제일 먼저 그 증세를 보였던 것이다.

정애는 그런 정우 오빠와 한집에서 맨날 맞닥뜨려 싸움질만 하면서 하루하루를 보냈다. 등신같이 버티고 버티면서 보낸 세월이 어느새 그녀 나이 스물여섯이 되었다. 그렇게 시간 가는 줄 모르고 지내는 사이, 정애네 집에 직업적으로 들락거리는 중매쟁이 할머니가 또 찾아왔다. 그 중매쟁이 할머니는 과년한 처녀나 총각이 있는 집을 수소문하며 뻔질나게 찾아다녔다. 그러다 이리저리 온갖 것을 갖다 붙여 마땅하게 성혼이 이뤄지면 정해놓은 대가를 양가로부터 받아냈다. 하루라도 빨리 정우 오빠와 싸움질하지 않고 살고 싶어 정애는 옳다구나 하고 그 중매쟁이 할머니를 붙들고 늘어졌다.

"할머니, 저도 더 나이 들기 전에 시집이나 가려니까 마땅한데 있으면 소개나 좀 시켜주소……."

중매쟁이 할머니도 재밌다는 듯 깔깔깔 웃어댔다.

"그래서 내가 여기 온 거 아니우?"

"인간성 좋고 능력 있으면 그만이에요. 딴 건 안 볼래요. 가문이나 인물 따윈 필요없고요……."

정애는 사실 가문이라면 염증이 날 지경이었다. 아버지가 밖으론 가문을 중요시 여긴다고 하면서 안으로 집안 되어가는 꼬락서니에 어디 누구에게 하소연 한번 하지 못한 채 그녀 혼자 울분을 삼키면 지내온 세월이 초등학교 졸업 이후만 따져도 십 수 년이었다.

"너희들은 내 그늘에서 남한테 기죽지 마라."

하면서 아버지는 집에만 들어오면 거드름을 피우면서 가족들을 모조리 무시했다. 마누라고 자식이고 무조건 그 위에 군림해야만 직성이 풀리는 사람이 그녀 아버지다.

"너희들이 뭘 아냐?"

하면서 아버지는 가족들이 기를 못 펴게 했다. 가족끼리 모여앉아 화기 애애하게 웃음보따리를 폈다가도 아버지가 마당으로 들어오는 소리가 감지되면 무슨 약속이나 한 듯이 "합!"하고 입을 다물고 표정들이 굳어졌다.

정애는 따뜻하고 훈훈한 가정을 항상 동경했다. 인간적이고 오만하지 않음을 항상 생명으로 여겨왔다. 친구 집을 가보면 그 따뜻함이 저절로 정애 온몸에 스며드는 것 같았다.

중매쟁이 할머니는 그 뒤로 남자라고 생겼다면 아무나 다 한 번씩 데리고 정애네 집을 방문했다. 소위 맞선이었다. 그 신랑감들은 거의가 정애랑 동떨어진 사람들이었다. 정말 그랬다. 나이 걸맞고 남자로 생겼다 하면 무조건 데리고 와서 붙였다. 정애 자신이 아무리 현실도피를 위해 중매쟁이 할머니에게 매달릴 급박한 상황이라 하더라도, 그 중매쟁이 할머니는 해도 해도 너무 하는 것 같았다.

정애는 몇 차례 실망을 한 뒤부터는 아무리 급하다고 해도 그 할머니를 통해서는 선을 보지 않겠노라고 작심했다. 그 사이 정우는 병원을 비롯하여 취직자리가 여러 번 나왔지만 그놈의 주벽 때문에 몇 개월을 못 채우고 그 직장을 나오곤 했다. 아무래도 정우는 세상과 사회에 대한 자신감과 용기를 잃은 듯했다.

정애 또한 집에만 틀어박혀 있었다. 어릴 때부터 도시로 나가서 공장입네, 시내버스 차장입네, 하며 손수 돈을 버는 아가씨들과는 근본이 다르다는 잘못된 사고를 가지고 있었다. 아버지의 오도된 세뇌교육으로 요조숙녀만 꿈꾸며 살아왔다. 한마디로 넓디넓은 세상사를 모르고 그저 이미자 씨의 〈여자의 일생〉만 근본 의미도 모른 체 허울 좋게 심취해 있는 생활이었다.

그날도 정애는 자신의 집 미장원 방에서 한가한 미용사들과 누워 도란도란 이야기를 나누며 한가하게 시간을 보내고 있었다. 조그만 방 한쪽에서는 라디오에서 가요가 흘러나왔다.

"사랑의 이름으로 그리운 눈동자로 별아 내 가슴에……."

한창 유행하는 남진 씨의 〈별아 내 가슴에〉라는 노래다. 정애는 그 노래에 심취된 듯 비스듬히 누운 채로 발끝으로 박자를 맞추며 따라 부르기 시작했다. 그때 엄마가 들어왔다.

"얘! 중매쟁이가 사람 데리고 왔다. 나와 봐."

그 순간 정애는 자신도 모르게 짜증이 났다. 중매쟁이 할머니가 도무지 왜 그런지 알 수가 없었다. 어느 정도는 그래도 걸맞아야지…… 도나개나 다 데리고 나타나는 데는 정말 질려버렸다. 정애 어머니도 이제는 그 중매쟁이 할머니가 올 때마다 난감하기 그지없었다.

"그냥 돌려보내세요. 이젠 맞선 같은 거 안 본다고 하면서……."

정애는 자신이 이상해지는 느낌마저 들었다. 가까운 친구들도 하나둘다 제 짝을 찾아가고, 자기 혼자만 뒤처진 채 이상한 침체의 늪에 빠진 느낌이었다. 얼마 후 어머니가 다시 들어왔다.

"지지배가 성격이 우찌 그러냐? 그 사람들 갔다."

중매쟁이 할머니를 역정으로 물리친 다음 날부터 정애는 다시 작은오빠와 부딪치며 하루하루를 힘들게 보냈다. 만사가 귀찮고 짜증스러워 한

순간도 가만히 있을 수가 없을 지경이었다. 옆에서 누가 보는 사람만 없으면 벽에다 머리를 처박으며 한바탕 통곡이라도 하고 싶은 심정이었다.

그러던 어느 날이었다. 정애네 집으로 느닷없는 편지 한 통이 날아왔다. 수신지는 정애 어머니가 운영하는 시골 아무개 미장원 앞이었다. 시골 마을에서 그 정도의 주소면 우편물이 충분히 도착되었다. 발신인은 본명이 적혀 있지 않았다. 주소도 없이 그냥 〈머저리 총각〉이었다.

"무슨 이런 황당한 경우가 다 있냐?"

참으로 이상한 일도 많다며 정애는 편지봉투를 뜯어보았다. 며칠 전 선도 안 보고 돌려보낸 그 사람이었다. 편지 내용은 더욱 가관이었다.

"제가 아무리 그대의 맘에 안 든다 해도 명문 가정에서……그것도 신중한 인생의 대사를 논의하러 간 사람을 그렇게 거지 내쫓듯 하는 것이 소문난 명문대가의 예도인가요?"

자기 자존심에 대한 항의 어린 문구였다. 정애는 그 편지를 들고 곰곰 생각해 보았다. 글씨가 제법 정성들여 쓴 것 같았다. 한자를 꽤 많이 섞어서 쓰고 있었다. 편지내용 밑에는 그 사람의 서울 주소가 적혀 있다. 그렇다면 회답을 바란다는 뜻이 아닌가? 정애의 얼굴에 갑자기 웃음꽃이 피어오르며 호기심이 발동했다. 어떻게 생겨먹은 남자인지는 모르겠지만 이 지리멸렬한 나날에서 벗어날 수 있는 돌파구가 생긴 것 같은 느낌이 밀려왔다. 정애는 옛날 펜팔하던 기억을 더듬으며, 얼굴도 모르고 이름도 모르는 그 편지의 주인공에게 회답을 써 내려가기 시작했다.

"미안합니다. 원래가 그렇게 예의 없는 사람도 아니고, 또 저희 집안은 그렇게 경우 없는 집안은 결코 아닙니다. 그런데도 그날은 중매쟁이 할머니가 맞선이라는 명분을 내세우며 이 남자 저 남자 가리지 않고 마구 저희 집으로 데리고 오는 통에 제가 좀 예민해진 것 같습니다……. 집안의 여러 가지 복잡한 일들이 겹친 상황 속에서 하필이면 머저리총각 당신이 운 나쁘게 당한 것 같으니까 제발 노여워하지 말고 기분 나빴던 그날의 기억들은 다 잊어 달라.”는 내용을 담아 정확한 주소와 정애의 이름을 적어 회답을 보냈다.

4일 후에 다시 그 답신에 대한 응답이 왔다. 그 편지가 “실례가 되었다면 죄송하다.”는 말과 함께 기대하지도 않았던 회답을 해 줘서 우선 고맙다고 했다. 그리고 처음 시작은 자타가 공인하듯 몹시 기분이 나빴지만, 오늘 이렇게 정애 씨의 정중한 사과 편자를 받고 보니 너무 기뻐서 “오늘 밤은 잠이 오지 않습니다.”라는 내용과 함께 “수일 내 내려가면 한번 만나볼 수 있겠습니까?” 하고 물어왔다. 정애는 다시 회답을 썼다.

“그러지 말고 우선 얼굴도 모르고 그대에 대해 모르는 게 너무 많으니 사진부터 교환하자.”고 제의했다.

며칠 후 다시 편지가 왔다. 편지 봉투 안에는 군대서 복무할 때 찍은 것이라며 사진 한 장이 들어 있었다. 머리카락은 짧은 깍두기 머리였지만 이목구비는 잘 생겼다는 생각이 들었다. 하기야 정애 자신도 눈만 크고 시원스러울 뿐 다른 모습은 그리 잘 생겼다고는 생각지 않았던 정도니까 그냥 한번 만나봐서 인간성만 괜찮으면 계속 만나보고 싶은 심정이었다.

그의 편지 안에는 자기만 사진을 보내면 자존심이 상하니까 정애 씨 사진도 보내줘야 하지 않느냐고 했다. 정애는 그 말도 일리가 있다 싶어 고3 시절 3층 교실 창문 밖을 내다보며 친구와 함께 찍은 사진을 왼쪽 여학생이 본인이란 말을 덧붙여 보냈다. 그리고 펜팔 하듯 몇 번씩 편지가 오갔다. 그러는 사이 그 무덥던 여름도 다 가고, 두 사람 사이는 꽤 정이 든 것 같았다.

어느 새 늦가을이 되었다.

정애는 까만 바바리코트를 입고 쌀쌀한 늦가을 바람을 얼굴로 받으며 천천히 철길을 걸었다. 철길 옆에는 적당히 키가 큰 코스모스가 불어오는 찬바람을 맞으며 하늘거리고 있었다. 황금 들녘엔 군데군데 추수한 자욱이 거무튀튀한 땅 색깔을 그대로 드러내고 있었고, 서쪽 산자락으로 기운 햇살은 쌀쌀한 저녁나절을 더욱 더 을씨년스럽게 만들었다. 가슴 한구석에 상우를 잠깐 접어 둔 채, 정애는 그 군복 입은 머저리총각 사진을 떠올리며 천천히 발걸음을 옮겨 놓았다.

"어떡할까? 한번 만나볼까?"

발가락이 다 보이는 샌들을 신은 발이 시려왔다. 발이 시려오자 마음마저 심란했다.

"사람 인간성만 괜찮으면……."

어느새 석양은 서산 밑으로 그 붉은 노을을 감추었다. 노을이 사라지자 몸속으로 한기가 몰려오며 땅거미가 내려앉기 시작했다. 정애는 그때서야 터벅터벅 들길을 가로질러 집으로 향하는 길로 들어섰다. 감기몸살이 오려는지 자꾸 콧물이 줄줄 흘러내리며 머리가 아파왔다. 빨리 집으로 들어가 늦가을 찬바람에 언 몸을 이불로 감싸고 싶었다.

머저리총각

호되게 감기몸살을 앓고 난 후, 정애는 무료함을 달래듯 뜨개질에 온 정성을 쏟고 있었다. 대바늘에다 한 코 한 코 털실을 걸어 안으로 당겨내는 정애의 손은 자신이 봐도 섬섬옥수였다. 희고 가는 손가락이 환상적일 만큼 예뻐 보였다. 언젠가 주변 사람들이 정애가 뜨개질 하는 모습을 보고 손이 정말 예쁘다고 칭찬한 때가 있었다. 그 사람들의 칭찬을 떠올리며 정애 혼자 무아지경에 빠지고 있었는데 별안간 전화 벨 소리가 귓전을 때렸다.

"여보세요?"

"예, 저……정애 씨 댁이죠?"

목소리가 굵직한 남자의 목소리가 힘 있게 들려왔다.

"네에, 그런데요?"

"정애 씨 계십니까?"

"전데요. 누구시죠?"

"아! 저 머저립니다……."

정애는 문득 그 군복 사진이 생각났다.

"아니, 어쩐 일이세요? 전화번호는 어떻게 알고……."

"네에, 사실은 중매쟁이 할머니를 통해서 알고 있었습니다."

"아! 그러셨군요. 별고 없으시죠?"

사실 정애는 그 머저리를 망설이고 있었다. 그렇다고 해서 마땅한 혼처 자리가 나온 것도 아니었다. 전화 속에서는 다시 굵직한 목소리가 흘러 나왔다.

"저 지금 고향에 내려와 있습니다. 어제 내려 왔는데요. 사실은 정애씨 만나보고 싶어서요……."

정애는 순간 좀 당황스러웠다.

"지금요?"

"아니, 지금이라도 좋지만 사정이 안 되시면 내일이라도……."

"그럼 내일 뵙기로 하죠. 내일 다시 전화주세요."

이튿날, 정애는 어머니와 함께 나갔다. 여고 앞 다방은 정애가 3년 동안 다니던 읍내 중앙통이라 다시 길을 물어볼 필요는 없었다. 정애와 어머니는 다방 문을 밀고 안으로 들어섰다.

다방 안쪽 구석에 어느 남녀가 심각한 얼굴로 앉아 있었다. 문 왼쪽으로는 자그만 체구의 한 남자가 앉아 있다 벌떡 일어섰다. 언뜻 얼굴을 바라보니 그 군복 사진의 모습이 조금 남아 있는 듯했다.

"저 사람이구나."

정애는 어머니와 함께 그 사람 앞자리로 가서 앉았다. 보통 키였다. 감색 양복을 입었는데 꽤 왜소해 보였다. 양복 입은 모습이 몹시 엉거주춤

해 보였다. 흡사 남의 옷을 빌려 입고 나온 것처럼 옷매무세가 영 어울리
지 않았다. 그런데다 그 사람은 당당한 모습이 전혀 보이지 않았다. 뭔가
모르게 주눅이 들어 있는 듯했다.

그 사람은 정애 혼자 나올 줄 알았는데 어머니와 같이 나온 걸 보고 당
황하는 눈치였다. 그래서 그런지, 한 마디 한 마디 조심스럽게 말을 이어
나갔다. 아버지는 안 계시고 시집간 누나가 있다고 했다. 그리고 형님이
계신다고 했다. 고향에서는 지금 형님이 어머님을 모시고 계시며, 자기
는 줄곧 서울에서 지냈다고 했다.

서울에 있는 〈고명상고〉를 졸업했다고 했다. 정애로서는 처음 들어본
학교인 듯했지만, 그런 학교가 있으려니 했다. 정애 혼자만의 일방적인
판단이었지만, 그 사람이 풍기는 인상으로 봐서는 거짓말은 아닐 것이라
고 생각했다. 시골에서 순진하게 자란 정애로서는 당연히 상대가 무슨
말을 해도 그냥 곧이곧대로 받아드리는 편이었다. 그녀의 고향 사람들이
흔히 말하는, 서울깍쟁이들처럼 사람의 말을 2중 3중으로 의심해 보며
비판적으로 받아들이는 능력과 여유를 정애는 갖추지 못했다.

그런데도 그 사람은 왜 그렇게 처음부터 주눅이 들어 있었을까? 마음
좋고 순진한 정애는 어머니와 함께 버스를 타고 집으로 돌아오면서도 그
남자가 가엽게 주눅 들어 앉아 있었던 모습이 눈에서 떠나지 않았다. 왠
지 그 사람을 떠올리기만 하면 동정심과 연민이 함께 밀려오곤 했다.

그 모습으로 미루어 볼 때 술은 입에도 대지 않는다고 생각했다. 설사
술을 먹는다고 해도 설마 작은오빠처럼 그렇지는 않을 것이라고 생각했
다. 그 술주정 부분은 작은오빠에게 하도 질려서 그런지, 그냥 자신의 지
레짐작으로 넘어가고 싶었다.

세상에 작은오빠 같이 술주정을 하는 사람이 어디 있겠는가? 그런 사람은 없어……

이런 식으로 정애는 자기 혼자 애써 확신도 해보았다. 그 어떤 확인 행위나 근거도 없이, 처음 만나본 그 남자의 말을 그냥 믿고 감싸고 도는 정애 자신이 어느 면에서는 불쌍하다는 생각까지 들었다.

"엄마, 나 그 사람하고 할까?"

"왜? 괜찮더냐?"

"그냥 그래. 현재의 내 맘이……."

"하기야 내가 보기에도 퍽 얌전하게 생기기는 했더라만……."

엄마는 얌전하다는 표현을 썼지만, 정애는 그 얌전하다는 말보다 남자로서는 점잖아야 격이 맞지 않을까 하는 생각을 했다. 그것은 여자 같은 남자보다 남자 같은 남자가 제격이라고 생각해 온 터였다. 그 사람은 아마도 마음이 여린 탓이 아닐까 하는 생각이 들었다. 지금 정애가 안 되겠다고 하면 아마 그 사람은 마음의 상처를 크게 받을 것 같은 생각도 들었다. 꽤 여러 날 동안 편지도 주고받았고 사진도 주고받은 사이가 아닌가? 그래도 서신으로나마 서로의 마음을 거의 다 주고받았다는 느낌을 억지로 찍어 붙여 보기도 했다.

이틀 후 저녁 여덟 시쯤이었다. 그 사람에게서 또 전화가 왔다.

"여보세요?"

"저어, 머저립니다. 술도 잘 마시지 못하지만 오늘은 한 잔 했습니다. 이해하십시오. 마음이 너무 괴롭습니다. 지금 꼭 정애 씨를 만나 뵈어야 되겠는데요, 지금 잠시 나와 주실 수 있겠습니까?"

"지금, 여덟 시가 넘어가는데 어떡해요? 버스도 없을 테고 기동차도 아홉 시면 끊길 텐데……집에 오지도 못해요."

시골이라 밤 여덟 시면 버스가 끊겨졌다. 전동차도 밤 아홉 시면 읍내에서는 막차다.

"정애 씨! 오늘이 지나가면 우리 더 이상 만나지 못해요. 오늘 만나서 정애 씨 심중을 들어봐야 할 사정이 있어요. 그 사정을 전화상으론 말씀드릴 수 없는 제 사정을 좀 이해해 주십시오……."

정애는 난감했다. 아홉 시 마지막 기동차를 타고 올 수 없을 텐데 어떡하지……그의 다급함을 미루어 봤을 때 아무래도 일단은 가서 만나봐야 될 것 같았다. 술을 조금 마신 듯한 목소리였지만 어떤 절박한 상황에 대한 절규 같기도 했다.

"알았습니다. 제가 곧 가죠. 어디예요?"

정애는 처음 그를 만났던 그 다방으로 갔다. 그는 벌써 다방 앞에 도착해 있었다. 하기야 읍내에서 공중전화로 전화를 했을 테니……막상 만나고 보니 그 사람은 생각보다 술이 많이 취해 있었다.

그가 다방에 들어가지 말고 철길을 좀 걷자고 했다. 정애는 그의 제의를 받아들이며 골목길을 빠져나와 철길로 향했다. 읍내라고는 하지만 일단 밤 아홉 시가 지나면 그 철길은 제몫을 다하고 이튿날 아침까지 거의 연인들의 아베크 길이 되곤 했다.

"저, 저……내일 약혼합니다."

정애는 순간 어리둥절했다.

"무슨 소린지 잘 모르겠는데요?"

"저 오늘 선보고 왔어요. 내일 약혼하기로 했다고요."

정애는 기가 막혀 한동안 무슨 말을 할 수가 없었다. 그럼 왜? 이 밤중에 여기까지 나를 불러냈단 말인가? 정애는 순간 자존심이 상했다. 그러잖아도 맘에 썩 내키는 상대가 아닌데다가 아버지가 결사코 반대하는 판국이라 정애는 사실 그동안 마음이 무거웠다. 하지만 그 사람을 처음 만났을 때와 그동안 오고간 서신들도 있었고, 집안도 시끄러워 이차저차 심란한 마음과 연민의 정 때문에 될 수 있는 한 매사를 긍정적으로 생각하고 밀고 나가려고 마음을 굳히려는 터였는데, 내일 약혼한다는 말을 그렇게 쉽게 해대다니……뭐 이런 사람들이 다 있나 싶어 정애는 은근히 부아가 치밀어 올랐다. 그래도 억지로 마음을 누르며 말했다.

"잘됐네요. 근데 왜 저를 보자고 했어요?"

"저는 이런 말 하자고 정애 씨 만나자고 한 게 아닌데요?"

"그럼 뭐 하자는 건데요? 끝났구만."

정애는 약간 목소리 톤이 높아졌다. 이 사람의 농간에 자신도 모르게 끌려든 기분이었다.

"사실은 정애 씨의 최종 마음을 알고 싶어 뵙자고 한 겁니다. 정애 씨의 확고한 결심을 듣고 저도 결정을 내리려구요."

정애는 그제서야 그의 의도를 알아차릴 수가 있었다.

"참 이상하네요. 혼인은 제 각자의 인생에서 가장 중요한 인륜대사인데 오늘 선보고 내일 약혼을 하다니요? 이런 것들은 결코 가벼이 해서는 안 되는 일인 줄 아는데요?"

그는 정애의 말을 듣고는 고개를 끄덕였다.

"네. 그건 그런데요. 사실 저도 여러 군데 선을 봐 왔고 연로하신 제 어머니께서는 빨리 막내며느리를 봐야 한다고 성화를 부리셔서……."

"그렇다고 해서 이런 중대사를 그렇게 쉽게 처리하나요?"

정애의 말투엔 가시가 박혀 있었다.

"사실은 출가하신 누님이 계시는데 그 누님 마을에 잘 아는 아가씨를 오늘 선을 봤어요. 정애 씨 댁에서는 계속 연락이 없으시니까 그만 포기하고 그쪽으로 장가들라는 겁니다. 제 누님께서요⋯⋯."

"그럼 그리로 결정하시면 되겠네요. 저는 아직 아버지의 승낙이 없는 터라⋯⋯."

그는 어려운 듯 조심스레 다시 입을 열었다.

"저어, 약속 하나 해 주실래요? 정애 씨의 마음만 확고하시다면 저 정애 씨 믿고 내일 약혼 취소하려고 하는데요⋯⋯."

정애는 갑자기 생각이 어지러웠다. 말없이 한참을 걸었다. 기동차 막차 시간은 한참 전에 지났고, 집으로 갈 길은 그만 멀어져 있었다. 정애는 마음이 조급한 상황에서 어떻게든 빨리 마무리를 지어야 했다.

"제가 어떡하면 되는데요?"

"정애 씨 마음을 제게 확실히 보여주세요. 그럼 제가 이후로도 다신 선도 안 볼 거고 일단 내일 약혼 취소하고, 정애 씨 아버님 승낙 날 때까지 기다리겠습니다."

정애는 생각 끝에 그러겠다고 약속했다. 아무런 변화도 없는 상태에서 또다시 그 지겨운 나날들을 보낼 자신이 없었다. 정애로서는 이 답답한 현실을 하루라도 빨리 도피하고 싶은 마음뿐이었다.

그를 만나고 온 며칠 후였다. 정애는 미장원 방에서 미용사들과 같이 잡담을 하며 잠시 시간을 보냈다. 그때 막내 동생 철우가 미장원 방으로 들어왔다. 지금 안채에는 손님이 오셨다고 말해 주었다.

미장원 방을 나와 다시 확인해 보니 그 머저리총각의 형님과 어머니가 오셨다고 했다. 정애는 일단 숨을 죽이고 안채에서 내려지는 결정만 초조하게 기다렸다. 마침 아버지가 집에 계신 터라 그 분들은 쉽게 아버지와 마주 할 수 있었다. 정애로서는 아직 그 분들을 보지 못한 터였지만 여기까지 왔을 때는 아주 급하고 중대한 일일 것 같았다. 그 사람의 어머니가 정애 아버지에게 말했다.

"여기 이 사람이 저의 큰아들이고 저는 제 막내아들 혼사문제로 왔습니다."

정애 아버지는 말문을 닫고 그냥 우두커니 앉아 있었다. 일단 집에까지 찾아온 손님이니까 상대방의 처지를 생각해서 면대는 한다는 안색이었다. 그의 어머니가 또 말을 이었다.

"막내가 어쩐 일인지 약혼할 아가씨와도 약혼을 취소하고 요즘은 끼니도 굶고 방에 누워 있는데 너무 딱하고 가엾어서 이렇게 실례를 무릅쓰고 찾아왔습니다."

정애의 아버지는 여전히 말이 없었다.

"애 누워 있는 걸 보면 가슴이 쓰려요. 며칠 새 뼈에 가죽만 남아 마치 달걀 속껍데기 같은 느낌입니다. 우리 아들 좀 살려 주세요."

그의 형님 되는 분은 뭐 하러 왔는지 아무 말 않고 그냥 옆에 앉아만 있었다. 하기야 그 시절에는 어른들끼리 말씀하시는데 끼어들기나 할 수 있는가? 끝까지 정애 아버지는 한 말씀도 하지 않고 있었다.

그들은 어쩔 수 없이 그냥 돌아가고 말았다. 그들이 돌아가자 아버지는 정애를 불렀다. 결과를 초조하게 기다리던 정애가 사랑방으로 불려갔다.

"아무래도 안 되겠다. 남들은 망한 집구석이라고 흉을 본다는 소리도 들려오지만 그 사람들에게 너를 보낼 수는 없다……."

정애는 기가 막혔다. 어떻게 해야 될까? 그 사람과 약속을 단단히 하고 약혼까지 파기시킨 마당에 자신이 어떻게 처신해야 될지 갑자기 막막해지는 심정이었다. 아버지가 다시 말을 이었다.

"그 사람들을 보니 행색부터 촌무지렁이 같더라. 난 절대 그런 사람들과 사돈 맺을 수 없다."

정애는 순간 아버지를 향한 반감이 일었다. 어깨에 힘주고 살던 시절은 다 지나간 옛날이야기이다. 지금은 한없이 몰락한 명문가의 후손들일 뿐이다. 부자가 망해도 3년은 파먹을 것이 남아 있다는 옛말이 있긴 하지만, 정애네 가정사를 잘 아는 사람은 이제는 대대로 이어오던 몰락한 명가의 뼈다귀만 남아 있을 뿐 팔아먹을 수 있는 땅뙈기 한 마지기 없는 빈털터리라고 일언지하에 잘라 말할 것이다. 아, 거기다 하나 덧붙이자면 작은오빠가 수시로 박살 내놓은 창살문만 박혀 있는 큰채와 아래채 기와집, 그리고 길 쪽으로 문을 내놓은 미장원 행랑채가 기왓골에 잡풀이 피어 오른 채 그 옛날의 흔적을 말해주고 있을 뿐이다. 그런데도 아버지는 아직까지도 현실을 직시하지 못한 채 허풍스러운 위세를 떨치고 있었다.

정애는 아무 말도 못한 채 아버지 방에서 나왔다. 자신의 방으로 건너와 두 무릎에다 고개를 얹고 잠시 복잡한 머리를 정리하고 있는데 전화가 왔다. 정애를 찾는 전화라고 했다.

"여보세요. 전화 바꿨습니다."

"접니다. 지금 저의 어머니랑 형님께서 정애 씨 댁에 가신 걸로 알고 있는데요. 어떻게 됐는지 너무 궁금해서……."

"네. 조금 전에 가셨는데요⋯⋯잘 안 되신 것 같아요. 어쩌죠?"

"저 지금 읍내에 나와 있는데 정애 씨 잠깐 뵐 수 있을까요?"

정애는 일단 다시 만나서 자신의 마음을 이야기해야 될 것 같았다. 그의 어머니 말씀을 미루어보면 그가 불쌍하기 그지없었다. 나 때문에 그렇게까지 했단 말인가 하는 생각에 정애는 선뜻 알았다고 대답하고 서둘러 약속장소로 나갔다.

그는 들은 대로 그새 많이 수척해 있었다. 초췌한 그의 모습은 정애가 보기에도 너무 애절하게 느껴졌다. 말없이 그를 바라보고 있는 정애의 시선 속에는 연민의 정보다 모성애가 한층 더 가중되어 있는 눈길이었다. 그가 말했다.

"저 오늘 각오를 하고 왔는데 제가 하자는 대로 하시겠습니까?"

"무슨 뜻이에요?"

정애는 주저하며 되물었다. 그가 다시 말했다.

"일이 이렇게 질질 끌어지고 집에서는 어디든 확정을 짓고 서울로 가라고 하시고⋯⋯정애 씨 댁에서는 승낙이 나지 않고, 그렇다고 직장을 결근한 채 여기 계속 머물며 기다릴 형편도 못 되고⋯⋯."

그는 깊은 한숨을 내쉬며 고개를 떨어뜨리고 있다가 다시 정애를 바라보며 입을 얼었다.

"오늘 우리 둘만이라도 결정을 짓고 나서 제가 서울로 올라가야 맘을 놓고 일에 열중을 할 수 있을 것 같아서 말씀드리는데⋯⋯."

정애는 그가 그렇게까지 말했는데도 그 말뜻을 똑바로 이해하지 못했다. 그냥 구두 언약이라도 하자는 제의로 받아들이며 혼자 생각했다. 그까짓 게 뭐 그리 어려운가? 내가 절대 마음 변하지 않는다는 어떤 서약 같은 것만 하면 되겠지 하면서 고개를 끄덕였다.

"네. 그렇게 하죠."

그러자 그는 정애에게 어디 같이 가볼 데가 있다고 따라오라고 했다. 정애는 그가 이끄는 데로 따라갔다.

"배고프시죠?"

사실 정애는 점심도 거른 참이라 몹시 배가 고팠다.

"괜찮아요. 집에 가서 먹지요……."

그는 정애를 중화요리 집으로 데리고 들어갔다. 자장면 한 그릇을 시켰다. 정애는 자신은 안 먹으려나 보다 생각하고 혼자는 안 먹겠다고 했다. 그는 주인을 불러 빈 그릇 하나만 가져오라고 해서 그 자장면을 섞어 반으로 갈랐다.

"우리 추억을 위해 반씩 나누어 먹어요. 저는 이렇게 하고 싶은데 정애 씨는 어때요?"

정애는 몹시 배가 고파서 양이 안 찰 것 같았다. 그렇지만 순진하게 정애는 또 한 번 낭만을 느꼈다. 자기 아버지나 작은오빠 같으면 곧 죽어도 자기 과시를 하기 위해서 중국집이 아니라 근사한 음식점에서 푸짐하게 음식을 주문했을 것이라고 생각했다.

여기까지 생각이 미친 정애는 그가 하는 행동 모두가 그때부턴 낭만적으로 보이기 시작했다. 그때부터 정애는 그의 꾸밈없는 행동으로 미루어보아 행복한 생활만 전개될 것 같은 확신감에 빠져들기 시작했다. 자장면 한 그릇이 사람을 이렇게 달뜨게 하다니……정애는 자신도 모르게 끌려든 사랑의 콩깍지에 눈이 멀어 자장면 한 그릇으로 낭만을 나누어 먹고 밖으로 나왔다.

밖으로 나와 그가 앞서 가는 길을 말없이 따라가던 정애는 순간 화들짝 놀랐다. 그가 발길을 멈춘 곳은 다름 아닌 허름한 여관집 앞이었다. 둘이서 결정짓자는 그의 말은 바로 이런 뜻이었다는 걸 그제서야 알아챘다.

정애는 순간 당황했다. 얼마 전만 해도 여관이란 곳은 집이 멀어 어쩔 수 없는 여행객들이나 집 나온 사람들이 자는 곳인 줄 알았다. 그런데 얼마 전 어떤 소설을 읽다 보니 여관이란 여행객들만 찾는 곳이 아니었다. 여관은 연인들도 즐겨 찾는 곳이라는 것을 그녀는 나이 스물여섯이 넘어서야 알았다.

일이 여기까지 오고 보니 이 상황에서 자기 자신이 어떻게 해야 좋을지, 피할 방법이나 변명 같은 것이 도무지 생각이 나지 않았다. 머리가 한순간 굳어버린 것 같았다. 그냥 뻣뻣하게 굳은 상태로 머뭇거리다 보니 얼굴에 신열이 확 끓어오르면서 순간적으로 삥 하는 전율과 함께 온몸이 후드득 떨렸다.

"어차피 이 사람과 평생을 같이하기로 마음먹었는데 내 마음을 보여주듯 이 사람이 하자는 대로 따라주는 것이 이 사람을 안심시켜 줄 수 있는 길일까?"

순간 그런 생각이 밀려왔다. 그리고 그 다음에는 그녀의 입으로는 차마 말할 수 없었던, 아버지의 그 대책 없는 얼굴이 다가왔다. 정애는 그만 아버지의 환영에 저항하듯,

"아버지의 얼굴을 하루라도 빨리 피하기 위해서는 이 남자를 안심시켜 줘야 돼."

하면서 정애는 내심 결정을 내리고 말았다. 그렇지만 마음 또 한편으로

정말 착잡하기 이루 말할 수가 없었다. 우선 부끄러운 마음을 감출 수가 없었다. 여관 주인 보기도 민망했다. 정애는 그 낯 뜨거운 순간을 피하기 위해 그가 이끄는 데로 따라 들어갔다. 그날 정애의 마음은 정말 제 정신이 아니었다.

언젠가 단짝 친구였던 수희가 병두와 동거를 시작했을 때 첫경험의 기분을 물은 적이 있었다. 수희는 말했었다.

"응. 그런 대로 뭔가가 있었어……그렇지만 뭐라고 딱 꼬집어 구체적으로 말하기가 좀 그러네……."

그날, 수희가 했던 말을 생각하며 정애는 벌쭉한 자세로 방안으로 따라 들어갔다. 그는 여관방에 들어서자마자 정애를 끌어안았다. 정애는 이런 상황에서 어떻게 대처해야 좋을지, 그만 자력을 잃고 말았다. 26년 동안 살아오면서 그녀는 육체의 사랑에 대해서는 동경만 해왔다. 영화를 보거나 결혼한 친구들이 첫날밤을 맞은 이야기를 해도 남녀 간의 육체적 사랑에 대해서는 호기심만 있었지, 막상 닥친 그 순간은 애절하게 사랑했던 사람도 아니고, 제2의 인생을 결정짓는 첫 경험을 이렇게 치르고 싶지는 않았다는 평소의 생각이 밀려오면서 지금이라도 그의 포옹을 거부해버릴까 하는 숱한 갈등이 머릿속을 어지럽혔다.

그런 갈등 속을 헤매며 얼마나 시간이 흘렀을까. 잠시 그녀를 포옹하고 있던 그가 정애의 옷을 벗기려 했다. 순간 정애는 아찔했다.

"잠깐! 잠깐만요."

순간, 정애는 소변도 마려운 것 같았고, 마음을 가다듬을 시간이 필요했다. 그는 멈칫하며 물었다.

"싫어요? 안 되겠어요?"

정애는 잠깐 밖에 나갔다 오겠다고 했다. 그리고는 재빨리 밖으로 나왔다. 공동으로 사용하는 화장실이 복도 끝에 있었다. 우선 화장실로 들어갔다. 지금껏 전개되어 온 상황이 그랬고, 생각지도 않았던 그가 이런 결단을 제의해 온 결과가 이런데, 지금 와서 이 현실을 피한다면 나중에 또다시 되풀이되는 끔찍한 생활이 자신도 모르게 뇌리를 타고 엄습했다.

"그래. 어차피 이 사람에게 의지할 마음을 굳혔으면 따라주자!"

정애는 다시금 마음을 굳게 먹고 조심스레 그가 기다리는 방으로 들어갔다. 그는 그동안 어떤 마음을 갖고 있었는지는 모르지만, 그는 정애가 들어오니까 반색을 하는 눈치였다. 정애는 다부지게 마음을 가다듬으며 그가 하는 대로 몸을 맡겼다.

첫 경험

그는 차례차례 정애의 옷을 벗겨 나갔다. 속옷이 나타나자 정애는 순간 멈칫했다. 공중목욕탕을 함께 다닌 어머니 외에는 그 어느 누구 앞에서도 속옷은 보이지 않은 그녀였다. 정애의 속옷이 드러나자 그도 멈칫한 것 같았다. 다시 정애는 체념하고 있었다.

아!

정애는 정말 첫 경험 만은 진정 사랑하는 사람과 감미롭게, 애절하게 하고 싶었다. 또 첫 경험은 응당 그렇게 해야만 되는 걸로 믿고 있었다.

그런데 이게 무언가?

정애는 속으로 울고 있었다. 그는 다짜고짜 정애의 속옷을 벗기더니 실전으로 들어가 버렸다. 아, 그녀 몸의 역사인 생애 첫 경험의 순간이 그렇게 한순간의 일처럼 아무 감흥 없이 끝나고 말았다.

뭐가 이래?

그와의 결혼을 위해서 26년 동안 고이 간직했던 순결을 허용하는 순간 정애는 정말 실망과 망상이 교차하는 순간이 되고 말았다. 고통스러움 외 아무런 느낌도 받지 못했다. 일이 끝났나 싶은 느낌과 동시에 정애는 허탈한 마음을 진정시키려고 무진 애를 썼다.

그 다음 정애는 요때기 위에 드러누워 그와 일을 벌였던 자리 밑을 정신없이 살펴댔다. 평소에 귀가 따갑도록 들어온, 그 처녀성에 대한 집착때문에 그 흔적을 찾아볼 셈이었다. 하지만 정애가 첫 경험을 했던 그 자리에는 아무런 흔적도 없었다.

언젠가 수희가 병두와 첫 경험을 했을 때 아무런 흔적이 없다고 병두가 수희의 숫처녀를 의심했다고 들었다. 정애가 알고 있는 수희는 정말 진정 그녀도 병두와의 첫 경험임을 알고 있었기에 더욱 자리 밑에 흔적에 대해 시선이 쏠렸다.

과연 나는?

그녀는 자부심을 가지고 요때기 위를 살폈다. 정애 역시 아무 흔적이 없었다. 그렇게 거룩한 첫 경험은 아니었지만, 기대했던 처녀성의 흔적은 보이지 않았다. 정애는 그걸 대단히 중요하게 여기다 큰 실망을 하고 말았는데, 그는 그런 것 따윈 아랑곳하지 않는 표정이었다. 정애는 버스를 타고 집으로 오면서 엄습해 오는 묘한 기분에 갈피를 못 잡고 있었다.

"과연 이게 내가 그리도 동경해오던 그 거룩한 첫 경험인가?"

실망은 컸지만 그래도 오늘은 제2의 인생을 줄긋는 날이었다. 집에 와서도 정애는 그 처녀성에 대한 실망 때문에 잠도 못 이루고 전전긍긍하고 있었다. 그나저나 이제는 어쩔 수 없는 운명이었다. 좋든 싫든 그를 따를 수밖에 없다는 생각만 스물여섯 시골 처녀 정애의 머릿속을 꽉 채워주는 것 같았다.

처녀성

처녀성을 지킨다고 그 누가 상을 주는 것도 아닌데, 왜 그렇게 처녀성을 고수해 왔던가? 그와의 첫 경험 뒤, 우여곡절도 많았으나 어렵게 결혼식 날이 잡혔다. 턱도 없다는 아버지와 수개월을 다투고 타진하여 이루어낸 것이다. 이젠 세상이 뒤집혀도 이 사람과 결혼해야 된다는 정애 혼자만의 법칙으로 밀고 나간 것이다.

결혼식 날은 공휴일! 세월이 아무리 정신없이 흐른다 해도 어느 누구나 다 알 수 있는 날이었다. 음력으로 길일을 잡은 날이 공교롭게도 양력으론 국가에서 지정한 공휴일이 돼 버렸다. 차라리 결혼기념일이야 기억하기 좋게 그 공휴일로 하기로 했다. 결혼 사흘을 앞두고 큰오빠와 올케 언니도 대구에서 왔다. 그날 저녁 큰오빠는 정애에게 말했다.

"우리 정애가 이제 시집을 가게 됐구나. 정말 고생 많았다. 이제 아무 생각 말고 행복하게 잘 살면 돼. 내 동생 축하한다."

동네 아주머니들이 몰려와 잔치 준비를 했다. 그 동네 아주머니들 중에 아들 잘 낳고 복된 생활을 하는 두 분을 모셨다. 신혼 이불 꾸미는 것을 부탁하고 잔치 음식 준비를 했다. 결혼식 사흘 전부터는 올케언니를 시켜 혼수 준비를 했다. 별로 크게 하는 것은 아니지만 없는 것은 없었다. 시어머님 될 분 이불 한 채와 신랑신부 이불 한 채. 거기다가 캐시미론 이불 하나와 담요 하나. 시어머니 한복 한 벌. 정애가 입을 싸구려 한복 두세 벌. 시숙과 동서, 더불어 사촌들과 조카들까지 버선과 양말 한 켤레씩! 그리고 사위될 사람 불러서 천석 씨는 이렇게 말했다.

"내가 양복을 맞춰 줄려고 했지만 그냥 읍내에 가서 기성복 한 벌 사주려고 생각했는데 어떤가?"

아무리 마음에 들지 않는 사위라지만 정애는 정말 너무하지 않나 싶었다. 정애는 그 자리에서 말했다.

"양복은 맞춤으로 해주세요. 그리고 코트도……."

천석 씨는 정애의 그 한마디에 더 이상 할 말을 못했다. 사실 정애는 어떤 것을 해 달라는 말 한마디조차 하지 않고 있었다. 그냥 집에서 해주는 대로 순응하면서 시집을 가리라고 마음먹었다. 예부터 아버지는 돈 이야기엔 사소한 비용이 들어가도 먼저 당신 가슴부터 쥐어뜯는 분이 아니신가? 하물며 명색이 딸이 호적을 파서 남의 가문으로 아주 제2의 인생을 찾아가는 일인데 당신인들 그 마음이 오죽 하시겠는가……결혼식은 정애네 집 앞마당에서 전통 혼례식으로 치르기로 했다.

결혼식 날이 다가왔다.

오후 2시에 결혼식을 치를 예정이었다. 날씨는 어제 언제 그랬냐는 듯이 햇볕이 쨍쨍하여 어느 따뜻한 봄날을 연상케 했다.

그러나 2시가 지나도 예식은 치러지지 않고 있었다. 그것은 함진아비가 함을 지고 벙어리 행세를 하고 있었기 때문이다. 어느 정도 함 값이 나와야 함을 내려놓으며 그 다음 과정이 진행되는데 함 값이 한 푼도 나오지 않는 것이다. 이 경사스러운 날 딸을 위해서도 그러면 안 될 것인데, 천석 씨는 끝까지 돈을 한 푼도 내놓지 않고 버티고 있었다.

정말 천석 씨다운 처사였다. 함진아비는 계속 벙어리 행세를 하고 있었고 예식시간은 자꾸 흘러갔다. 신랑 친구들은 마냥 즐거움을 만끽하며 그 행동을 계속하고 있었지만, 천석 씨는 심사가 뒤틀어져 있었다. 아래채 뜨락에서 천석 씨가 소리쳤다.

"종태야!"

갑자기 청천벽력처럼 쩌렁쩌렁 울리는 소리에 함진아비는 함을 짊어지고 너스레를 떨다가 자신도 모르게 그 소리에 놀라 얼른 함을 내려놓았다. 천석 씨가 그 상황에서 사위의 이름을 거침없이 소리쳐 불렀던 것이다. 가뜩이나 주눅이 들어있던 사위는 친구들 볼 면목도 없고 장인어른의 그런 처사가 황당해서 어쩔 줄을 몰라 하고 있었다. 그렇다고 자존심을 내세우며 코앞에 펼쳐진 결혼식을 망칠 수는 없는 것이다.

어쨌든 그런 우여곡절 끝에 함진아비가 함을 내려놓았으니 예식은 예정대로 치러졌다. 정애는 족두리에다 모든 채비를 차리고 마루로 나왔다. 옆에 섰던 고종사촌 오빠가 냉큼 신부를 안아다가 초례청 신부가 서야 할 자리에 갖다 놓았다.

옛날 고3때 수학여행지가 제주도로 결정되어 다른 친구들은 거의가 다 제주도로 수학여행을 다녀왔으나 정애는 아버지가 말씀하신 대로 "너 나중에 시집갈 때 제주도로 신혼여행 가면 되잖냐?" 하고 말씀하시며 끝까지 수학여행을 보내주지 않았던 아버지를 너무나도 잘 알고 있었기에 하루라도 빨리 이 집을 벗어나는 게 살길이다 싶은 생각이 앞섰다.

정애는 결혼식 날 바로 시댁으로 갔다. 양쪽 집에서 같은 날 잔치가 벌어지고 있었기 때문이다. 신부를 맞는답시고 시댁 쪽에서도 잔치를 벌이고 있는 것이다. 신랑 쪽은 택시를 두 대 불러놓고 시댁으로 떠날 준비를 하고 있었다. 앞 택시에는 신랑 신부가 탔고, 뒤 택시에는 아버지와 시댁 혼주가 탔다. 정애는 그 지긋지긋한 친정집을 탈피하는 기분에 홀가분한 맘도 있었지만, 한편으론 26년간 몸담아 희로애락을 겪고 성장기를 보낸 그 친정 땅을 오늘 바야흐로 떠나간다는 사실이 가슴을 후비고 있었다.

정애 어머니는 정애가 떠나는 것을 확인하는 순간 마당에 털썩 주저앉아 땅을 치며 통곡했다. 그 옛날 네살박이 정애 동생 금애가 사고로 죽었을 때와 흡사하게 몸부림쳤다. 혼사 문제로 집안 분위기가 살벌하게 변한 상황에서 결혼을 밀어붙인 정애와 어머니는 너무 많은 마음고생을 한 터였기에 딸에 대한 어머니의 연민이야 오죽했으랴.

결혼식 날 친구들이랑 같이 참석했던 정애 친구 문희는 남의 일 같지가 않았는지 팔짱을 끼고 서서 몸부림치는 어머니와 같이 계속 하염없는 눈물을 흘려댔다. 그 시각 정애는 그런 어머니의 깊은 마음도 모른 채 지긋지긋한 친정 땅을 벗어나는 것만 속 시원해 하고 있었다.

시댁에 도착했다.

시댁은 아주 벽촌이라 마을에 전깃불이 들어온 지도 일 년이 채 되지 않았다. 저녁 여섯 시나 되어서야 전깃불이 들어오고 자정이 되면 꺼지는 그런 전깃불이라도 이 깡촌에선 마을 사람들 전체가 감지덕지하고 있었다.

이틀 뒤였다.

정애는 관례대로 남편과 함께 친정집으로 갔다. 작은오빠 정우는 그날도 정애 눈에는 띄지 않았다. 아마도 또 다른 집으로 보내겼을지도 모른다. 왜냐면 정애가 사위랑 친정에 오는 날이었으니까……새 식구 앞에서 무슨 또 해괴망측한 일이 일어날까 싶어 어머니가 베푼 일종의 배려일 것이다. 정애는 마음이 아팠다. 그들 집안은 왜 이렇게 해야만 하는가? 아무리 오빠를 제치고 시집을 먼저 가게 되었지만 정상적인 가정에서는 이런 상황이 전개되지는 않을 것이다. 집안 식구가 다 같이 모여 축복해 주고 축하하면서 화기애애해야 할 때가 아닌가? 정애는 평소 자신이 쓰던 방에 친정 나들이 짐을 풀었다. 그 방에 막냇동생이 들어왔다. 한참 막내로써 응석을 부릴 나이지만 그 동생은 애어른 같았다. 뭔가 눈치를 보고 있었던 듯한 막냇동생은 잠시 방안의 분위기를 살피다 입을 열었다.

"매형! 나 스케이트 하나 사주세요."

막냇동생으로선 새로 식구가 된 그 매형이 막내처남에게 기분 좋게 스케이트 하나쯤이야 사줄 수 있다고 생각한 것 같았다. 그러나 매형이란 사람은 대꾸가 없었다. 아예 못들은 척했다.

정애는 신랑이 야속하기도 했지만 막냇동생이 안쓰러워 가슴이 아팠다. 누나가 능력이 있어 돈을 버는 사람이었다면, 그 동생도 기회를 타서 매형 되는 사람에게 그런 구차한 요구는 안 했으리라. 막냇동생은 꼭 사주리라 생각하고 용기를 내서 말한 것 같았는데……. 정애는 그 일을 두고두고 마음 아파했다.

2박 3일 된 날, 정애와 신랑은 사랑방으로 들어가서 이제 시댁에 가겠노라는 마지막 인사를 올렸다. 아버지는 무언가 주머니에서 꺼냈다. 순간 정애는 뭣을 주려나 보다 하며 아버지의 손끝을 주시했다. 아버지 주머니에서 지폐 2천 원이 나왔다.

"살다가 아프면 약 사 먹어라!"

정애는 큰 기대는 하지 않았지만 역시 아버지구나 하고 생각했다. 정애는 친정에서 시댁 갈 때 보내는 친정엄마의 성의(마지막 시댁에 갈 때 싸 보내는 이바지)를 받아들고 친정에는 정말 미련없다는 생각으로 신랑을 따라 시댁으로 향했다. 시댁에서는 시어머니께서 몇 달 간은 당신이 아들과 막내 며느리를 데리고 지내다 서울로 보낸다고 했다.

아니? 남편이 서울에 직장이 있다면 어찌 고향에서 몇 달 간을 보낼 수 있단 말인가? 결혼 생활이 진행될수록 정애는 이해 못할 일들이 하나하나 드러나고 있음을 알았다.

갓 결혼한 신부의 예절에 따라 정애는 며칠간 그 불편한 한복을 입고 있어야만 했다. 그 동네에 사촌 친척들이 여러 집 살고 있었으므로 정애는 며칠 동안 한복을 입은 채 인사도 다녀야 했다. 한동안 쌓인 눈이 녹으니 산기슭 시골집 마당과 집밖 길은 몹시 질퍽거렸다. 대문 쪽에 있는 펌프로 가서 양동이에 물을 길러 부엌으로 오려면 진흙이 떡판처럼 신발에 달라붙었다. 찰흙이라 한복을 입고 고무신을 신고 마당을 오가기란 여간 거북한 일이 아니었다.

정애는 며칠간 한복을 입고 부엌일을 하다가 도저히 안 되겠다며 생각을 바꾸었다. 사흘째부터는 시어른들께 물어보지도 않고 과감하게 당시 유행하던 청바지에다 스웨터를 입고 부엌으로 들어갔다. 그리곤 그 펌프에서 부뚜막에 있는 물두멍에 물을 길어 나르기 시작했다. 물두멍은 부엌문 첫번째 부뚜막에 큰 항아리를 묻어두고 물을 저장하는 곳이다. 그때부터 정애는 동네에서 구설수에 오르내리기 시작했다. 우선 혼수 문제였다.

"나는 여고를 나오고 명문가의 규수라길래 기대가 컸는데 혼수도 웃겼다며?"

"건방져서 사촌 동서들 보고 형님이라고도 안 한다네?"

"갓 시집온 새댁이 청바지가 뭐야? 저런 처자니까 이런 데로 시집 온 거겠지……."

정애는 혼수가 엉망이란 거 때문에 아버지를 원망한 적도 있었다. 하지만 그런 아버지를 모르는 것도 아니고, 정녕 신랑과 시댁 쪽에 미안한 맘이 있었다.

나중에 안 일이지만 정애가 해온 호마이카 장롱은 그녀가 시집갈 때 보내줄려고 미리 장만해서 안방에다 모셔 둔 것이었다. 문짝이 세 쪽이었고 중간 문짝에 큰 거울을 장식한 멋진 장롱이었다. 그런데 결혼 며칠 전에 작은오빠 정우가 술을 먹고 들어와 그만 그 거울을 깨트린 것이다. 정애는 아버지가 그 거울을 다시 해 넣지 않고 그냥 보낼 것이라고는 상상할 수도 없었다.

아무리 사위가 맘에 들지 않았다 할지라도 어찌 그럴 수가 있단 말인가? 정애의 마음은 그야말로 뒤죽박죽이 되고 말았다. 친정아버지가 깨진 장롱 거울을 다시 끼우지도 않고 그냥 딸의 가는 길에 보냈다니…….

어쩌면 그렇게 엉망진창이 된 현실이 정애의 제2인생의 서막인지도 모를 일이었다. 남편은 밤낮 가리지 않고 틈만 나면 관계를 가지려 했다.

이런 저런 갈등 속에서도 마음을 추스르며 신혼초라서 그러려니 하면서 남편의 몸을 받아 주었다. 아무런 느낌도 가져보지 못한 채 말이다.

그렇게 하루하루 시간이 흐르다 보니 정애는 남편의 성도착 욕구를 풀어주는 도구로 전락되고 있는 느낌이었다. 그와 첫 경험을 하기 전만 해도 정애는 성에 대한 궁금증과 호기심이 컸었다. 그러나 첫 경험 때는 경황이 없어 느낌이 오지 않을 수도 있다고 생각했다. 날이 갈수록 정애는 부부관계에 회의를 느끼기 시작했다. 그런데도 남편은 나날이 그 증세가 더 심해져갔다. 어떨 때는 대낮에도 집에 사람이 없으면 들어와 정애를 방으로 끌어 들였다.

그때 벌써 정애는 수도 없는 이혼을 생각해봤다. 하지만 처녀가 약혼을 했다가 파혼만 해도 큰 치명적인 흉이 되던 시절이라 26년간 간직했던 처녀성을 바친 사람이라 해서 그 후에 바로 정애에게 들어왔던 더 좋은 혼사 자리도 마다하고 죽으나 사나 이 남편을 선택했던 자신이 아닌가?

"살쾡이를 피하면 호랑이를 만난다 하더니……."

그렇다고 지금 이혼해서 시댁을 나온다고 해도 정애는 갈 데가 없었다. 자기도 모르게 헤어 나올 수 없는 깊은 수렁에 빠졌다는 사실을 알아차렸지만 정애는 이제 그 수렁을 빠져나올 기력조차 잃어버렸다.

양력 3월 중순쯤 되었다.

남편은 서울로 가게 됐다며 정애에게 자랑스럽게 이야기했다. 깊은 수렁에 빠져 절망하고 있는 정애 마음을 남편은 그동안 읽고 있었던 것 같았다. 정애는 차마 시댁을 자기 발로 박차고 나올 수 없어 또 희망을 가져 볼 수밖에 없었다.

서울로 가다

김종태(金鍾泰)와 혼례를 치른 지도 어언 1년이 지났다.

정애는 가방에다 옷가지만 몇 벌 싸가지고 시숙이 마련해준 돈 30만 원을 들고 남편을 따라 무작정 서울로 올라왔다. 이불이랑 다른 가재도구들은 서울에서 자리를 잡고 난 뒤에 부쳐주기로 했다. 남편 말대로라면 서울로 올라오면 금방 자리를 잡을 것 같았다. 그러나 남편은 서울로 올라온 첫날부터 우왕좌왕했다.

원래 서울에다가 신혼집을 마련하려고 계획했다면, 그가 지난 10여 년 동안 직장생활을 하며 살던 곳이니까 혼자라도 먼저 서울로 올라와 기거할 방이라도 마련해 놓고 아내를 불러올려야 하는 것이 순서일 것이다. 하지만 그들 부부에게는 그런 대책이 없었다. 그가 처음 서울로 올라왔을 때처럼, 이제는 마누라까지 동반한 채 무작정 서울로 올라온 것이다. 무슨 생각을 하거나 앞으로 살아갈 청사진 같은 대책도 없었다.

서울역 대합실을 빠져나온 그날, 남편은 시골에서 들고 온 옷가방을 둘러멘 채 이곳저곳을 기웃거리고 있었다. 정애는 그런 남편이 답답했지만 그녀로서도 어쩔 수 없었다. 서울이란 이곳은 몇 년 전 외숙모의 요청으로 한 번 올라와 본 뒤로는 한 번도 그녀 혼자 올라와 본 적이 없었다. 어디를 가려면 가려고 하는 동네 이름도 알아야 하고, 그쪽 방향으로 가는 시내버스 번호라도 알아야 버스 정류장 앞에서 출발하는 시내버스를 골라 탈 수 있었다. 하지만 평소 그런 훈련과 준비가 전혀 안 된 정애로서는 무조건 남편을 뒤따라 다니는 일 외는 아무 것도 그녀 스스로 능동적으로 할 수 있는 일이 없었다.

그런 무기력한 시간들이 얼마나 흘러갔을까? 아마도 두어 시간은 족히 남편을 따라 다니며 거리를 헤맸을 것이다. 땅거미가 내려앉을 때쯤 남편도 지쳤는지, 어느 3류 여인숙 앞에서 그들 부부가 들고 다니던 옷가방을 내려놓더니 담배부터 한 대 빼물었다. 그리고는 담뱃진이 배인 침을 한 번 퉤! 하고 뱉더니 바로 앞 여인숙 문을 열고 안으로 들어갔다.

잠시 후 밖으로 다시 나온 남편이 내려놓은 옷가방을 다시 챙기며 여인숙 안으로 들어가자고 했다. 날이 어두워지자 남편은 우선 숙소로 이용할 여인숙 방을 하나 구한 것이다.

여인숙 방구석에다 들고 온 옷가방을 던지는 순간부터 남편은 부부관계를 요구했다. 무슨 이런 사람이 다 있는가 싶은 생각도 들었다. 하지만 남편은 극도의 긴장 상태나 객고에 시달릴 땐 어김없이 부부관계부터 요구하는 버릇을 가지고 있었다. 다른 집 남자들도 그러는지는 모르겠으나 시집살이를 할 때도 남편은 시어머니가 옆방에 있거나 시숙이 바깥마당을 왔다 갔다 하는데도 어미 젖꼭지를 찾는 시가의 검둥이 새끼처럼 시도 때도 없이 자신의 치마폭을 걷어 올리고는 속곳부터 끌어내렸다.

남편의 그런 부부관계 요구는 결혼 이후 하루도 거른 적이 없었다. 여고 동창생 남편들은 한 번씩 부부관계를 하고나면 이틀이나 사나흘 후쯤 아내의 몸을 찾는다고 하는데 남편 김종태(金鍾泰)는 달랐다. 자신의 속곳을 끌어내리는 순간부터 벌떡 일어선 그것을 앞세우며 자신의 아랫도리를 쑤셔댔다. 생리가 채 끝나지도 않은 정애의 몸 상태나 합궁 전 아늑하고 황홀한 잠자리 분위기 따위는 아랑곳없었다. 옆방 시어머니가 잠드셨는지, 바깥마당으로 나오신 시숙이 다시 방으로 들어가셨는지, 정애는 온통 바깥 정황에 신경이 쓰여 오금마저 저려오는 심정인데 남편은 그새 자기 혼자 몇 번 헐떡거리더니 토끼처럼 뒤로 벌렁 나자빠졌다. 그러면서 자기 생식기에 질척하게 묻은 정액부터 수건으로 닦아달라고 그것을 정애 눈앞으로 들이밀었다.

오늘도 마찬가지였다. 앞으로 살아갈 궁리는 않고 옷가방을 내려놓자마자 부부관계부터 요구했다. 정애는 기가 막혔다. 시집에 있을 때는 부모 슬하라서 걱정이 없었을지 모르겠으나 지금은 천리 타향 객지에 그들 두 사람만 내던져진 상태가 아닌가? 이런 내쫓긴 듯한 정황 속에서도 부부관계를 요구하는 남편의 정신상태가 도무지 이해가 되지 않았다. 하지만 밥상을 받아놓고도 부부관계부터 먼저 끝내고 밥을 먹자던 시집살이 시절의 남편 모습을 떠올리며 정애는 살며시 화장실부터 다녀왔다.

그날 밤 남편은 연거푸 세 번을 정애 배 위로 올라왔다. 처음 한 번은 서울로 올라올 준비를 하느라 하룻밤을 거른 몫이고, 두 번째는 기차를 타고 서울로 올라오면서 쌓인 객고를 푸는 몫이고, 세 번째는 천리타향 객지에서 무엇을 하며 살아야 밤마다 마누라 배 위에서 몸 춤을 추며 살 수 있을까 궁리하는 몫이었다는 것이다.

꿈보다 해몽이라더니……그래도 마누라 끌고 서울로 올라오니 살 궁리가 걱정되었던 모양이지…….

정애는 여인숙방 구석에다 던져놓은 옷가방을 끌어당겨 홈드레스로 바꿔 입으며 잠자리를 손질했다. 남편은 새벽녘에도 자신의 가슴팍을 더듬으며 올라타더니 또 한 차례 하고는 드렁드렁 코를 골아댔다.

오전 8시쯤 남편은 잠자리에서 일어났다. 그러더니 남대문 시장으로 함께 요기를 하러 가자고 했다. 정애는 옷가방과 무거운 보따리들을 여인숙방에 남겨놓고 조그만 손가방 하나만 들고 남편을 따라 나섰다. 남대문 시장통 골목에서 순대국밥으로 아침과 점심을 겸한 요기를 한 뒤, 남편을 뒤따라 목 좋고 위치 좋은 세탁소 자리를 찾아다녔다.

그 다음 날은 역곡으로, 그 다음 다음 날은 인천 서구로, 동구로, 북구로 쫓아다녔다. 두 사람의 차비와 식사비만 해도 장난이 아니었다. 그야말로 계획 없는 철새 신세가 이런 것이리라. 시댁에서 삼십만 원을 받아 가지고 서울로 올라온 이후 야금야금 지갑에서 빼내 쓴 돈이 불과 며칠 사이 거금 4만 원을 다 써버렸다.

서울로 올라올 때 시댁에서 받아온 삼십만 원 외 남편이 별도로 가지고 있는 돈은 한 푼도 없다고 했다. 결혼 전 남편 혼자 서울로 올라와 수년간 번 돈은 죄다 시골의 형님한테 보내줬다는 것이다.

송아지를 사서 키워 달랬다나…….

순진한 정애는 그렇게만 믿고 있었다. 남편의 말이 진짜라면 시댁에서 형님 내외와 시어머님이 보여준 처사는 사실 웃기는 일이다. 정애더러 지참금을 한 푼도 안 갖고 왔느냐는 투의 말이 정애로서는 더 원망스럽게 느껴졌던 것이다.

남편과 함께 서울과 경기도 지역을 몇 차례 오르내리던 어느 날, 역곡 어느 골목길에서 남편이 아는 사람을 만났다.

  "학준아! 이 얼마만인가?"

  "아이고! 김형을 여기서 다 만나네."

  시골서 막 올라온 차림새를 하고 있었던 정애의 그날 몰골은 영락없는 시골 농촌 아낙네 모습이었을 것이다. 나들이옷으로 입고 다닐 옷이 별로 없어 그냥 입고 나섰던 자주색 홈드레스가 괜히 촌스럽고 초라하게 느껴졌을 것 같은 강박감에 정애는 어쩔 줄 몰라 했다.

  머리카락은 길어서 그냥 위로 틀어 올려 새카만 큰 삔 하나 꽂아놓은 꼬락서니 하며 정애 자신이 생각해도 막 결혼한 젊은 새댁과는 거리가 좀 멀어보였다. 결혼 초기부터 자신이 이렇게 살게 될 것이라고는 정애는 상상조차 못했다. 지긋지긋하던 아버지의 슬하에서 빠져 나오기만 하면 더 이상의 후회나 미련도 없을 것 같은 생각에 서둘러 결혼식을 올린 것이 이젠 더욱 더 깊은 늪 속으로 빠져드는 느낌이 들었다. 지금쯤 갓 결혼한 남편과 자신은 마냥 행복에 젖어 추억을 만들고, 앞날을 계획하며 신혼의 단꿈에 젖어 있어야 할 때가 아닌가? 그러다 친구들 만나면 나름대로 자랑도 하고 말이다. 학준이란 사람은 다시 한 번 정애를 아래위로 살펴보더니,

  "결혼했구나?"

  하고 물었다.

  "그래. 인사해. 내 안사람이야."

  학준은 남편 옆에 말없이 서 있는 정애에게 인사를 했다.

  "안녕하세요? 처음 뵙겠습니다."

"네에, 안녕하세요?"

학준은 작달막한 키에 거무튀튀한 피부를 지녔다. 피부 색깔 탓인지, 무진장 다부지게 보이는 인상이었다. 남편이 물었다.

"그래, 자넨 지금 뭘 하나? 세탁일 계속 하고 있나?"

"아냐! 그일 진작 때려치우고 딴 거 하다가 유류파동 겪는 바람에 고전을 면치 못하고 있네……."

학준과 남편은 어느 자그마한 대폿집으로 들어가서 그동안 못 만난 회포를 푸는 듯했다. 정애는 남편 곁에 엉거주춤하게 붙어 앉아 말없이 두 사람의 얼굴만 번갈아 바라보고 있을 뿐이었다.

"사실 지금 나는 결혼 후 무작정 서울로 올라와서 세탁소 자리를 찾아보고 있는데 옛날 같지 않네……."

옛날이라고 해 봤자 겨우 몇 개월 전인데 이들의 대화 내용은 아주 몇십 년이나 된 것 같은 뉘앙스를 풍겨 정애는 우스웠다.

"이 사람아! 세탁소는 이제 옛날과는 달라. 예전에는 세탁기계 없이도 드라이크리닝은 큰 공장에 맡기면 됐지만, 이제는 제각기 자기 세탁소에 기계를 설치해야 되는 실정이라 어지간한 밑천 가지고는 힘들어. 딴 것 찾아 봐!"

얼마 후, 세 사람은 대폿집에서 나왔다. 역곡역 쪽으로 걸어가면서 학준이란 고향 사람이 물었다.

"살림집은 어디다 마련했어?"

"살림집은 아직이고……서울 중림동 인근 여인숙에서 임시로 거처를 마련해놨어……."

"그럼 나랑 같이 일단 서울로 올라가 봐."

정애와 남편은 고향 사람이 이끄는 대로 역곡역에서 서울로 올라가는 전동차에 몸을 실었다. 시청역에서 내려 버스를 갈아탔는데 한참 가다 보니 녹번 삼거리가 나왔다. 그러다 보니 또 홍제동에서 불광동 쪽으로 가는 길이 나오고, 왼쪽으로는 응암동과 수색 가는 길이 열렸다. 오른쪽에는 그리 높지 않은 야산들이 기다랗게 이어졌다.

그 야산 밑에는 조그만 절이 하나 있었다. 절 주위로는 고만고만한 단층집들이 옹기종기 모여 있는 동네가 들어서 있었다. 고향 사람이 운영한다는 화장지 가게가 그 동네 초입에 있었다.

학준이가 내리자고 해서 두 사람은 버스에서 내렸다. 잠시 후 두 사람은 학준의 화장지 가게에 도착했다. 알루미늄 자바라 문을 밀어 올리자 화장지 가게 안쪽에 화장지가 차곡차곡 쌓여 있는 모습이 눈에 들어왔다. 학준이가 안내하는 방안에는 그의 처와 갓 낳은 듯한 아기가 누워 있었다. 그의 처는 아직 산후 붓기가 빠지지 않은 듯 얼굴이 부숭하게 부어 있었다.

정애도 일단 기거할 방을 구하는 일이 시급했다. 학준을 통해 그 동네 방값을 대충 알아본 후, 두 사람은 화장지 가게에서 얼마 떨어지지 않은 복덕방을 통해 방부터 구하러 다녔다.

헐떡거리며 부동산 주인을 앞세워 산 위의 주택가로 좀 더 올라갔다. 아마 언덕 중턱쯤 올라왔을 것이다. 옛날에 지어져 대물림되던 어느 낡은 한옥 안으로 들어갔다.

안쪽으론 주인이 살고 있었다. 기역자로 설계되어 있는 한쪽으로는 언덕배기 길로 통하는 부엌과 방 한 칸이 딸린 방이 있었다. 왼쪽 부엌 옆으로는 그 부엌과는 차단된 상태로 막혀 있었지만, 옆으로 나란히 붙은 방 두 개가 들어서 있었다.

그 방 두 개는 얼마 전에 세 살던 사람들이 나가서 내일이라도 이사만 오면 된다고 했다. 부엌 딸린 방 한 개도 비어 있는 상태라고 했다. 정애의 계산으로는 그 한 칸자리 방이 적격이란 생각이 들었다.

우선 주인집을 통해서 집 안으로 들어가지 않아도 되었다. 화장실도 따로 길가 쪽으로 붙어 있었다. 정애는 남편에게 빨리 계약하자고 했다. 당장이라도 들어올 수 있으니 오늘 계약하면 내일부터는 여인숙 방값이라도 벌 수 있겠다는 생각이 들었다. 방값은 전세로 2십만 원이라고 했다.

그때 그들 지갑 속에 남아 있던 돈이 24만 원 정도였다. 그 지갑 속의 목돈을 더 까먹기 전에 거처를 마련할 방부터 빨리 계약해야만 그 다음 일들이 하나씩 풀릴 거란 생각이 들었다. 복덕방 주인의 주선으로 방 계약을 마치자마자 두 사람은 선걸음에 여인숙에 보관해 두었던 옷가지 가방과 보따리들을 가지고 왔다.

시골에다가 연락을 했다. 이제 방을 구했으니 시골에 두고 온 이불이랑 필요한 세간들은 보내 달라고 했다.

며칠 후에 시댁에서 옷가지 몇 벌이랑 이불 한 채, 쌀 한 가마니, 메주 석 장을 그 주소로 부쳐주었다.

찬장이 없어서 길 건너 구멍가게에 가서 나무로 만든 사과 궤짝을 하나 얻어 와서 부뚜막 한구석에 놓았다. 그 옆으로는 연탄 50장을 들여 놓았다.

방에는 철로 된 옷궤에 옷을 집어넣고 그 위에 이불을 얹어 놓았다. 윗목 구석으로는 쌀가마니를 놓았다. 짚으로 엮은 가마니라 짚 부스러기가 지저분할 정도로 떨어졌지만 어쩔 수 없었다. 정애가 원형으로 된 조그마한 쌀통이라도 하나 사자고 했지만 남편은 들은 척도 안했다.

"이야! 쌀가마니만 봐도 배가 부르구먼……."

남편은 방안이 지저분하든지 말든지, 그런 것 따위는 아랑곳없었다. 아무러면 어떠랴. 누워 잘 곳 있고, 밥 지어 먹을 쌀이 있으니 만족하다는 얼굴이었다. 남편은 자랑스럽게 말했다

"내가 국민학교를 졸업하고 형님이 중학교도 보내주지 않고 매일 논에 데리고 가서 일만 부려먹어 어느 여름날 밤에 쌀 서 말 정도를 형님 몰래 퍼다가 둘러메고 야반도주를 했지……."

그것이 명색이 한때 유행했던 무작정 상경이라는 것이었다. 남편은 그걸 자랑이랍시고 계속 떠벌여 댔다. 정말 갈수록 가관이었다. 신부를 데리고 그 한창이던 창경원 밤 벚꽃 놀이 한번 가자고 제의한 적이 없었다. 남들 같으면 아직도 신혼시절이건만 그 흔한 영화구경 한번 가보자는 얘기조차 없었다. 도대체 남편이란 사람이 추구하는 인생의 목표는 무엇이며, 그가 꿈꾸는 일상의 행복이란 어떤 것일까?

정애는 그렇게 투덜거리면서 시댁에서 부쳐온 메주 세 덩어리를 깨끗이 씻었다. 그리고는 인근 시장에서 큰 항아리 하나를 1,500원에 사다가 머리에 이고 집으로 돌아왔다. 된장을 담글 계획이었다. 친정에 있을 때 어머니가 된장을 담그던 것을 하나하나 떠올리며 우선 힘들게 이고 온 항아리 속을 신문지에 불을 붙여 그 매캐한 연기로 항아리 속을 소독했다. 그러다 보니 간수를 뺀 소금을 미처 준비하지 못했다는 생각이 들어 다시 항아리를 사온 시장으로 내려갔다. 한창 된장을 담그는 봄철이라 메주 가게에서는 간수를 뺀 소금도 여러 포대 쌓아놓고 팔았다. 정애는

소금 한 말을 자루에 담아 이고, 장독에 띠울 붉은 고추와 숯덩이도 구해 와서 장 담그기 흉내를 내었다. 간도 짭짤하게 맞춰 놨다.

수돗물은 지대가 높은 곳이라 밤 11시가 넘어야 공급해 주었다. 우선 고무로 된 큰 물통도 하나 사야 했다. 빨래도 밤 11시가 넘어서 빨아야 했다.

설거지통도 사야 했고, 반찬 담을 접시도 몇 개는 사야 했다. 결혼하기 전에는 아버지한테 용도를 말해 모든 경비를 타서 써야 했지만, 결혼 후 엔 남편에게 또 그 전철을 밟아야 한다고 생각하니 그만 어깨가 천 근 무게로 내려앉는 심정이었다.

갖고 있는 돈이라곤 이제 거의 다 쓰고 2만 원 남짓 남았다. 남편은 그 돈을 인근 은행에 갖다 넣으라고 했다. 은행에 돈을 갖다 넣기 전에 우선 큰 물통과 설거지통, 반찬 담을 접시 몇 개는 사야 된다고 말하자 남편은 들은 척도 않은 채 혼잣말로 구시렁댔다.

"딴 여자들은 시집올 때 웬만한 살림살이는 다 준비해 온다던데 이건 원 하나부터 열 가지를 구리 알 같은 목돈을 쪼개 사야 된다니…….."

오만 가지가 다 돈 들어가는 일이니 그런 말도 나올 수 있겠다 싶었다. 하지만 그렇게 구시렁대는 남편의 말을 여러 차례 거듭 듣다 보니 그만 남편과 친정이 원망스러웠다. 그리고 자신에게는 밑도 끝도 없는 분노가 치밀었다.

예부터 여자의 일생에서 숭고하게 여겨져 왔던 여필종부란 말이 정말 무섭게 느껴졌다. 그녀 자신도 철들고부터 지금까지 그걸 생명처럼 여기 며 살아왔지만, 현재의 시점에서 '여필종부(女必從夫)'란 그 네 글자를 다시 생각해 보니 실없이 웃음이 치솟으며 자꾸 부질없다는 생각이 들었다.

그런 생각을 하게 되자 만사가 다 귀찮아졌다. 그러면서 가슴 한쪽 구석에서는 그냥 다 때려치우고 싶은 마음이 서물서물 끓어오르기 시작했다. 그렇지만 지금 여기서 그만 둔다면 정애는 설 곳이 없었다. 배운 것은 학교생활뿐이었다. 손에 쥐고 있는 마땅한 기술도 없었다. 그렇다고 혼자 독립할 재력이나 자금을 동원할 수 있는 능력도 없었다. 알고 있는 것이라곤 "여자의 길을 제대로 걸어야 한다."는 것이 정애를 속박하고 있는 삶의 굴레인데, 현재 그녀가 처해 있는 현실은 그 어느 쪽을 쳐다봐도 자신의 능력으로는 해결불가였다.

　사면초가란 말 외엔 아무 생각이 떠오르지 않았다.

돼지꿈

난생 처음 정애는 돼지꿈을 꿨다. 하도 신기하여 그만 생각 없이 남편에게 말했더니 남편이 자기한테 그 꿈을 팔라고 해서, 그냥 십 원 한 푼 안 받고 그 꿈을 남편한테 팔아버렸다. 남편이 그날로 주택복권 10매를 사왔다. 그 다음 날 남편이 샀던 주택복권이 발표됐다. 열장 중에서 100원짜리 두 장만 붙었다. 남편은 대단히 실망을 하고 있었다.

"그 돼지꿈 내가 괜히 샀어. 당신이 그냥 복권을 샀어야 됐는데……에이 재수 없어!"

정애는 웃으면서 남편에게 말했다.

"꿈을 살 때는 말로만 사지 말고 십 원이라도 주고 샀어야지. 그렇게 자기 아내한테까지 인색하니 될 게 뭐람!"

어쩌면 친정 아버지보다도 더 인색한 남편은 아내의 말이 무슨 뜻인지도 모르고 자신에게 성질만 내고 있었다. 며칠 후 정애는 주인집 안채의 마루에 걸터앉아 있었다. 옆방 아주머니는 큰 방 문턱에 걸터앉아 있었고, 그 댁 큰딸은 마루 창문을 등에 업고 서 있었다. 옆방 아주머니가 항상 자신의 딸이 가수라고 자랑하던 그 딸이다. 머리카락을 엉덩이까지 길러 단정히 뒤로 묶어놨는데, 이마가 시원스럽게 생겼다. 얼굴도 계란형에다가 이목구비도 뚜렷했다. 키는 보통인데 얼굴에 주근깨가 많아 좀 아쉬웠다.

"저 주근깨만 아니면 정말 미인이겠는데 아깝다."

정애는 정말 안타까운 마음에 가끔 옆방에서 들리던 그 노랫소리가 더 애처롭게 느껴졌다. 그 아주머니 딸의 화사한 모습이 일단은 좋게 보이기는 했다.

모처럼 주인집 아주머니와 옆방 아주머니와 그녀의 딸 밤무대 가수와 모여앉아 이런저런 대화를 주고받는 자리였다. 정애는 아무 생각없이 며칠 전에 있었던 꿈 이야기를 꺼냈다.

"며칠 전에는 돼지꿈을 꾸어서 주택복권을 열 장이나 샀는데 세상에 100원짜리 두 장밖에 안됐어요. 글쎄."

주인집 아주머니는 처음에는 우습다고 웃어대더니,

"새댁! 그건 복권 살 꿈이 아닌 것 같은데……삼신 꿈인 것 같아!"

정애는 순간 얼떨떨했다. 사실 요즘 반찬은 별것이 아니었지만 부쩍 밥맛이 이상했던 것 같았다. 반찬이고 뭐고 제 맛을 못 느꼈다.

"그럼……?"

정애는 속으로 마지막 생리일을 생각해 보았다. 생리기간은 28일 형이었는데 지금 생각해 보니 40일은 지난 것 같았다. 그동안 그러잖아도 남편에게서 별의별 소리를 다 들은 터였다.

"남들은 결혼하자마자 애기가 생긴다던데 잘난 척만 했지 너는 여자구

실도 제대로 못하는 돌치(석녀)가 아니냐?"

하면서 차마 입에 담지 못할 지껄임까지 술 마시고 들어와 정애에게 퍼부은 적이 있었다. 그날 저녁에도 남편은 어김없이 정애를 밤새 괴롭혔다. 정애는 달거리 기간이 아닌데도 남편과 억지 투의 부부관계 후에 출혈을 느꼈다. 주인집 아주머니의 삼신 꿈이라는 말을 들었기에 정애는 그 출혈이 몹시 신경이 쓰였다.

이튿날 정애는 혼자 병원엘 갔다. 남편은 병원을 같이 가보자고 하면 분명 안 갈 것이 뻔했다. 직장 핑계대면서 말이다.

"남자 의사면 어떡하지?"

다행히 여자 의사였다.

"축하합니다. 임신 삼 개월째예요……."

정애는 귀를 의심했다. 지난밤 혈액이 비췄기 때문이다. 임신하면 출혈 같은 건 없다고 알고 있기 때문이기도 했다.

"선생님 출혈이 좀 있는 것 같은데요?"

"네. 보니까 그러네요. 유산기가 있어요. 당분간 치료를 좀 해야 될 것 같아요."

지금 병원에서 아랫도리를 벗고 검사하는 것만 해도 치욕스러워 죽겠는데 당분간 치료라니?

"그럼 며칠이나 치료하면 되나요?"

"글쎄요. 혈액이 멈출 때까지 해봐야지요. 딱 며칠이라고는……."

정애는 죽기보다 싫었다. 그러나 정애는 자신의 뱃속에 새로운 새 생명이 생겼다는 신비함과 병원에 와서 매일 이렇게 벗고 고통을 감수해야 된다는 걱정이 버물어져 있었다. 남편이 잠자리를 조금만 배려해 줬어도 유산기 같은 건 걱정을 안 해도 되는 일 아닌가 싶기도 했다. 만약에 이런 사실을 남편에게 얘기해본들 도움은커녕 무식한 말만 나올 게 분명하다. 아마도 그는,

"남들은 유산기 그런 거 없이 알라만 잘 놓던데 너는 왜 그리 유별나냐?"

하면서 남편은 또 통박을 줄 것 같았다. 살아갈수록 정애는 남편의 무지막지한 말과 행동에 깊은 상처를 받으며 혼자 가슴 아파했다.

한창 신혼의 단꿈 상태에서 첫 임신 소식에 뛸 듯이 기쁘고, 마냥 행복감에 젖어 있어야 할 시기에 정애는 가슴속에서 끓어오르는 서글픔과 싸우고 있었다. 임신이 되어서 다행으로 여겨야 할지, 아니면 말도 안 되는 남편의 배려 없는 행동에 시달려야 할지, 정애는 참으로 갈등에 갈등을 겪으며 불안에 떨어야 했다. 하지만 아이는 꼭 낳고 싶었다. 어차피 남편과 헤어지는 일은 없어야 된다. 또 인생에서 처음 자신에게 새 생명이 잉태되고, 자신을 믿고 뱃속에 찾아와 세상 밖을 꿈꾸는 새 생명에 대한 애정마저 밀려오는 느낌이었다.

남편의 무지막지한 행동을 잠시라도 막으려면, 무조건 남편에게 임신 사실을 알려야만 되었다. 혹시 아는가? 임신했다면 조심도 하고 또 평소보다 잘해 줄지 말이다. 여자는 원래 임신 중에 남편에게서 제일 대우를 받는다 하지 않던가?

하지만 남편 김종태는 역시 그런 인간은 못되었다. 그날 저녁 남편은 들어오자마자 첫마디가 "한번 하자."는 것이었다. 하기야 이제는 남편이 들어와도 반갑기는커녕 그냥 거부감과 반감만이 밀려왔다. 정말 싫었던 그 행동들을 임신을 빌미로 조금은 참아줄 수 있을까 하는 기대를 막연

하게 하면서, 정애는 정색을 하고 임신 사실을 남편에게 알렸다. 그리고 자궁 내에 출혈이 있어서 위험하다고 경고했다.

"만일 무리하면 유산 된데요."

이 상황에서 정애는 굴욕감마저 들면서 하기 싫은 말까지 서슴지 않고 해버렸다.

"며칠 치료 받아야 한다는데……돈 때문에 어쩌지?"

정애는 남편이 들으라는 투로 혼잣말을 마구 지껄여 댔다. 그러나 남편은 순간 무슨 생각을 하고 있는지 한마디 대꾸도 없었다. 다행히 남편은 당장 한 번 하자는 행동은 자제해 주었다.

그 다음날이다. 남편 친구 학준이 아내를 만났다. 그녀는 자신의 딸 효정이를 임신했을 때 이야기를 정애에게 들려주었다.

"내가 입덧을 하도 심하게 해서 아무것도 먹을 수 없으니까 효정이 아빠가 조그만 꽃삽을 들고 이 식당 저 식당 다니면서 내 입에 맞는 걸 사주곤 했어요."

정애는 이해가 되지 않았다.

"왜 꽃삽을 들고 다녀요?"

"먹고 식당에서 나오자마자 토해 버리니까……."

"그런데 꽃삽은 왜?"

"아니, 저쪽 구석으로 급히 뛰어가서 토해 버리니 그냥 놔두면 더럽고 흉하잖아요? 그래서 꽃삽을 들고 따라다니며 흙을 파다가 묻어 버리는 거지요."

그제야 정애는 이해가 되었다. 그게 정상이다. 집에 와서 정애는 곰곰 생각해 봤다. 남편을 생각하니 기가 막혔다. 다행히 정애는 큰 입덧을 하지 않았다. 그냥 음식 맛이 모두가 제 맛이 아닌 정도였다. 집안에 먹을 것도 없었지만 웬만한 음식은 그런 대로 먹고 있었다. 정애는 학준이 아내가 부럽기도 했지만 남편과 마주한 밥상 앞에서 헛구역질이라도 한번 해보리라 생각했다. 저녁에 남편이랑 밥상을 마주하고 앉아 그냥 리얼하게 연기를 해봤다.

"으왝!"

일부러 손을 입에다 갖다 대며 구역질이 치솟는 것처럼 정애는 제스처를 써 보았다. 그리고 남편의 반응을 살폈다.

"에이, 나가서 해. 다른 사람 밥도 못 먹게……"

남편은 인상을 찌푸리며 밥숟갈을 놓고 말했다. 아내가 입덧 중이라면 설사 토했다 해도 남편으로서는 그렇게 반응을 보이면 안 될 것이다.

무식한 인간! 짐승도 그런 행동은 안할 것이다.

정애는 또 생각에 잠겼다.

내가 수십 년 동안 간직했던 정조를 바친 사람이라 죽어도 그 집 귀신이 돼야 한다는 강박관념에 발을 헛디뎌 수렁에 빠진 것을…… 내 어이 진작 빠져 나오지 못하고 여기까지 왔을까? 앞으로는 영영 못 빠져 나오지 못할 것 같은 이내 신세를 어찌 해야 좋단 말인가?

정애는 날로 우울증이 심해졌다. 살림살이도 재미가 없었고 이것이 신혼이라면 그 어느 누가 신혼을 동경하겠는가?

내가 먹고 싶은 것이 있으면 어떡하나? 돈이 없는데……남편도 그런 것 하나 헤아리지 못하는 사람인데……?

이런저런 생각 끝에, 주인집 아주머니를 통해 이웃에서 부업거리를 가져왔다. 목장갑 손가락 사이를 마무리 짓는 일이었다. 한 켤레 하는데 10

원이라고 했다. 하루에 열 켤레 하기가 빠듯했다. 임신 중이라 자주 졸음
도 왔지만 정애는 항상 몸이 피곤해 있었다. 모든 것에 의욕도 없고 살아
야 할 가치관마저 잃어버린 것이다. 간혹 그래도 여자로서 새 생명을 잉
태했고. 그 생명의 신비에 대해서만 약간의 희망이 있을 뿐이었다.

남편이 퇴근하면서 사과 세 개를 누런 비료포대 종이봉투에 담아와 정
애에게 툭 하고 던져 줬다. 임신하면 신 것이나 사과 같은 것을 좋아한다
는 말을 어디서 들은 모양이었다. 그러나 정애는 그 사과를 먹지 않았다.
임신을 했어도 왠지 사과는 먹고 싶은 맘이 들지 않았다.

"십팔 년! 사다줘도 안 처먹어요……."

남편이 한 마디 내뱉었다. 아내가 감지덕지, 허겁지겁, 환장을 하면서
그 사과를 먹을 줄 알았던 모양이다.

정애는 그런 남편을 바라보며 속으로 진저리를 쳤다.

스물아홉 번째 그날

1974년 8월 15일.

그날도 정애는 조그만 라디오에서 흘러나오는 제29회 광복절 기념식 행사장에서 중계되고 있는 박정희 대통령의 연설을 들으면서 장갑 짜는 부업 일을 하고 있었다.

대통령은 그날 평화통일의 기반을 조성하기 위해 공산권에 대한 문호 개방과 남북한 유엔 동시가입을 제의한 지난해(1973년)의 6.23 선언에 이어, 이번에는 북한에 불가침조약을 제의하는, 이른바 '평화통일 3단계 기본원칙' 내용이 담긴 연설을 하고 있었다.

"나는 오늘 이 뜻 깊은 자리를 빌어서 조국통일은 반드시 평화적인 방법으로 이루어져야 한다는 것을……."

낭랑하게 울려 퍼지는 대통령의 연설을 들으며 재바르게 손가락을 움직이고 있는데 라디오에서 별안간 퍽! 하는 소리가 들려왔다. 그러더니 여러 사람들이 웅성거리는 소리가 잠시 들려오다 그만 라디오가 먹통이 되어버렸다.

"갑자기 라디오가 왜 이래?"

정애는 아무 소리도 들리지 않는 라디오의 안테나를 이리저리 돌려보며 툭툭 쳐보기도 했다. 그때 잠시 끊어졌던 방송이 다시 이어졌다.

"하던 얘기를 계속하겠습니다."

다시 대통령의 목소리가 들려오면서 연설은 이어졌다. 하지만 육감적으로는 분명 무슨 일이 터진 것 같았다.

잠시 후 대통령의 스물아홉 번째 광복절 경축 중계방송은 끝났지만 오후 내내 석연찮은 느낌은 머릿속을 떠나지 않았다. 일손도 잡히지 않아 벽에 기대어 시간 가는 줄 모르고 졸고 말았다.

얼마나 졸았을까?

라디오에서 오두방정을 떠는 듯한 아나운서의 목소리에 정신을 차리고 보니 육영수 여사가 8.15 경축 행사가 열린 장충동 국립국장에서 재일교포 문세광(일본 이름, 노다 세이코)이 쏜 총탄을 맞고 쓰러져 현재 서울대학교 병원에서 총탄 제거 수술을 받고 있다는 급보가 전해졌다.

그리고 또 얼마나 시간이 흘렀을까?

처음 개통되는 1호선 전철을 기념으로 한번 타보겠다고 오전에 집을 나간 남편이 집으로 들어오면서 노발대발 욕설을 내뱉어댔다.

"그 문세광이란 재일 조총련 교포 새끼가 내갈긴 총탄에 육여사가 서거했다네. 허, 참! 나라가 어찌 될라고 빨갱이들이 벌건 대낮에 이리 준동할꼬……."

"재일 조총련이가 뭔가 하는 문세광이 하고 빨갱이하고 무슨 관계가 있는데?"

"라디오를 끼고 살면서 여태 그 소식도 못 들었나? 북한공작원한테 포섭된 재일교포 문세광이란 놈이 쏜 총탄을 맞고 육여사가 쓰러졌다는 소식이 오후 내내 방송 됐는데……."

"뭐라고요? 문세광이란 놈이 북한 공작원한테 포섭돼 제 조국 국모한테 총질을 했다고요?"

정애가 그렇게 분노하며 육영수 여사가 무사히 수술을 받고 나오기를 빌었지만 그날 밤 9시 뉴스부터는 영부인이 서거했다는 방송이 전국을 도배하기 시작했다.

하도 원통하고 믿어지지 않아 정애는 전세 들어 사는 주인집으로 건너가 TV 뉴스를 시청했다. 텔레비전 방송에서는 육영수 여사가 문세광의 총탄을 맞고 쓰러지는 장면을 여러 차례 느린 화면으로 다시 보여주고 있었다.

"금속탐지기로 국립극장 행사장에 들어오는 사람들마다 좌다 검사했다는데 와 저런 일이 벌어질꼬? 대통령 경호하는 새끼들한테도 무슨 야로가 있나? 저렇게 학처럼 우아한 국모를 한 순간에 송장으로 만들어 놓다니……쩟쩟쩟……정말, 알다가도 모르겠네. 이 오리무중 같은 세상사는……."

남편은 연거푸 줄담배를 태워대면서 맥을 놓고 있었다. 그러다간 학준이네 가게 텔레비전 앞에서 육영수 여사 추모 행사와 장례식 중계방송을 보면서 술병만 비워댔다. 일 나갈 생각은 아예 않고 있었다.

온 나라가 여름 내내 깊은 슬픔에 잠겨 있었다.

그러다 선선한 바람이 불어오자 남편은 학준이를 따라 화장지 장사로 변신했다. 아침 일찍 리어카에다 화장지를 잔뜩 싣고 나가 주택가 골목을 순회하면서 하루에 오백 원도 벌어오고 많이 버는 날은 천 원도 벌어왔다.

그런데 날마다 저녁때가 되면 술타령이다. 술을 마시지 않고 맑은 정신으로 들어오는 날은 거의 없었다. 저녁마다 그 술은 무슨 돈으로 마시는지 알 수가 없을 지경이었다. 마누라 임신했다고 해서 뭐 먹고 싶은 거 없냐는 말 같은 건 듣고 죽으려 해도 듣지를 못했다.

학준이네 화장지 가게에는 정애 남편을 비롯해 리어카에 화장지를 싣고 다니며 장사를 하는 고정 멤버들이 몇 명 있었다. 그들은 매일 같이 만나다 보니 친해져서 저녁에 결산을 하고 나면 화장지 가게 옆 대폿집에서 하루의 피로를 풀듯 돌아가면서 한 사람씩 술을 샀고, 그런 날들이 길어지자 자연스럽게 친목계로 결성되어 계절이 바뀌면 함께 야외로 나갈 때도 더러 있었다.

육영수 여사가 서거하던 그해 가을은 유난히 단풍이 고왔다. 화장지 가게 친목계는 가족 동반하여 삼송리로 단풍놀이를 가게 되었다. 정애는 그때 결혼 9개월째였다. 침목계 모임이 아니더라도 서울 와서 처음 있는 일이라 정애는 기분 좋게 따라 나섰다.

삼송리는 구파발을 지나 한참을 가야 했다. 여기저기 배추밭도 있고 고추밭도 보였다. 정애는 오랜만에 시골 풍경에 흠뻑 취해 있었다. 조금 가다가 보니 맑은 시냇물이 흐르는 개천이 나왔다. 모두들 시냇물을 건너야만 했다. 맑은 물이 잔잔하게 흐르고 있는 실개천 바닥에는 크고 작은 자갈들이 조약돌처럼 깔려 있었다.

정애는 신발을 벗어들고 냇가로 걸어 들어갔다. 물속 자갈에 이끼가 끼어 꽤 미끄러웠다. 게다가 초가을이라 시냇물은 몹시 차가왔다. 발이 시릴 정도였다. 하지만 정애는 그걸 참으면서 한 발 한 발 물속을 내딛으며 앞으로 나갔다. 조심해서 걷는데도 이끼 낀 자갈이 미끄러워서 자칫하면 냇바닥에 넘어질 판이었다.

남편은 임신한 아내가 중심을 잃고 넘어질까 봐 조심조심 발을 내딛으며 시냇물을 건너고 있는데도 부축해 줄 생각은커녕 제 혼자만 첨벙첨벙 앞서 가면서 뒤처지는 정애를 타박했다.

"뭐가 그리 무서워서 벌벌 떠노? 빨리 건너 와……."

남편은 아내가 임신한 사실을 잊어버린 듯 다가와 손을 잡아주기는커녕 오히려 고함만 치고 있었다.

그래 너 잘났다. 내가 당신 같은 사람한테 의지하려고 한 것이 잘못이지…….

자신도 모르게 치솟는 반감을 억지로 가라앉히며 정애는 조심조심 발을 옮겨 놓으며 시냇물을 건넜다. 보다 못해 함께 온 친목계 총각이 가던 길을 되돌아와 손을 내밀었다.

"제 손 잡으세요."

정애는 좀 당황스러웠지만 어쩔 수 없이 그의 손을 잡고 시냇물을 마저 건너야 했다. 저만치 자기 혼자 저벅저벅 앞서가는 남편이 이 사람처럼 제 안 식구를 챙길 줄 아는 사람이라면 나는 지금 이 순간이 얼마나 행복할까?

시냇물을 다 건너 산 위로 올라가는 오솔길이 나왔다. 남편은 리어카에 화장지를 가득 싣고 골목을 누비는 다리 힘이 얼마나 센지, 한번 보라는 듯 자기 혼자 앞장서 걸어갔다. 마누라야 따라 오든 말든 안중에도 없었다.

북한산 꼭대기는 산 아래보다 기온이 무척 차가워 추위가 장난이 아니었다. 남편은 뭐가 뒤틀렸는지 그 후로 계속 말도 하지 않고 술만 마시고 있었다. 여느 남자 같으면 얇은 잠바였지만 그 상황이 되면 그 잠바라도 벗어서 추위에 떠는 임신한 아내를 보호했을 것이다. 그런 정애의 모습이 보기 안 됐었든지 오히려 학준이와 함께 따라온 시커먼 총각이 이것저것 먹을 것도 권했다.

하루해가 다 저물고 어둑어둑 해서야 집으로 돌아오기 위해 다들 일어섰다. 일행은 그 비탈진 산을 내려와 다시 그 냇물을 건너야 했다. 남편이 정애의 손을 잡아주려 했다. 정애는 남편의 손을 거부해버렸다. 자존심이 상해서 더 이상 남편의 도움을 받지 않으려 마음먹었던 터라 혼자 미끄러지고 넘어질 뻔하면서도 억지로 그 냇물을 혼자 힘으로 다 건넜다. 버스길로 나왔을 땐 사방이 칠흑같이 캄캄했고, 간간히 멀리서 오가는 차량들 불빛만 번뜩이고 있었다. 시커먼 산으로 둘러싸인 나무들 위로는 별들이 초롱초롱 빛나고 있었다.

서울로 갈 버스를 기다리고 있을 때였다. 남편이 정애 곁으로 다가왔다. 그리고 다시 정애의 손을 잡았다. 정애는 남편의 그 손마저 슬그머니 빼버렸다. 그 순간 남편의 손바닥이 느닷없이 정애의 뺨을 사정없이 후려갈겼다. 하늘의 별빛처럼 정애의 눈에서 별안간 무엇이 번쩍했다. 정애는 순간 눈물이 고여 오는 걸 막을 수 없었다. 멀리서 오는 차량들의 불빛들이 정애의 눈물 속에 퍼져 영롱하게 퍼져 나가고 있었다.

내가 여길 왜 따라 왔나?

정애는 버스에서 내려 먼저 집으로 와버렸다. 집안으로 들어가지 않고 옥상으로 올라갔다. 옥상에는 정애가 된장 간장을 담가 놓은 항아리들이 촉촉이 밤이슬을 맞고 있었다.

한 시간쯤 지났을까. 정애는 한기를 느끼며 부엌으로 내려왔다. 하루 종일 뱃속의 아기가 퍽 힘들었을 거라는 생각을 하면서 방으로 들어서는 순간, 남편이 꽥 하고 소리를 질렀다.

"어디 갔다 왔어? 그 새끼 만나고 왔어?"

정애는 어리벙벙했다. 그러나 말하기도 싫어 가만히 있었다.

"흥! 그 새끼 손은 잡고 내 손은 잡기 싫어?"

그제서야 정애는 남편이 자신의 뺨을 때린 의도와 방금 소리를 지른이유를 알 것 같았다. 정애로서는 정말 기가 막힐 노릇이었다. 처음부터 자기가 어떻게 했는데 이제 와서 이런단 말인가. 적반하장도 그런 적반하장은 없었다.

무안하면 나 잡아먹어라 한다더니…….

정애는 똑같은 사람이 되는 것 같아 아무 대꾸도 하지 않았다.

신혼시절은 어이없게도 지리하고 몸서리치는 나날로 하루하루 흘러가고 있었다.

새 생명 |

뱃속의 아기는 꼬물꼬물 한가롭게 놀고 있었다. 정애는 뱃속에서 태동이 밀려올 때마다 일손을 멈춘 채 행복감에 취해 있었다. 뱃속의 태아가 다리를 폈다 오므렸다 하는 느낌이 밀려올 때는 얼른 아기를 낳아 얼굴을 마주보며 젖꼭지를 물려주고 싶고 가슴으로 맘껏 안아주고 싶기도 했다.

이튿날 정애는 아침 일찍 잠이 깨었다. 잠결에도 복부에 통증이 밀려오면서 화장실을 다녀오고 싶었다. 얼른 잠자리에서 일어나 윗도리를 챙겨 입고 바깥 화장실을 다녀왔다. 그런데도 몸이 개운치가 않았다. 계속 배가 아파왔다.

왜 이러나?

뭔가 심상찮은 느낌이 들었다. 하지만 남편이 병원에 가는 것을 싫어해 좀 더 추이를 보듯 아픈 배를 싸안으며 참아보았다. 이른 아침부터 배가 아프다는 소리에 짬이 깨었는지, 남편은 정애가 들으라는 듯이 구시렁거리며 담배를 빼물었다.

"시골 여자들은 열 달 내내 병원 한 번 안 가도 애만 쑥쑥 잘 낳던
데……."

배가 땅기듯이 아파오는데다 남편의 독한 담배연기가 다가오자 정애
는 그만 꽥 소리를 질렀다.

"독한 담배연기 땜에 숨넘어가겠어요. 담배, 그거, 밖에 좀 나가서 피
우고 들어와요……."

정애는 고통스러운 표정으로 달력을 쳐다보았다. 최근 두어 번 진찰을
받으러 갔던 산부인과에서 정해준 출산 예정일은 아직 9일이나 남아있
는 상태였다. 그런데도 금방 아이가 태어날 것처럼 심한 통증과 함께 자
꾸 배가 밑으로 처지는 것 같았다.

"아직 출산 예정일은 열흘 정도 남았지만, 혹시라도 그 사이 배가 심하
게 아프다거나 몸이 이상하게 느껴지면 병원으로 달려와요. 첫아이는 꼭
그 예정일에만 태어나지 않는 경우가 많으니까요……."

정애는 육감적으로 심상찮은 느낌이 밀려와 바깥에서 담배를 피우고
있는 남편을 불렀다.

"아무래도 몸이 이상해요. 오늘 출근하지 말고 집에 좀 있어 봐
요……."

"왜? 애가 곧 나올 것 같애?"

"우선 배가 아파 와서 못 견디겠어요. 애 낳으려고 그러는지……."

남편은 진땀을 흘리며 고통스러워하는 정애를 지켜보다 밖으로 나갔
다. 그는 담벽 옆에 세워놓은 자전거를 타고 예약해 놓은 인근 조산원 집
으로 달려갔다.

잠시 후 남편은 산파 아주머니를 데려왔다. 산부인과의원에서 출산을 하면 병원비가 30,000원이 소요되는데 조산원을 불러와 집에서 출산하면 단돈 5,000원이면 병원비가 해결되었다. 남편의 수입으로는 조산원에게 주어야 할 출산비 5,000원도 엄청날 정도의 큰돈이지만 그 비용만은 각오해야 되었다. 초산이라 겁이 났던 것이다.

시간이 흐르자 배는 정신을 차릴 수 없을 만큼 점점 더 아파왔다. 하지만 산파는 정애의 아랫도리와 배를 살펴보면서 아기가 나오려면 아직도 한참 더 산고를 겪어야 한다고 했다.

정애는 눈앞이 캄캄했다. 하루 종일 산통과 싸우며 날이 어두워졌는데 아직도 멀었다니……시계를 보니 탁상시계는 밤 9시를 가리고 있었다. 새벽 다섯 시경부터 배가 아프기 시작했는데 밤 9시라니……장장 열여섯 시간 동안 산통과 싸우고 있는데 조산원은 새벽 서너 시쯤 돼야 아기가 산도 밖으로 머리를 내밀 것 같다며 부디 마음을 느긋하게 가지라고 충고했다.

결혼 후 임신을 하고, 생애 처음 출산을 하는 일련의 과정들이 보통 고통스러운 일이 아니라는 건 주인집 아줌마나 먼저 이이를 낳아본 이웃 아낙들로부터 그동안 쭉 들어와서 그런대로 마음의 준비는 되어 있었다. 또 "남들 다 낳는 아이, 나라고 못 낳을 것이 있겠나……." 하면서 나름대로 배포도 생겼지만 막상 당하고 보니 이토록 아플 줄은 정말 몰랐다. 금방 죽을 것만 같았다. 정애는 연방 진땀을 줄줄 흘리며 이를 앙다문 채 신음을 쏟아냈다.

"저 좀 나갔다 올게요."

산모를 지켜보던 조산원이 잠시 화장실을 다녀오겠다며 남편에게 대

신 방을 지키라고 하자 남편은 방으로 들어오자마자 대뜸,

"허참! 누가 들으면 서방이 지 마누라 때려잡는 줄 알겠다. 좀 참아
라……."

하면서 남편은 역정을 냈다. 정애는 자신을 바라보고 있는 남편의 얼굴
을 손가락에 힘을 주어 쥐어뜯어버리고 싶었지만 밀려오는 통증 때문에
팔을 뻗칠 힘도 없었다. 정애는 계속 뭐라고 구시렁대는 남편을 보지 않
을 듯 얇은 누비이불을 끌어당겨 덮어쓰며 또 이를 앙다물었다. "아아!"
하고 앓아대는 정애의 신음소리가 홑이불 밑에서 계속 새나왔다.

"시골 우리 형수는 열 달 내내 병원 한 번 안 가도 애만 쑥쑥 잘 놓던데
저 사람은 왜 저렇죠? 저렇게 힘들어 해도 애 놓을 수 있어요?"

뭔가 못 마땅한 표정으로 담배만 펴 대던 남편이 조산원을 보고 물었
다. 조산원은 첫애는 누구나 다 저렇게 힘들게 산고를 겪으며 애를 낳는
다면서 남편을 다독였다. 그러면서 옆 동네 어떤 산모가 지난 밤 난산을
하는 바람에 한숨도 못 잤다면서 혼자 입이 찢어질 정도로 하품을 내뱉
어댔다. 정애는 그 와중에도 쌀가마니 옆에다 조그마한 요때기를 깔아주
며 잠시 눈이라도 붙이라고 했다. 그러면서 자신은 아랫목 쪽으로 내려
앉아 누비이불을 덮어썼다.

정애는 너무 아파 견딜 수가 없어서 덮어 쓴 누비이불 한쪽 끝을 끌어
당겨 깨물며 신음소리가 밖으로 새나가는 것을 죽였다. 어젯밤 옆 동네
임산부 아이를 받느라 잠 한 숨 못 잤다고 힘들어하는 조산원이 잠시 눈
을 붙이는데 방해가 될까 싶어서였다. 누가 들으면 아직 덜 아파서 그런
여유까지 있다고 할지도 모를 일이다. 그렇지만 정애는 밀려오는 통증을
이기지 못해 더욱 힘을 주어 누비이불을 깨물며 두 손을 바르르 떨어댔

다.

얼마나 시간이 흘러갔을까?

누비이불을 깨물고 몸서리를 치던 정애의 아랫도리에서 별안간 양수
가 쏟아지기 시작했다. 양수는 삽시간에 정애가 웅크려 앉은 방바닥 주
위를 적시며 계속 흘러내렸다. 느낌으로는 걷잡을 수 없이 쏟아지는 것
같았다. 정애는 러닝셔츠 떨어진 것, 또 애기 기저귀를 삶아 차곡차곡 개
어 놓은 것을 다 꺼내다 흘러내린 양수를 닦았다.

뜨뜻미지근하게 흘러내리던 양수가 웬만큼 잦아지는가 싶었다. 그새
아랫도리는 흥건하게 젖어 있었다. 그런데 아랫배 어디쯤은 생살을 도려
내듯 찢어지는 느낌이 밀려왔다. 정애는 순간 눈앞이 아찔해지면서 자신
도 모르게 비명을 질렀다. 하지만 그 비명은 정애가 누비이불을 계속 물
고 있어서 입 밖으로는 새나오지 않았다. 정애는 자신도 모르게 밀려오
는 심한 공포감에 질려 윗목에서 자고 있는 산파 아주머니의 한쪽 다리
를 흔들어댔다.

산파가 오만상을 찡그리며 부스스 눈을 떴다. 누비이불을 깨문 채 큰
소리를 안 냈다 치더라도 이 난장판 같은 방안에서 소귀신처럼 코를 골
면서 잠을 자다니……. 정애는 도무지 이해가 되지 않는다는 표정으로
다시 고개를 들었다. 땀투성이가 된 정애의 얼굴을 살피던 조산원이 순
간 정신을 차리며 물었다.

"무슨 일이예요?"

"양수가 터졌나 봐요. 빨리 좀 봐 주세요."

양수가 터지면 아이가 곧장 산도 밖으로 머리를 내민다는 것을 임산부
기본상식이 들어 있는 책자를 통해 몇 번 통독한 바 있어 정애는 조산원

에게 도움을 청했다.

"누워 보세요. 자아, 시작해 봅시다."

정애는 산파가 시키는 대로 양다리를 벌리고 반듯이 누웠다. 하지만 배가 땅기고 아랫도리 어딘가가 찢어지듯이 아파와 계속 똑바로 누워 있을 수가 없었다. 정애는 몸부림치듯 두 손으로 방바닥을 긁어대다 출입문 벽에 기대어 잠들어 있던 남편도 깨웠다. 나중에 아이가 컸을 때 자기가 무슨 해, 무슨 날, 몇 시에 태어났다는 것을 정확하게 알려주고 싶어 남편에게 부탁했다.

"당신은 아기가 나오는 시간을 정확하게 봐놔요."

"그래, 알았어!"

남편에게 그런 부탁까지 한 정애가 몇 번씩 죽음의 문턱에서 정신을 잃었다, 깨어났다 하는 긴 고통 끝에 마침내 첫아기가 산도 밖으로 머리를 내밀었다.

한없이 느긋해 보이던 조산원도 그때는 몸놀림이 빨라졌다. 산파는 정애를 향해 "한 번만 더! 한 번만 더 아랫배에 힘을 줘요……." 하면서 덩달아 용을 써 댔다.

정애는 방바닥을 긁으며 몸부림치는 와중에도 아기가 이제 산도 밖으로 다 빠져나왔구나 하는 느낌을 받으며 그만 자지러졌다. 하지만 조산원의 눈에는 자지러진 정애가 제대로 보이지 않았다. 그녀는 산도 밖으로 나온 아기를 재바르게 거꾸로 엎어 입이 방바닥과 마주 보도록 했다. 그리고는 왼손으로 아기의 두 발목을 싸잡아 쥔 채 아기를 거꾸로 매달았다. 조산원의 왼손에 두 발목을 잡힌 채 거구로 매달린 아기는 찰싹! 소리가 날 정도로 조산원이 엉덩이를 한 대 때리자 세상을 향해 첫울음을 터뜨렸다. 자지러져 있던 정애가 느닷없이 들려오는 아기 울음소리에 정신을 차리며 고개를 돌렸다. 아이의 탯줄을 잘라 실로 묶던 조산원이 정애 곁 요때기에다 아기를 눕혔다. 조산원의 바쁜 손놀림을 지켜보며 정신을 가다듬던 정애가 물었다.

"뭐예요?"

"공주예요. 아주 똘똘하고 예쁜 공주예요."

고통이 언제 삶과 죽음의 기로에서 몸부림치고 있었나는 듯 정애는 평온한 표정으로 조산원이 다 씻겨놓은 갓난아기를 들여다보았다. 한쪽 눈만 뜨고 한쪽 눈은 감은 채 아기는 처음 본 엄마에게 윙크를 하고 있었다. 정애는 왈칵 아기를 껴안고 싶은 충동을 간신이 참으며 살며시 아기의 머리께로 손을 대어보았다. 따스한 아기의 체온이 손끝에 전해지는 것으로 봐선 인조인간이나 인형은 아닌 것이 분명했다.

내가 어떻게 이런 아기를 낳을 수 있었을까? 나에게도 이렇게 귀여운 아기를 낳을 수 있는 초능력이 있었단 말인가?

갓난아기는 대부분 피부가 쭈글쭈글하다는데 이 아기는 아무리 살펴봐도 피부 어느 곳이 쭈글쭈글한 곳이 없다. 봄날 여리게 피어오르는 복사꽃 꽃 이파리 모양 볼그스름한 두 볼이 갓 태어난 영아 같지 않고 제법 통통했다. 자신이 금방 낳은 아기가 아니라 한다 해도 정애는 코끝을 찡그리는 갓난아기가 정말 예쁘고 앙증스러웠다. 산고의 시련은 정말 두 번 다시 되돌아보기 싫을 만큼 끔찍했으나 그 끔찍한 고통을 겪으면서 낳은 아기의 얼굴을 쳐다보고 있는 이 순간만은 그 끔찍하던 고통마저 언제 그랬느냐는 듯 말끔히 사라지는 느낌이었다. 정애는 그제서야 정신이 들어 남편에게 물었다.

"시간 봤어요?"

"음! 12시 20분에 태어났어."

남편은 결혼시계를 팔목에 차고 아내의 당부대로 딸의 출생 시간을 정확히 봐 두었다.

아기 낳은 지 사흘째 되는 날이다.

아침부터 봄비가 제법 주룩주룩 내리고 있었다. 그런데도 남편은 예비군 훈련이 있는 날이라며 아침 일찍 집을 나갔다. 부엌에는 산모가 먹어야 할 밥 한 그릇 없었다. 남편이 집에 없으니 손수 밥도 새로 짓고 미역국도 다시 끓여야만 허기진 공복을 메울 수 있었다.

하지만 밤새 버려놓은 아기 기저귀가 한 대야 가득 문 옆에 쌓여 있어 아침밥을 짓는 일보다 아기 기저귀를 빨아 늘어놓는 일이 더 시급했다. 근데 밖에는 장마철처럼 봄비가 주룩주룩 내리고 있지 않은가? 이 일을 어떻게 풀어야 좋단 말인가? 재래식 펌프가 놓여 있는 하수도가에는 비를 막아 줄 지붕이 없다. 우산을 들어줄 남편이 집에 없으니 온통 비를 맞으며 기저귀를 빨아 널어야 할 형편이다.

정애는 비닐 포대 이음새 부위를 가위로 잘라 고깔처럼 눌러쓰고 허리께를 끈으로 질끈 묶었다. 그리고는 가득 쌓아놓은 아기 기저귀를 커다란 고무대야에다 옮겨 담았다.

재래식 펌프를 젓느라 허리를 구부렸다 폈다 하면서 상체를 움직이니까 어찔어찔한 현기증이 밀려왔다. 배도 몹시 고팠다. 밤새 아기에게 젖을 빨리며 아무 것도 먹지 않은 공복이라 현기증이 더 심하게 밀려오는 것 같았다. 그렇다고 아침밥부터 먼저 지어먹고 기저귀를 빠는 것은 정애 자신이 용납할 수가 없는 일이었다. 정애는 배가 고프고 현기증이 밀려와도 기저귀부터 먼저 빨아 널어야 한다는 일념으로 하수도가로 나갔던 것이다.

금방 퍼 올린 펌프 물인데도 물속에 손을 넣으니 몹시 손끝이 시렸다. 정애는 참을 수가 없을 만큼 손끝이 시려 와서 다시 부엌으로 들어왔다. 롤러 식으로 된 연탄불을 아궁이에서 끄집어내 물을 좀 데우려고 보니 연탄불도 거의 다 꺼져가고 있었다. 정말 설상가상이다 싶었다.

정애는 꺼져 가는 연탄불부터 갈아 아궁이 깊숙이 밀어 넣었다. 물을 데우려고 했던 당초의 계획은 포기할 수밖에 없었다. 손이 시리건 말건 다시 수도가로 나갔다. 그리고는 이를 악문 채 기저귀를 빨아 방으로 들어왔다.

방 한쪽 옆에다 쳐놓은 빨랫줄에다 기저귀를 다 널어놓고는 아기 요때기 옆에 함께 누웠다. 설움이 목줄기를 타고 넘어 왔다. 창밖에서 들려오는 빗소리는 그녀의 얼어붙은 마음을 더욱 더 서럽게 만들었다.

갈아 넣은 연탄불이 꺼져 버렸는지 방이 너무 썰렁했다. 한기마저 돌았다. 정애는 아기가 추울까 봐 이불로 아기를 싸고 또 쌌다.

한참 눈물을 쏟아내다 밖으로 나와서 연탄불을 확인해 봤다. 예상했던 대로 연탄불은 시커멓게 꺼져 있었다. 정애는 정말 난감했다. 아기 낳은 지, 이틀밖에 안 된 몸으로 연탄불을 다시 피울 수가 없었다. 수족이 저리면서 머리가 어지러워 견딜 수가 없었다. 그녀는 부뚜막을 짚고 엉금엉금 기다시피 하면서 방으로 들어와 다시 드러누웠다. 오전에 비바람 맞으며 빨래를 해서 그런지, 갑자기 온몸이 부어오르는 것 같았다.

임신했을 때도 몸이 붓지 않았는데 몸 풀자마자 왜 자꾸 몸이 부어오를까…….

두둑하게 부어오른 얼굴과 발목 주위를 주무르다 누워 있는데 자꾸 눈물이 흘렀다. 결혼 초부터 낮이고 밤이고 부부관계만 밝힐 뿐 인정머리라곤 요만큼도 없는 남편이 오늘따라 더 원망스러웠다. 아무리 예비군 훈련 가기가 바빴다고 해도 어찌 그럴 수가 있을까? 방안에 갓 태어난 자기 딸과 몸 푼 지 이틀밖에 안 된 아내가 성치 않은 몸으로 누워 있는데 그 산모가 먹을 밥은 고사하고 연탄불마저 신경 쓰지 않고 그냥 달아나 듯이 집을 나가 하루 종일 종무소식으로 지낸다는 것조차가 정애한테는 이해가 되지 않았다.

원래부터 인정머리 없고 자기 육체적 욕구 풀고 나면 마누라 따윈 안중에도 없는 사람이라는 걸 누구보다 잘 알고 있는 정애였다. 하지만 이런 사람을 남편이라 믿고, 새털같이 많은 나날을 함께 살아야 한다고 생각하니 또 한 차례 뜨거운 눈물과 함께 목이 메는 서러움이 복받쳐 올라왔다. 정애는 그만 치받는 서러움을 감당할 수 없어 아기 요때기에 얼굴을 묻고 흑흑 시간 가는 줄 모르고 울어댔다.

남편은 저녁 늦게야 돌아왔다. 어디서 마셨는지 불콰하게 취한 얼굴이었다. 술 취한 눈에도 퉁퉁 부은 마누라 얼굴이 제대로 보였든지 들뜬 목소리로 물었다.

"얼굴이 왜 그렇게 부었어? 울었어?"

정애는 아무 말도 하고 싶지 않아 그냥 돌아누웠다.

"방이 왜 이리 추워? 연탄불 꺼뜨렸어?"

남편은 썰렁한 방안 공기가 싫은 듯 버럭 역정부터 내었다. 아침에 집을 나갈 때, 평소처럼 자신이 연탄불을 갈아놓고 나가야 된다는 사실을 잊어버린 듯했다. 그는 적반하장으로 하루 종일 집에 있으면서 왜 연탄불마저 꺼트리느냐는 투로 정애를 닦달했다.

참! 갈수록 가관이다 싶었다. 하루 종일 쫄쫄 굶고 있는 아내와 자기 딸의 걱정 같은 건 요만큼도 보이지 않는 얼굴이었다. 이미 다 지나간 일이지만, 처가 장인이 그렇게 심하게 결혼을 반대했건 말건, 우여곡절 끝에 결혼식을 올리고 밤만 되면 아내의 배 위에 올라타고 한 반 년 넘게 자신의 성적 욕구를 풀다 보니 그냥 아이 하나가 태어난 난 게 그에게는 그저 신기할 따름이었다.

"아유, 우리 강생이(강아지)! 오늘도 잘 놀았어?"

남편은 그저 애기만 들여다보며 어르고 있었다.

"나가서 연탄불이나 좀 피워요. 왜 오늘은 연탄불 가는 것도 잊어버리고 그냥 갔어요?"

"아, 그놈의 예비군 훈련 때문에 애 엄마 아침밥 하고 연탄불 가는 조차 까먹었구나……."

남편은 그제야 자신이 해놓아야 할 일들을 깜박 잊고 그냥 집을 나갔다는 걸 깨우친 듯 번개탄을 사러 가게로 달려갔다. 정애는 그나마 남편이 그런 생각까지 하면서 자신의 과오를 뉘우치는 듯해 꽁꽁 얼어붙어 있는 마음이 조금은 풀어지는 듯했다. 그녀는 목구멍까지 차오른 서러움을 억지로 짓누르며 아기에게 젖꼭지를 물렸다.

"아가야, 오늘은 엄마가 하루 종일 아무 것도 먹지 못해 젖마저 잘 나오지 않는구나. 그렇더라도 맛있게 냠냠하고 오늘밤은 보채지 말고 잘 자그래이……엄마가 오늘은 너무너무 서럽고 몸이 아프단다……."

한참 후 남편이 연탄불 다 피워났다면서 방으로 들어와 윗목에서 벌렁 드러누웠다. 하루 종일 실내에서 정신교육 받으며 예비군 훈련 받는 것이 육체노동보다 더 피곤하다며 드르렁 드르렁 코를 곯아댔다. 정애는 해에 하고 입을 벌린 채 곤한 잠에 빠진 남편을 깨워 밥 좀 해 달라는 소리가 나오지 않아 그냥 입을 다문 채 돌아누웠다.

방안에는 젖은 기저귀가 여기저기 걸려 있어 퍽이나 을씨년스럽게 느껴졌다. 거기다 하루 종일 국물 한 모금 넘기지 않은 채 굶은 몸이라 뱃속에서는 연방 꼬르륵거리는 소리가 들려왔다. 남편이 연탄불을 피워났다고 했으니 지금이라도 나가서 밥을 조금 지어먹을까 하는 생각도 들었다. 하지만 정애는 그런 생각도 그만 포기하고 말았다. 애기 젖을 먹여야 된다는 걱정이 밀려왔을 때는 억지로라도 일어나고 싶었지만 이 한밤중에 퉁퉁 부운 몸으로 부엌에 나가 밥을 짓는 자신의 모습이 의식 속으로 투영되어오자 그만 또 울컥 서러움이 밀려와 견딜 수가 없었다. 정애는 또 아기 기저귀로 자신의 입을 틀어먹으며 혼자 소리죽여 흐느껴 댔다. 이것저것 세상만사가 다 귀찮아지면서 한순간이었지만 자기 혼자 조용히 눈을 감아버리고 싶은 밤이었다.

이튿날 오전이었다.

퉁퉁 부운 얼굴로 아기와 같이 누워 있는데 안집 주인아주머니가 방문을 열고 방으로 들어와 정애를 불러 댔다.

"이 봐요, 애기 엄마! 얼른 일어나 전화 좀 받아 봐. 친정 엄니라고 하셨어. 아이구, 온 몸이 저래 부어서 어떡하나?"

안집으로 건너가 전화를 받고 보니 친정 엄마였다.

"애기 언제 낳느냐? 예정일이 언제냐고?"

장거리 전화라 목소리를 크게 높여야만 상대방의 목소리가 들렸다. 친정어머니는 교통사고로 몸을 다친 아버지 병간호에 매인 몸이라 가보지도 못하고 걱정 되어서 전화를 했다면서 아기 출산 예정일을 물었다.

정애는 출산 예정일과 산후 조리 문제를 걱정하면서 전화를 건 친정어머니의 목소리가 그렇게 반가울 수가 없었다. 결혼해서 아기를 낳아 봐야 엄마 마음을 알 수 있다는 말이 그렇게 절절이 사무쳐 올 줄은 미처 몰랐다. 정애는 송수화기를 든 채 그만 또 목이 메어 무슨 말도 못하고 주르르 눈물부터 흘려댔다.

"엄마, 나 애기 낳았어. 오늘이 6일째야. 걱정 마! 순산했어……."

친정어머니는 잠시 말이 없었다. 보이진 않아도 아마 목이 막힌 모양이었다.

"그래? 미안하다. 뭐, 낳았어?"

"딸 낳았어."

"가보지도 못하고 어쩌누? 내가 죄가 많다."

"괜찮아. 집에서 낳았는데도 순산했는데 뭐!"

친정어머니는 초산인데도 집에서 아기를 낳았다는 말에 더욱 더 목이 메이는 듯했다. 정애 또한 자신도 모르게 왈칵 쏟아지는 눈물을 억지로 삼키며 서둘러 전화를 끊었다.

애기를 낳은 지 20일쯤 된 그해 봄날이었다.

남편이 세탁소를 차리겠다고 인근 복덕방에다 방을 내놓고 들어왔다. 자기 아내의 산후 몸조리 따위는 아예 모르는지, 알면서도 억지를 부리는지, 숫제 안중에도 없는 얼굴이었다.

정애는 내일 모레면 삼칠일도 지나간다 싶어서 말없이 고개만 끄덕여
댔다. 그동안 쓸 돈 안 쓰며 아기와 세 식구가 살아갈 방 전세금까지 합
쳐 30만 원을 마련해 놓은 터라 남편이 가게가 달린 방을 얻는다 해도 크
게 걱정은 되지 않았다. 그 돈이면 변두리에 가게 딸린 방 한 칸 정도는
너끈히 얻을 수 있는 금액이었다.

방을 내놓은 지 며칠 만에 전세 들어 살던 방이 빠졌다. 남편은 방을
내놓기 전부터 봐놓은 가게 딸린 큰 방을 얼른 계약했다. 정애는 새로 계
약한 가게 딸린 방 내부가 궁금해 아기를 둘러업고 남편을 따라 나섰다.

그 가게는 처음부터 비어 있어서 쌍방이 이사 날짜를 맞추며 분산을
떨어야 할 필요는 없었다. 방을 비워 주어야 하는 날까지 정애가 편한 날
그 집으로 이사를 하면 그만이었다.

정애는 아이를 낳은 지 꼭 한 달 만에 가게 딸린 큰방으로 이사를 했
다. 정애는 아침 일찍 아기를 포대기로 둘러업었다. 그리고는 남편이 화
장지를 싣고 다니는 리어카를 밀며 몇 차례 세간을 실어 날랐다.

"아이구, 우리 공주님이 오늘은 되게 곤하신 모양이네."

남편은 정애 등에 업혀 곤히 잠든 딸아이를 쳐다보며 연신 벙긋벙긋
웃어댔다. 어른들이 "첫딸은 살림 밑천"이라고 하던 말이 딱 맞는 것 같
기도 했다. 아내야 아기를 낳느라 사경을 헤맬 만큼 큰 고생을 했지만,
자신은 이제사 가장으로서 좀 안심이 되었다. 언제 친정으로 되돌아 가
버릴지 모를 만큼 그가 생각하는 아내는 사실 자신에게 불안감을 안겨주
는 장본인이었다.

그러나 아기가 태어나자 자신에게 늘 불안감을 안겨주던 아내를 자기
곁에 꼭 붙들어 매어 놓은 기분이었다. 거기다 이따금씩 무지렁이 같은

자기 자신을 보고도 아비라고 방긋방긋 웃어주는 새 생명이 곁으로 내놓고 말은 안 해도 정말 '복덩이'같은 든든함을 안겨주는 것이다.

　그는 형님이 시키는 농사일이 싫어서 형님 내외와 어머니 몰래 가출한 몸이었다. 이제는 다 지나간 철없던 시절의 옛이야기가 되었지만, 그는 고향집 쌀독에 든 쌀 몇 됫박 훔쳐 가족 몰래 상경 후 10여 년 간을 부평초처럼 살아온 몸이라 정애와 맞선을 볼 때에는 중매쟁이 할머니에게 "서울 고명상업고등학교를 졸업했다."고 능청스럽게 거짓말을 해버렸다. 그리고는 막상 맞선을 볼 날이 다가오자 불안해서 견딜 수가 없었다. 그는 부랴부랴 서울로 올라와 충무로 인쇄골목 친구 도장방에서 고명상업고등학교 졸업장을 위조했다. 위조 졸업장을 만들어준 친구가 "만약 취직할 때 이 위조 졸업장을 사용하면 너와 내가 함께 감옥소 간다."고 일러주며 절대로 취직용으로는 사용하지 말라고 했다. 그는 친구의 당부대로 리어카에다 화장지를 싣고 골목을 누비는 처지라 취직용으로 그 위조 졸업장을 사용할 기회는 없었지만 중매쟁이 할머니에게는 그 위조 졸업장을 사진으로 찍어 당당하게 내밀었다. 중매쟁이 할머니 역시 감쪽같이 속아 넘어갔다. 그는 그것을 자기만이 갖고 있는 기발한 처세술이라고 생각했다. 그리고 그는 그 기발한 처세술로 많은 우여곡절을 겪기는 했으나 고학력 출신 정애마저 아내로 꿰차는 데까지는 성공했다. 하지만 그 성공은 사상누각 같은 불안한 성공에 불과할 뿐이었다. 언제, 어느 시기에, 그가 위조한 졸업장과 거짓 학력이 들통 날지 내심 불안하기 짝이 없었다.

　중매쟁이 할머니를 통해 소개 받은 정애는 시골 명문 대갓집 후손 딸이 분명했다. 처음에는 중매쟁이 할머니가 자신에게 환심을 사려고 정애의 학력을 부풀려서 말해 주었을 것이라고 생각했으나 정애네 집과 잘 아는 죽마고우를 통해서 알아보니 정애는 정말로 그 고장에서 하나뿐인 여고 졸업생이 확실했다. 그런 사실 관계를 세세하게 확인하고 보니 그 다음날부터 고민이 떠날질 않았다. 그 시절 그의 고향 마을에서는 온 동네를 다 뒤줘고 다녀도 고등학교까지 졸업한 고학력 신부 감이 한두 명 나올까 말까 할 정도로 희귀했다. 그 시절에는 고등학교만 나오면 학교나 면사무소나 수리조합 같은 곳에 대번에 취직이 되었다. 인물 같은 건 따지지도 않았다.

그는 중매쟁이 할머니를 앞세워 맞선을 보러 가던 날만 해도 가슴이 부풀어 있었다. 그러나 신부 측 아버지의 반대로 맞선을 보기로 한 신부의 얼굴도 보지 못한 채 밀려난 후부터는 초라한 자기 자신의 초상 앞에서 소리 없이 통곡했다. 몇 며칠간 술을 퍼마시며 일도 나가지 않았다. 실의에 빠져 아무 일도 손에 잡히지 않아 밑져 봐야 본전이라는 식으로 "많이 배운 명문 대가집 후손들은 그런 식으로 찾아간 손님을 문전 박대하며 얼굴도 한번 내밀지 않느냐?"는 투로 홧김에 몇 자 적어 보낸 그 편지에 답이 올 줄을 그는 미처 생각지 못했다. 그렇게 곡예를 하듯 할 말 안 할 말 다 해가며 결혼까지는 성공했으나 아내는 그에게 새로운 근심과 불안을 안겨준 불덩어리 같은 존재였다.

그는 언제 떠나 버릴지 모를 아내가 늘 불안했다. 그런 심정을 아내에게 솔직하게 이야기하면 정애는 대번에 자신을 의처증 환자처럼 여기며 가소롭게 대해 줄지도 모른다. 그래서 그는 더 불안했고, 자신도 모르게 끓어오르는 그 불안감을 짓누르기 위해서도 아내의 자존심을 적당히 짓밟으며 무시하는 것이 자기 자신을 다스리는 유일한 비법이라고 생각했다. 부평초 같은 타향살이 10여 년에 몸에 밴 것은 닥쳐온 위기와 적절히 타협하며 어떤 수단으로든 살아남는 것이라고 그는 자부했다. 거기에 고지식하게 선악 개념을 개입시킬 필요는 없다고 생각했다. 자고로 "여자란 존재는 귀여워하고 사랑스러워하면서 아껴주면 할아비 상투 쥐어뜯는 손자 녀석과 진배없는 존재가 돼 버린다."고 생각했다. 그러므로 아내가 자기 품을 떠나기 전에 한번이라도 더 껴안아야 아내가 떠나더라도 여한이 없을 것 같았다. 그래서 그는 자기 자신에게 최면을 걸듯 정애가 싫어하는데도 밤마다 아내의 배 위로 올라가 거칠게 욕정을 쏟아냈다.

그는 볼품없는 단칸방 생활이나마 서울로 올라와 몇 개월 살다보니 아내가 임신을 했다는 소리도 하고, 하루 종일 리어카에다 화장지를 싣고 골목을 누비며 몇 푼 벌어서 집으로 돌아오면 따스한 밥상을 차려와 같이 저녁을 먹어주는 아내가 자기 곁에 있다는 한 가지 사실만으로도 부평초 같은 삶만 살아온 그에게는 여간 행복한 일이 아닐 수 없었다. 그는 자신에게 가정적 안정감과 불안감을 없애주는 데 톡톡하게 한 몫을 해준 딸아이의 이름을 향기 향(香)자와 예쁠 아(婀)자를 사용해 "향아"라고 지어주었다.

다음날이었다.

남편은 새로 얻어 이사한 가게에다 세탁소를 차렸다. 간판은 마을 이름을 따서 〈공주세탁소〉라고 내걸었다. 그렇지만 사실 모양만 세탁소일 뿐 시설이라고는 빨래 다리는 증기다리미 한 대와 천장에 세탁물을 걸어놓는 옷걸이 몇 개, 그 외 옷 수선하는 데 사용하는 낡은 재봉틀 한 대가 전부였다.

딸 향아는 새벽 먼동이 트면 잠에서 깨어나 아빠 엄마와 눈 맞추기를 하면서 재롱을 떨었다. 그러다 하루해가 기울고 땅거미가 깔릴 때면 자야 되는 시간인 줄 알고 보챘다. 그때 분유병 젖꼭지나 모유를 물리면 어김없이 잠들었다.

태어나서 며칠 되지 않은 갓난아기의 생리적인 잠버릇이 어른들보다 더 정확했다. 그 통에 정애는 아기의 잠자는 시간을 이용해 많은 가사 일을 해낼 수 있었다. 심하게 보채지도 않으면서 무럭무럭 잘 자라주는 향아를 보듬어 안을 때마다 "어느 조상님이 도와주셔서 이런 보물덩어리 같은 순덕이가 태어났을까?" 하는 생각에 정애는 향아에게 젖꼭지를 물리는 시간이 하루 중 가장 행복했다.

젖꼭지를 물고 정애의 가슴팍에다 대고 손가락을 꼼지락거리던 향아가 그새 물고 있던 젖꼭지마저 밀어내며 깊이 잠이 들었다. 정애는 향아를 요때기 위에 반듯이 눕혀놓고 부엌으로 나갔다. 부엌문 아래 향아를 목욕시키는 큼지막한 고무대야가 놓여 있다. 저녁 무렵 향아 목욕을 시키고 내놓은 고무대야 안에는 똥기저귀와 빨래거리가 가득 쌓여 있다. 정애는 아기 똥기저귀부터 세탁해야 오늘 밤과 내일 오전 향아의 기저귀를 갈아줄 수 있다는 생각에 재래식 펌프가 놓인 공동 우물가로 나갔다.

출산한 지 달포가 지났건만 아직도 금방 저어올린 펌프 물에 손을 담그면 손끝이 시렸다. 그사이 얼굴의 붓기는 많이 가라앉았으나 아직도 손목이나 발목은 많이 부어 있는 상태였다. 산후 붓기가 의외로 길었다. 안집 주인아주머니와 정애네 가게 맞은편 복순이 아주머니는 "첫아이 놓고 그렇게 몸조리도 않고 찬물에 바로 손 넣으면 나중 뼈마디마다 바람든다."면서 볼 때마다 빨래거리를 함께 빨아주며 도와주어도 남편은 그분들에게 고맙다는 인사 한 번 제대로 한 적이 없었다. 맨날 아침 일찍 집을 나가 저녁 늦게 불콰하게 취해서 돌아오기 일쑤였다.

재바르게 아기 똥기저귀 세탁을 마친 정애는 부엌으로 들어갔다. 부뚜막 위 설거지통에는 아침나절 담가놓은 밥그릇과 반찬 그릇이 그대로 담겨 있었다. 그 옆 양은냄비 속에는 뜨거운 물로 소독을 해야 할 아기 젖병이 담겨 있었다. 정애는 연탄 화덕 위에 양은냄비를 올려 아기 젖병부터 삶았다. 그리고는 설거지통 속의 밥그릇과 반찬 그릇들을 말끔히 씻은 후 저녁밥을 짓기 시작했다.

남편은 불콰하게 술이 취해 밤늦게 집으로 돌아와도 꼭 저녁밥을 찾았다. 밖에서 사람들 만나 오후 무렵 한두 잔씩 마시는 술은 어디까지나 사람과의 인간관계를 이어주는 사교주요, 격심한 육체노동으로 하루하루를 살아가는 도시 변두리 막노동 남정네들에게는 저녁나절 허기와 목마름을 달래주는 새참술이요 위로주일뿐 결코 저녁밥은 아니라는 주장이었다. 남편은 바깥에서 아무리 걸쭉한 술안주로 사교주나 새참술을 마셨다 할지라도 집에 들어와 안사람이 차려주는 저녁밥상을 받아야만 밖에서 막노동이나 오만 괄시를 받으며 하루를 보낸 타향살이 인생들에게는 그 다음날도 일터로 달려갈 새 힘을 얻는다는 것이었다.

저녁 늦게 집으로 돌아온 남편이 혀 꼬부라진 소리로 되는 소리, 안 되는 소리를 내뱉으며 때늦은 저녁상을 받을 때 정애도 남편과 마주 앉아 함께 저녁밥을 먹었다. 아기가 뱃속에 들어앉아 있던 임신기에는 저녁마다 불콰하게 술이 취해 들어오는 남편이 못마땅하고 이해가 되지 않았다. 하지만 1년 넘게 술주정 같은 남편의 이야기를 잠잠히 들어주다 보니 만은 부모 형제 떠나와 천리 타향에서 하루 벌어 하루 먹고 사는 도시 변두리 하층민 가장들의 내적 고통과 쓸쓸함이 이해가 되는 구석도 있었다. 더구나 남편은 어린 나이에 아버지를 잃고 형님이 시키는 농사일이 싫어서 가출한 몸이라 부평초(浮萍草) 같은 도시 변두리 생활이 서럽기도 했을 것이라는 생각이 들어 건성으로라도 남편의 말을 다 들어주는 편이었다. 그러다 보니 정애는 맨날 자정이 넘어서 잠자리에 들었다.

남편의 늦은 저녁밥상을 치워놓고 방으로 들어오면 정애도 온 전신이 뒤틀리며 녹초가 되어버렸다. 누가 업어 가도 모를 만큼 곤한 잠에 빠졌다가 향아 우는 소리에 눈을 떠보면 시계는 그새 새벽 다섯 시를 가리키고 있다. 이때부터는 향아와 같이 씨름하면서 시간을 보내야 하는 시각이다. 향아는 새벽 다섯 시에 일어나면 땅거미가 깔리는 저녁 여섯 시까지 사람 손에서 떨어지지 않으려고 투정을 부렸다. 정애는 도리없이 향아를 포대기로 둘러업고 부엌으로 나갔다. 아침 일찍 집을 나가는 남편의 조반상 준비가 바빴다. 빼놓은 연탄 화덕에는 급히 쌀을 씻어 밥을 안친 밥솥을 올렸다. 세수를 마치고 들어오던 남편이 말했다.

"오늘 세탁소 다리미질은 내가 할 테니 당신은 물세탁 할 거 좀 맡아줘. 짜집기(짜깁기)도 좀 배워놓고."

생후 두 달도 안 된 간난장이 딸과 해 떨어질 때까지 승강이하는 아내의 고충 따위는 아랑곳없다. 젖먹이 갓난애 기르는 것은 애당초 엄마의 몫이고, 먹고사는 사업은 부부가 분담해야 된다는 것이 남편의 지론이다. 말 같지도 않은 남편의 말을 받아주며 대거리하기 싫어서 정애는 그냥 입을 꾹 다물고 밥상을 차렸다. 몸도 말할 수 없이 아팠으나 마음은 더 아팠다.

며칠이 지났다.

남편은 허둥지둥 차려준 아침밥을 먹고 밖으로 나가면서 정애에게 하인 부리듯 말했다.

"오늘 전입신고 마친 뒤, 새 주소지로 향아 출생신고도 좀 해 놔!"

정애는 순간 기가 막혔다. 동사무소까지 가려면 1km는 족히 걸어가야 했다. 그렇다고 생후 30일밖에 안 된 간난장이를 그 먼 동사무소가지 둘러업고 갈 수도 없다. 발목의 붓기가 아직도 빠지지 않은 데다 사지가 뒤틀리듯 아팠다. 거기다 정애는 아침밥도 못 먹고 같이 놀아 달라고 보채는 향아에게 시달리고 있었다. 땅거미가 깔릴 때까지 향아에게 시달리느라 정애는 남편이 물려놓은 아침상을 치우면서 밥 몇 술 떠 넣고는 점심밥을 못 먹는 경우도 부지기수였다. 그러다 땅거미가 깔리면 향아는 어김없이 자야 되는 시간인 줄 알고 정애 품안에 안긴 채로 잠이 든다. 잠든 향아를 요때기 위에 눕혀놓고 자리에서 일어서면 핑 하는 현기증에 앞이 아찔하고 배가 등가죽에 달라붙은 느낌이었다.

"아이구! 왜 자꾸 어지럽지……."

정애는 간신히 기운을 차려 세탁소 출입문을 열었다. 문 밖은 초여름의 따가운 햇살이 눈부시게 쏟아지고 있었다. 정애는 잠시 현기증이 사라지기를 기다렸다가 앞 가게로 걸어갔다. 저녁밥상에 올릴 찬거리가 아무것도 없어서 푸성귀라도 좀 사고 싶었다.

"배추 두 단만 줘요."

솎음배추 두 단을 사다가 재바르게 다듬었다. 한 단은 겉절이를 담고, 나머지 한 단은 자작자작하게 물김치를 담가야겠다고 생각했다. 깔끔하게 잘 다듬은 솎음배추 두 단 중 한 단 분량을 덜어내어 솎음잎사귀 부분과 줄기 중간 부분을 세 토막 내듯 뭉텅뭉텅 자른 다음 고운 소금을 뒤적거려가며 살짝살짝 뿌려 놓았다.

배추는 금방 숨이 죽으면서 절여졌다. 혹시 갖은 양념을 하면 짤지도 몰라 큰 플라스틱 함지박에다 맑은 물을 받아 소금기를 씻어내듯 재바르게 일렁거려 소쿠리에다 건져 물이 빠지게 놓아두었다. 그리고는 준비해 놓은 마늘, 파, 고춧가루, 볶은 콩가루를 고루 섞어 물이 빠지게 소쿠리에다 건져놓은 배추와 버무렸다.

침이 꼴깍 넘어갈 것 같은 맛있는 냄새가 부엌 안을 가득 메운다. 정애는 간을 보듯 적당히 간이 배인 배추 줄거리를 두어 점 집어먹으며 맛을 보았다. 연하게 아삭아삭 씹히는 맛도 있고, 볶은 콩가루에서 올라오는 고소한 맛이 일품이었다. 여기다 참기름을 몇 몇 방울 두르면 금상첨화겠지. 정애는 금방 입맛이 돌아온 것처럼 입안에 침이 고이면서 또 한 점 더 집어먹고 싶었다.

하지만 남편이 귀가하면 그때 밥하고 같이 먹겠다고 생각하며 물김치를 담그려고 소금을 뿌려놓은 나머지 배추도 재바르게 맑은 물로 씻어 물기를 뺀 뒤, 밥을 안치면서 받아놓은 쌀뜨물에다 생강, 파, 마늘, 고춧가루, 참깨를 조금 뿌려 국물이 자작자작할 정도로 절여놓은 배추와 버무려 사각 플라스틱 김치통에다 담아 꼭꼭 눌러놓았다.

번갯불에 콩 구워 먹듯 겉절이와 물김치를 담가놓곤 연탄불에 밥을 지었다. 조그마한 양은 냄비에는 된장찌개를 끓였다. 시골풍으로 양념간장까지 만들어 저녁상을 차렸다.

젖을 먹이는 엄마의 몸이라 해가 빠지면 뱃가죽이 등골에 달라붙은 것처럼 배가 고팠다. 그래도 남편이 들어오면 함께 먹으려고 몇 차례나 바깥을 내다보며 남편을 기다렸다.

저녁 일곱 시가 훌쩍 넘어 남편이 돌아왔다. 가게 안 의자에 걸터앉아 신발 끈을 푸는 남편의 얼굴에서 솔솔 술 냄새가 풍겨왔다. 오늘도 같이 어울려 다니는 사람들과 하루 일과를 마치면서 어김없이 주거니 받거니 하면서 귀가 주를 몇 잔 마신 게 분명했다.

몹시 배가 고팠던 정애는 남편이 방안으로 들어오자 얼른 둥근 상에다 밥상을 차려 방으로 들어왔다. 아빠가 하루일과를 마치고 귀가했는데도 향아는 세상 모른 채 잠들어 있었다. 정애는 순덕이 같은 그런 향아가 고마웠다. 그녀는 잠든 향아 얼굴 위로 혹시 된장 국물이라도 튀어갈까 봐 베개로 벽을 만든 뒤 포대기를 둘러 향아의 머리께에 울타리를 만들어 주었다. 그리고는 남편을 마주보며 둥글상 앞에 앉았다.

"전입신고 했어?"

남편이 게슴츠레한 눈길로 정애를 바라보며 물었다.

"못했어요."

순간 남편은 눈살을 찌푸리며,

"남편 말을 뭘로 알아? 내가 아침에 시켜놓고 나갔잖아?"

하면서 밥상을 번쩍 들었다가 쾅 하고 놓았다. 참기름을 뿌려 고소한 냄새가 피어오르던 양념간장 종지가 발라당 엎어지더니, 된장찌개 냄비마저 홀라당 뒤집어지며 둥글상 밑으로 된장찌개 국물이 줄줄 흘러내렸다. 향아의 머리맡에 베개를 고여 포대기로 방벽 치듯 울타리를 만들어 놓았으니 망정이지, 그렇지 않으면 밥상 위에서 보글보글 끓으면서 식어가던 된장찌개 국물이 향아의 얼굴 위로 튀어가 화상을 입힐 뻔했다.

순간적이나마 정애는 기겁한 얼굴로 향아의 얼굴부터 살펴보았다. 다행히 뜨거운 된장 국물이 향아에게는 튀어가지 않았다. 정말 십 년 감수한 느낌이었다. 철렁, 내려앉은 가슴을 쓸어내리며 정애는 그만 주르르 눈물부터 흘려댔다. 출산 이후 아기에게 시달리며 끊임없이 스트레스를 받아오던 몸인데다 저녁나절 내내 배가 고파 쓰러질 지경이었다. 그런데 뒤늦게 술이 취해 귀가한 남편이 전입신고를 꼬투리 삼아 술주정을 하고 있다는 생각이 번쩍 뇌리를 스치고 지나갔다. 그 순간 정애도 그만 눈에 보이는 것이 없어졌다. 정애는 자신도 모르게 벌떡 일어섰다. 이젠 배고 픈 것도 잊어버렸다.

"참다 참다 보니, 이제 술주정에다 밥상까지 쳐? 술주정을 하려거든 제대로 좀 하라구. 내가 가르쳐 줄 테니 똑똑히 잘 봐두라구……."

정애는 오른발로 있는 힘껏 밥상을 차버렸다. 밥상은 벽으로 밀려 가 착 달라붙었다가 방바닥으로 떨어졌다. 고추장과 겉절이가 벽에 범벅 이 되었다.

"앞으로 또 하려거든 이렇게 해. 알았어?"

하면서 정애는 눈을 똑바로 뜨고 남편을 노려보았다. 말 그대로 정면 돌 파였다. 얼른 보기에도 남편의 눈은 당황하고 있었다. 술기가 확 달아난 얼굴이었다. 정애 또한 오늘 저녁 같은 상황을 더 이상은 허용할 수 없었 다. 그녀는 이판사판의 심정으로 밖으로 나와 버렸다. 그 순간만은 남편 과 같이 살기를 포기해버렸다. 향아는 그런 난장판 속에서도 세상모르고 자고 있었다.

밖으로 나온 정애는 집 주위를 배회하고 있었다. 머리끝까지 분노가 치밀어 일어선 김에 어디로든 떠나 가버리고 싶었는데 아무것도 모른 채 깊이 잠든 향아가 눈에 아른거려 발걸음이 떨어지지 않았다.

어떻게 하나?

정애는 집 근처를 몇 바퀴 돌고나서 세탁소 창문으로 집안을 들여다보았다. 남편이 엉망이 된 밥상을 주섬주섬 치우고 있었다. 그것을 본 정애는 왠지 마음이 좀 가라앉는 것 같았다.

여자란 본시 이런 존재인가? 아니야, 아니야! 엄마라서 되돌아 왔을 뿐이야…….

정애는 창밖에 선 채로 도리질을 해대다 부엌으로 들어갔다. 낮 동안 버려놓은 기저귀가 고무대야 속에 그대로 있었다. 정애는 기저귀 대야를 들고 공동우물가로 나갔다. 밤늦은 시각이라 우물가에는 아무도 없었다. 정애는 펌프를 힘껏 자아올려 향아 기저귀를 빨아댔다.

"내가 어디론가 떠나버리면 아무것도 모른 채 자고 있는 향아가 너무 불쌍하잖아……."

정애는 혼잣말로 중얼거리면서 기저귀에다 비누칠을 했다.

어느새 정애의 두 뺨 위로 눈물이 주르르 흘러내렸다.

인생은 파도를 타고

세탁소는 간판을 건지 6개월 만에 문을 닫고 말았다. 엄청난 자본을 투입해 드라이크리닝 기계를 들여놓은 경쟁업소에 밀려 공주세탁소는 설 자리를 잃어버린 것이다. 30만 원에 전세로 들었으니 망정이지, 보증금 걸고 월세로 들어갔다면 다른 곳으로 이사도 가지 못하고 길거리로 나가 앉을 판이었다.

집집마다 알배기 배추를 사들여 소금에 절이고, 무채 썰어 김장담그기에 바쁜 철이었다. 그러나 정애네는 우선 간판을 내린 가게와 방을 내어 주고 다른 곳으로 이사를 가는 일이 시급했다.

자고 나면 골목길 공터에 서리가 하얗게 내려앉아 있었다. 하얗게 내려앉은 서리를 밟으며 부식가게라도 갔다 오면 몸과 마음이 더 떨리는 것 같았다. 곧 닥칠 엄동설한을 목전에 두고 어느 쪽으로 방을 구해 이사를 해야 좋을까? 갈피를 잡을 수 없을 만큼 머릿속이 어수선했다.

정애는 같이 놀아 달라고 칭얼거리는 향아를 둘러업고 일단 집을 나왔다. 여기저기 다녀 봐도 정애네가 가진 돈으로 전세로 들어갈 수 있는 방이 도심 가까운 곳에는 없었다. 버스 타러 내려오려면 한참을 걸어야 할 산동네로 다시 올라가야 할 형편이었다.

산동네 어귀 가게에서 바나나우유 한 통을 사서 향아에게 먹인 뒤, 정애는 다시 아기를 둘러업고 옛날 살던 동네 복덕방을 찾아갔다. 예순이 넘은 복덕방 영감이 콧등에다 돋보기안경을 걸치며 장부를 뒤적거리더니,

"옳다구나!"

하면서 바삐 전화기 다이얼을 돌려댔다.

"이보시게, 정씨! 얼마 전에 우리 복덕방에 내놓은 그 방, 전세로 25만 원에 안 될까? 식구가 단출해. 6개월짜리 젖먹이 딸애와 부부뿐일세. 이렇게 단출한 사람들이 전세 들면 분담지도 않고 말일세……."

복덕방 영감은 집 주인과 몇 마디 더 주고받더니 정애를 보며 물었다.

"이사는 언제 올 수 있소?"

"방이 비어 있다면 내일이라도 이사 올 수 있어요."

"그럼 됐네. 이쪽은 전세금 몇 만 원 덜 받아도 식구 단출한 사람을 원하니까 쌍방이 딱 맞네 그려."

정애는 복덕방 영감이 소개하는 산동네로 올라갔다. 서울로 올라와서 처음 전세방을 얻었던 산꼭대기 동네는 아니었다. 한 2백여 미터는 내려와 있는 길가 집이었다. 대문으로 들어가 담장 쪽으로 방과 부엌을 나란히 들여놓은 집이었다. 부엌을 거쳐 방으로 들어가는 출입구가 마음에 걸렸으나 굉장히 넓어 보이는 방이 눈길을 끌었다.

"아줌씨가 애기 업고 여기저기 발품 팔며 돌아댕겨 봐도 이 동네에서

이런 방 구하기가 쉽잖을 게요. 날 더 추워지기 전에 계약서 써요."

복덕방 영감은 빨리 결정을 내리라며 정애를 다그쳤다. 정애는 남편과 상의없이 계약서를 쓸 수 없다면서 가계약금만 조금 걸고 산동네를 내려왔다. 집으로 돌아오니 이 외로 남편이 일찍 들어와 있었다. 남편도 수일 내 가게와 방을 비워줘야 하는 강박관념에 쫓기고 있는 모습이었다. 저녁마다 취해서 귀가하던 사람이 오늘은 멀쩡한 정신으로 일찍 집에 들어와 있었다.

"여보, 향아는 내가 봐 줄 테니까 어서 저녁 먹읍시다."

"웬 일이람?"

정애는 살다 보니 별일도 다 본다는 표정으로 향아를 내려 남편에게 맡겼다. 그리곤 서둘러 저녁밥을 지었다.

다음날, 정애는 아침 일찍 남편과 같이 가계약금을 걸어놓은 집으로 올라갔다. 남편은 찬찬히 부엌과 방을 둘러보더니 고개를 갸우뚱했다.

"방이 커서 겨울에 외풍이 심할 것 같은데 우리 향아 괜찮을까?"

마누라는 개떡 같이 여겨도 자기 딸내미 생각은 끔찍하다는 생각이 들어 정애는 혼자 웃었다.

"아, 방 넓으니까 외풍 심하면 조그마한 난로라도 윗목에 하나 놓으시구랴. 그러면 겨울에 아기 기저귀 말리는 것도 수월하구 좀 좋아요……."

"그 말도 맞네요."

하면서 남편은 고개를 끄덕이며 정애를 바라보았다. 자기는 괜찮으니까 정애가 싫지 않으면 계약서 쓰자는 얼굴이었다.

"애기 아빠도 좋다고 하시니까 저희 모레 아침 일찍 이사 올게요."

"네에, 그렇게 합시다. 젊은 사람들이 시원시원해서 좋구만."

복덕방 영감은 선걸음에 계약서를 작성해 전세계약을 성사시켰다.

그해 초겨울, 정애는 계획대로 그 산동네로 이사를 했다. 부엌도 넓고 방도 엄청 크니까 이삿짐 정리도 수월했다. 맨날 업고 있던 향아를 방에다 내려놓고 그 옆에서 집안일을 해도 향아는 제 곁에 엄마가 있다는 정서적 안정감 때문인지 아랫동네에 살 때보다 훨씬 덜 보챘다. 그 덕에 정애는 방안에서 향아를 봐 가면서 김장 담그는 큰일도 마쳤다.

그 이튿날부터 혹한이 밀려왔다. 아침에 자고 일어나면 머리맡에 빨아놓은 물걸레가 꽁꽁 얼어붙어 있어서 걸레질을 할 수 없었다. 배밀이를 시작한 향아의 두 뺨이 시퍼렇게 얼어 있었다. 외풍에 손가락마저 차갑게 얼어 있는 향아가 안쓰러운지 남편이 급기야 방안에다 연탄난로를 설치했다. 정애는 난로 위에다 조그마한 들통을 올려 물을 끓이며 방안의 습도를 맞추었다.

담장과 붙어있는 부엌은 걸핏하면 수도꼭지가 얼어붙어 불편을 안겨주었다. 뜨거운 물로 하루 종일 녹여도 녹지 않을 때가 허다했다. 향아 기저귀와 빨래는 저 밭 건너 허허 벌판에 있는 공동 우물로 가서 빨아 와야 했다. 식수는 양동이로 길러다 먹어야 했다. 아침저녁 밥 지어 먹은 후 나오는 설거지거리도 향아를 업고 그 공동 우물로 이고 가서 손을 호호 불면서 씻어 와야 했다.

엄동설한 기나긴 밤, 제대로 된 수입원이 없는 남편은 난로 위에다 양은 주전자를 올려놓고, 정애 몰래 사다놓은 막걸리를 부어 덥혀 마시며 밤새 부엌을 들락거렸다. 자기 딴에는 나름대로 아내와 자식을 부양하며 가장으로서의 임무를 다하기 위해 궁리를 하다가 속이 출출해지니까 얼어빠진 막걸리라도 데워 혼자 위안주를 마시는가 보다 하는 생각이 들었다. 그런데도 정애는 향아 곁에서 아기에게 젖을 먹이다 잠든 체하며 말 없이 누워 있었다.

이튿날, 남편은 아침 일찍 일어나 아침밥도 먹지 않은 채 학준이네 화장지 가게로 달려갔다. 세탁소를 차리기 전에 했던 것처럼 리어카에다 화장지를 떼어 싣고 가게가 없는 높은 산동네 골목을 돌아다니며 장사라도 해야 막걸리 값이라도 벌 수 있었다.

정애는 남편이 집을 나간 뒤에도 잠자리에서 일어나지 않았다. 향아에게 젖꼭지를 물린 채 계속 누워 있었다. 쪽쪽 젖을 빠는 향아만 없으면 이대로 눈을 감아버리고 싶은 마음이 자꾸 눈물을 자아올렸다.

뜨거운 눈물이 두 뺨을 타고 흘러내렸다. 정애는 흘러내리는 눈물을 닦지도 않은 채 계속 흐느꼈다. 어미의 속을 아는지, 모르는지, 향아는 세차게 빨던 젖꼭지를 밀어내며 잠이 들었다. 정애는 옆으로 누운 채 잠든 향아의 얼굴을 지켜보며 소리 죽여 오열했다. 다른 때 같으면 벌써 자리에서 일어나 향아의 기저귀부터 빨아 널고 부엌을 치우는 일에 매달렸을 것이다. 그러나 오늘은 이대로 조용히 눈을 감아버리고 싶은 마음뿐이었다. 세상만사가 다 귀찮고, 눈만 뜨면 똑같은 일을 반복하며 다람쥐 쳇바퀴 돌 듯 하루하루를 몸부림치듯 살아가는 자신의 일상이 이제는 권태롭기까지 했다.

인생지사 새옹지마라더니……대체 내 인생은 왜 이렇게 첩첩산중이고 앞날이 보이지 않을까? 어디서부터 꼬이기 시작해 내가 이렇게 사면초가에 몰려 있을까?

흘러내리는 눈물을 닦고 또 닦으며 곰곰 생각해보니, 결혼을 현실 도피의 수단으로 이용한 데서부터 자신의 인생이 꼬이기 시작했다는 생각이 들었다. 겉 다르고 속 다른 아버지의 위선과 오도된 가부장적 주장이 아무리 싫어도 결혼을 현실 도피의 수단으로는 선택하지 말아야 했는데……

천지를 모르고 깨춤 추는 년 같으니라구. 네년이 애비 슬하에서 빠져나가기만 하면 당장 용상에라도 앉을 것 같으냐? 살쾡이를 피하면 범이 나타나고, 범을 피하면 사자가 나타나는 것이 세상사다, 이년아! 뭘 좀 알고나 설쳐라……

친정아버지가 아무리 겉 다르고 속 다른 인격체이고, 당신 한 몸밖에 모르는 위선과 오도된 가부장적 주장으로 집안 식구들 전체 가슴에 깊은 상처를 입혔다고 해도 당신의 딸을 시궁창으로 밀어 넣는 아버지는 아니었는데 …….

그런 아버지를 보지 않기 위해 결혼이라도 해버리겠다며 손수 중매쟁이 할머니를 집안으로 불러들이고, 아버지가 현재의 남편과의 혼사를 극구 반대하자 그녀는 반항하듯 아버지 몰래 결혼을 진행시켜 친정을 떠나온 그 시점부터 자신은 이미 돌아갈 수 없는 길로 들어섰다는 생각이 가슴을 쳤다.

그땐 내가 왜 그렇게 물불을 가리지 않고 설쳐댔을까?

이미 3년 전의 일로 변해버린 지난 일들을 지금 와서 새삼스레 가슴을 치며 후회해 봐도 자신의 삶이 다시 3년 전으로 되돌아가지는 않을 것이다. 잘 살았든, 못 살았든, 이미 살아버린 인생은 원점으로 되돌릴 수 없는 것이 만고의 진리다. 그렇지만 앞으로 두 번 다시 그와 같은 실수와 좌충우돌하는 인생을 살지 않기 위해서라도 일정한 주기마다 자신이 지나온 궤적을 꼼꼼하게 되돌아보는 것도 더 나은 앞날을 설계하는 새 출발에 보탬이 될 것이라는 생각에 정애는 심한 몸살을 앓으며 한 사나흘 누워 있었다.

그 사이 기승을 부리던 초겨울 동장군이 잠시 주춤했다. 방에 누워 있어도 귀때기를 얼어붙게 하던 북풍한설도 좀 잦아든 것 같았다. 골목마다 두껍게 쌓여 있던 눈 무더기들이 한낮의 양광에 조금씩 녹아내리며 산동네 비탈길에 사람이 지나다니는 모습이 눈에 보였다.

정애는 며칠째 쌓아놓은 향아의 기저귀와 옷가지들을 세탁하지 않으면 오늘 저녁부터는 당장 갈아줄 기저귀도 없다는 생각에 억지로 자리에서 일어났다. 어찔어찔한 현기증이 좀 가시는 듯했다. 정애는 난로 위에 올려놓은 들통을 들고 부엌으로 나갔다. 바깥 날씨가 너무 추워 부엌에서 데운 물로 빨래거리를 치댔다.

그때 시골에 갔던 계희가 찾아왔다. 이곳으로 방을 옮기고 나서 정애는 유일하게 계희한테만 이사했다고 편지로 안부를 전했는데, 계희가 그 편지를 받고 찾아온 것이다.

정애는 이사를 할 때마다 찾아와 주는 계희가 고마웠다. 서울 하늘 아래서 같이 살고 있다고는 하지만 이렇게 이사를 하거나 틈날 때마다 찾아와 고향 소식과 다른 친구들 소식을 전해주면서 고생스럽게 살아가는 정애에게 새로운 힘과 용기를 안겨주고 가는 유일한 친구가 바로 계희였다.

"얘! 니들은 정말 이사를 자주한다?"

"그렇게 됐어. 우습지?"

그도 그럴 것이 서울로 올라와 2년 남짓 사는 사이 정애는 이사를 네

번이나 한 것이다. 당연히 생활이 안정될 리 없었다. 며칠째 내팽개쳐놓은 부엌 설거지를 마치고 정애는 점심상을 차려 방으로 들어왔다. 정애는 잘 익은 김장 김치를 쭉쭉 찢어 계희의 밥숟갈 위에 올려주며 모처럼 맛있게 점심을 먹었다.

두 사람은 밥상을 방안에 둔 채 난로 위에서 끓고 있는 주전자 물로 계희가 사온 홍차를 한 잔씩 타서 마셨다. 후후 불며 차를 마시던 계희가 조심스레 고향 친구 이야기를 꺼냈다.

"상우, 걔 말이야. 친구들이 이혼했다더라. 1년 동안 별거하다가 결국에는 이혼했대. 애는 남매가 있다던데 말이야."

정애는 그 소리를 듣는 순간 별안간 가슴이 꽉 막히는 느낌이었다. 안 그러려고 했지만 마음과는 달리 온몸이 자신도 모르게 벌벌 떨리기 시작했다. 좀 진중해지려고 애를 써 봤으나 어찌할 도리가 없었다.

결국 계희 앞에서 또 자신의 속내를 보이고 말았다. 여태껏 살아오면서 상우 소식은 늘 궁금했지만 그 자존심이란 것 때문에 어느 누구에게도 물어보지 못한 채 정애 혼자 가슴앓이를 하던 사람이 상우였다.

"그럼, 마지막 나를 만나자고 전화했을 그때가……?"

정애는 그 옛날, 고향에서 남동생이 상우의 전화를 받고 늦게야 전해주었던 그 이튿날을 떠올렸다. 그날 선남이와 같이 늦게 상우를 찾아갔다가 상우는 만나지 못한 채 그가 조금 전까지 정애를 기다리다 차 시간에 쫓겨 그냥 서울로 올라갔다고 하던 그날의 일들이 영화의 한 장면처럼 눈앞을 스치고 지나갔다.

"그럼 그때 뭔 일이 있었단 말인가?"

정애는 계희가 집으로 돌아간 그 이후에도 상우 생각을 떨쳐버릴 수가 없었다. 상우의 모습은 며칠 동안 정애의 머릿속에서 떠날질 않았다. 혼란스러울 지경이었다. 칼로 가슴을 도려내듯 마음이 그렇게 아플 수가 없었다.

"어찌 그리 급히 결혼을 했을까?"

일부종사의 일념과 자식의 앞날을 위해서라도 현 남편과의 결혼을 운명으로 받아들이며 어떡하든 긍정적인 방향으로 개선해 보려고 자신을 다독이고 있는 점을 감안해 볼 때, 정애가 만약 그때 상우와 결혼했었다면 그들 두 사람 사이에 결혼은 물론 없었겠지만 이혼이란 불상사도 결코 없었을 것이라는 생각이 들어 정애의 가슴을 더 아프게 만들었다.

그런 아픔을 혼자 이겨내며 하루하루 지내는 사이 긴긴 엄동설한과 새봄이 물러가고 계절은 어느새 여름으로 변해 있었다. 생명을 위협하는 추위가 없고, 반바지에다 티셔츠 한 장만 걸치고도 살아갈 수 있는 날씨 탓인지, 남편은 또 가게 딸린 방을 얻어 이사를 해야겠다고 복덕방을 들락거려 댔다.

며칠 후, 현재 살고 있는 산동네에서 조금 더 아래로 내려온 길거리 옆에 여덟 자 장롱이 들어갈 만한 방 한 칸이 딸린 가게를 현재 전세금에서 5만 원을 더 붙여 계약했다. 하늘이 도와주어서 그런지, 전라도 땅에서 수해를 입고 삶의 터전을 서울로 옮기는 이재민들이 대거 상경하는 통에 한여름인데도 전세금은 쉽게 빠졌다. 그 통에 정애네는 위약금 한 푼 안 물고 쉽게 이사를 할 수 있었다.

이사를 하고 한 사나흘 지났을까.

학준이 친구와 밤늦게까지 술을 마시며 서울 변두리지역 주거환경개

선사업이 어떠니, 푸세식 공동변소를 수세식 공동화장실로 바꾸는 사업에 정부가 동 단위로 지원을 한다느니 하면서 떠들어대더니, 그 다음날 리어카에다 두루말이 화장지를 한 리어카 가득 싣고 왔다. 푸세식 공동변소나 개인용 측간에서 신문지나 다 쓴 공책을 찢어 뒤를 닦던 변두리 서민들도 대변을 보고 부드러운 화장지로 뒤를 닦는 문화생활로 접어들면 두루마리 화장지는 앞으로 집집마다 생필품이 돼 버린다는 것이다. 그런 시대를 내다보며 정애 남편은 명색이 화장지 대리점을 차린 것이다.

가게 안으로 들어가면 방이 하나 있고 그 옆으로 부엌이 하나 딸려 있었는데, 거기엔 낮에도 전깃불을 켜지 않으면 몹시 어둡고 캄캄하여 아무것도 보이지 않았다. 안쪽으로 통해 있는 문도 없었다. 옆에는 복덕방을 하고 있는 가게가 하나 붙어 있었다. 복덕방가게는 안쪽으로 통하는 문이 있어 정애네 가게보다 탁 트여 있어 환했다.

화장지대리점을 차린 이후 남편은 또 정애에게 가게를 맡겨놓고 장사 나간답시고 리어카에다 화장지를 싣고 인근 동네 골목을 돌아다녔다. 그렇지만 하루 종일 무얼 하고 다니는지 저녁때 집에 들어올 때 보면 아침에 싣고 나간 화장지를 반도 못 팔고 그냥 다시 싣고 들어오곤 했다. 장사하겠다고 가게를 차려놨으면 열과 성을 다해 혼신의 노력을 퍼부어도 될까 말까 한 판국인데 남편은 이번에도 만사태평이고 무대책이었다.

하루는 남편이 화장지를 한 리어카 싣고 나간 다음 집안 설거지와 빨래를 마치고 나니 점심때가 되었다. 날씨가 너무 더워서 아장아장 걷는 향아를 데리고 가게 밖으로 나왔다. 그때 복덕방 앞길에 남편이 싣고 나갔던 화장지 리어카가 그대로 서 있었다. 묶어 놓은 끈도 풀어지지 않은 채 리어카는 그대로 계속 서 있었던 것이다. 정애는 다시 한 번 리어카를 확인했다. 화장지가 실려 있는 리어카는 남편 것이 분명했다.

무슨 이런 일이 다 있지……

순간적으로 이상한 생각이 들어 복덕방 안을 들여다보았다. 담배연기가 코를 찌르는 복덕방 안에서 남편이 복덕방 아저씨와 바둑을 두고 있었다. 정애는 두고 있는 바둑판이 끝나면 장사를 나가려니 하고 말없이 바깥바람을 쐬며 남편이 나올 때를 기다렸다. 이왕 늦어버린 것, 집에서 점심이나 먹고 가라는 말을 하고 싶었던 것이다. 그런데 저녁때가 되어도 남편은 복덕방에서 나오지를 않았다. 바둑을 두며 복덕방 안에서 점심도 시켜 먹은 듯했다. 기가 막혔다. 남들이야 무슨 말을 하든 말든, 정애만은 남편을 믿고 싶었다. 자기 입으로,

"우리 공주님! 공주님!"

하면서 사랑하는 아이가 있지 않은가? 그리고,

"가장을 뭘로 아는 거야?"

하면서 자신이 입버릇처럼 강조하는 세 식구의 가장 아닌가?

남편은 결국 리어카를 한낮 내내 복덕방 앞에 그대로 세워둔 채, 바둑으로 시간을 보내다 저녁 먹을 시간이 지나서야 집으로 들어왔다. 정애는 화가 머리끝까지 치밀어 올라 견딜 수가 없었다. 평소 남편이 마련해둔 집안의 바둑판과 흑백 바둑돌을 끄집어내 가게 바닥에 힘껏 패대기쳐버렸다. 바둑판이 두 쪽으로 갈라져 버렸고, 흑백 바둑돌이 온 가게 바닥에 굴러 떨어져 뒹굴었다. 남편은 할 말이 없는 듯 혼자 멋쩍게 웃고만 있었다. 정애는 복받쳐 오르는 서러움을 참을 수 없어 방안으로 들어가 엉엉엉 소리 내어 울었다.

"저런 인간을 남편이라고 만나 무슨 영화를 보겠다고 내가 애를 낳고 빌이붙어 살고 있는지……. 아이구, 내 팔자야!"

정애는 하루하루 살아가야 할 앞날이 보이지 않을 만큼 막막해졌다. 향아를 업고 집을 나가면 살길이 없고, 구차한 삶을 이으려고 남편 곁에 붙어 몸부림치는 모습이 의식 속으로 투영돼 오자 자신이 너무 애처롭고 가련해 미칠 것 같았다. 정애는 이러지도 못하고 저러지도 못하는 자신의 존재가 너무 처량해 벽에다 머리를 처박으며 죽을 듯이 통곡했다.

"아, 사람이! 동네 사람들 잠도 못 자게……."

바둑돌로 난장판이 된 가게를 치워놓고 방안으로 들어온 남편이 정애의 입을 틀어막으며 빌었다. 정애는 이 난국에도 부부관계를 요구하듯 다가서는 남편을 밀치며 다시 가게로 나왔다. 가게 바닥에 퍼질러 앉아 한참 울다가 보니 머리가 아파 견딜 수가 없었다. 연탄 화덕이 있는 부엌문 쪽에서 계속 연탄가스가 스며드는 느낌이 들었다. 정애는 밤이 깊었지만 다시 가게 문을 열고 알루미늄 셔터를 밀어 올렸다.

밤이 깊어 가게 셔터를 내리면 공기 순환이 되지 않아 실내가 한층 더 더운 집이었다. 그래도 연탄불을 꺼버릴 수 없었다. 산동네에 살 때는 낡은 석유곤로라도 하나 있어서 더운 날에는 하루 이틀씩 연탄불을 꺼버린 날도 있었다. 그렇지만 그 석유곤로가 고장 나서 버린 후는 다시 새것으로 사들일 수 있는 경제적 여력이 없었다.

아니, 석유곤로 없이는 도저히 못 살겠다고 아우성이라도 쳤으면 남편이 어디서 중고라도 하나 사왔을 것이다. 하지만 이사 옮기고 나서 쪼들리는데 장사라도 좀 되면 석유곤로는 마련하리라 하면서 여태껏 미련을 떨며 참고 살아온 자신의 행적들이 오늘은 더 숨통을 막히게 하는 것 같았다.

정애는 도저히 참을 수가 없었다. 매 끼니 밥도 지어먹어야 하고 빨래도 삶아야 하는 일 때문에 계속 연탄불을 피워놓으니 연탄가스 냄새가 실내에 꽉 들어찬 것 같았다. 이대로 있다간 더위에 쪄 죽기 전에 연탄가스에 먼저 질식해 죽을 것 같았다.

정애는 문이란 문은 다 열어젖히며 실내 공기부터 순환시켰다. 산동네에 살면서 연탄가스에 취해 죽을 고비를 넘긴 기억 때문인지 이 집은 절로 정남미가 떨어져 하루라도 일찍 떠나고 싶은 마음뿐이었다.

결국 정애네는 그해 여름 가게를 또 내놓을 수밖에 없었다.

슬픔의 날 참고 견디면

가게는 3개월이 되어도 빠지지 않았다. 그동안 가게 문은 잠그지도 못하고 조금 열어놓고 셔터문도 완전히 내리지 못하고 반쯤 내려 출입문을 밤새 열어놓고 지냈다. 연탄가스에 취해 죽을 고비를 넘긴 나쁜 기억 때문에 밤만 다가오면 우선 연탄가스 공포 때문에 잠을 이룰 수 없을 지경이었다. 머리가 좀 돌고 똑똑한 사람이었다면 주인집에다 집 구조를 상대로 소송도 했을 것이고, 당장 집 빼 달라고 요구도 했을 것이다. 그 와중에도 고지식한 정애와 남편은 순리대로 한다고 가게가 빠지기만을 기다리고 있는 터였다. 이제 겨울이 되어 문을 열어놓고 살아갈 수도 없는 처지에 놓였다. 그제야 주인집 남자는 미안했든지 자신이 전세금을 그냥 돌려주겠다고 했다.

정애는 그 길로 방을 얻으러 다녔다. 우여곡절 끝에 허름한 옛날 한옥집에 방 하나와 부엌 하나 딸린 방을 구할 수 있었다. 정애네가 얻은 방 옆으로 펌프로 된 우물이 하나 있었고, 보증금 십만 원에 월세 오천 원씩

내는 방이었다. 그래도 일단 수도세는 나가지 않는다는 생각이 들어 정애는 마음을 굳혔다. 어차피 좋은 방 구하기는 사정이 여의치 않았고 그 방도 천신만고 끝에 얻은 방이라 감지덕지할 뿐이었다. 전기세와 월세 오천 원만 주면 되었다. 남편은 리어카는 팔아버리고 짐자전거로 다시 화장지 장사를 하겠다고 나섰다. 정애는 둘째 아이를 임신하고 있었다.

다시 이사를 하고 며칠이나 지났을까.

고향의 시댁에서 연락이 왔다. 시동생 하나가 있었는데 정애 시집오기 일 년 전에 군대에서 순직한 일로 그 가족에게 국가 보훈청에서 한 사람에 한정하여 취직을 시켜준다는 것이다. 그렇게 되면 남편은 이제 어느 한곳에 취직이 되어 정착을 할 수 있게 되는 것이다.

정애는 우선 생활이 안정될 것 같아서 기분이 좋았다. 삶이 그대를 속일지리도 슬픔의 날 참고 견디면 반드시 기쁨의 돌아오리니……. 푸시킨의 시구 같은 인생행로가 하도 새옹지마 같아 정애는 밤새 울고 말았다.

제 아비의 취직 소식을 뱃속에 들앉았어도 알아차렸는지, 둘째 아이는 첫아이와는 달리 입덧이 굉장히 심했다. 무엇을 먹을 수도 없을 만큼 오장육부를 뒤집어 놓는 느낌이었다. 밥 끓는 냄새도 너무 곤혹스럽게 느껴졌다. 심지어 텔레비전에서 음식 광고만 나와도 속이 막 뒤집히는 것 같았다. 눈만 뜨면 뭘 먹고 지탱해야 하는가 하는 그 고민밖에 없었다.

취직 관계로 남편이 고향 관공서에 내려가 취직에 필요한 서류를 떼러 간다고 했다. 정애는 옳다구나 속으로 생각했다. 옛날 친정에서 자주 날콩가루로 콩죽을 끓여 먹던 생각이 날 때마다 그 콩죽은 입덧이 심해도 먹을 수 있을 것 같았다. 그러나 근처에는 어디서도 날콩가루를 구할 수가 없었다. 정애는 남편에게 부탁했다.

"시골 내려가거든 형님한테 부탁해서 더도 말고 날콩가루 한 되만 빻아 와요. 좀 먹어보게……."

"알았어. 갔다 올게."

남편도 정애가 심한 입덧으로 아무것도 못 먹고 있는 걸 잘 알고 있는 터였다. 정애는 뭘 먹지도 못했지만 딸애가 측은해 견딜 수가 없었다. 콩죽을 끓이면 딸도 먹이기 좋을 듯했다. 일단 성한 사람 빼놓고 뱃속 아이까지 세 사람의 허기는 해결할 같았다. 서로가 지독하게 배가 고픈 상태였지만 그 중에서도 딸은 집요하게 엄마의 젖만 파고들었다.

사정이 사정인지라 젖도 떼지 못한 형편이고 현재는 제대로 먹을 것도 없었다. 그나마 밥 같은 건 먹지 않으려고 하고 엄마의 젖만 의지하고 있는 형편인데 정애 자신이 뭘 먹지 못한 관계로 뱃속 아이까지 굶고 있는 형편이었다. 거기다 정애는 감기몸살까지 겹쳐 있어 약도 복용할 수 없는 형편이었다. 오로지 시골로 내려간 남편만 상경하기만을 학수고대했다. 남편만 오면 세 사람의 식사 문제가 해결되기 때문이다. 그래서 더 목을 빼고 남편을 기다렸는데 사흘 만에 상경한 남편은 빈손이었다.

"콩가루는?"

남편이 아무 생각 없이 대답했다.

"형수가 야마리 톡! 까졌다고 하더라. 시골에서는 농사짓느라 일손이 부족하고 바빠서 뭘 먹을지도 모르게 생활하고 있는데 포시랍게 살면서 그런 거 보내 달라고 하냐고 하더라."

'야마리 톡! 까졌다.'라는 그 사투리는 '얌치없다.'는 말을 욕되고 속되게 내뱉는 말이다. '포시랍다'라는 말은 편하게 산다는 뜻이다.

정애는 정말 기가 막혔다. 아무리 시골에서 무식하게 막 돼먹은 여자라 할지라도 다른 일도 아니고, 아랫동서가 심한 입덧으로 아무것도 못 먹고 있다는데 어찌 날콩가루 한 되를 보낼 수 없다는 말인가? 자기의 딸이라면 그럴 수 있겠는가? 설사 아무런 연고가 없다 해도 길 가던 사람이 심한 입덧으로 고생하는 임산부가 부탁한다 하면 그렇게 모진말로 상처만 주면서 외면하지는 않을 것이다. 아랫동서가 행여 객지에 살면서 둘째아이를 가져 고생이나 하지 않을까 하는 염려는커녕 자신이 인간임을 아주 포기한 사람처럼 막돼먹은 말로서 일관했다니……정애는 실망과 섭섭하기보다 맏동서에게 인간 이하의 분노를 느꼈다. 또한 그렇다고 빈손으로 상경해 그 말을 그대로 전하는 남편 또한 인간 말종으로 밖에 느껴지지 않았다.

"나쁜 사람들!"

하다못해 미물인 짐승도 자기 새끼를 가졌다고 하면 위해주고 보호해주지 않던가? 아무리 무지렁이들이라지만 짐승만도 못한 사람들을 정애는 더 이상 인간으로 취급하지 않으리라고 다짐했다. 무식하고 못된 형수가 설사 그런 말을 했더라도, 집에서 애들하고 밥도 못 먹고 고생하고 있는 것을 뻔히 알면서 남편은 어찌 또 그냥 올 수 있단 말인가? 자기가 직접 방앗간에 가서라도 날콩가루를 한 되 빻아 오면 그만일 것이 아닌가. 그걸 꼭 그대로 일러 바쳐 동서지간에 정리마저 끊어버리는가 말이다. 정애 자신도 자신이지만 이제 세 살인 딸 향아마저도 먹어야 할 것을 잃어버린 셈이다. 남편은 이로써 아내와 뱃속에 있는 애기와 더불어 자식 둘을 모두 버린 셈이다.

조금만이라도 지각이 있는 사람이라면 임산부가 아무것도 못 먹고 있으므로, 뱃속 아이와 딸아이 그리고 아내가 온전치 못할 것이라는 것을 알아차렸을 것이다. 남편은 그 상태에서도 아내의 입으로 밥 아닌 다른 어떤 음식이 들어가는 건 아까워하는 사람이다. 입덧으로 고생하는 아내에게 단 한번이라도,

"당신 뭐 먹고 싶은 건 없어? 뭘 먹는 게 좋을까?"
하고 물어라도 줬다면 정애는 남편이 너무 고맙고 미더워서 목을 놓아 울었을 것이다.

정애가 사는 방에서 대청마루 하나 건너 맞은편 방에는 신랑이 택시 운전을 한다는 신혼부부가 이사 와서 살고 있었다. 마침 신랑의 생일이라 친구들을 초대해 생일잔치를 벌이고 있었다. 정애는 방에서 꼼짝달싹도 못하고 누워 있는 형편이었지만 한 가지 간절하게 기대하는 게 있었다. 보통 돌잔치나 생일잔치엔 잡채를 빼지 않고 만든다. 기진맥진해 누워 있으면서도 정애는 잡채는 먹을 수 있을 것 같았다. 그런 생각을 계속하다 보니 갑자기 잡채가 막 먹고 싶어지기도 했다. 그런데도 남편은 아침부터 장사도 안 나간 채 정애와 같이 굶으며 방에 누워 있었다. 보다못해 정애가 남편을 바라보며 말했다.

"내가 이러고 누워 있는데 당신도 같이 굶고 누워 있으면 어떡해요? 나가서 연탄불에 밥이라도 해서 향아랑 같이 좀 먹어요……."

남편은 누운 채로 눈도 뜨지 않고 대답했다.

"나도 같이 입덧을 하는지 아무것도 못 먹겠어……."

"이럴 바에는 차라리 시골 논을 팔아서 서울에다 집을 사요."
하면서 결혼할 무렵 중매쟁이 할머니의 입을 통해서 들었던 남편 몫의 시골 유산 문제를 꺼냈다. 바깥 시어른 돌아가신 후 논 다섯 마지기가 남편 앞으로 상속되어 있다는 것을 알고 정애는 그동안 남편에게 수도 없

이 졸랐었다. 그 논을 그대로 놔둬 봤자 시골에서는 땅값이 거의 그대로지만 서울에는 집값이 계속 뛰고 있었다. 방 전세금도 하루가 멀다 하고 오르고 있었다. 그러니 빨리 시골 땅을 처분해 서울에다 집을 장만하자고 했다. 그래도 남편은 그 논 다섯 마지기 몫으로 1년에 쌀 서너 가마니 올려다 주는 걸 큰 위안으로 삼으며 계속 미적거렸다.

저녁때가 되어 건넌방 손님들이 가는 소리가 들렸다. 정애는 희미하게나마 기대를 하고 바깥에만 온갖 신경을 쓰고 있었다. 좀 있으니까 아닌게 아니라 정애네 방문을 노크 하는 소리가 들렸다.

"누구세요?"

정애는 반가운 소리로 물었지만 목소리에 기운이 다 빠져 잘 들렸는지 모른다. 남편이 벌떡 일어나 방문을 열었다. 기대했던 대로 건넌방 새댁이었다. 큰 쟁반에 잡채를 수북이 담아들고 와 서 있었다.

"딴 것을 드릴 것도 없고요. 잡채만 조금 갖고 왔어요. 아주머니 아무것도 못 드시고 누워 계신 것 같아서요."

정애는 구세주를 만난 것처럼 별안간 얼굴에 생기가 돌았다.

"아유, 고마워요. 잘 먹을게요……."

새댁이 돌아가고 난 뒤 정애는 몸을 일으키며 억지로 일어났다. 별안간 현기증이 밀려왔다. 남편에게 부탁하여 부엌에 가서 젓가락을 가져오라고 했다. 남편이 벌떡 일어나더니 젓가락을 갖고 왔다.

"당신도 먹을래요?"

선후야 어찌됐건 정애는 남편에게 밥도 못해주고 누워 있는 게 미안해서 남편에게 인사말로 물었다. 남편은 정애의 그 말이 나오기가 무섭게 잡채를 딸에게 조금 덜어주고 나서 눈 깜짝할 사이에 게눈 감추듯 혼자서 다 먹어버렸다. 정말 인간이라면 아내가 먹기를 기다려봐야 할 것이다. 아니면 좀 나눠서라도 같이 먹어야 할 것이다. 물론 자신도 그렇게 굶고 있으려니 오죽 배가 고팠겠냐마는.

정말 해도 너무한다. 이런 인간을 계속 남편이라고 믿고 살아야 하다니…….

정애는 기막 막히는 생각이 밀려왔지만 겉으론 표현할 수가 없었다. 아무나 배고픈 사람이 먹었으면 그만 아닌가? 다 먹은 뒤에 안 좋은 소리 해봤자 뭔 소용이 있을까? 인간적으로 정애는 자기 스스로가 비인간적인 것 같은 생각이 밀려와 그만 입을 다물어버렸다. 그때 딸의 손에 쥐어 있는 조그만 접시엔 잡채가 몇 가닥 남아 있었는데 딸은 그것을 허겁지겁 주워 먹고 있었다. 정애는 눈물이 나왔다. 아침부터 얼마나 학수고대하고 있었던 잡채였던가?

다음날부터 남편은 보훈청에서 마련해준 직장엘 나가기 시작했다. 처음엔 〈영안모자〉라고 하는 회사였는데 현장에서 노동을 한다고 해서 며칠간 다니다가 못하겠다고 반려했다. 아무려면 리어카에 화장지를 싣고 골목을 누비는 것보다야 못할까 마는 남편은 계속 현장 노동은 못하겠다고 거절하자 보훈청에서 다른 곳으로 일자리를 옮겨 주었던 것이다.

애달픈 생명

구정이 지나고 2월이 되었다.

2년 터울로 다시 들어선 뱃속의 태아는 그새 5개월로 접어들었다. 며칠 전부터는 사지를 움직이며 꼼지락거리는 태동이 심하게 느껴졌다. 정애는 영양 결핍으로 잇몸과 치아 사이가 빨갛게 다 떠버렸다. 아마도 뱃속의 태아가 엄마 몸속의 칼슘이란 칼슘은 다 뺏어가는 것 같았다. 양치질을 하면 잇몸에서 벌겋게 피가 흘러내렸다. 치아가 잇몸에서 솟아올라 김치 쪼가리 하나 제대로 씹을 수가 없었다. 영양분을 섭취하려고 해도 먹을 게 없었다. 그나마 부업 뜨개질로 빨랫비누나 반찬거리를 조금씩 사서 남편 밥을 해주고 나면 그만 빈손이 될 만큼 살림살이가 쪼들렸다.

남편은 밥 외에 무슨 음식이든 아내 입으로 들어가는 걸 싫어하는 사람이었다. 남편의 의식 속에 자리잡고 있는 아내란 존재는 하루 세 끼 밥만 먹여주면 되는 존재였다. 하루 세 끼 밥만 먹여주면 하인처럼 마음대로 부려먹을 수 있고, 저녁에는 자신의 성적 욕구를 푸는 정액주머니처럼 마음대로 올라타도 되는 존재로 각인되어 있었다. 정애는 남편의 그런 의식구조를 파악하고 난 다음부터는 자존심이 상해서 먹을 수 있어도 일부러 먹지 않을 때가 많았다. 그러다 보면 어느 땐 자동적으로 음식에 대한 거부반응이 일어나기도 했다.

남편은 밖에서 술을 마시거나 집에 들어올 때 자기가 마실 술을 사오는 경우가 많았다. 그러나 아내를 위하거나 딸을 위해 무엇을 사들고 들어오는 경우는 거의 없었다. 그러니 남편에게 고분고분해질 수가 없었다. 하루하루의 삶을 이어가는 일상의 그 모든 것이 더럽고 아니꼬울 만큼 치사했다.

정오가 되기 전에 퇴근한 남편은 한숨 자고 나더니 또 밖으로 나갔다. 저녁때가 되어도 들어오지 않았다. 아홉시 뉴스를 할 때쯤 술이 고주망태가 되어서 비틀거리며 들어섰다.

향아가 집안으로 들어서는 남편을 보고 "아빠아!" 하며 반갑게 뛰어나갔다. 정애는 그냥 방안에서 TV만 보고 있었다. 술에 취해 들어온 남편의 얼굴을 보기도 전에 스트레스로 속이 끓어올라 그만 오만상이 일그러졌다.

남편은 반갑게 뛰어나가 품에 안기려는 어린 딸의 멱살을 바짝 들고 방으로 들어왔다. 이제 막 3살로 접어드는 향아는 제대로 먹지도 못하고 발육이 늦어 다른 집 아이들보다 체구도 작고 가볍기 그지없었다.

아빠의 느닷없는 행동에 지레 겁을 먹은 딸은 갑자기 얼굴이 새파랗게 질린 얼굴로 바들바들 떨었다. 남편은 방안으로 들어오더니, 방 한 구석에다 멱살을 잡고 들어온 향아를 냅다 던져 버렸다. 엉겁결에 방구석으로 처박힌 향아가 파랗게 질린 얼굴로 울음을 터뜨렸다.

"왜 울어, 이 기집애야!"

남편은 빗자루를 들고 와 사정없이 딸을 후려쳤다. 향아는 엄마를 부르며 다급하게 구원을 청하듯 울부짖었다.

남편은 여느 때와 달리 살쾡이 눈을 하고 있었다. 이대로 가다가는 딸이 맞아 죽을 것 같았다. 손잡이에 말총 털이 달린 빗자루는 남편이 한 대씩 내려칠 때마다 철썩철썩 소리가 났다. 향아는 사정없이 빗자루를 휘둘러대는 남편의 손아래서 온몸 전체를 내맞기며 얻어맞고 있는 꼴이 되었다. 정애도 그땐 제정신이 아닌 듯 목소리가 매몰찼다.

"애한테 왜 이래? 너, 애비 맞아?"

엄마한테 달려온 딸을 감싸 안으며 정애는 필사적으로 남편을 막았다. 제 성깔이 풀릴 때까지 매질을 못한 남편이 식식거리며 소리를 질렀다.

"애 여기 놓고 나가서 밥이나 차려와!"

남편은 들고 있던 말총 빗자루를 던져버리며 애를 뺏으려고 했다. 향아는 기겁을 하며 엄마에게서 떨어지지 않으려고 안간힘을 썼다. 정애는 딸을 그대로 두고 부엌으로 나갈 수가 없었다. 한 손으로 딸을 둘러업고 남편이 돌아서 있는 틈을 타 얼른 밖으로 나왔다.

"밥상 차려 올게요."

남편은 아무 말 않고 가만히 있었다. 정애는 딸을 업고 부엌에서 밥상을 차리는 척했다. 금방 부엌으로 뛰쳐나올 것 같은 남편이 어찌된 일인지 잠잠해졌다. 정애는 순식간에 바뀐 집안 분위기가 오히려 더 불안하게 느껴져 살짝 부뚜막으로 올라갔다. 그리곤 방과 부엌 사이로 나있는 창문을 통해 방안을 살그머니 들여다보았다. 남편이 방바닥에 벌렁 드러누워 있는 모습이 보였다.

정애는 얼른 대문 밖으로 나왔다. 향아를 업은 채로 골목길을 빠져나와 단숨에 큰길가까지 나왔다. 어디로 가야겠다는 생각도 없이 큰길을 무작정 달렸다. 달리는 동안 남편이 곧 뒤쫓아 올 것만 같아 뒤를 돌아보고 또 돌아보며 계속 뛰었다.

그렇게 큰길을 얼마나 달렸을까? 이마에는 콩죽 같은 땀이 흘러내리고 숨이 가빠 가슴이 터질 것 같은데 불어오는 밤바람에 몸이 떨렸다. 포대기 하나 두르지 않고 업혀 있는 향아도 몹시 추운 모양이었다. 등에 업힌 채로 오들오들 떨고 있었다.

발은 둘 다 맨발이었다. 정애는 신발이라도 신었지만 딸은 방안에서 입던 옷 그대로였다. 너무나 놀랜 나머지 향아는 오들오들 떨면서도 빨리 어디론가 뛰어 가자면서 등에 업혀서 발길을 재촉했다.

정애는 남편이 뒤따라오지 않는 것을 확인하고는 그제야 뜀박질을 멈추었다. 목젖까지 숨이 차오르고 가슴이 터질 것 같아 이젠 더 뛸 수도 없었다. 정애는 거칠게 숨을 몰아쉬며 천천히 걷기 시작했다.

계속 걷다가 정신을 차리며 주위를 살폈다. 버스정류장 옆의 간판들을 살펴보니까 금방 시장통을 지나온 느낌이 들었다. 정애는 시장통 양말가게로 들어가 향아에게 양말이라도 한 켤레 사 신겨야겠다는 생각에 발길을 돌렸다. 향아가 별안간 자지러지게 울음을 터뜨리며 정애의 등을 마구 잡아당겼다. 되돌아가지 못하게 하는 몸부림 같았다.

"그래, 알았다. 엄마 지금 니 양말 사러 가는 거야. 발 시럽지?"

그제서야 향아는 고개를 끄덕이며 마음을 놓았다. 다행히 정애 바지 주머니에는 돈이 5,000원이 있었다. 한 달 동안 부업 뜨개질해서 받은 돈을 바지 주머니에 넣어두고 있었던 것이다.

두꺼운 실로 짠 양말을 두 켤레 샀다. 양말 가게 앞 의자에 향아를 내려놓고 두 켤레를 겹쳐 신겼다. 향아의 발은 얼음장 같았다. 어린것이 술주정꾼 아비 자식으로 태어나 별별 수난을 다 겪는다 싶었다. 눈물 자국이 채 마르지도 않은 딸의 두 뺨을 닦아주는 순간 정애의 두 눈에서 또다시 눈물이 주르르 흘러내렸다.

정애는 눈물이 앞을 가려 제대로 걸음을 걸을 수가 없었다. 그러나 향아는 엄마 등에 업혀서 이제 좀 안정을 되찾는 것 같았다. 엄마가 집 반대편으로만 걸어가면 보채지 않고 가만히 업혀 있었다.

급박한 상황은 벗어났지만 마음이 괴로웠다. 딸을 맨손으로 업고 밤거리를 걷고 있는 자신의 모습이 너무나도 처량하고 기구하게 느껴져 정애는 지향없이 발걸음을 옮겨놓으면서 소리 죽여 흐느껴 댔다. 향아가 등 뒤에서 "엄마 울지 마!" 하며 자신도 그만 울먹이기 시작했다.

밤이 제법 깊었는데도 두 모녀는 정처없이 밤길을 걸었다. 우선 추위라도 피하기 위해 여관방이라도 하나 잡아야만 했다. 하지만 도시 변두리라서 그런지 두 모녀가 추위에 얼어버린 몸을 녹일 여관이나 여인숙은 아무리 주위를 둘러봐도 보이지 않았다. 그 통에 정애는 여관을 찾느라 2km는 족히 더 걸은 것 같았다.

여관비 900원을 지불하고 방으로 들어갔다. 방안은 따뜻하게 데워져 있었다. 정애는 업고 있던 향아를 방바닥으로 내려앉혀 우선 꼭 껴안아 주었다.

어느 정도 몸을 녹인 뒤, 정애는 두 뺨에 달라붙은 딸의 머리카락을 걸어 올려주며 잠시 향아를 바라봤다. 향아의 얼굴은 울어서 엉망이 되어 있었다. 욕실로 데려가 옷을 벗기고 따뜻한 물로 향아 목욕부터 시켰다.

등어리와 어깨죽지에 시퍼렇게 멍이 들어 있었다. 등어리 멍자국을 지켜보는 순간 정애의 눈에선 자신도 모르게 주르르 눈물이 흘러내렸다.

"미친놈! 인간도 아니야."

정애는 울면서 딸의 몸을 씻겼다. 시퍼렇게 멍이든 향아의 어깨죽지를 피해 등어리 쪽을 씻기다 보니 불현듯 이런 식으로는 가정생활을 유지할 수 없다는 생각이 끓어올랐다. 술만 먹고 들어오면 이웃이 시끄러울 만큼 소란을 피워대던 남편의 술주정이 이제는 못된 버릇으로 굳어지는 듯 했다. 한 해, 두 해, 참고 살다 보면 자식이 크고, 그러다 보면 가장으로서의 책임감도 무거워져 괜찮아지겠지 하면서 살아왔는데, 좋아지기는커녕 밥상과 기물까지 파손하며 술 깰 때까지 행패를 부려대다 못해 이제는 자식과 마누라한테까지 손찌검을 해댔다. 이대로는 안 되겠다는 생각이 큰 깨우침처럼 온몸을 흔들며 지나갔다.

그래, 내일이 음력 정월 초여드레 시아버님 기일이니 시골로 내려가자. 시아버님 제사를 마치고 파젯날 시어머니와 시숙 내외가 보는 앞에서 향아의 어깨죽지 멍자국을 보여주면서 남편과는 더 이상 가정생활을 유지하지 못하겠노라고 말하자.

남편과의 결혼생활도 청산하리라 결심했다. 모질게 마음을 정리하고 나니 또 다시 눈물이 주르르 쏟아졌다. 정애는 잠시 정신없이 흐느끼다 딸의 멍든 어깻죽지를 짚어보며 다시 물었다.

"향아야, 여기 아퍼?"

"아니!"

딸은 분명히 아플 텐데도 엄마가 자꾸 우니까 안 아프다고 도리질을 해대는 것 같았다.

엄마가 우리 향아 마음 다 안다. 아프다고 해도 괜찮아, 향아야!

정애는 향아를 씻기다 말고 또 다시 꼭 껴안으며 오열했다.

"엄마, 울지 마. 무서워."

엄마가 자꾸 우는 것이 불안했던지, 향아는 몸을 다 씻고 방으로 들어와서도 이곳저곳을 살피며 안절부절 못했다.

"향아야, 집에 갈까?"

너무 불안해하는 딸이 안쓰러워 향아를 다시 껴안으며 정애는 나직한 목소리로 물어보았다.

"……."

향아는 울먹울먹하면서도 아무 말을 하지 않았다. 정애는 이불을 펴고 향아와 같이 나란히 누워 잠을 청했다. 그러나 잠이 오지 않았다. 무슨 악몽을 꾸고 난 뒤처럼 마음이 뒤숭숭하며 좀체 진정되지가 않았다. 향아가 엄마 옷깃을 잡아당기며 품안으로 머리를 디밀었다. 향아도 잠을 이루지 못해 괴로워하는 모습이 역력했다.

"왜, 잠이 안 와? 집에 갈까?"

딸은 그 말을 듣더니 얼른 일어났다. 이제 마음이 좀 안정되어 집 생각이 난다는 듯한 표정이었다.

정애는 딸을 들쳐 업고 밖으로 나왔다. 거리로 나서니 군데군데 명멸하던 간판이 그새 불이 꺼져 있는 곳이 많았다. 인적도 드물고 버스도 끊긴 것 같았다.

차가운 밤거리를 이슥토록 걸었다. 집을 뛰쳐나올 때보다 한참을 더 걸어 집으로 돌아왔다.

남편은 아까 누웠던 그 자리에서 코를 드르릉 거리며 세상모르게 자고 있었다. 그제서야 정애는 몹시 배가 고픈 것을 느꼈다. 향아도 무척 배가 무척 고팠으리라. 아까 여관방에서 잠을 못 이루고 엄마 품안으로 파고들 때 어쩌면 배가 고파 그랬을지도 모를 일인데 어미가 왜 그 생각을 못했을까?

정애는 딸이 측은하고 불쌍해 견딜 수가 없었다. 물을 조금 퍼서 양은 냄비에 붓고 얼른 연탄불에다 끓였다. 그리고는 더운 물에다 식은 밥을 말아 김치를 찢어올려 향아에게 밥을 먹였다.

정애 역시 배가 몹시 고팠다. 긴장이 풀리니까 몸이 천 근 무게로 내려앉으면서 허기가 졌다. 그렇지만 밥이 목구멍을 넘어가지 않았다. 따뜻한 물에 말았는데도 밥을 떠넘길 수가 없었다. 야참을 먹듯 부엌에서 모녀가 한동안 부스럭대도 남편은 세상모른 채 드렁드렁 코만 골고 있었다. 이튿날 아침 정애는 그만 몸져눕고 말았다.

"밥 안줘?"

남편은 어젯밤에 있었던 일을 전혀 기억하지 못하는 사람처럼 출근하는데 왜 밥을 주지 않느냐고 따지듯 물었다.

"나, 못 일어나겠어요. 당신이 좀 차려먹고 가요."

어제 저녁은 식구 전체가 저녁밥을 못 먹었다. 그 때문에 밥은 솥뚜껑을 덮어 연탄아궁이 옆 부뚜막에 그대로 놓여 있었다. 남편은 차려먹고 가라는 말에 삐졌는지 아무 말도 않고 그냥 나가버렸다.

한참 후, 정애는 다시 기운을 차려 일어나 딸에게 아침밥을 차려 먹인 뒤 다시 누웠다. 난장판으로 변한 집안을 좀 치우고 싶었으나 온몸이 맥이 빠지면서 서 있을 수가 없었다. 정애는 다시 요때기를 펴 누웠다. 오전 내내 누운 채로 몸을 다독였다.

오후 3시쯤 억지로 다시 일어났다. 뜨개질 마친 것을 오전에 업주한테 갖다 주고 다시 뜰 것을 받아와야 하는데 몸이 아파 못한 것이다. 향아를 포대기를 둘러업고 정애는 집을 나섰다.

"어디 아프요? 안색이 영 안 좋아 보이네……."

정애가 갖다 준 뜨개질감을 받아 챙기며 업주 손씨가 염려하는 눈빛으로 말했다.

"너무 무리하지 마쇼. 몸에 병나면 부업해서 몇 푼 번 돈보다 병원비가 몇 배 더 들어가요."

정애는 마지못해 웃음으로 답하며 부업집을 나왔다. 재바르게 걸어 골목길로 접어들어 몇 걸음 걸었을 때였다. 보따리에 싼 뜨개실을 땅바닥에다 놓고 자꾸 처지는 향아를 다시 치켜 올려 포대기 끈을 조이려고 아랫배에 힘을 주는데 갑자기 배가 찢어질 듯 아파왔다. 그러더니 가랑이 사이로 오줌을 지린 것 같은 물기가 흘러내리며 뭔가가 밀려 나오는 듯한 감각이 전해졌다. 이상하다 하면서, 다시 발걸음을 옮겨놓으려는데 다시 뜨뜻한 물 같은 것이 바지 사이로 흘러내렸다. 임신 5개월째라 정애는 그 순간 아차! 하는 생각이 들었다.

유산이구나.

아랫도리가 엉망이 된 채 집으로 돌아와 정애는 딸을 내려놓고 바지를 벗었다. 느껴지던 육감으로는 핏물이 엄청 많이 흘러내린 줄 알았는데 벗어 보니 팬티와 속곳만 젖어 있었다.

갑자기 왜 이래?

팬티와 속곳을 점검하고 다시 새 옷으로 갈아입으려는데 더 이상 아랫도리를 움직일 수가 없었다. 정애는 굳어버린 사람처럼 엉거주춤한 자세로 잠시 서 있었다. 그러자 통증이 조금 사라지는 것 같았다. 정애는 미지근한 물로 아랫도리를 깨끗이 씻고 방으로 들어와 자리에 누웠다.

밤 8시 뉴스가 끝나자 주인집 아주머니가 연속극을 보러 정애네 방으로 건너왔다. 남편이 없을 때는 거의 매일 와서 연속극을 같이 보고 가곤 했다. 주인집은 TV가 없었기 때문이다.

"아줌마! 아까 아랫도리에서 이상한 물이 흘러내려 저는 유산한 줄 알았거든요? 그런데 지금은 또 아무렇지도 않은 것 같은데……여자들 임신하면 가끔씩 뭔가가 그렇게 흘러내려요?"

정애는 주인집 아주머니에게 물어봤다.

"애기엄마, 오줌 지렸구먼……. 으잉?"

주인집 아줌마는 농담을 하듯 정애를 우선 안심시켰다. 그러면서 정애의 현재 몸 상태를 묻더니,

"아주 위험한 시기니까 내일 하루는 가만히 누워 있어 봐요."

하면서 어서 누우라는 듯 주인아줌마는 자기 집으로 건너갔다.

이튿날 오전, 야근을 하고 열시가 넘어서야 퇴근한 남편에게 정애는 그젯밤에 있었던 일을 이야기했다. 남편은 그저께 밤 자신이 너무 술에 취해 들어왔기 때문에 아무 기억이 없다고 말했다. 정애가 향아에게 말총 빗자루로 매질을 한 것도 기억이 나지 않느냐고 다시 물었다. 그 물음에도 남편은 전혀 기억이 나지 않는다며 오히려 역정을 냈다.

"내가 왜 귀여운 딸을 때려? 거짓말 같은 소리 하지도 마!"

"정말 이런 사람이 다 있어? 모르긴 왜 몰라? 당신은 끝까지 인간이길 거부하는구나. 영원히 구제할 수 없는 인간 같으니라구……."

정애는 자기 분에 못 이겨 닥치는 대로 악다구니를 퍼부었다. 남편은

정애를 피하듯 슬그머니 밖으로 나가더니 무슨 약을 지어왔다. 유산을 막아주는 약이라고 했다.

"속 버린다고 꼭 식사 후에 먹으라고 했어……."

정애는 남편이 건네주는 약을 받아 놓기만 했다. 식후에 복용하라는데 도무지 밥을 먹을 수가 없었다. 허리를 펴지 못하고 웅크리고 있는 정애를 잠시 지켜보며 난감해 하던 남편은 목욕을 다녀오겠다며 휑하니 집을 나가버렸다.

남편이 집을 나가고 10여 분이나 지났을까? 별안간 배가 또 아파오기 시작했다. 그 순간 정애는 또 다시 아랫배에 묵직한 무엇이 심하게 요동하는 것 같은 움직임을 느꼈다. 그러다간 순식간에 가랑이 사이로 탁구공만한 뭔가가 빠져 나오는 것 같았다. 정애는 얼른 속옷을 벗었다. 불두덩 밑으로 젓가락 굵기보다 조금 더 가는 듯한 아기의 발가락이 검붉은 색을 띤 채 불쑥 튀어나와서 덜렁거리고 있었다.

기어이 못 견디고 나오는구나!

불두덩 밑에서 덜렁거리며 더 이상 나오지 못하고 매달려 있는 아기의 두 다리를 보고 정애는 방바닥에다 신문지를 깔았다. 그리고는 두 다리를 벌리고 앉아 있는 힘을 다해 아랫배에 힘을 주었다.

그 후 몇 차례 더 용을 쓰며 몸부림쳤을까? 마침내 아기의 모습을 닮은 핏덩이기 자궁을 빠져나와 신문지 위에 떠억 버티더니 요동을 멈추었다. 실오라기 같은 탯줄이 애기와 정애의 몸체 안으로 이어진 채 그때까지도 떨어지지 않고 있었다. 정애는 기진맥진한 몸으로 잠시 주춤해 있다 다시 기운을 내어 실오라기 같은 탯줄을 이를 악물며 잡아당겨 끊었다. 그리고는 신문지 위에 드러누워 있는 아기를 사색이 된 시선으로 내려다보았다.

아기는 팔과 다리가 이미 몸체에서 해체되어 있었다. 두부 쪽 이목구비는 얇은 막으로 싸여져 있었다. 정애는 그 와중에도 아기의 성별이 궁금해 하복부께를 자세히 들여다보았다. 양쪽 다리 중간에 분명하게 싸라기만한 돌출부가 있고 그 위에 좁쌀만한 살점이 또 붙어 있었다. 아들이었다.

"이놈아, 아무리 그래도 다섯 달만 더 버티지. 뭐가 급하다고 그리 빨리 나왔어?"

정애는 애끓는 마음으로 주르르 눈물부터 흘려댔다. 이건 분명 그저께 밤 그 난동 때문에 일어난 일이다. 못된 아비의 술주정과 미친 짓 때문에 한 생명이 태중생활을 버티지 못하고 삶을 포기한 것이다. 정애는 남편이 들어오면 그냥두지 않을 거라며 뽀드득 이를 갈았다.

"그 인간은 남편 될 자격도 없고 아비가 될 자격은 더 더욱 없는 놈이야⋯⋯."

차라리 잘된 일이라는 생각도 들었다. 정애는 유산된 아기가 가엾고 미안해서 견딜 수가 없었다. 신문지 위에 싸늘하게 죽은 채로 널브러져 있는 핏덩이를 깨끗한 거즈로 고이 쌌다. 그리고는 TV 위로 옮겨 놓았다.

TV 위로 옮긴 사산아를 반듯하게 뉘었다. 한눈에도 식별할 수 있도록 거즈를 풀어 펼쳐 놓았다. 멋모르고 혼자 놀던 딸 향아가 방안에서 풍기는 이상한 냄새가 싫은지 자꾸 바깥으로 나가자고 보챘다. 정애는 마지못해 향아를 데리고 마루로 내려왔다. 대문 밖으로 나오는데 가랑이 사이가 뜨뜻해지더니 갑자기 하혈이 쏟아졌다.

"향아야, 엄마가 너무 아프니까 방으로 들어가자. 응?"

향아는 영리했다. 엄마의 아픈 모습을 금방 알아차렸는지 아무 말 않고 그냥 방으로 따라 들어왔다. 정애는 빨리 요강을 가지고 방으로 들어갔다. 유산되면 하혈의 양이 많을 거란 생각 때문이었다.

요강을 놓고 그 위에 잠시 앉아 있었다. 그래도 더 이상의 하혈은 없는 것 같았다. 하지만 정애는 요강에서 일어날 수가 없었다. 갑자기 눈앞이 흐릿해지며 정신마저 혼미해지기 시작했다. 요강 위에 앉은 채로 정애는 정신을 잃어가고 있었다. 아랫목에서 혼자 놀고 있는 향아의 모습이 점점 희미하게 멀어져 갔다.

"엄마! 쉬 마려워? 응가해?"

향아가 엄마 곁으로 다가와 물었다. 엄마가 요강에 너무 오래 앉아 있으니까 향아도 제 깐에는 궁금했던 모양이었다. 정애는 간신히 정신을 가다듬어 향아의 머리를 쓰다듬어 주었다.

"엄마가 아파서 그래, 향아야."

그때 목욕을 갔던 남편이 돌아왔다. 방문을 열고 안으로 들어서던 남편이 요강 위에 궁둥이를 까고 앉아 있는 정애를 보더니,

"왜 그러고 있어?"

하면서 코를 실룩거렸다. 방안 공기가 이상했던 모양이었다. 정신이 왔다 갔다 하며 혼미해 있던 정애는 남편을 보자 자신도 모르게 열이 확 뻗치면서 가슴에서 불덩이가 치밀어 오르는 것 같았다.

"왜 그러고 있냐니? 나 아주 거룩하게 아들을 낳고 지금 조리 중이거든. 그것도 불행히 요강에밖에 못 앉았지만 말이야……."

남편은 몇 발짝 문안으로 들어서다가 더 이상 발을 떼지 못하고 한동

안을 제자리에 굳은 듯이 서 있었다.

"왜? 또 거짓말이라고 둘러칠 거야? 보여줘? 이 천하에 나쁜 놈아! 테레비 위에 가 봐. 꽤나 반가워 할 거야. 니 아들이."

정애는 악에 받혀 소리를 지르다가 다시 자지러졌다. 미동도 않고 정애만 지켜보고 있던 남편은 그제야 정애의 악다구니가 이상한지 천천히 텔레비전 앞으로 다가갔다.

"뭐야 이게?"

남편은 피 묻은 거즈 위에 반듯하게 누워 있는 사산아를 자세히 들여다보더니 말없이 침을 꿀꺽 삼켰다. 그도 온몸에 소름이 돋으면서 목 뒷덜미가 뻣뻣하게 굳어오는 안색이었다.

그런 순간이 얼마나 지속되었을까? 요강 위에 앉은 채로 악다구니를 쏟아내던 정애가 일어나 속옷을 끌어올리더니 방바닥에 퍼질러 앉아 또 소리쳤다.

"언제까지 그러고 서 있을 거야? 빨리 신문지하고 그 애기 이리 들고 와!"

TV 앞에 달라붙은 듯이 서 있던 남편이 그제사 오만상을 찡그리며 거즈 위의 사산아를 정애 앞으로 들고 왔다. 정애는 농짝에서 깨끗한 거즈를 다시 꺼내 사산아를 여러 겹으로 쌌다. 그리고 거즈가 다시 풀리지 않도록 그 위에다 신문지로 또 겹겹이 싼 뒤 남편에게 말했다.

"이거 빨리 뒷산에 묻고 와요!"

전세 들어 사는 집 뒤에 아침마다 물 길러 다니는 야산이 있었다. 정애는 날이 어두워지기 전에 빨리 사산아를 묻고 오라고 했다. 마음은 남편을 앞세워 산에까지 따라가고 싶었으나 질금질금 하혈이 계속되고 있어 자리에서 일어설 수가 없었다.

　남편은 안집에서 삽을 빌려 산으로 향했다. 회사에서 야근을 하고 입고 온 작업복 차림 그대로였다. 정애는 남편이 사산아를 안고 대문 밖으로 나가는 것을 보고는 또 속옷을 내리며 요강 위에 걸터앉았다.

　궁둥이를 깐 채 한참 요강 위에 앉아 있는데 향아가 칭얼대기 시작했다. 배가 고프며 맘마 달라고 졸라댔다. 하지만 부엌에는 향아에게 먹일 밥이 없었다. 새로 지어야만 했다. 그렇지만 질금질금 하혈이 계속되고 있어 요강 위에서 내려앉을 수가 없었다.

　정애는 도리없이 요강에 앉은 채로 젖을 꺼내 향아에게 물렸다. 향아는 달포가 넘도록 이유식으로 끼니를 대신하며 엄마 젖을 잊어가다 느닷없이 엄마가 젖을 내주니 얼른 다가가 젖꼭지를 물었다. 하지만 젖이 잘 나오지 않았다. 이유식을 한다고 달포가 넘도록 젖을 먹이지 않은 데다 며칠 간 밥을 굶고 살았는데 젖이 잘 나올 리 만무했다. 향아는 젖이 잘 나오지 않자 엄마 손을 붙잡고 자꾸 부엌으로 나가자고 칭얼거려 댔다.

　정애는 요강 위에 앉은 채로 이러지도 못하고 저러지도 못한 채 대문간에다 귀를 모으고 있었다. 남편을 기다린 것이다. 산이 가까워 한 시간이면 충분히 다녀올 거리인데도 남편은 돌아오지 않았다. 정애는 더 이상 남편을 기다릴 수가 없어 다시 속옷을 끌어올려 입고 부엌으로 나와 분유를 한 통 태워 향아에게 먹인 뒤 방바닥에 누웠다. 남편은 날이 어두워진 뒤 생각지도 않던 미역을 한 두름 사들고 들어왔다.

　"아들 낳았으니 미역국 먹어야지."

　남편은 겸연쩍은 얼굴로 웃었다.

　"빨리 향아 밥해 먹여요. 하루 종일 굶었어요."

남편은 두어 시간 넘게 부엌에서 꾸무럭대더니 밥과 미역국을 끓여 냄비채로 들고 방으로 들어왔다. 하지만 정애는 그 음식을 먹을 수가 없었다. 밥이 설어서 모래알 씹는 것 같고, 미역국은 덜 끓여서 미역이 다시 바다로 펄펄 날아갈 것 같았다. 그런데도 향아는 얼마나 배가 고팠던지 미역국에다 말아준 밥을 거의 한 그릇 가량 뚝딱 먹어 치웠다. 남편이 다시 나가더니 바나나 우유와 빵을 사가지고 들어왔다.

"이거라도 먹어야 기운 차리지……. 빨리 먹어!"

남편은 정애가 유산을 하고 요강 위에 앉아 계속 하혈을 하는 모습을 보고서는 좀 미안했던 것 같았다. 정애는 마지못해 남편이 내민 빵 반 토막을 떼어 바나나 우유와 함께 먹었다. 나머지 빵 반 조각을 나중 향아에게 주려고 싸고 있는데 또 다시 못 견딜 만큼 배가 아파왔다. 아랫도리로 또 뭔가가 내밀고 있었다. 정애는 혼이 빠진 얼굴로 안절부절 못했다.

혹시 쌍둥이었나?

정애는 심상찮음을 느끼며 다급하게 남편을 불렀다.

"빨리 애 데리고 밖에 나가 있어요. 뭔가 또 이상해."

정애는 당황했다. 남편도 어리벙벙한 얼굴로 정애를 지켜보다 향아를 데리고 밖으로 나갔다.

밖은 그새 어두워져 있었다. 정애는 오만 상을 찡그리며 또 다시 방바닥에 신문지를 깔고서 그 위에 엉거주춤 쪼그리고 앉았다. 다리가 저려 이젠 아랫도리에 감각도 없었다. 그냥 묵직하게 뭔가가 자궁 밖으로 밀려나오는 느낌이 들었다.

이번엔 굉장히 큰 덩어리 같았다. 기진맥진한 몸이었지만 정애는 혼신의 힘을 다해 아랫배에 힘을 주었다. 그 순간 무엇이 푹 빠지는 듯한 느낌이 밀려오며 큰 핏덩어리 같은 것이 신문지 위로 툭 떨어졌다.

태반이었다. 돼지고기 한 근쯤 되는 양이었다. 그것이 몸 밖으로 빠져 나오자 배 아픈 것도 멈추는 것 같았다. 가물가물하던 정신도 점차 정상으로 돌아오는 듯했다.

아! 배속에 태가 들어앉아 있었구나.

향아를 낳았을 때, 산파 아주머니가 태를 낳게 했던 걸 기억해내고야 정애는 번쩍 정신이 들었다. 출산에 대한 전문 지식이 없으니 사산아를 낳은 후 그녀 자력으로 어떤 조치도 취할 수 없었겠지만, 삼신할머니가 도와주어 이렇게 뒤늦게라도 자궁 속에 남아 있던 태를 쏟아내지 않았다면 자신은 오늘 밤이나 내일 밤쯤 시신으로 변했을 수도 있었을 것이라는 생각이 밀려오자 모골이 송연해졌다.

"다 됐어?"

딸과 함께 마루로 쫓겨났던 남편이 소리를 질렀다.

"들어와요."

"또 뭐야?"

"태를 낳았어요. 완전히 애 낳는 거랑 똑같네."

정애는 이번엔 태를 그냥 신문지에다 둘둘 말았다. 그리고는 다시 남편에게 산에 가서 묻고 오라고 했다. 남편은 아무 소리도 못한 채 다시 산으로 향했다.

그날 밤 정애는 밤새도록 잠 한 숨 못 잤다. 남편 역시 그런 모양이었다. 5개월 조금 넘은 그 핏덩이를 혼자서 몸부림치며 낳아 탯줄을 끊었는데……사람의 모양을 다 갖춘 그 핏덩이 모습이 눈에 아른거려 잠을 이룰 수가 없었던 것이다.

"살다 보니 빌어먹을 놈 만나 이런 일도 다 겪다니⋯⋯."

정애는 넋 나간 여자처럼 혼자 중얼거려 댔다. 남편은 정애의 중얼거림을 알아들었는지, 못 알아들었는지 계속 말이 없었다. 정애는 갑자기 헤까닥 돌아버린 여자처럼 남편을 향해 온갖 욕설을 퍼부어 댔다. 잠은 안 오고, 옆에 있는 남편은 꼴도 보기 싫고⋯⋯그래도 요강에 앉아 있을 때보다는 좀 덜 증오스러웠다.

그나마도 남편이 끓여다 준 미역국 때문일까? 다시 사다준 빵과 우유 때문이었을까? 발광을 하듯 욕설을 퍼부어대든 정애는 스스로 수그러들며 잠잠해졌다.

"앞으로 다시는 술 마시고 와서 그러지 않을게."

남편이 기어들어가는 목소리로 용서를 빌었다. 듣기 거북할 정도로 정애가 욕설을 내뱉어도 남편은 전처럼 반격하거나 폭력을 가하지 않았다. 다시는 안 그러겠다는 말만 되풀이하며 기가 죽어 있었다. 정애는 생전에 볼 수 없었던 남편의 그런 모습 앞에 혼자 발광을 해대다가 스스로 멈춰 버렸다.

여자의 마음이란 게 이런 것을 남편은 왜 모를까? 조금만 자상해도 여자의 마음은 눈처럼 녹아 행복을 느끼는 존재인데 남편은 왜 여태 그런 것을 모르고 살아오다 뱃속에 든 아들마저 잃어버리고 저렇게 기가 죽어 있을까? 측은할 정도로 기가 죽어 있는 남편의 모습을 보고 정애는 불현듯 눈물을 쏟아냈다.

인생이란 이런 것일까? 정애는 좀 누그러진 목소리로 물었다.

"근데 아까 애 묻으러 갔을 때 왜 그렇게 늦게 왔어요?"

정애는 반말로 막 쏘아붙이며 욕설을 퍼붓던 조금 전 기세와는 달리 평소처럼 다시 존댓말로 물었다.

"처음엔 정신이 없어 산 밑에 묻어놓고 내려오다가 아이한테 너무 미안한 생각이 들어 다시 파내서 산 위로 올라가서 좋은 자리 찾느라고……."

"아이한테 뭐가 미안한데요?"

"이 사람아, 그런 말 하지 마라. 나도 사람인데, 지 새끼가 죽었는데 낸들 정신이 온전하겠나……."

남편은 목이 타는지 담배를 한 대 피워 물더니,

"앞이 탁 트이고 햇볕이 잘 드는 곳에 묻어야 그 아이도 좋은 곳에 갈 거고, 다음 아기도 잘 될 거 아니야?"

남편은 그렇게 말하면서 쓴웃음을 짓는 듯했다. 자기 딴에는 사산아의 명당자리를 찾고 다닌 모양이다.

"그래도 아비 노릇 한다고 명당자리 찾아서 묻어줬구만……."

정애 또한 쓴웃음이 흘러나와 혼자 돌아누워 사산아의 명복을 빌어주었다.

사흘이 지났다.

간밤에 봄비 치고는 많은 비가 내렸다. 남편은 아침에 퇴근하고 와서 잠을 자고 있었다. 향아가 이따금씩 칭얼대긴 했으나 엄마가 아프다니까 잠자코 혼자 놀다가 엄마 옆에 와서 조용히 잠이 들곤 했다.

정애는 그런 딸이 너무 안쓰러워 꼭 껴안고 같이 잠을 잤다. 한숨 푹 자고 일어나니까 남편은 밖으로 나가고 없었다. 유산의 후유증 때문인지 한숨 푹 자고 일어났는데도 얼굴이 온통 부어 있었다.

저녁때가 되었다. 정애는 퉁퉁 부은 몸으로 부엌에 나가 저녁밥을 지었다. 국까지 다 끓였는데도 남편은 돌아오지 않았다. 정애는 국에다 밥을 말아 향아만 우선 먹이고 자신은 남편이 돌아올 때를 기다리며 저녁을 먹지 않았다. 밤이 이슥해서야 남편은 잔뜩 취해 타고 나갔던 자전거를 끌고 비틀거리며 들어왔다. 정애는 또 속이 부글부글 끓어올랐다.

"작심삼일이라더니 니가 그냥 보낼 턱이 있나? 그래도 정신 못 차리고⋯⋯."

남편은 정애의 그런 잔소리에도 노여워하는 기색이 없이,

"여보, 우리 산에 한번 가보자. 응?"

"이 밤에 추운데 산엔 왜? 미쳤구만!"

"글쎄, 그 아이 묻은 데 한번만 가보자. 응? 제발⋯⋯."

남편은 계속 졸라댔다. 도리 없이 자고 있는 향아를 포대기로 둘러업고 남편을 따라 나섰다. 집 뒤 야산을 중턱쯤 올라갔을 때였다. 휘영청 떠오른 정월 열사흘 달이 산 아래 동네와 산기슭을 환하게 비추고 있다. 정애는 딸을 업고 남편을 따라 산길을 올라가다가 애를 업은 채 주저앉고 말았다. 다리가 후들거려 도저히 더 올라갈 수가 없었다.

"나 더 이상 못 올라가요. 정 가고 싶으면 당신 혼자 갔다 와요."

정애는 더 이상은 발걸음이 떨어지지 않는다고 버티었다. 남편도 무서워서 한밤중에 혼자서는 더 올라갈 용기가 없다면서 발걸음을 멈추었다.

"으흐흐흥⋯⋯."

발걸음을 멈춘 남편이 선 자리에서 털썩 주저앉으며 땅을 치고 통곡했다. 정애는 그 순간 어리벙벙했다.

"어젯밤에 비가 많이 와서 아이 무덤이 아무래도 빗물에 떠내려간 것 같아⋯⋯."

남편은 혼자 엉엉 소리 내어 울었다. 산중턱 외딴집 개가 남편의 울은 소리에 놀라 숨넘어가듯 짖어댔고, 등에 업힌 향아가 덩달아 칭얼댔다.

"한밤중에 자세히 알아보지도 않은 채 뭔 소리요. 그렇게 원통하면 내일 낮에 와서 다시 찾아보도록 하고 오늘은 그만 내려가요."

정애는 다리가 후들거려 가만히 서 있을 수도 없을 지경이었다. 가쁜 숨이 좀 가라앉자 남편을 일으켜 집으로 돌아왔다.

그 뒤부터 정애의 몸에 이상한 증세가 생겼다. 밤이 이슥해 잠자리에 들면 자신도 모르게 온몸이 아찔아찔해지며 잠을 이룰 수가 없었다. 마치 수백 길 낭떠러지 아래를 볼 때처럼 고공공포증 증세가 밀려오며 온 천지가 빙글빙글 돌았다. 그 통에 잠은 어디론가 달아나버렸다.

빙글빙글 도는 듯한 몸을 정적으로 만들려고 억지로 눈을 감았다. 그 다음 숫자를 세면서 정신을 한곳에 모아보지만 당최 잠은 오지 않았다. 세상천지가 빙글빙글 도는 증세가 밀려오면 발작이 일어나듯 자신도 모르게 수족이 옴찔옴찔 당기면서 잠자리에서 사지를 비틀어댔다.

이런 날이 하루 이틀이 아니고 달포가 넘도록 계속 되다 보니 정애는 대낮에는 어지러워 몸을 움직일 수가 없었다. 밥도 지어야 하고, 빨래도 해야 하는 가정주부가 대낮에는 어지럼증 때문에 활동을 못하고, 밤이 되면 어김없이 불면증에 시달리고……이젠 밤 공포증까지 생기게 되었다.

그런데도 남편이란 사람은 밤만 되면 짐승처럼 정애를 올라타고 식식거려 댔다. 자기 욕구를 다 배설하고 나면 남편은 뒤로 벌렁 나자빠져 누운 채로 담배를 뻑뻑 피워댔다. 옆에 콜록거리며 잠을 자고 있는 딸내미가 누워 있든, 불면증과 싸우는 아내가 누워 있든, 남편은 아랑곳하지 않고 담배를 다 피우곤 자기 혼자 깊은 잠에 빠져버렸다.

담배가 잠재우는데 무슨 효험이 있나? 사람이 어째 담배만 한 대 피우고 나면 저렇게 쉽게 잠이 들지?

정애는 문득 그런 생각이 들어 자신도 담배를 한 대 피워볼까 하다가는 곁에 콜록거리며 자고 있는 향아 생각이 나서 그냥 돌아누우며 포기하고 말았다. 근데 그 다음날도 남편은 부부관계를 하자면서 곁으로 다가왔다. 주야간 교대가 이루어져 집에서 밤잠을 자는 날은 하루도 거르지 않고 자신의 불두덩을 더듬었다. 부부관계를 다 끝마치고 나면 남편은 어김없이 담배를 피워 물며 교합의 후희를 즐기듯 담배연기를 내뿜어 댔다.

"나도 그 담배 하나만 불 붙여 줘 봐요."

정애의 그 말에 남편이 깜짝 놀란 목소리로 되물었다.

"앵? 당신도 담배를 피워 보겠다고?"

"잠을 못 자서 그래요. 한번 줘 봐요."

남편이 붙여주는 담배를 정애는 입을 대고 한 모금 빨아 당겼다. 입 안으로 빨려 들어온 담배 연기가 갑자기 목구멍을 콱 찔러대는 것 같았다. 톡 쏘는 듯한 자극 다음엔 바로 콜록콜록 기침이 올라오면서 사방이 빙글빙글 돌기 시작했다. 덩달아 눈앞이 흐릿해지면서 자신의 몸뚱이가 천 길 나락으로 내려앉는 느낌이 밀려왔다. 그 순간 남편이 자신의 배 위에서 헐떡거릴 때처럼 갑자기 황홀감이 밀려오면서 온몸이 순간적으로 나른해졌다.

아! 이 맛에 그 많은 사람들이 담배를 피우는가?

정애는 짧디짧은 그 황홀감이 사라지는 것이 안타까워 다시 또 담배

연기를 한 모금 빨아 당겼다. 세상천지가 또 빙글빙글 돌면서 온 정신이 몽롱해졌다. 사지마저 나른해지며 몸뚱이 전체가 요때기 위에 착 달라붙는 것 같더니 백지장같이 하얗던 시야가 캄캄해지는 것 같았다. 그 다음은 어떻게 되었는지 전혀 기억이 없었다.

정애는 그 다음 날도 담배기운에 취해 잠이 들었다. 방 안에 가득 찬 담배연기에 콜록콜록 기침을 해대는 향아의 사정 따위는 미처 생각할 겨를이 없었다. 두 달 넘게 불면증과 싸워온 정애로선 담배 기운에 취해서라도 한 잠 곤하게 자고 나면 우선 터질 것 같은 머리가 아프지 않아 살 것 같았다.

그런 일이 있었던 뒤부터 정애는 밤마다 담배의 노예가 되어버렸다. 어쩌면 자신도 모르게 그 담배가 수면제 역할을 단단히 했을지도 모를 일이다. 이제 담배는 날이 갈수록 수면제에서 생활 속의 고뇌를 잊게 해주는 마음의 위로제로 변해갔다. 그로 인해 담배는 속절없이 정애의 인생에서 유일한 친구로, 또 남편보다 더 가까운 동반자로 굳어져 갔다.

그런 풍파와 우여곡절을 겪으며 살아오던 세월 속에 아들이 또 태어났다. 이틀이 멀다 하고 남편은 아내의 불두덩을 찾는 사람이니, 정애의 몸에 별 다른 이상이 없는 한 아기가 새로 들어서는 건 하나도 이상한 일이 아닐 것이다. 남편은 그렇게 태어난 아들의 이름을 〈김주엽(金周燁)〉이라고 지어 주었다.

격동의 시절

가을이 깊었다.

여름 내내 시원한 나무 그늘을 만들어 주던 길가의 플라타너스는 그새 잎이 다 떨어져 앙상한 가지만 남아 있고, 아침저녁 찬바람이 몰아치면 보도블록 위로 떨어져 바싹 말라 있던 플라타너스 이파리들이 끌끌끌 소리를 내며 어디론가 밀려갔다.

태어난 지 6개월 된 아들 주엽ㄱ이는 가을 들어 하루도 성한 날이 없었다. 11월 초순경에는 배앓이와 설사로 거품 똥을 좔좔 싸대며 반쪽이 되어가더니, 찬바람이 몰아치던 며칠 전부터는 기침을 달고 살았다. 동네 의원에서 지어주는 양약은 잘 듣지를 않아 친정어머니가 가르쳐 주신 대로 배 속을 파내고 거기다 꿀을 넣고 찜통에 쪄서 우러나온 배즙으로 기침을 잡아놓았더니 이제는 눈병까지 앓기 시작했다. 충혈 된 두 눈을 하도 비벼서 그런지, 양쪽 눈두덩이 벌겋게 부어 있었다.

갖은 병치레로 발육까지 늦어지는 것 같아 정애는 주엽이를 씻길 때마다 가슴이 무너지는 것 같았다. 첫애 향아는 그냥 키운 것 같다.

　별난 놈 같으니라구…….

　이젠 어미 속을 그만 태우고 무탈하게 좀 자라주었으면 좋으련만 평균 체중 미달에다 목만 간당거리는 듯한 주엽이를 계속 동네 의원에게만 맡겨 놓을 수가 없었다. 어제부터 야간근무에 들어간 남편이 퇴근하면 오늘은 주엽이를 업고 큰 병원을 찾아가보고 싶었다.

　10씨쯤 되자 남편이 퇴근을 했다. 정애는 주엽이를 업고 큰 병원을 찾아가서 진찰을 받아보자고 제의했다. 남편은 병원 가는 일보다 성관계부터 한 번 하고 취침에 들어가려 정애가 거부하자 그만 심통을 부려댔다.

　"밤 근무 마치고 온 날은 만사 제쳐놓고 오전에 잠부터 한숨 자야 내가 제 정신이 드는 것 몰라?"

　남편은 패대기치듯 요때기를 내려 깔며 짜증을 냈다. 정애는 지랄 같은 남편의 성깔을 건드리지 않으려고 남편이 깔아놓은 요때기 옆에 주엽이와 같이 누웠다. 어릴 때부터 남편의 눈치를 살피던 향아는 아버지에게 방을 비켜주듯 밖에서 놀며 방안에는 얼굴도 안 내밀었다.

　"빨리해요."

　정애도 그때는 뿌루퉁해졌다. 남편은 겸연쩍은지 누그러진 얼굴로 정애의 불두덩을 더듬어댔다. 정애 곁에 눕혀 놓은 주엽이가 또 부어오른 두 눈을 비벼대다 저 혼자 꿈틀꿈틀 상체를 흔들어 댔다. 아버지가 엄마 배 위에 엎어져 방아를 찧어 댈 때마다 정애가 엉겁결에 끌어다 남편의 벌거벗은 엉덩이를 가려준 포대기 끈이 주엽이 몸뚱이를 잡아당겼던 것이다.

남편이 늘어지게 한숨 자고난 오후에 정애는 남편과 같이 딸 향아를 이웃 아주머니에게 맡겨 놓고 서대문 성모병원으로 향했다. 주엽이는 엄마 등에 업혀 병원으로 가면서도 계속 칭얼거려댔다.

소아과 병원은 그날따라 환자가 많았다. 정애네 차례가 되자면 몇 시간은 기다려야 차례가 올 것 같았다. 차례를 기다리는 동안 남편은 대기실 한쪽 구석 의자에 혼자 앉아 있었다.

미음 몇 모금 외 진종일 아무 것도 먹지 않은 주엽이는 배가 고픈지 자꾸 보챘다. 정애는 주엽이에게 뭐라도 좀 먹여야겠다는 생각에 멀리 떨어져 있던 남편을 불렀다. 다가온 남편에게 병원 매점에서 바나나 우유라도 한 병 사오라고 했다.

잠시 후 남편은 바나나 우유 두 병과 자신이 피울 담배 한 갑을 사왔다. 달착지근한 바나나 우유가 좋았든지 주엽이는 빨대를 꽂아준 바나나 우유를 제법 세차게 빨아 당겼다.

"내가 우리 아들 뭘 좀 먹게 기도했더니 주엽이가 바나나 우유를 잘 먹네⋯⋯."

주엽이가 세차게 우유를 빠는 것을 보고 흥분했는지 남편은 의기양양한 목소리로 말했다.

"의자에 앉아 졸고 있던데 기도했다고요?"

정애가 어이없다는 눈길로 묻자,

"이 사람이! 병원까지 같이 와준 남편한테 왜 이래?"

하면서 남편은 능글맞게 웃었다.

"당신은 아침에 우유 줬는데 또 줘?"

"뭐요? 아침에 당신이 나한테 우유를 줬다고요?"

이 사람이 지금 무슨 헛소리를 하는가 싶어 정애는 정색을 하고 되물었다. 남편이 대꾸했다.

"그럼! 아까 당신 꼭 껴안고 살 속 깊이 쏴준 거, 그새 잊어버렸어? 흐흐흐……."

남편은 상스럽다거나 민망한 기색 한 점 없이 능글맞게 웃어댔다. 아침에 퇴근하고 와서 자기 혼자 욕구를 풀고 내려간 그 성관계를 다시 거들먹거리며 남편은 너스레를 떨어댄 것이다. 정애는 순간적으로 얼굴이 화끈해지면서,

"뭐 이런 인간이 다 있나?"

싶어서 주위부터 살폈다. 다행이 그들 부부만 있었으니 망정이지 옆에 사람이라도 있었다면 고스란히 다 엿들었을 것이 아닌가? 정애는 장소와 때를 가리지 않고 이부자리 속 이야기를 무슨 자랑하듯 떠벌리는 남편의 능글맞은 모습이 부끄러워 얼굴이 울그락불그락 했다. 안고 있는 주엽이만 없다면 남편의 상판이라도 한 대 쥐어박고 싶은 심정이었다.

내가 살아보려고 저런 인간의 비위까지 맞추며 받아들였으니…….

정애는 서로 맞붙어 싸우기 싫고, 아이들 다 클 때까지 가정이란 것을 지켜보려고 대낮에도 남편이 성관계를 하자고 요구하면 순종하듯 아랫도리를 내어준 자신이 한심하게 느껴졌다.

만약 자신한테 독립할 수 있는 능력이 있었다면 남편이 말총 빗자루로 향아를 두들겨 패며 술주정을 부렸을 때 어쩌면 자신은 남편과 헤어졌을지도 모를 일이라고 생각했다. 하지만 그때 정애는 홀로 독립해 살아갈 능력이 없었다. 부업 뜨개질을 해서 한 달에 오륙천 원 정도 별 수 있는 경제적 능력으로는 향아와 둘이서 살아갈 수가 없었다.

비참하고 막막한 자기 자신의 초상 앞에서 몇 며칠을 통곡하다 결국 정애는 짐승 같은 남편의 욕구를 받아들이며 순종하는 삶을 선택했다. 자신의 속생각이야 어떠하였든, 향아와 자신의 삶을 비참하게나마 이을 수 있는 길은 가정을 깨지 않고 무조건 남편을 껴안는 일뿐이었다.

그 사건 이후 2년을 더 순종하며 남편에게 빌붙어 살아온 삶이 결국 주엽이까지 태어나게 했다는 생각 때문에 남편이 더 징그럽게 느껴지기도 했다. 그런데도 남편은 부끄러워하고 민망해하는 정애의 속마음을 요만큼도 읽지 못한 채 들고 있던 비닐 봉투에서 나머지 바나나 우유 한 통과 빨대를 꺼내 내밀었다.

"나, 잠시 좀 나갔다 올게……."

남편이 비닐 봉투에서 새로 사온 담배를 꺼내 들고 대기실 밖으로 나갔다. 정애는 하루 종일 아들 주엽이에게 시달려서 그런지 몹시 배가 고팠다. 마음속으로는 남편의 욕을 해대면서도 정애는 남편이 사다준 바나나 우유를 주엽이처럼 쭈르륵 쭈르륵 빨아들이고 있었다.

달큰하면서도 향그런 바나나 우유를 다 마시고 나니 허기가 좀 가시는 듯했다. 주엽이도 바나나 우유 한 통을 다 마시고는 정애 등에 코를 박고 잠이 들었다. 정애는 아직도 다섯 사람을 더 기다려야 자기 차례가 온다는 것을 확인한 후 남편이 읽다가 던져주고 간 신문을 펼쳤다.

박정희 대통령 서거. 어제저녁 7시 50분경 운명.
차지철 경호실장 등 5명도 숨져.
전국에 비상계엄. 대통령 권한대행에 최규하 총리 취임…….

대서특필된 신문 기사의 헤드라인이 눈을 찔러왔다.

세상에! 어쩌 이런 일이……간밤에 대통령이 돌아가시다니…….

생각하고 또 생각해도 도무지 이해가 되지 않았다. 정애는 주엽이가 마시다 조금 남긴 바나나 우유로 입술을 적시며 정신을 차리려고 애를 썼다.

"김주엽 환자 보호자님! 진료실로 들어오세요."

대서특필된 기사를 읽고 또 읽으며 믿지 않으려고 혼자 용을 쓰고 있는데 소아과 진료실 접수계 여직원이 정애를 불러댔다. 정애는 신문을 접어 주엽이 기저귀 가방에 넣으며 진료실로 들어갔다.

한참 후, 진료를 마친 소아과 전문의가 청진기를 접으며 내과 처방을 내려주었다. 그리고는 성모병원에서 얼마 떨어지지 않은 적십자병원까지 가보라고 했다. 아기 눈병이 걱정된다는 것이었다. 두 부부는 소아가 전문의가 시키는 대로 적십자병원 진료까지 마치고 날이 어두워서야 집으로 돌아왔다.

집에 들어오니까 딸 향아가 보이지 않았다. 정애는 아이를 맡겼던 이웃집으로 가서 향아의 행방을 물었다.

"향아, 집에 없어? 아까만 해도 저기서 놀고 있었는데……."

향아를 맡아 주었던 이웃집 아줌마는 그때사 사색이 되어 정애와 같이 대문을 나섰다. 정애는 주엽이를 업은 채 향아가 놀만한 집을 잰걸음으로 찾아다녔다. 이집 저집 다 다녀보니 혜정이네 아이와 향아가 같이 없어졌다는 것이 확인되었다. 혜정이네도 딸내미가 응당 향아와 같이 놀고 있으려니 하면서 지금껏 찾지 않았다는 것이다.

야단났다 싶었다. 날은 저물어 온 세상이 캄캄하고 날씨마저 추운데

도대체 이 아이들이 어디로 갔을까? 정애는 제 정신이 아니었다.

혜정이네도 마찬가지였다. 그 집에서도 응당 정애네에서 향아와 같이 놀겠거니 하면서 별 신경을 쓰지 않고 있다가 난리가 난 느낌이었다. 두 부부가 함께 밤거리를 헤매며,

"우리 혜정이 못 봤냐?"

하면서 아는 집마다 들어가 딸의 행방을 물었다.

정애는 미친 듯이 밤거리를 헤매며 글썽하게 고인 눈물을 연신 훔쳐냈다. 병원에서부터 몇 시간째 업고 다니는 주엽이는 배가 고픈지 계속 젖 달라고 징징거리며 정애의 옷깃을 잡아당겨 댔다. 그래도 정애는,

"주엽아! 배 고파도 조금만 더 참아. 누나 찾아놓고 젖 줄게."

하면서 골목마다 헤매고 다녔다. 어느 집에서 향아의 목소리가 들려오는 것 같았다. 정애는 순간 정신 나간 사람처럼 향아의 이름을 부르며 그 집 문을 다급하게 두들겼다. 그러나 그 목소리는 향아의 목소리가 아니라 환청이었다.

정애는 다시 허둥거리며 어두운 밤거리를 뒤지고 다녔다. 여기저기 양쪽에서 달려오는 헤드라이트들 불빛이 정애의 동공을 찌르며 사라졌다. 정애는 날카롭게 클랙슨을 울리며 지나가는 경적 소리에 놀라 허우적대듯 길가 문방구 앞 평상에 주엽이를 업은 채로 털썩 주저앉았다. 얼굴엔 진땀이 연방 줄줄 흘러내렸다.

등에 업힌 주엽이가 또 옷깃을 끌어당기며 울어댔다. 정애는 그때사 정신을 가다듬으며 업고 있던 아들을 내려 안았다. 주엽이가 자꾸 어미 가슴을 헤집으며 젖을 달라고 보챘다. 정애는 앞가슴을 열어 주엽에게 젖을 물렸다. 아침부터 굶고 있어 있어서 젖이 잘 나오지 않는 모양이었

다. 젖꼭지가 빠질 듯이 아파왔다. 정애는 허겁지겁 젖꼭지를 빨아대는 주엽의 얼굴을 쓰다듬어주며 또 주르르 눈물을 흘려댔다. 푸른똥을 싸며 아무 것도 먹지 않고 징징대던 아들이 병원을 다녀온 후부터 살겠다고 세차게 어미 젖꼭지를 빨아대는 모습이 그 와중에도 그렇게 고마울 수가 없었다. 정애는 몇 차례 자신의 젖을 주물러 아래로 훑어내려 젖을 짜내 주다 다시 아들을 둘러업었다.

계속 아들에게 젖만 먹이면서 길거리에 앉아 있을 수가 없었다. 정애는 다시 집으로 돌아가는 다른 길을 허겁지겁 달려오니 창가에 불이 밝혀 있었다. 아까 병원에서 돌아왔을 때는 불이 꺼져 있었는데 웬 일일까 하면서 정애는 급히 집안으로 들어섰다. 방 한쪽에 숯덩이로 세수를 한 듯한 딸내미가 남편과 함께 앉아 있는 모습이 눈에 들어왔다.

"아이구, 하나님! 감사합니더. 하나님! 감사합니더……."

정애가 울부짖듯이 하나님을 부르며 딸을 껴안자, 향아도 그만 어미를 껴안으며 울음보를 터뜨렸다.

"엄마아……."

정애는 이게 꿈이 아닌가 싶을 정도로 온몸에 전율을 느꼈다.

"빨리 집에나 와볼 걸……."

정애는 아들을 업은 채 딸을 껴안고 같이 통곡했다.

"헛, 자식들 참! 여기서 거리가 어디라고 북가좌동까지 걸어갔는지 난 지금도 이해가 안 돼……."

남편도 악몽 같은 순간을 떠올리듯 절레절레 고개를 흔들다 물을 한 그릇 벌컥벌컥 들이켜 댔다. 자전거를 타고 동네 인근 파출소를 찾아다니며 아이를 찾는다고 신고를 할 때만 해도 그는 제 정신이 아니었다. 넋이 빠진 몰골로 당직 근무를 서고 있는 동네 파출소 순경을 붙잡고 은평구 관내 파출소마다 연결을 시켜 미아 열람을 하고 있는데 그가 살고 있는 신사동에서 한 참 먼 서대문구 북가좌동 파출소에서 길을 잃고 울고 있던 여자 아이 둘을 보호하고 있다는 연락을 받은 것이다. 자전거를 타고 달려가도 2km가 넘는 그 먼 길을 코흘리개 어린 것들이 어떻게 아장아장 걸어갔는지 처음 연락을 받았을 때만 해도 납득이 되지 않았다. 그렇지만 헐떡거리며 달려가 보니 파출소에서 보호하고 있던 미아는 그의 딸 향아와 이웃집 혜정이가 분명했다. 그는 고맙다고 몇 차례 절을 하고 아이 둘을 자전거 뒤에다 싣고 조금 전에 집으로 돌아와 땀을 식히고 있는 중이라고 했다.

정애는 딸의 얼굴을 자기 두 눈으로 확인하고 나니까 이제 정신을 좀 차릴 수가 있었다. 업고 있던 아들을 내려 자리에 눕힌 뒤 요구르트를 꺼내 다시 저녁을 먹였다. 아들은 배가 차는지 그때사 고개를 떨어뜨리며 졸기 시작했다. 아들을 자리에 눕혀놓고, 정애는 하루 종일 굶었을 딸에게도 국을 데워 식어빠진 밥덩이를 말아 먹였다.

"배고팠지? 어서 먹어!"

"엄마, 근데 어떤 아저씨가 혜정이하고 나한테 빵이랑 우유 사줬다? 참 고마운 아저씨지?"

"그래, 그 아저씨 참 고맙네. 근데 왜 너희들을 그렇게 멀리 갖다 놨는지 모르겠네. 엄마는?"

정애는 향아가 말하는 그 아저씨가 정말 고마운 사람이라는 걸 느끼면서도 아이를 찾고 보니까 한편으로는 괜한 의아심까지 들었다. 주엽이를 업고 울며불며 동네 골목길을 헤매고 다닌 1시간 전의 일들을 생각만 해도 끔찍스러웠던 것이다. 아마도 그 아저씨란 사람은 길은 잃은 향아와 혜정이가 울면서 거리를 헤매고 있으니까 집이 북가좌동인 그 분은 자기 집으로 가는 길에 두 아이들을 버스에 태우고 가서 자기 동네 파출소에 맡겨놓고 간 모양이었다. 부모를 찾아주라면서 말이다.

아들은 병원을 다녀온 그 다음날부터 병세가 조금씩 호전되어 갔다. 벌겋게 충혈되어 퉁퉁 부어 있던 눈도 부기가 빠지면서 눈동자가 드러나기 시작했다.

며칠 후 친정 엄마가 올라왔다.

손주를 낳았다고 해도 자신의 몸이 중풍으로 반신불수가 되어 있어 맘대로 움직이지 못하고 있었으나 방학이 된 막내아들을 앞세워 겸사겸사 안부삼아 올라온 것이다.

정애는 자신이 이렇게 구차하게 살고 있음으로 해서 시댁식구가 왔을 땐 당당했다. 하지만 친정식구가 왔을 땐 괜히 마음이 불편하고 남편에게 눈치가 보였다. 평소 자기 아내에게 하는 걸 봐서 남편은 처갓집 식구에게도 별로 다를 게 없었다. 면전에서는 마지못해 웃고 있지만 장모님이 왔다고 해서 뭐 좀 다른 별식을 해 드리자고 하거나 어디 구경이라도 한번 시켜드리자는 말 한마디 없었다.

친정엄마가 불편한 단칸방 사정 때문에 더 있지 못하고 겨우 하룻밤을 묵고 이튿날 기어이 간다고 했다. 정애는 친정엄마가 남편의 철면피 같은 소행을 더 보기 전에 친정으로 내려가신다는 게 참으로 다행스럽게 생각되었다. 그러면서도 또 한편으로는 섭섭한 마음이 밀려와 눈물이 글썽했다.

친정엄마와 동생을 집 앞까지 배웅하고 집으로 돌아왔다. 남편은 야간 근무를 하고 왔다는 핑계로 방문 앞에서 그냥 잘 가시라고 인사만 하고 방으로 들어가 드러눕기 바빴다.

　"생활비 얼마 남았어? 이리 다 가져와 봐!"

　정애가 방으로 들어오자마자 남편이 돌연 가계부를 가지고 오라고 했다. 정애는 그만 속이 부글부글 끓어오르면서 괘씸한 생각이 들었지만 자기 몰래 친정 식구들에게 생활비를 빼 돌린다는 의심을 받기 싫어 남편에게 가계부와 남은 돈을 다 갖다 주었다. 남편은 파자마 바람으로 드러누워 있다 정애가 갖다 준 돈을 세어 보고 있었다. 처갓집 식구가 떠나자마자 생활비 점검을 한 것이다.

　정애는 돈을 세어본 뒤 가계부를 보고 있는 남편을 바라보며 지그시 어금니를 깨물었다. 지리멸렬했던 아버지 슬하에서 빠져 나오기 위해 저런 인간을 남편으로 선택한 내가 내 눈깔을 찔렀지…….

　장모와 처남이 떠나갈 때 차비라도 몇 푼 챙겨주며 헛말이라도,

　"불편한 몸 조리 잘하세요."

하고 하직인사는 못할망정 친정 식구가 집 밖을 나가자마다 제 마누라 의심부터 하는 남편의 인간성을 정애는 너무나도 잘 알고 있었기에 부업 뜨개질로 몇 푼 모아놓은 돈을 동생주머니에 몰래 찔러주며 남편이 벌어다 준 생활비는 일체 건드리지 않았던 것이다. 친정 식구들에게 차비 몇 푼 줘서 보내는 게 오히려 친정식구들에게는 두고두고 독이 될 것 같은 느낌이 들었던 것이다. 그리고 친정엄마나 동생 역시 단칸방에서 어렵게 사는 정애네 모습을 두 눈으로 똑똑히 본 뒤끝이라 설사 남편이 차비를 몇 푼 집어준다고 해도 넙죽 받아가지도 못했을 것이다.

정애는 마음이 아파 며칠간 속앓이를 하며 끙끙 앓아댔다. 우선 애들 때문에라도 집안이 편안해야 되었기에 큰 소리 내지 않고 혼자 아픈 속을 쓸어내리며 단념하듯 살았다. 이미 남편을 사람으로 보지 않은 지 오래 된 것이다.

야간 근무를 마치고 집에 와서 자는 남편에게 방을 비워주기 위해 정애는 주엽이를 업고 오랜만에 아랫집으로 건너가서 낮시간 내내 거기서 시간을 보냈다. 남편이 단칸방을 차지하고 있어 집에 일찍 들어가기가 싫었던 것이다. 그때 제 혼자 돌아다니며 놀던 딸이 아랫집으로 엄마를 찾으러 왔다.

"엄마! 아빠가 밥 달래."

정애는 향아가 이끄는 대로 할 수 없이 집으로 들어왔다.

"식구들 밥도 안 해주고 화투만 치면 다냐?"

정애가 들어오자 남편은 버럭 소리를 질러댔다.

"왜? 나는 화투 좀 치면 안 되냐? 너는 할 짓 다해도 되고?"

정애도 독이 오른 목소리로 물러서지 않고 같이 대들었다.

"애 우니까 아주 들쳐 업고 손에 든 화투장 한 장씩 빼 던지면서 시간 가는 줄 모르고 화투만 쳐댄다고 하더라."

"그래. 그렇게 밖에 할 수 없으니까 그렇게라도 놀고 있었다, 왜?"

"그렇게라도 하면서 꼭 화투를 치고 싶냐?"

남편은 조소까지 지으며 빈정댔다.

"그래. 내게는 사는 재미라고는 이것뿐이라서 그렇다, 왜?"

"그래, 잘했다. 밥이나 해. 배고프니까."

남편은 성경책을 펴들고 나오는 대로 지껄여 댔다.

"성경책 펴들고 꼴값 떨지 말고 밥 먹고 싶으면 애나 좀 봐라."

"나, 애 못 봐. 업고 해!"

남편은 성경책을 덮고 밖으로 나가버렸다. 정애는 할 수 없이 아들을 들쳐 업은 채 낮은 부뚜막에 엎드려 저녁밥을 지었다. 좁은 방안에는 대낮 내내 남편이 덮고 자던 이불이 방바닥에 그대로 펼쳐져 있었다.

잠시 후 밖으로 나갔던 남편이 들어왔다. 정애는 이불을 갤 틈도 없이 한쪽으로 밀쳐놓고 밥상을 들고 방으로 들어왔다. 남편은 이불을 절반쯤 깔고 앉아 밥을 먹었다. 정애는 아들을 업은 채로 앉아서 밥을 먹으려고 하니 주엽이가 불편한지 계속 보챘다. 그렇다고 주엽이를 등에서 내려놓으면 또다시 버꾸통 터지는 소리를 내며 울어대기 때문에 정애는 밥을 먹다 말고 일어나 애를 업은 채 방안을 서성였다.

"정신없어. 밖으로 나가던지 해!"

남편은 입가에 묻은 음식 찌꺼기를 옆에 있는 이불을 끌어다 닦으면서 소리를 질렀다. 정애는 또다시 기가 막혔다.

"이불에다 입을 닦다니……어디 저런 등신 새끼가 다 있어!"

정애는 피가 거꾸로 솟구치는 기분이었다.

"너, 빨래를 한번 해줬냐? 그렇다고 애를 봐줬냐? 등신새끼야, 왜 덮고 자는 이불에다 주둥이를 닦냐?"

갑자기 미쳐 버린 여자처럼 정애는 고래고래 소리를 질러댔다. 그러잖아도 고지대라 수돗물이 시간제로 나와 빨래하기도 나쁠 뿐더러 아들이 워낙 별나 삼시세끼 밥해 먹기도 힘든 판국이었다.

그런데도 남편은 그런 것에는 일체 관심이 없었다. 시골에 사는 형수나 고향 마을 여자들은 새벽같이 일어나 농사일에 정신이 없는데 정애는 남편이 벌어주는 돈으로 밥해 먹고 애 키우는 게 뭐가 그렇게 힘드냐는 투였다. 남편은 호강에 겨워 요강에 앉아 똥싸는 소리 그만 하라며 문이 부서질 듯 밀어버리며 밖으로 나가버렸다.

미리부터 무식하고 막되어 먹은 건 알고 있지만 어떻게 저렇게 인간도 아닌 인간을 남편으로 섬기며 일부종사할 생각까지 다 했을까?

업고 있던 주엽이가 잠이 들기에 정애는 아이를 내려 요때기 위에 누이며 자신도 아들 곁에 누워버렸다. 하루하루 살아가는 일이 전쟁을 치르는 것 같아 자신도 모르게 또 주르르 눈물이 흘러내렸다.

밤낮으로 껴안아주는 남자

오만 풍상을 다 겪으며 살아오는 동안 아들은 어느덧 네 살이 되었고 딸 향아는 일곱 살이 되었다. 근처에 사는 웬만한 집들은 애들이 6~7세가 되면 유치원이나 유아원을 보내는 게 당연지사였다. 하지만 정애는 그 똑똑하게 자라는 딸을 유치원에 보내지 못했다.

우는 애를 들쳐 업고라도 부업을 해서 전세금 정도의 돈을 모아놓긴 했지만 남편은 딸을 유치원에 보내는 걸 반대했다.

"향아는 똑똑해서 유치원 안 보내도 돼! 그 돈은 집 이사할 때 써야 돼. 건드릴 생각 마!"

자기가 모아놓은 목돈이 아닌데도 남편은 마치 자기가 벌어서 모은 돈인 양 웃고 있었다. 정애는 자신이 등신이다 싶었다. 쌀이야 시골에서 보내오고 있고, 남편이 집에 생활비로 들여놓는 돈은 공과금 내고 반찬거리 조금 사고 나면 없었다. 그 외 꼭 써야 할 돈은 부업해서 번 돈으로 메우지 않으면 다음 월급 때까지 집안 살림이 유지가 되지 않았다.

남편은 자신이 보는 앞에서 정애가 부업하는 걸 몇 년 전부터 봐 왔기 때문에 그걸 조목조목 계산하고 있었다. 정애가 부업해서 번 돈에다 자신이 받는 월급을 보태 일정 금액 생활비를 만들어주고는 나머지 돈을 통장에 넣어놓는다는 말만 하면서 자신의 유흥비로 다 써버리곤 했다. 그 통에 정애는 다음 이사 갈 때 올려주어야 할 전세금을 마련하기 위해 허리를 졸라매며 초긴축하며 살아야 했다. 지금 와서 생각해보니 왜 자신이 부업해서 벌어들이는 한 달 수입금을 남편에게 공개해버렸는지 후회가 막심했다. 참으로 자신이 등신같이 느껴졌다.

그런데도 남편은 힘들다는 이유로 다니던 회사마저 그만두고 집에서 몇 개월 쉬면서 운전학원엘 다녔다. 운전학원에 등록하고 자동차 운전면허증을 따는데 거금 10만 원이 투자되었다. 그 운전면허증 덕분에 강남에 있는 호텔에 다시 경비원으로 취직을 하긴 했지만 남편이 직장을 쉬고 있는 몇 달 동안 정애의 허리는 더 휘어졌다.

정애는 보증금으로 들어있는 방세 50만 원에다가 우는 애 들쳐 업고 뜨개질 부업으로 뼈 빠지게 적금을 부어 모아놓은 돈을 합쳐 200만 원을 만들었다. 그 돈으로 산동네를 조금 더 올라가 큰길이 있는 고등학교 앞에 가게가 딸린 큰방으로 이사를 했다.

건물 전체는 언덕길을 접하여 2층집 구조로 지어져 있었다. 언덕을 걸쳐서 정애가 전세로 들어온 가게 옆에 문방구가 들어와 있었다. 언덕 밑으로 같이 붙어있는 아래층은 주인집이 있었다. 그 집은 수도 시설이 되어 있었으나 수도사업소에서 공급해주는 수돗물이 아니었다. 주인집 자체에서 지하수를 모터로 끌어올려 쓰는 수돗물이었다.

정애는 고무 물통을 아주 큰 걸로 하나 더 마련했다. 그래도 빨래나 허드렛물로 쓰기에는 생활용수가 부족했다. 주인집을 포함하여 세 가구가 지하수를 쓰고 있는데 한참 물을 쓰다 보면 그만 물이 올라오지 않았다. 빨래를 하다가도 중단하고 지하수가 고일 때까지 기다려야 했다.

남편이 새로 출근하는 호텔도 격일제 근무를 했다. 24시간 경비를 쓰고 난 다음 교대를 했다. 오전 열 시쯤 남편이 퇴근해서 집에 들어올 무렵 애들은 나가서 노느라 그 시간까지 집에 붙어 있지 않았다. 정애는 그 시간 어쩔 수 없이 남편에게 붙들려 방으로 들어가야만 되었다. 만약 정애가 방에 들어가지 않으면 그날은 하루 종일 애들과 함께 불안에 떨어야 했다. 그런 날 남편은 으레 한잠 자고 나서 오후 서너 시쯤 밖에 나가 술집을 전전하다 술이 고주망태가 돼 집으로 들어와서 주정을 하고 행패를 부려 항상 정애와 한바탕 싸울 수밖에 없었다.

정애는 일부러 남편이 오전에 퇴근하는 시간이면 빨래거리를 고무 함지에 담아놓고 사다리를 타고 아래층으로 내려가 수도 모터를 돌렸다. 그리고는 남편이 보란 듯이 빨래를 시작했다. 하지만 남편은 정애가 빨래를 하든 말든 아랑곳없었다.

"빨리 들어와!"

정애는 무슨 뜻인지 알면서 되물었다.

"왜?"

"몰라서 물어?"

"나 빨래하는 거 안보여?"

"이젠 남편이 들어와도 반가워하는 빛도 없구만. 어느 집 개가 들어오느냐는 식이야? 끝나고 나가서 빨래하면 되잖아? 빨리 들어와! "

남편은 자신이 퇴근하는 시간에 빨래하고 있는 아내가 못 마땅하여 역정을 냈다. 한 번 모터를 틀어 빨래를 시작하면 그 빨래가 다 끝날 때까지는 아내를 껴안을 수 없다는 것을 남편은 잘 알고 있기 때문에 불만이었던 것이다. 들어오자마자 남편은 시비를 걸기 시작했다.

"애들 다 밖으로 내보냈고 시끄럽게 안 할 테니까 제발 방에 들어가서 자요. 나는 빨래해야 되니까."

정애는 남편의 의도를 잘 알면서도 잠자리만 펴주고 방을 나와 버렸다. 남편은 잠을 자지 못하는 얼굴로 몇 차례 밖을 들락날락하다간 또 정애를 닦달했다.

"아직 멀었어? 나 한번 하고 나야 잠을 잘 수 있단 말이야…….."

이건 한 가정의 안주인으로서의 위치가 아니라 한 남자의 욕구를 풀어주는 성 도구로 매김질되어 있는 것 같아 한숨부터 끓어올랐다. 남편은 그때까지도 자지 않고 계속 재촉해 댔다. 정애는 정말 어디론가 마냥 달아나고 싶은 마음뿐이었다. 진짜 어느 집 수캐가 암캐를 찾아다니는 것 같은 심정이었다.

그래, 그게 딱 맞는 현재의 내 팔자다. 허나 어느 집 수캐는 들어오면 쫓아내기라도 하지만, 난 내쫓지도 못하고…….

정애는 어쩔 수 없이 또 무지렁이처럼 방으로 들어가서 상대해 주고 나와야만 했다. 안 그랬다간 딸 향아와 함께 하루 종일 불안에 떨어야 하기 때문이다. 향아는 어느 샌가 엄마 아빠 눈치를 보며 사는 아이가 되어 있었다. 가슴 한 구석이 무너져 내려앉으면서 앞날이 걱정되었다.

이런 생활로도 정녕 자식들을 무사히 키워 낼 수 있을까?

정애는 앞길이 항상 뿌연 안개 속에 갇혀 있는 느낌이라 하루하루가 지리멸렬하고 권태로웠다. 부부생활이란 건 정녕 이런 것인가? 다른 집 여자들도 나처럼 이렇게 남편의 정액주머니가 돼 대낮에도 벗어주어야 하는가?

정애는 정말 부부관계란 것이 곤욕스러웠다. 인생을 유지하는데 이렇게 수치스럽고 고통스러운 숙제가 자신을 괴롭히리라고는 꿈에도 생각지 못했다. 어떤 땐 남들이 그렇게 신선하고 즐겁다는 부부생활의 깊은 뜻을 이해하지 못하는 자신에 대해 너무 불행하다는 생각을 가질 때도 많았다. 남편은 그때마다 입버릇처럼 말했다.

"너처럼 편하게 사는 년이 어디 있냐?"

남편은 또 시골에서 농사짓는 아낙들의 생활만 비교의 대상으로 들이대며 똑같은 말만 되풀이해 댔다.

"때 맞춰 월급 타다주지. 밤낮으로 껴안아 주지……"

다이아몬드 징크스

아이들이 커도 남편은 계속 똑같은 생활을 되풀이했다. 퇴근 날은 오전 열 시쯤 집으로 들어와 마누라 배 위에 한번 올라타야 하고, 한숨 자고 나면 점심 달라고 해서 먹고 어김없이 약수터로 올라갔다. 약수터로 올라가다 보면 조그만 움막 같은 걸 지어놓고 술과 묵 등 술안주를 파는 간이주점이 있다. 이사를 가는 곳마다 남편은 그런 술 먹고 시시덕거리는 자리는 참 잘 찾아냈다. 그 간이주점에서 가볍게 한 잔 하고 오후 내내 산에 올라갔다가 다시 내려와서는 또 안주를 시켜 그 가게 주인장과 술을 마셨다. 고주망태가 되어 집으로 들어오면 혀 꼬부라진 소리로 술주정을 부렸다.

하루걸러 한 번씩 그 약수터 간이주점에서는 으레 남편을 기다리고 있었다. 그 집 장사는 남편이 거의 절반의 매출을 올려주니 얼마나 좋은가? 그 집 주인은 장사를 하면서 공짜 술과 안주도 얻어먹으니 말이다. 남편은 그 간이주점의 골든 고객이었다. 그러니 얼마나 잘해 주며 섬길 것인가? 남편은 그런 대접을 받으며 술을 마시는 것을 아주 즐기는 내색이었다.

딸 향아가 커서 그런지 제 아버지의 그런 생활에 심한 스트레스를 받기 시작했다. 제 아빠가 출근하고 없는 날엔 저절로 아이가 기가 살아 얼굴이 명랑하지만, 자기 아빠가 퇴근하는 날은 아침부터 학교를 가면서도 어두운 얼굴이었다. 학교 파해서 집에 오는 순간 집안 분위기부터 살폈다. 이제 갓 국민학교 들어간 여덟 살 아이가 가정환경 때문에 우울하여 어둡게 생활하고 있는 것이다. 하루는 자기 아빠가 오는 날 향아는 학교를 파하고 집으로 돌아와 말했다.

"엄마! 나 오늘 복주머니 봤어!"

정애는 딸아이의 말뜻을 몰라 되물었다.

"그게 무슨 말이야? 복주머니가 뭔데?"

"응! 학교에 가는 길에 택시가 지나갈 때 택시 지붕 위에 보면 어떤 택시는 복주머니가 있고, 어떤 택시는 다이아몬드가 있는데, 다이아몬드 본 날은 틀림없이 아빠가 술 마시고 들어오는데, 복주머니 본 날은 아빠가 술주정 안하는 날이야."

그 어린것이 자기 아빠 퇴근하는 날엔 그런 것에다 신경을 쓸 정도로 징크스를 느끼고 있었다. 정애는 또 한 번 가슴이 무너져 내렸다. 딸은 택시 지붕 꼭대기에 붙어있는 택시표시등 모양을 보고 그날그날의 일진을 점치는 듯했다. 어찌됐건 향아는 복주머니 택시표시등을 보고 온 날은 기분이 밝아 있었다. 하지만, 다이아몬드 택시표시등을 보고 온 날은 저녁 내내 자기 아빠가 집에 들어와서 잠들 때까지 불안에 떨고 있었다. 최근 들어 남편은 술을 마시고 들어오면 아내에게 불만을 터뜨릴 꼬투리를 잡지 못하면 괜히 아이들한테 으름장을 놓고 겁을 주며 손찌검을 해 댔다.

사실 정애네 두 아이들은 장난감 하나 없이 자랐다. 지금도 그들 남매 는 그 흔한 장난감 하나 없었다. 아들은 딸과 달리 그리 영특하지 못하고 어리숙했다. 그런 동생을 향아는 잘 데리고 놀았다. 제 동생이 따분해서 징징거리면 시골에서 부쳐준 쌀가마니 위로 올라가 풀쩍풀쩍 방바닥으 로 뛰어 내리며 동생을 즐겁게도 해주었다. 그럴 때마다 방바닥에는 쌀 가마니에서 떨어진 지푸라기가 온 방안을 날아다녔다. 하지만 어린 향아 의 눈에 지푸라기가 먼지처럼 풀풀 날리는 것이 눈에 보일 리 만무했다. 딸은 여러 차례 제 동생과 같이 쌀가마니 위로 올라가 뛰어내리며 재밌 게 놀고 있었다.

"거기 올라가지 마!"

남편이 갑자기 딸에게 꽥 소리를 질렀다. 딸이 얼른 내려와서 방 바닥 에서 놀다가 제 동생이 올라가자고 하니까 제 아버지의 불호령을 금세 잊어버리고 다시 그 쌀가마니 위로 올라갔다. 남편이 대뜸 딸한테로 다 가가 딸의 뺨을 사정없이 후려 갈겼다. 손에 얼마나 독이 들었던지 딸의 왼쪽 뺨에 남편의 손가락 자국이 선명하게 솟아올랐다. 그 멍 자국은 며 칠이 가도 없어지지 않았다. 어느 누가 보아도 그건 손찌검 자국이라는 걸 단번에 알 수 있었다.

정애로서는 그것이 창피한 것인 줄도 모르고 다음날 아무렇지 않게 아 빠 없는 날이라 기분 좋게 학교 가는 딸을 보고 마음이 아렸다. 한반 친 구들은 잘 모른다 하더라도 담임선생님이야 대번에 손찌검 자국이라는 걸 알 수 있으리라 생각되자 정애는 정말 무자비하고 무식한 부모를 두어 그런 모습을 하고 다녀야 하는 딸이 불쌍하고 측은해서 못 견딜 지경이었다.

거기다 아들 주엽이는 몸이 허약하기 이루 말할 수 없었다. 병 치레를 몸에 달고 살았다. 그런 자식을 지켜보아야 하는 부모도 괴롭지만 사시사철 병치레를 달고 살아야 하는 주엽이는 얼마나 더 고통스러울까마는, 정애는 한 번씩 힘들고 짜증이 끓어오를 땐 자신을 진정시킬 수가 없어 정신병자처럼 아들을 구박하기도 했다.

딸 향아는 제 동생이 엄마한테 구박을 받는 것이 애처로운지 학교에서 돌아오면 동생이 징징거리지 않도록 정말 잘 데리고 놀아주었다. 아마도 향아는 제 엄마의 몸 상태나 속마음을 하나하나 헤아리고 있는지도 모를 일이다. 어떨 땐 자기 치마를 남동생에게 입혀서 여장을 만들었다. 곱상한 아들 얼굴이 꼭 여자애 같이 느껴졌다.

정애는 제풀에 기가 꺾여 아들과 딸을 껴안고 용서를 빌듯 혼자 흐느껴 댔다.

재회

시댁 둘째 조카딸이 결혼을 한다는 기별이 왔다.

정애는 조카 결혼식에 참석하기 위해 시댁으로 내려왔다. 시댁에 도착하는 날부터 정애는 부엌일을 맡았다. 안방에는 그 동네에서 같이 사는 여러 대소가 어른들과 사촌 형제들이 방안을 가득 메우고 있었다.

술상이 차려지고 밖에서는 대소가 아낙네들이 바삐 움직여 댔다. 정애도 부엌에서 사촌 동서들과 어울려 설거지도 하고 부침개도 붙이며 바삐 손을 놀렸다. 그때 갑자기 안방에서 언성이 높아진 큰소리가 났다. 정애는 깜짝 놀라 사촌 동서들과 긴장된 눈으로 방안을 살펴봤다. 그 순간 큰동서가 부엌으로 들어오며 정애 들으랍시고 구시렁댔다.

"내 이럴 줄 알았다니까. 세상에, 조카딸 결혼식에 와서 우째 저럴 수가 있노 말이다? 이때까지 아무 말 않고 있다가 하필 오늘 같은 날 저럴게 뭐람! 처음부터 작정하고 왔구만⋯⋯씨발눔!"

큰동서는 아랫동서 정애가 들으라고 일부러 정애를 거들떠보지도 않고 계속 욕지거리를 내뱉어댔다. 내용인즉 정애 남편이 안방에서 여러 대소가들 모인 가운데 술 한 잔 마신 김에, 그 논 다섯 마지기 때문에 소동을 벌인 것이다. 정애는 입장이 곤란해 어쩔 줄을 몰라했다. 그런 처지는 시어머니도 마찬가지였다.

시어머니는 1년 동안 용돈을 한 푼도 쓰지 않고 모아 두었다가 당신이 덮고 자는 이불깃 한 귀퉁이에다 지폐 몇 개를 헝겊에 싸서 까만 고무줄로 탱탱 감아서 집어넣고 바늘로 듬성듬성 떠서 다른 곳으로 돌아다니지 못하게 보관해 두었다가, 남편이나 정애가 시댁으로 내려오면 꺼내 큰며느리와 큰아들 모르게 살짝 불러 손에다 쥐어주곤 했다.

"어머님, 이러지 마세요. 제가 용돈 한 번 못 드리는 것도 죄스러운데 이러시면 어떡해요?"

"아따! 빨리 받아. 큰애 알면 내가 또 구박받는다."

바깥에는 그러잖아도 형님이 분주하게 왔다 갔다 하고 있는 터였다. 언제 방문을 열고 들어올지도 몰랐다. 정애는 자신이 가고난 후 시어머니가 겪을 후폭풍이 두려워 얼른 시어머니가 몰래 찔러주는 돈을 받을 수밖에 없었다.

"나는 논도 빨리 팔아주라고 잔소리 잔소리하는 데도 쟤들이 왜 안 팔아 주는지 모르겠다. 저번에 내가 니들 집에 갔을 때 콧구멍만한 단칸방이 답답하기 그지없었는데, 니들 이 집 저 집 이사 다니지 말고 집이라도 빨리 사야 될 낀데……. 쌀은 제대로 부쳐 주더냐?"

시어머니는 못 사는 작은아들 때문에 항상 노심초사하고 있었다. 그래서 그런지 작은아들이나 며느리가 일 년에 두어 번 시댁을 다녀갈 때마다 뭐든지 많이 싸주라고 큰아들과 며느리를 들볶아댔다.

시숙은 그나마도 1년에 쌀 세 가마니 보내 주는데 쌀 부칠 때 같이 조금씩이나마 보내주던 강낭콩이나 대꼬바리(담뱃대) 같은 마늘 한 접이라도 보내주던 것마저 딱 끊어버리고 말았다. 정애가 남편 있는 데서 혼잣말로 중얼거렸다.

"이제 조금씩 보내주던 마늘은 고사하고 강낭콩 하나 안 보내주시네……."

남편이 말했다.

"아! 그거? 내가 형수한테 말했어. 강낭콩은 우리 집에 먹는 사람이 없어 당신이 남한테 다 퍼 준다고……. 그래서 아마 형수가 안 보내 줄 거야."

남편인지 반 푼인지 분간이 되지 않았다. 남편이라는 사람을 정말 뭐라고 말해야 잘했다고 할까? 그 강낭콩을 이웃집에 조금씩 나눠 먹은 일이 남편에겐 그렇게 아깝고 못마땅했던 모양이다. 그렇다고 해서 아내의 일거수일투족을 시댁에다 그대로 전하는 남편은 대관절 무슨 생각을 하고 있었으며, 또 그렇게 전했으며 그만이지 이실직고하듯 정애한테 그 말을 또 다시 그대로 전해주는 건 또 무슨 생각인가 말이다.

으이구, 내가 저런 또라이하고 날마다 옥신각신 싸움이나 하고 살고 있다니…….

애들도 커 가는데 계속 이런 식으로 살다간 평생 내 집 한 번 가져보지 못한 채 떠돌이로 살 수밖에 없을 것 같았다. 남편이 가져다주는 돈으론 먹고 사느라 애들 옷 한 벌 사줄 여유도 없었다. 술을 입에 달고 사는 남편 하는 짓을 보면 환갑이 되어도 내 집은커녕 아이들 학교교육도 제대로 못 시키고 평생 거지꼴로 인생을 마무리할 것 같았다. 남편은 자신의 학벌만 생각하는지 아이들 진학 따윈 염두에 두지도 않는 것 같았다. 그냥 하루하루 되는대로 살고 있었다. 정애가 단호한 결정을 내리지 않으면 그 어떤 풍파를 만날지 하루하루 살아가는 것이 흡사 곡예를 하는 것 같았다. 정애가 남편에게 말했다.

"당신, 시골 다시 한 번 내려갔다 와요."

몇 년 동안 시골의 논 다섯 마지기를 시숙은 자기 마음대로 관리하면서 동생에게 넘겨주지 않았다. 시숙의 처사도 이해가 가지 않았지만 자기 앞으로 명의 이전된 땅을 제대로 관리하지 못하는 남편의 우유부단한 처사가 더 큰 문제였다.

"엄마 때문에 그래. 내가 형한테 막말하고 논을 팔아온다면 엄마가 고향에서 제명에 못 살 거야."

남편은 매번 자신의 엄마를 핑계로 십 년을 미루어왔다. 그러나 이제 더는 못 참는다는 듯 정애는 밀어붙였다.

일단 일부터 저질러놓고 보자…….

이리 재고 저리 재 봐도 이런 식으로 살면 아이들 대학 들어갈 때까지도 내 집은커녕 방 두 칸짜리 전세도 살기 힘들 것 같았다. 애들이 다 커도 계속 마누라 불두덩을 더듬는 남편의 성 행각을 막을 도리가 없고 보면 집구석이 어떻게 되겠는가? 정애는 서울에서는 엄두도 못 내고 집값이 조금 싼 변두리에다가 24평짜리 5층 아파트를 계약해버리고 말았다. 이제는 빼도 박도 못할 것이다. 몇 년간 입지 않고 먹지 않고 모아놓은 거금 100만 원을 통장에서 꺼내 그날로 일을 저질러 버린 것이다. 정애는 남편에게 또 다시 시골 다녀올 것을 종용했다.

"이제는 다른 수가 없어요. 논 팔아 와야 돼요. 중도금도 내야 되고……."

남편은 더 이상 핑계 댈 것이 없었는지 하루 결근계를 내고 시골로 내려갔다. 정애는 남편을 시골로 보내놓고 독감 증세로 밀려있는 빨래조차 하지 못하고 계속 누워만 있었다.

시골로 내려간 남편은 명일 출근을 해야 되는데도 밤늦도록 돌아오지 않았다. 정애는 몹시 불안했다. 적지 않은 돈을 갖고 와야 되는 사람이 아닌가? 몸이 아파 꼼짝도 못하면서도 전화 한 통 없는 남편 때문에 정애의 심경은 더욱 날카로워져 있었다.

몸살은 더 심해졌다. 애들 밥을 어떻게 해 먹였는지도 모르고 있었다. 밤 12시가 다 되어 남편은 술이 곤드레가 되어 들어왔다. 남편은 집에 들어오자마자 여기저기 호주머니에서 돈을 끄집어내기 시작했다. 돈은 이 호주머니, 저 호주머니로 분산되어 있었지만, 정애는 남편이 꺼내는 족족 얼른 돈을 주워서 세어보았다. 아무리 세어보아도 2백만 원에서 5만 원이 비었다. 시골 가는 왕복 버스비와 다른 비용은 충분히 주어서 보냈건만, 남편이 여기저기에서 꺼낸 돈은 시골에서 받아온 200만 원 중에서 5만 원이 비었다. 시골에서 논판 돈을 보냈다면 195만 원을 보낼 리가 없었다. 돈을 세어보고 또 세어 봐도 5만 원이 비었다. 중간에서 딴 짓을 한 게 분명했다. 정애가 물었다.

"5만 원 어디에 있어요?"

"아, 그거? 시골에서 오는 도중에 아는 사람을 만나서 빌려 줬어…… 그래서 정말."

남편은 횡설수설 해댔다. 정애는 독감으로 만사가 귀찮았지만 이 상황에서는 열을 받지 않을 수 없었다.

"아니 세상에 시골 갔다 오는 사람이 무슨 사정이 있었기에 자기 집 살 돈을 오는 길에 다른 사람한테 빌려줬다는 거요? 그러고는 밤 12시가 되도록 술이 만땅이 되어 어디서 시간 보내다 왔다는 게요, 도대체가?"

정애는 아주 결판을 낼 듯이 다가앉자 남편은 웃옷만 벗어 던지고는 몹시 피곤한 듯 그냥 고꾸라져 잠이 들고 말았다. 몸이 아파서 그랬겠지만 남편의 용납 못할 행동과 5만 원의 행방 때문에 밤새 잠이 오지 않아 정애는 뜬눈으로 밤을 새웠다.

"빌려준 돈 5만원 언제 준데요? 곧 중도금 내야 되는데……."

며칠 뒤 정애가 남편에게 물었다.

"응! 그 돈 내가 받아서 다 썼어."

"뭐라구요! 언제 받아 어디다 썼냐구요?"

남편은 더 이상 대답을 피해버렸다. 그냥 배 째라는 식으로 뭉그적거렸다. 정애가 옆집 문방구 들마루에 앉아서 곁에 앉아있는 문방구 주인한테 그 사정을 말했다. 문방구 주인은 노름방이나 기생집 같은 데를 들어가기 전에는 그 시간에 그 많은 돈을 다 못 쓴다고 말했다. 중도금을 마련해야 하는 큰일을 놔두고 설마 그런 데를 들락거렸겠느냐 하면서 정애는 한 발 물러섰지만 그 말이 틀린 말이 아닌 것 같았다. 남편은 근래에 와서 자꾸 무슨 약을 먹더니 정애에게도 몇 알 건네주며 먹으라고 했다. 제 아내에게 자꾸 약을 권하는 행동을 미루어 볼 때 남편은 그날 밤 틀림없이 사창가에 들른 것 같은 예감이 들었다.

"도대체 무슨 약인데 아프지도 않는 나보고 자꾸 약을 먹으라고 하냐고요?"

하면서 정애가 캐물으니까 남편은 그냥 그쪽이 좀 가려운 거 같아서 그런다며 얼버무렸다. 남편은 사창가에서 행동한 것이 꺼림칙했던지 계속 약을 먹어댔다. 약국까지 가서 확인을 해보지 않았지만 육감으로 그 약은 성병 치료약이 분명했다.

"아니 자기가 다른 행동을 하지 않았다면 뭐가 그리 걱정되는 일이라고 나를 약을 먹여? 나는 약 싫어해서 안 먹어요."

아무리 생각이 없는 사람이라도 그나마도 십 년 만에 억지로 집 살 돈으로 받아온 그 목돈의 일부를 그런 곳에 쓰다니⋯⋯그동안 애들하고 남의 집 다니며 살아온 그 세월이 얼마인데⋯⋯남편은 내 집을 장만한다는 의지보다 우선 목전의 쾌락을 더 중요시하는 위험한 심성의 소유자이기도 했다.

남편 한 달 월급이 15만 원이었다. 정애는 어쨌든 빠듯한 생활비에서 5만원을 빼서 중도금을 맞춰 넣어야 했다. 박봉으로 겨우 꾸려 나가던 살림살이가 말하지 않아도 그 비참함은 한눈에 알 수 있었다. 그 와중에도 남편은 갈 때 올 때 한 번씩 갈아타는 출퇴근비는 꼬박꼬박 받아갔다. 남편은 호텔근무라 월급은 적고 뒤로 손님들이 한 번씩 주고 가는 팁이라는 돈이 꽤 된다고 남들한테 자랑을 늘어놓으면서도, 단 한 푼도 월급 외에는 정애에게 갖다 주는 법이 없었다. 정애가 아파트 잔금 처리 때문에 애를 쓰며 어떻게 돈 좀 마련할 수 없냐고 해도 남편은 일어지하에 잘라 말했다.

"내가 생활비 갖다 준 담에야 그 돈으로 당신이 알아서 해야지⋯⋯. 내가 도둑질을 하랴? 강도짓을 하랴?"

자신이 돈을 벌어다 주기 때문에 너희들도 다 내 덕분에 산다는 그 얘기다.

아파트 잔금을 마련하느라 정신없이 쫓아다니던 어느 날이었다. 방울소리처럼 맑은 목소리를 지닌 여자가 전화를 걸었다.

"거기 혹시 박정애 씨 댁이 아닌가요?"

"맞는데요. 실례지만 누구시죠?"

"아! 정애니? 나 경심이야."

경심이는 국민학교 동창생이다. 얼굴이 예쁘장하고 희게 생긴 친구였다. 가정이 불우하여 성장과정이 좋지 않았다. 국민학교 졸업 후에 염세주의로 살다가 소식이 거의 끊어졌는데, 급기야 머리를 깎고 스님이 되었다는 친구였다. 스님이 될 당시 상우 누나와 절친으로 지내던 터였고, 상우 누나도 스님이 되겠다고 했다는데 경심이가 먼저 불가에 입문해 머리를 깎아버린 것이다.

"그래, 경심아! 정말 오랜만이다. 그동안 어떻게 지낸 거야? 안 그래도 가끔씩 너의 소식이 궁금했는데……."

"나야 늘 잘 있지……몇 번 전화를 했는데 안 받더라. 근데 지금은 전화를 받네."

"음. 아들이 아파서 병원 다니느라고 그랬나 보다. 잘 지내고 있지?"

경심은 정말 스님답게 차분했다.

"사실은 나 얼마 전에 상우를 만났어……."

"……."

별안간 정애는 무슨 말을 할 수 없었다. 상우가 이혼했다는 소식을 들은 이후로도, 정애는 그의 존재를 잊어본 적이 없었다. 남편 김종태와의 결혼생활이 힘들면 힘들수록 떠올리던 사람이 김상우였다.

"여보세요, 여보세요?"

정애가 잠시 말이 없자 전화가 끊어진 줄 알고 경심은 다급하게 불러 댔다.

"여보세요. 말해 봐! 너는 어떻게 지내니?"

"나는 잘 지내고 있어……너는 괜찮니?"

국민학교 졸업 후 언젠가 친정엄마가 미장원 할 때 미장원 앞을 스님 복장을 하고 다소곳이 지나가던 경심을 본 후 처음이었다.

"그래. 그냥 그냥 살고 있지 뭐……."

"서울에서 우연히 상우를 만났는데 꽤 늠름해졌더라. 현재는 고등학교 국어 선생이라던데 스스럼없이 전화번호까지 가르쳐주더라. 그 연락처 전화번호를 받고 나니까 왠지 정애 너 얼굴이 갑자기 떠오르면서 전화번호를 알려주고 싶더라구. 옛날 너희 두 사람, 우리 친구들 사이에선 로망이었잖니……?"

정애는 경심이가 그 옛날의 일들을 아직도 잊지 않고 전화해 준데 대해 진정으로 고마워했다. 소문에 비해 큰 실속은 없었지만, 상우와 정애 사이의 첫사랑이야기는 여고 동창들 사이에선 사실 대단한 로망이었다. 경심이가 전해주는 그 정보에 대해서 정애는 정말 마음이 흔들렸다. 정애는 일단 상우의 전화번호를 메모지에 적어 바지 주머니에 간직했다. 그 다음 날부터는 무슨 일을 해도 그의 전화번호가 주머니에 있다는 사실과 상우의 얼굴이 의식 속에서 지워지지가 않았다. 그러다 며칠 후에는 비장한 결심을 한 듯 상우를 향해 다이얼을 돌렸다.

"거기, 무림여고죠? 김상우 선생님 계신가요?"

"네에. 잠시만 기다려 보세요."

전화 목소리가 들려오고, 상우가 그 학교에 정말 근무하고 있다는 것만으로도 정애는 무진장 가슴이 떨렸다. 잠시 후 상우가 전화를 받았다.

"여보세요? 전화 바꿨습니다."

정애는 다시 떨리는 목소리로 말했다.

"김상우 선생님이십니까?"

"네. 그런데요. 누구시지요?"

정애는 상우의 그 차악 가라앉은 듯한 목소리에서 옛날의 그가 아닌 듯한 느낌을 받으며 말을 더듬었다.

"저어, 박정애인데요……."

"……?"

상대방 쪽에서도 한동안 말이 없었다. 정애는 전화가 끊어졌나 싶어 다시 그를 불러보았다.

"여보세요?"

"아……."

"저, 아시겠습니까? 생각나세요?"

저쪽에서 무반응인 걸 보면 상우가 지난 16년 동안 정애를 잊어버렸을 수도 있겠다는 생각이 잠깐 들었다. 정애 자신이야 어찌 그 첫사랑이었던 그를 잊어버렸겠냐마는 상우는 행여 잊어버렸을 수도 있다고 생각하니 그 순간 마음이 쓸쓸해졌다. 한참 침묵이 흐르고 난 후 상우 쪽에서 기가 막힌다는 듯한 목소리가 들려왔다.

"아, 생각나고 말구요……."

그는 계속 어쩔 줄을 몰라 하며 쩔쩔 매는 듯했다. 정애가 변명하듯 말을 이었다.

"죄송합니다. 며칠 전에 우연찮게 전화번호를 입수했는데 지금에야 전화를 드려 봤어요. 안 드릴까 하다가……."

"아니, 전화 잘하셨습니다. 그러잖아도 궁금했는데요……."

"실례가 되지 않았습니까? 죄송해요."

"아아뇨, 무슨 그런 말씀을요. 이거 원! 다리가 후들거려서……."

정애는 상우의 그 말을 듣고 자신도 송수화기를 들고 있는 오른손이 급격히 바들바들 떨리고 있음을 느꼈다. 그가 물었다.

"그동안 어떻게 지내셨어요? 결혼하셨다는 소식은 진즉에 들었지만……."

"네에. 그럭저럭 잘 살고 있습니다. 그쪽도 행복하시죠?"

정애는 우선 상우의 안부부터 묻고 싶었다. 하기야 이 상황에서 불행하다고 말하는 사람은 아무도 없을 것이다. 각자 자신에 대한 자존심도 있으니 말이다.

"지금 어디서 살고 있으세요? 서울에 살고 계시다는 건 알고 있었지만……."

"네, 맞아요. 서울에 살고 있습니다."

정애는 순간 그 말밖에는 다른 말이 나오지 않았다.

"……."

상우도 잠깐 말을 잇지 못하는 듯했다. 한참 있다가 정애는 정신을 가다듬고 말을 이었다 이대로 끊어진다는 건 안 될 일이었다.

"듣고 계시나요?"

정애는 또 한 번 가슴에 전율을 느꼈다. 그리고 가슴이 옥죄어 옴을 느꼈다. 지금의 이 상황! 그렇게도 반가움에 못 이겨 서로가 애틋해 하면서도 경계해야만 하는 야속한 이 상황! 혼자만의 마음이었는지는 몰라도 정애는 아직도 그에 대한 절절한 안타까움이 남아 있었다.

"다음에 또 전화 드리겠습니다."

정애는 더 길어지면 울어버릴 것 같아 전화를 끊으려고 했다.

"꼭 다시 전화해 주시면 고맙겠습니다. 나! 그쪽 남편한테 다리가 부러지는 한이 있어도 달려가서 만나보고 싶어요."

"정말요?"

"그럼요. 꼭 만나서 회포를 풀어야지요……."

정애로서는 상우의 그런 말들이 진정 듣고 싶었던 말이었다.

"네. 꼭 다시 연락드릴게요."

"약속했습니다. 꼭! 다시 연락 주십시오. 꼭요?"

상우는 몇 번을 계속 해서 다짐을 받고 있었다. 전화가 끊어지고 나서도 정애는 한동안 꿈속을 헤매고 있는 듯했다. 물론 그도 재혼하여 잘살고 있겠지만, 어쨌든 그와 16년 만에 다시 만날 수 있다는 것만으로도 정애는 큰 설렘이었다. 그를 직접 만나서 그가 자신의 손을 꼬옥 잡아준다면 정애는 지금까지 살아온 변형적인 과정을 그로 인해 다 보상 받을 것 같은 심정이었다. 오랜만에 다시금 옛 시절로 돌아가는 노스탤지어를 느꼈다.

동심초

아들 주엽이가 여덟 살이 되었다.

3월 5일이 되자 정애는 아들을 신사국민학교에 입학시켰다. 그리고 이튿날 이삿짐을 쌌다. 아들이 입학한 학교로 찾아가서 장차 이사를 갈 학군 근처 학교로 전학수속을 밟아놓고 3월 7일 아파트로 이사를 했다.

지난 10년 동안 단칸방과 전셋집을 전전하다 내 집이라고 이사를 하고 나니까 온 세상을 다 얻은 것 같았다. 큰방이 세 개요 주방도 넓직했다. 주방 옆에 화장실도 있고, 거실 방 앞에 발코니도 있었다. 수돗물도 잘 나왔다. 프로판가스가 들어오는 입식 부엌에서 가스레인지로 밥을 지으니 그들 식구가 별천지에 온 느낌이었다.

그동안 살아오면서 한없이 불편했던 일들이 한순간에 해결되고 나니 흡사 남의 살림을 사는 것 같았다. 5층 아파트 맨 꼭대기 층이라 연탄은 옥상으로 올라가는 맨 꼭대기 계단에다가 우선 100장을 들여놨다. 아파트라 연탄 값은 각 층마다 배달비가 달랐다. 한 층 올라갈 때마다 연탄

한 장에 5원씩 더 붙었다. 정애는 연탄값을 한 장에 20원씩 더 주고 사야했다. 이사한 날은 살림을 정리하느라 밤늦게까지 정신이 없어 이튿날인 3월 8일 아들과 딸을 전학시켰다. 본의 아니게 2일을 결석시킨 셈이다.

향아는 전학 온 그 다음날 반장선거를 실시했는데 당당히 반장후보에 올랐다. 금방 전학 온 학생 치고는 꽤 많은 표를 얻었다. 반장선거에서 당연히 떨어졌지만 자신의 표 외에 여섯 명이나 표를 주었던 것이다. 금방 전학 와서 그게 어딘가? 전학 전 학교에서 향아의 학업성적이 전학증과 함께 따라왔던 것이다. 정애는 딸이 반장후보로 추천된 것만으로도 기분이 좋았다. 5학년 때는 기대해 볼만했기 때문이다.

전화도 다른 번호로 바로 복원되었다. 정애는 집안이 정리되고 정신적으로 좀 안정이 되자 차분한 마음으로 상우에게 전화를 걸었다 상우가 몹시 반가워했다.

"이사 다했어요? 좋은 꿈 꾸셨고?"

상우는 상기된 어조로 전화를 받았다. 굉장히 반갑다는 반응이었다. 저번에 전화를 했을 때 며칠 내로 이사를 해야 한다는 말을 상우는 잊지 않고 있었다.

"정신이 없어서 그런지 꿈은 안 꾸어지던데요?"

"아, 그래요. 그 동네가 어떻게 생겼는지 구경 한번 가고 싶은데 괜찮을까요? 하하하······."

그는 멋쩍었는지 어색하게 웃고 있었다.

"나는 서울이란 곳에 십 년을 살았어도 아직 지리를 잘 몰라요. 서울역이랑 거기서 집으로 오는 길밖에······."

그러면서 정애는 상우에게 자신이 사는 쪽으로 오라고 했다.

"아, 예. 그래야죠. 꼭 한번 만나야 될 거 같으니까요……. 언제가 좋죠? 날짜를 정해 보세요……."

"토요일이 좋겠네요. 그날은 오전 근무만 하지 않나요?"

"그래요. 그게 좋겠네요. 거긴 어떻게 가야 하죠?"

정애는 벽에 붙어 있는 달력을 보았다.

"다가오는 30일이 토요일이네요. 그날 괜찮겠어요?"

"네, 그러죠."

정애는 계속 찌들게 사느라 몰골이 많이 변해 있었다. 결혼 후 아이 둘 낳고 지금껏 살아오면서 이사를 13번이나 하다 보니 옷가지들이 입고 나갈 만한 것이 없었다. 그래도 그를 만나고 싶은 마음은 간절했다.

드디어 30일이 다가왔다 정애는 아침부터 마음이 들떠 있었다. 언젠가 오빠네에서 얻어왔던 올케가 입던 청바지를 꺼내 입고 얇은 하얀 점퍼를 입고 거울을 보았다. 아직도 옷매무새로 봐서는 촌티를 벗어나지 못하고 있었다. 하지만 그 옷 외는 이렇다 할 외출복이 없었다.

남편이 갖다 주는 월급이 18만 원. 그중에 7만5천 원을 대출받은 분할 원금과 이자를 붓고 나면 10만5천 원이 남는데, 그 돈으로 쌀 사고 연탄 사고 관리비에다 각종 공과금 내고 나면 부식비는 거의 없었다. 거기다 남편 한 달 치 교통비로 토큰을 사고 나면 아이들 학교에 들어갈 돈은 언제나 마이너스였다.

정애가 한번씩 애들 옷 좀 사 입혀야겠다고 말하면 남편은 커가는 애들은 아무것이나 입혀도 된다고 말하곤 했다. 그러나 아무 옷이나 입힌다 할지라도 기본적으로 단 몇 가지라도 옷이 있어야 아무 옷이라도 입힐 것이 아닌가? 아끼고 아껴서 자기 자식들 예쁜 옷 한 벌 사 입히고 싶

은 부모 마음이 결여된 지 오래 되었다. 그래도 한 번씩 바가지를 긁듯이 아이들 옷타령을 하면,

"내가 월급이 그게 전부인데 나더러 도둑질을 하라는 거야? 강도짓을 하라는 거야?"

하면서 또 말을 바꿔버렸다. 그 통에 정애는 결혼 이후 옷 한 별 사 입지 못하고 늘 친척들이나 이웃들이 건네주는 옷만 얻어 입으며 지금껏 살아 왔다.

상우를 만나기로 한 다방은 지하에 있었다. 다방으로 내려가는 계단은 꽤 길고 가팔랐다. 시계를 보니 4시 15분 전이었다. 그가 아직 도착하지 않았을 것 같은데도 정애는 가슴이 몹시 콩닥거렸다. 희한했다. 진정이 되질 않았다.

어떻게 알아볼 수는 있을까?

정애는 하지 않아도 될 걱정을 사서 하면서 한 계단씩 밟아 내려갔다. 자신이 결코 그의 얼굴을 몰라보진 않을 것이다. 그를 잊어버릴 만 하면 다시 회고하면서 16년간을 그려보면서 살아온 그가 아닌가. 이제 그를 만나면 잠시라도 옛 시절로 돌아가 볼 수 있을 것이라는 기대가 정애의 가슴을 더욱 벅차오르게 하는 것 같았다.

여기저기 차 한 잔씩 자기 탁자 위에 놓고 도란도란 이야기를 주고 받고 있는 다방 안은 담배연기로 자욱했다. 다소 음침한 기운도 돌았다. 정애는 그런 분위기가 익숙하지 않아 침착해지려고 애를 썼다.

"뭘 드시겠어요?"

다방 아가씨가 엽차 한 잔을 갖다놓으며 물었다.

"조금 있으면 일행이 올 텐데 그때 같이 시킬게요."

다방 레지가 정애를 힐끗 훑어보다 물러갔다. 정애는 다방 아가씨가 갖다 준 엽차 잔을 뱅글뱅글 돌리며 상우를 기다렸다. 오후 네 시가 지나고 다섯 시가 되어도 그는 나타나지 않았다. 정애는 초조하게 다방 입구만 지켜봤다. 하지만 티끌만큼이라도 상우를 닮은 사람은 나타나지 않았다. 정애는 다방 아가씨들 눈치도 보이고 얼굴도 화근거리는 듯해 마음속으로 노래를 불렀다.

"그 다방에 들어설 때에 내 가슴은 뛰고 있었지 ♬ 기다리는 그 순간만은 꿈결처럼 감미로웠다 ♬ 약속시간 흘러갔어도 그 사람은 보이지 않고 싸늘하게 식은 찻잔에 슬픔처럼 어리는 고독…… ♪"

다방 아가씨들의 따가운 시선이 너무 고역스럽게 느껴져 정애는 자리에서 일어났다. 천천히 계단을 밟으며 지상으로 올라왔다. 거리에는 많은 사람들이 분주하게 오가고 있었지만 상우를 닮은 사람은 보이지 않았다.

어떡하나? 그냥 집으로 갈까?

정애는 잔뜩 기대하고 들뜬 마음으로 기다렸던 그 두 시간이 그렇게 야속할 수가 없었다. 지금껏 상우를 기다린 게 너무 서운해 정애는 다방 입구에서 한 30분만 더 기다려 보다가 그가 오지 않으면, 그때는 정말 미련없이 집으로 가리라 하면서 다방 입구 계단 옆에서 또 그를 기다렸다.

자기 자신과 약속한 그 30분이 다 흘러가서 막 버스 타는 쪽으로 돌아설려던 참이었다. 누군가가 정신없이 헐레벌떡 정애 옆을 지나 다방 계단을 막 내려가려다가 정애를 쳐다보며 멈춰 섰다. 정애도 동시에 그 사람을 쳐다보았다

"아!"

"어?"

정애는 순간 심장이 멎는 듯했다. 상우였다.

16년 전 대학을 막 졸업한 그때의 모습은 아니었지만, 그의 얼굴은 정애가 생각해 오던 그 얼굴이었다. 앞이마가 약간 벗겨져 대머리가 되어 있었지만 예술가처럼 약간 꼬불거리는 단발머리가 보기 좋았다. 몸집도 옛날과는 달리 듬직한 모습으로 변해 있었다. 정애는 자신의 초라함에 온 신경을 몰두하고 있었지만 발길을 돌리기 전에 그를 만났다는 안도감이 그녀를 더 설레게 했다.

두 사람은 한동안 어쩔 줄 몰라 하며 엉거주춤하게 서 있었다. 정애는 기왕 다방 밖에서 만났으니 어디 음식점에나 가서 저녁이나 먹으면서 얘기를 나누면 어떨까 싶어 그를 쳐다보았다.

"우선 들어가죠. 차 한 잔 마십시다."

그는 다방 계단을 다다다다 기분 좋게 내려밟으며 앞서 내려갔다. 정애도 할 수 없이 그 악몽 같이 느껴지던 다방을 다시 내려갔다.

"빨리 오려고 했는데 학교 세미나 문제로 늦어져서 죽을 뻔했어요. 집으로 그냥 돌아갔으면 어쩌나 싶어 역에 도착하자마자 막 뛰어 왔는데 미안해요. 그리고 고맙고……."

상우가 다방 한구석 자리를 잡으며 늦게 된 사유를 속사포처럼 연거푸 되풀이해 댔다. 아직도 그는 숨이 찬 듯 말을 드문드문 끊으며 변명하느라 정신이 없었다.

커피가 놓인 탁자 위에는 그날의 운세를 점치는 기계가 놓여 있었다. 정애는 그냥 있기가 쑥스러워 백 원짜리 동전을 납작한 구멍에 넣고 레버를 제켰다. 똘똘 말린 채로 튕겨 나온 두루마리 쪽지에는,

〈오늘 귀인을 만나다.〉

하는 글귀가 적혀 있었다.

"거봐요! 내가 귀인이라니까……."

상우는 정애가 펼쳐보던 운세 쪽지를 뺏어 읽더니 분위기를 바꾸려고 혼자 웃어댔다.

"막 떨리는데?"

상우는 무슨 말이든 이어보려고 애썼다. 정애는 그럴수록 더 할 말이 사라지며 입이 달라붙는 것 같은 느낌이었다.

"이제 나갑시다."

정애가 어색해 하는 모습을 더 지켜볼 수가 없었든지 상우가 딴 곳으로 가자고 제의했다. 정애는 먼저 일어선 그를 따라 다방을 나왔다. 지상으로 올라오니 그새 날이 어둑어둑해져 있었다.

꽃샘바람이 제법 쌀쌀하게 불었다. 정애가 추울 것이라고 느꼈는지 상우는 자신이 걸치고 있던 베이지색 바바리코드를 벗어 정애의 어깨에 걸쳐 주었다. 그 순간 정애는 한없이 따스한 로맨스의 꿈길을 걷고 있는 느낌이었다. 십여 년을 살았지만 남편에게서는 이와 비슷한 배려조차 느껴보지 못했다. 매일 밤이고 낮이고 짓밟히면서만 살았던 터라 정애는 그만 로맨스 분위기에 끌려 어디론가 먼 꿈나라로 날아가는 기분이었다.

"어디 가서 술을 한 잔 해야 될 텐데……?"

어둑어둑한 저녁 분위기에 맞추듯 상우가 그렇게 말하며 정애의 표정을 살폈다. 정애는 그의 제의를 받아들이듯 과감하게 택시를 잡아탔다. 그도 그러고 싶었다는 듯 얼른 따라 탔다. 정애는 자신의 아파트가 있는 동네 어귀에서 택시를 내려 상우를 데리고 더 윗길로 올라갔다. 걷다가 보니 낯익은 골목이 나타났다. 자신도 모르게 동네를 한 바퀴 돌아 자신이 살고 있는 동네로 다시 들어온 것이다. 상우는 아무것도 모른 채 정애가 걷는 길로만 따라 걸었다.

언젠가 남편과 아이들 주려고 들렀던 〈해돋이 호프〉 치킨집 앞에 이르렀다. 이 집은 정애가 애들 치킨도 사다주고, 남편과 같이 와서 호프도 한 잔씩 마시며 집안 분위기를 바꾸려고 이따금씩 찾아오던 곳이었다. 호프집 주인여자는 정애를 보더니 안면이 있다는 듯 아주 반갑게 맞아주었다. 둘은 통닭을 시키고 호프 1000CC 두 잔을 시켜서 마시다 보니 제법 불콰해졌다.

정애는 이제 그 동안의 십여 년은 어디로 가고 마냥 그 옛 시절로 돌아가 있었다. 꿈에서도 상우를 한 번만 더 만나 보면 여한이 없겠다 싶었던 그 상우가 지금 자기 앞에 앉아 있는 것이다. 마지막 헤어질 때의 모습과는 많이 달라져 있지만 정애가 꿈에서도 못 잊었던 그 상우가 거짓말처럼, 아니 무슨 행운이나 얻은 듯 자기 앞에 와 앉아 있는 것이다. 비록 배경은 달라졌지만 사무치도록 그리워했던 정애 앞에 그 옛사랑이 와 있는 것이다. 상우는 주문해 놓은 통닭이 절반이나 남아 있는데도 또 한 마리를 더 시켰다.

"그만 시켜요. 이것도 다 못 먹을 거 같은데……."

한사코 만류해도 상우는 아랑곳하지 않고 통닭 한 마리를 더 달라고 주문했다.

"이거 애들 갖다 줘요."

상우는 따로 시켰던 통닭을 정애에게 건네주었다. 두 사람은 거나하게 취해서야 바깥으로 나왔다. 이제 저 모퉁이를 돌면 정애네 아파트가 나온다. 정애는 그 모퉁이 쪽으로 걸어갔다. 모퉁이를 돌자 아파트 정문 앞에 두 아이가 쪼그리고 앉아서 울고 있는 모습이 눈에 들어왔다. 순간 정애는 아뜩했다.

"잠깐만요."

정애는 모퉁이 쪽에 상우를 잠깐 세워놓고 아파트 정문 앞으로 뛰어갔다. 아니나 다를까? 정문 앞에서는 향아가 동생과 같이 쪼그리고 앉아 울고 있는 것이다. 밤이 늦어도 엄마가 전화 연락도 없이 돌아오지 않자 밖에 나와서 엄마를 기다린 것 같았다. 그런데 계속 기다려도 엄마가 오지 않자 누나가 우니까 동생도 따라 울고 있었던 것이다. 정애는 정신이 번쩍 들었다.

"향아야!"

"엄마아!"

딸은 엄마를 보자마자 와락 달려들며 더 큰소리로 울어댔다.

"왜 그래? 엄마가 좀 늦는다고 했잖아. 동생하고 자고 있으면 엄마가 열쇠 있으니까 따고 들어갈 텐데……."

"엄마가 안 오니까 걱정 돼서 잘 수 없었어. 엉엉엉……."

"괜찮아. 이제 엄마 여기 있으니까 걱정 말고 들어가서 자 응? 엄마 친구 분이 아직도 저쪽에 있어서 좀 있다가 들어갈게……."

정애는 통닭을 들려서 두 아이를 집으로 돌려보냈다.

"동생하고 이거 먹고 자고 있어! 알았지?"

딸은 그제야 안심하고 통닭을 받아들고 집으로 들어갔다. 시계는 벌써 밤 12시가 가까워 오고 있었다. 이제 그를 보내야만 했다. 정애는 길모퉁이에 서 있는 상우 곁으로 다가갔다.

"당신 아이들이야?"

"네."

"이거, 오늘 내가 많은 죄를 짓고 있구만…… . 어쩌지?"

"괜찮아요. 이제 안심시켰어요. 생전 이런 일이 없었는데 엄마가 나가서 늦게까지 안 들어오니 애들도 놀랐나 봐요."

"……."

상우는 아무 말도 못하고 미안한 얼굴만 하고 있었다. 정애가 먼저 입을 열었다.

"이제 돌아갈 때가 된 것 같네요."

별안간 그가 정애를 덥석 끌어안았다. 순간 정애는 정신이 아뜩했다. 들고 있던 길쭉한 장지갑이 털썩하고 땅에 떨어졌다. 정애는 정말 난생 처음 사랑한 남자의 가슴팍에 묻혀 한동안 정신이 몽롱해져 있었다. 두 사람은 서로 부둥켜안고 아무 말 없이 서 있었다. 말 한마디 없이 서로 껴안고만 있었지만 그 침묵의 시간 속에서도 상우는 자기 가슴속의 사무치고 사무쳤던 그 아픔을 다 말해 주고 있는 것 같았다.

얼마나 시간이 흘렀을까?

그가 몸을 구부려 땅에 떨어진 지갑을 주워서 정애 손에 쥐어 주었다. 정애는 반쯤 정신 나간 걸음걸이로 그와 함께 아파트 정문을 지나 버스 정류소를 향해 걸었다.

아파트 맞은편 공터에 낮이면 놀이터처럼 아이들이 와서 노는 크고 둥그런 놀이시설이 있었다. 아이들은 그걸 〈퐁퐁〉이라고 했다. 밤이 되어 천막은 거둬가고 뼈만 앙상히 남은 퐁퐁 곁에서 상우와 정애는 다시 걸음을 멈추었다. 정애가 둥그런 퐁퐁의 뼈대에 기대서서 말했다.

"음력 7월 14일이 당신 생일이죠? 나! 그때마다 기억하고 있었는데……."

상우가 정애 얼굴을 가만히 들여다보다,

"여보오!"

하면서 상우가 별안간 정애를 다시 한 번 와락 끌어안았다. 정애는 상우가 "여보!"라고 호칭하며 부르는 말을 똑똑히 들었다. 분명 그는 지금 자기 아내가 아닌, 정애와 만나고 있는 것이다. 아무리 술에 취해 있다 해도 지금 그는 정애를 향해 "여보!"라고 부른 것이다. 그 순간 정애는 숨이 막힐 것 같은 갈등을 느끼면서도 상우의 그 말을 놓치기가 싫어 상우를 마음껏 받아들였다. 다시 긴 포옹이 시작됐다. 그의 품에 한 번만 안기면 죽어도 여한이 없으리라 하며 그 긴 세월을 상우만 생각하며 살아오던 정애가 아니던가.

그의 입술이 정애의 입술로 다가왔다. 그 입술은 정말 너무나 뜨거웠다. 정애는 아무 주저함도 없이 그의 입술을 받아들였다. 너무나도 길었던 그와의 뜨거웠던 키스는 지나간 그 10여 년의 파란만장한 정애의 세월을 위무해 주는 키스였다. 그 황홀하고 뜨거웠던 키스가 그동안 모든 고통과 불행을 쓰다듬어 주는 듯 정애는 바르르 몸을 떨고 있었다.

한참 후 두 사람은 떨어져 나와 버스정류소를 향해 걸었다. 하지만 그 시간에 버스가 올 리 만무했다. 시간은 이미 자정을 훨씬 넘어서 노래가락처럼 새벽을 향해 달리고 있었다. 그는 말했다.

"까짓 거, 여기서 하룻밤 자고 가죠, 뭐."

"혹시 우리 집에서?"

정애는 이제 농담까지 해댔다.

"아! 이 근처에 여관이 있더라. 내가 아까 봤어. 이리와 봐!"

정애는 그새 반말로 상우를 불렀다. 아마도 술 탓이리라. 정애는 상우를 근처 여관으로 들여보내고 집으로 돌아왔다.

이튿날 아침, 정애는 일찍 문을 연 약국에 들러 숙취 해소 약을 사들고 상우가 묵은 여관을 찾아갔다. 여관집 주인에게는 친척이 찾아와서 인근 여관에다 잠자리를 마련한 듯이 간밤에 투숙했던 상황을 얘기하며 그 방을 물었다.

"벌써 갔나?"

하면서 정애는 주인이 가르쳐준 방문을 살며시 당겨 보았다. 방문이 미끄러지듯이 열렸다. 정애는 조심스럽게 방문을 열고 들어갔다. 그는 그때까지 이불을 머리끝까지 뒤집어쓰고 누워 있었다.

"아직도 자요?"

상우는 일부러 자고 있는 척하다 부시시 눈을 떴다. 정애는 그가 옷을 벗고 누워 있어서 못 일어나는 것 같아 그 옆에 놓인 2인용 소파로 건너가 앉았다. 상우는 어젯밤의 그 어색한 일들을 잊을 듯 그동안 하지 못했던 옛날이야기로 한참 시간을 보냈다.

"노래를 잘한다고 들었는데?"

상우가 누워서 일어나지도 않은 채 물었다.

"노래야 상우 씨가 더 잘했죠?"

상우는 노래를 더 잘했다는 정애의 말에 웃었다. 정애는 이제 술도 취해 있지 않았지만 어젯밤 그 취중에 있었던 그와의 일거일동이 새롭게 다가와 조금은 어색했다. 상우도 그런 기색이 역력해 보였다. 정애는 그런 어색함을 달래듯 사실대로 말했다.

"아이들한테 콩나물 사러간다 하고 나왔어요……."

"콩나물 공장에 갔다 오는 줄 알겠다!"

그가 웃으면서 말했다. 정애도 웃으면서 말했지만 이제는 무슨 말을 해야 좋을지 생각도 나지 않으면서 허전한 아쉬움만 가슴을 짓누르는 것 같았다.

"이제 갈게요. 만나서 정말 반가웠고 이 추억 깊이깊이 간직할게요. 잘 가요!"

정애는 어젯밤의 그 격렬했던 순간들을 생각하며 마지막 악수의 손을 내밀었다. 어쩌면 이 순간이 마지막이 될 수도 있었기에 서로 간에 아쉬움은 더 커져 있었다.

"다시는 만날 수 없을 것으로 알고……."

정애가 악수를 청했다. 상우는 누운 상태로 정애의 손을 받았다. 악수를 끝으로 돌아서려는 순간 정애는 아찔했다. 상우가 정애의 악수를 받으며 정애를 그대로 자신의 몸으로 끌어당긴 것이다. 정애는 그의 가슴에 그대로 안겨버렸다. 정애는 다시 가슴이 둥당거렸다. 상우는 어젯밤의 그 일을 상기 한 듯 정애를 애틋하게 껴안고 또 껴안았다.

"이리 들어와!"

상우는 정애가 자신의 이불속으로 들어와 주기를 원했다. 정애는 급기야 그에게 매료되어 자신도 모르게 그 이불속으로 들어가고 말았다. 상우의 손이 정애의 가슴을……그리고 정애의 등에까지 뻗쳐 왔다. 정말 정애는 그 순간 어떤 일이 일어나도 다 받아들일 각오를 하고 있었다. 그러나 상우는 정애의 등에 손이 미치는 순간 한참을 머뭇하더니, 올라가 있는 정애의 옷매무새를 바르게 내려주며 자신을 다독거리는 것 같았다.

정애는 서로 간의 처지와 위상 때문에 이성을 되찾을 수밖에 없는 현실이 너무 서럽고 안타까워 그만 울음을 터트렸다. 소리도 못 내고 흐느끼는 정애가 너무 애처로운지 상우는 잠시 말없이 지켜보다 정애의 잔등을 다독거리며 달래고 있었다.

"울지 마!"

정애는 자기도 모르게 울음이 나온 것이 창피하기도 했으나 이대로 계속 그의 가슴에 얼굴을 묻고 있다가는 또 어떠한 행동이 나올지 몰라 얼른 벌떡 일어나버렸다. 그리곤 자신의 일그러진 얼굴을 상우에게 보이기 싫어 그 길로 아무 말도 없이 여인숙을 나와 집으로 향했다.

"엄마 콩나물 안 사왔어?"

빈손으로 들어온 정애를 보고 향아가 물었다.

"응? 아! 콩나물이 없더라. 오늘이 일요일이라서 그런가 봐!"

"그럼 이때까지 어디 갔다 왔어?"

정애는 가슴이 뜨끔했다.

"나간 김에 겸사겸사 볼일도 좀 보고 오느라……."

정애는 어느 누구한테도 거짓말을 한 번도 해본 적이 없었지만, 그날만은 아이들에게 처음으로 거짓말을 하고 말았다. 영리한 향아는 뭔가 이상한 낌새를 보이면서도 엄마를 믿겠다는 표정이었다. 정애는 서둘러 아침 밥상을 차려 조반을 먹인 뒤 아이들을 교회로 보냈다.

11시가 되자 퇴근한 남편이 집으로 들어왔다. 정애는 우선 남편에게 큰 죄를 지은 것 같은 느낌이 들어 말없이 남편만 물끄러미 쳐다보았다. 남편은 창가에서 퇴근할 때 입고 온 겉옷을 벗어 일자 옷걸이에 걸고 잠옷으로 갈아입었다. 정애는 그때까지도 마음이 안정되지 않아 살며시 남편 뒤쪽으로 가서 허리를 감싸며 백허그를 했다. 남편이 자신을 살포시 껴안아주기를 바랐던 것이다. 그러나 정애의 기분은 한순간에 깨어지고 말았다. 남편은 대뜸,

"웬일이야? 한번 하려고? 당신이 먼저 이러는 건 처음이네?"

하면서 남편은 정애가 자청해서 요구하는 줄 알고 얼굴에 만면의 웃음을 띠며 다가왔다. 정애는 기겁을 하며 도망치듯 큰방을 나와 버렸다. 아무리 〈여자의 일생〉을 가수 '이미자 씨'가 노래로 불렀다곤 하지만 그녀가 부른 여자의 일생도 정녕 정애의 일생 같지는 않을 것이다. 정애는 딸의 방으로 들어가서 문을 닫아걸고 지극히 편안한 마음으로 창밖을 바라보았다.

"꽃잎은 하염없이 바람에 지고…… ♪"

정애는 정말 오랫동안 불러보지 않았던 〈동심초〉 가락이 떠올라 자신도 모르게 허밍으로 부르고 있었다.

"만날 날은 아득타 기약이 없네

무어라 맘과 맘은 맺지 못하고

한갓되이 풀잎만 맺으려는고…… ♪"

정애의 눈에선 원인도 분명치 않은 눈물이 마냥 글썽글썽 흘러내렸다. 창밖 바깥에서는 그녀의 심정을 비추어주듯 울타리에 간간히 피어있는 개나리꽃이 꽃샘바람을 못 이겨 하나둘 떨어지고 있었다.

아집과 욕정

평소 남편은 저녁 7시만 되면 불을 끄고 자자고 했다. 집 구조 때문에 TV가 안방에 설치돼 있어 정애나 아이들은 밤에 TV를 자유로이 볼 수 없었다. 남편이 야간 근무를 할 때는 괜찮은데 낮에 근무하고 밤에 퇴근할 때는 TV를 보고 싶어 하는 아이들의 온 신경이 안방 TV에 와 있기 때문이다. 그런데도 남편은 그런 건 전혀 신경을 쓰지 않았다. 어린 것들이 뭘 알겠냐는 식으로 잘라버리며 자신의 배 위로 올라올 생각만 해댔다.

아이들에게 신경이 쓰여 정애는 더욱 더 신경이 날카로워졌다. 자기 아버지가 저런 생활인데 아무리 어리다지만 아이들이 점점 커 가는데 모를 턱이 없을 것이다. 초저녁부터 안방엔 불이 꺼지고 방문은 잠겨 있고……그런 생활이 지속되는 가운데 정애는 아이들이 삑 하면 자기들 방을 제각기 잠가두고 생활해도 왜 방문을 잠그냐고 말 한 마디 할 자격이나 명분이 없었다.

"너희들 맨날 문을 잠가놓고 뭐하니?" 하고 물으면 "엄마 아빠는 맨날

문 잠가놓고 뭐 하는데요?”하고 되물을 것 같았다. 언제부턴가 딸이
자기 방에만 들어가면 문을 딸깍 잠가버리는 것이 눈에 거슬려도 정애는
딸에게 무슨 말이나 문을 잠그는 이유를 물을 수가 없었다.

　남편은 평소 직장에서 18만 원 정도의 월급을 타서 정애에게 생활비로
갖다 주었다. 남편의 직종이 관광업소의 경비직이라 월급이 다른 생산
직 직장보다 적은 대신 뒤로 생기는 팁이 꽤 짭짤하다는 것이 소문나 있
었다. 그런데도 남편은 그런 것을 집에서는 일체 표시 내지 않았다. 언젠
가 이웃 남정네들과 모여앉아 술을 마시며 남편이 그들에게 자랑하듯 말
하는 내용을 술안주를 갖다 주다 들은 적이 있었는데, 어떤 달은 자신의
한 달 월급보다 그 손님들이 찔러주는 팁이 더 많을 때도 있었다는 것이
다. 공개적으로 아내에게 말하지 않고 혼자만 술집으로 다방으로 다니며
돈을 쓰면서 간혹 집에는 자신이 먹고 싶은 반찬거리나 아이들 간식거리
따위를 사오는 걸 보면 짐작이 가고도 남았다. 그렇지만 정애는 더럽고
치사한 생각이 들어 따지지도 않았다. 차라리 안 먹고 안 쓰는 게 떳떳하
다고 생각했던 것이다.

　“기본생활비를 조금만 늘려 달라고요. 아이들이 커서 이젠 당신이 건
네주는 돈으로는 생활이 안 된다고요…….”

　그럴 때마다 남편은,

　“그럼 내가 어떡할까? 내 월급이 그것밖에 안 되는데……. 내가 도둑
질을 할까? 아니면 강도짓을 해서 갖다 줘?”
하면서 남편은 또 도둑질과 강도짓 같은 말만 강조해 댔다.

　“그럼 맨날 당신이 나가서 먹는 술은 무슨 돈으로 쓰며 당신 옷은 무슨
돈으로 사 입나? 그런 거 집 살림살이에 좀 보태주면 안 되나?”

"아! 그거야 간혹 가다 손님이 집어넣어 주는 걸로 내 스트레스 푸는 거지. 나도 숨 좀 쉬어야 살지……. 왜 그런 것까지 넘보고 그래? 당신도 부업해서 돈 벌잖아? 그걸로 보태 쓰며 살아……."

이건 한 가정의 가장도 아니요, 가족을 위하는 일은 더더욱 아니다. 오직 자신 한 몸 누일 곳과 아내와 자식은 남 보기에 필요한 것일 뿐이다. 집에 오면 밥해 줄 사람 있고 자신의 욕정을 풀어줄 사람이 항상 공짜로 대기하고 있으니, 나머지는 나가서 그냥 거들먹거리며 배짱 좋게 생활하는 신선놀음쯤으로 인생을 즐기고 있는 것이다. 술 마시고 집에 와서 조금이라도 반항의 몸짓이나 부부관계 행위를 하는데 지장이 있을 것 같은 기색이 보이면 아이들이 있거나 말거나 대번에 오만 추한 욕지거리를 다 퍼부어 댔다. 그때는 사람이 아니라 짐승 같은 느낌이 들었다.

"이년아! 다른 놈한테는 벌려주고 나한테는 이렇게 대해?"

말도 안 되는 억지를 부려댈 때마다 정애는 도무지 무슨 말이 나오지 않았다. 지금까지 아이들 잘못될까 봐, 또 아이들 보기에 창피해서 혼자 격심한 스트레스를 받으면서도 남편의 욕정을 받아주었는데 이제는 그 도가 너무 지나쳐 정애의 힘으로는 이 가정을 유지해 나갈 수가 없었다.

정애는 그 대처 수단을 찾다가 얼떨결에 자신도 술을 입에 대기 시작했다. 그 쓰디 쓴 술을 남편이 무슨 맛으로 마실까 싶어 처음 몇 잔은 고통스럽게 마셨지만 몇 잔 마시고 나니까 우선 술주정을 하는 남편이 무섭지 않았다. 그리고 불안하지도 않았다. 그 맛에 끌려 남편이 술을 마시며 바깥 거리를 헤매는 동안 마음 졸이며 불안하게 지내기보다 집 앞 구멍가게에서 술을 사다가 정애도 같이 마시며 남편과 같은 취중의 정신세계를 공유하다 보니 남편을 기다리는 시간도 고통스럽지 않고 세월 하나는 정말 유수같이 잘 흘러간다 싶었다.

그런데 몸속의 술기운이 다 빠져나가버리면 그만 자신도 모르게 깊은 우울감에 사로잡힐 때가 많았다. 그 무섭고 지리멸렬할 시간이 고통스러워 또 술을 몇 잔 마시고 나면 옆에 아이들이 있는지 없는지 분간도 못한 채 그냥 혼자 엉엉 소리 내어 울면서 이판사판 남편과 끝장을 내자는 식으로 혼미의 세계를 헤매고 있었던 것이다. 그 바람에 정애의 두 아이들 가슴속에는 이 세상 그 어떤 약으로도 치유할 수 없는 상처가 암 덩어리처럼 자라나고 있었다. 그래도 정애는 알코올 중독에 빠져 두 아이들의 가슴속이나 정신세계를 눈여겨 볼 여유가 없었다.

그런데 남편이 또 자정이 넘어 들어왔다. 그날도 남편은 술이 고주망태가 되어 있었다. 명일 아침 일곱 시에 출근을 해야 하는 사람이 새벽에 만땅이 되어 들어온 것이다. 그 취중에도 남편은 방문을 잠그고 매일 하던 짓을 하겠다며 소란을 피우기 시작했다.

정애는 저항했다. 옆방에는 분명히 술 취한 아빠의 술주정에 모든 신경이 곤두서 있을 애들이 잠자리에도 들지 못하고 불안에 떨고 있을 것이다. 그 때문에 정애는 소리는 못 치고 다가서는 남편을 몸으로만 완강히 뿌리쳤다. 하지만 그녀의 힘으로는 불가항력이었다.

남편은 휘젓는 정애의 두 팔을 양 무릎으로 꽉 누른 채 꼼짝달싹 못하게 한 뒤 실전에 들어가 버렸다. 정애는 소리 한 번 내지 못하고 당해야만 했다. 정말 치욕이었다. 애들이 어느 만큼은 커 있으니 이런 저런 일들을 모를 리가 없을 것이라는 생각이 그녀의 뇌리를 스치고 갔을 땐, 정말 제정신으로는 버틸 수 없었다. 아이들 때문에라도 정애는 이제는 결정을 내려야 한다고 이를 악물었다.

집 나간 남자

세월이 흘러 딸이 고등학교에 들어갔다.

차마 입 밖에 낼 수 없는 가정환경 속에서도 딸은 얼마나 자신의 장래에 대해서 노력을 했던지 좋은 성적으로 고등학교에 입학했다. 그리고 육체적으로는 말이 없는 조용한 성격의 처녀가 되어 있었다.

향아는 자주 배앓이를 했다. 스트레스로 인한 신경성이라 했다. 마음의 병이 뼛속 깊이 치닫고 있었던 것이다. 딸은 자주 병원 신세를 졌다. 신경성이라고 하는 데는 가정환경을 고치기 전에는 어떤 치료 방법도 없었다. 그동안 남편과 정애 사이는 정애 혼자 곪을 대로 곪아 있었고, 아이들도 이제 그런 생활이 만성이 된 듯했다.

향아가 고3이 되던 생일 전날이었다.

딸은 학교의 시험시기 둘째 날을 맞아 밤을 새우다시피 공부에 열중하고 있었다. 자기 아빠가 들어오지 않아 신경이 곤두 서 있을 것이지만 내색 없이 시험공부에만 정신을 집중하고 있었다.

딸 생일이 내일이지만 정애는 미역국을 끓일 수 없었다. 크게 믿는 것은 아니지만 그래도 지킬 건 지켜줘야 될 듯싶었다. 시험을 쳐야 되기 때문에 미역국을 먹으면 미끄러질까 염려되어 그런 징크스도 지켜야 마음이 편했다. 대신 정애는 아침에 끓여 먹여 보내려고 소고기 반근에다가 무 한 개를 사다 놨었다.

밤 열두 시가 거의 다 되어 남편이 들어왔다. 어김없이 술이 만취가 된 얼굴이었다. 정애는 딸이 학교에서 시험을 치고 있는 기간이라 남편이 퇴근하는 날도 같이 술 대적을 할 수 없었다. 며칠째 스트레스만 쌓였을 뿐 같이 술을 마시며 남편과 맞붙어 싸울 형편은 아니었다. 비겁하게 남편은 그 틈새를 이용하려고 했다.

자정이 다 되어 들어와서도 남편은 꼭 저녁밥을 차리라고 했다. 정애는 자신이 해야 할 도리는 해줘야 떳떳하다는 생각에, 여태껏 남편이 새벽에 들어와도 밥은 달라는 대로 다 차려주고 큰소리를 쳤다. 하지만 밥상을 물리자마자 달려드는 그 잠자리만은 거부할 수 있다고 생각했다. 그것마저 남편의 요구에 무조건 순종해야 하는 의무는 아니라고 생각했다.

때늦은 저녁 밥상을 차리고 있는데 남편이 식탁 의자에 앉아서 게슴츠레한 눈으로 시비를 걸기 시작했다. 딸이 학교에서 시험을 치는 시기라 자신이 좀 심한 말을 해도 아내는 발끈하고 덤벼들지 않을 것이란 것을 계산하고 계속 단호히 잠자리를 거부하는 이유가 무엇이냐고 캐물었다. 그래도 정애가 일언반구 말이 없자 생채기까지 낼 작정이었다.

"요사히 재밌냐? 그놈 만나서 재미 보느라 이 남편은 안중에도 없지? 그놈이 그렇게 좋대?"

그놈이 누군지는 모르지만, 정애는 자기 방에서 시험공부 하느라 잠을 안 자고 있을 딸에게 신경이 쓰여 조마조마하며 부지런히 밥상 차리기에만 신경 쓰며 손을 놀려 댔다. 이제 찌개가 거의 다 데워져 마무리가 되고 있을 참이었다. 정애가 아무 대꾸 없이 밥상만 차리고 있으니까 남편은 더 기고만장했다.

"그놈한테 가랑이 벌려주니 디기(굉장히) 좋아하더냐고……?"

정애는 아찔했다. 아들은 어찌 됐는지 몰라도 딸은 분명 잠을 자지 않고 있는 것이다. 게다가 딸은 이제 고등학생이 아닌가. 알건 거의 다 알고 있는 시기이고, 지금은 공부에도 전념하지 못한 채 거실에서 벌어지고 있는 아빠 엄마의 일거수일투족에 온 신경이 곤두 서 있을 것이다.

그런데 이 무슨 날벼락 같은 말인가? 정애는 순간적으로 머리가 피잉 돌아버리는 것 같았다. 딸의 귀가 염려스러웠던 것이다. 순간적으로 정애는 다급히 남편 곁으로 다가서며 따귀를 한 대 후려갈기고 말았다.

"이 미친 놈! 아무리 미친개라도 말할 장소가 따로 있지, 다 큰 딸자식이 눈에 불을 켜고 공부를 하고 있는 집안에서 무슨 소리를 게글거리는 거야?"

정애는 그 큰 눈을 있는 대로 뜨고 덤벼들었다. 남편이 순간적으로 벌떡 일어나더니 정애의 얼굴을 주먹으로 후려 갈겼다 .

"아아!"

정애의 앞니 두 개가 부러져 그대로 빠져 버렸다. 순식간에 입에서 피가 철철 흘러나오고 정애의 입속엔 두 개의 이빨이 혓속에서 머털거리고 있었다. 정애는 아찔하여 잠시 정신을 잃고 있다가 혓속에서 머털거리는 빠진 이빨 두 개를 남편의 면상에다 뱉어버렸다.

남편의 얼굴에 이빨 두 개가 핏물을 동반하고 타닥 하고 부딪다가 바닥에 떨어졌다. 남편의 얼굴은 정애가 뱉은 핏물이 주르륵 흘러 내렸다. 이쯤 되고 보니 술에 취해 기고만장해 있던 남편도 순간적으로 당황하는 표정이었다. 밤이 깊었든 말든, 딸이 시험공부를 하든 말든, 어차피 딸의 공부는 남편이 들어와 시비를 거는 그 순간부터 글러버렸을 것이다. 정애는 입에 가득 핏물을 물고 고래고래 소리를 쳤다.

"이 새끼야 내가 그렇게 애 시험 시기라고 조심하라 했거늘, 결국 이 지경을 만들어? 이 놈아, 오늘 너 죽고 나죽자……."

거실 주방 상황을 그대로 짐작한 딸이 방문을 벌컥 열고 나와서 그 광경을 바라보며 망연자실하고 있었다. 그러다간 자기 아빠를 죽일 듯이 독이 오른 눈으로 노려보았다. 이 상황이 되고 보니 남편은 이제 이판사판이 되었다. 아내에게 주먹질하여 이빨을 빼고 피투성이가 된데 대하여는 큰 죄책감 같은 것도 느끼지 못한 채 딸이 자신을 독이 오른 눈으로 노려보는 것에 대해서만 분하다고 생각하고 있는 표정이었다.

"이년이 어디 아빠를 노려 봐? 네년도 이빨 몇 개 부러트려 줄까?"

삽시간에 남편이 딸의 뺨을 몇 차례 후려갈겼다. 적반하장이란 말이 이런 데서 나온 말일까. 딸은 거실 바닥에 털썩 주저앉아 통곡을 했다. 분명히 근처 이웃들도 밤늦은 소동에 시끄러워했을 텐데도 아무런 말이 없었다. 아들은 일부러 방에서 나오질 않았다.

이튿날 아침은 딸의 생일이라 사다놓은 쇠고깃국을 끓이고 일부러 새 밥을 했다. 시험시기라도 도시락은 싸야 했다. 점심 저녁 도시락 두 개를 준비하고 아들 것도 준비를 했다. 아침 일찍 딸은 아침밥도 안 먹고 도시락마저 거부한 채 책가방을 들고 휭 하니 밖으로 나가고 말았다. 밤새 울어 딸의 얼굴은 퉁퉁 부어 있었다. 시험을 제대로 치르지 못하고 망친 것은 말할 필요도 없거니와 생일날인데도 집안이 이러니 가슴속의 상처는 얼마나 도질 것인가?

정애는 앞니 두 개가 빠져 며칠 동안 어디 나갈 수도 없었다. 답답하게 집안에서만 지내다가 할 수 없이 치과를 찾아갔다. 앞니라 그냥 둘 수가 없었다. 잇몸을 치료한 후 이빨을 다시 해 넣는 가격이 30만 원이 넘었다. 틈틈이 부업을 하여 조금씩 모아둔 돈을 이런 데 보람없이 쏟아 부어야 한다고 생각하니 가슴이 찢어지는 것처럼 아팠다.

이제는 부업을 해서 돈을 모으기도 싫었고 그냥 만사가 귀찮아졌다. 힘들게 부업해서 한 푼 두 푼 모아놓은 목돈이 이렇게 어처구니없이 빠져 나간다고 생각하니 온몸에 맥이 빠져 옴짝달싹하기도 싫었다.

집안이 며칠 더 시끄러워지더라도 이번 기회에 단판을 지어야 한다는 생각이 밀려왔다. 딸 향아와 아들 주엽이를 불러 앉혀놓고 정애는 이빨 빠진 입을 오므리며 자식들의 의견을 물었다.

"우리 집 이대로는 안 되는 거 너희들도 알지? 그냥 아빠 없이 우리 셋이만 사는 게 어때?"

말소리가 엉뚱한 데로 새나가고 있어 발음이 제대로 되지 않았다. 아들 주엽이는 아무 결정을 못하고 있었다. 딸이 먼저 입을 열었다.

"생활비는 어떻게 하고? 그러면 엄마 나 대학 못가?"

중학생이어서 아들은 아직 진학 문제에 대해서는 절실한 생각이 없는지 아무 말이 없었다. 그저 심각한 얼굴만 하고 있었다. 하지만 딸의 생각은 달랐다. 비록 난장판 같은 가정환경 속에서 성장하고 있지만, 하루라도 빨리 이런 가정환경을 탈출하기 위해서는 이를 악물고 공부해 상급

학교 진학을 하는 것만이 살길이라고 생각했다. 그래서 대입준비에 혼신의 힘을 다 퍼붓고 있었다.

"경제적으론 힘들어도 아빠가 계속 저러는데 뭔가가 제대로 되겠어? 엄마가 공장에라도 나가서 돈 벌어 볼게"

"그럼 엄마 맘대로 해. 우리야 진짜 아빠 없이 사는 게 더 좋지 뭐!"

딸은 고등학생이라 생각이 깊은 듯했다. 아들은 엄마와 누나의 의견을 따를 수밖에 없지 않느냐는 투로 말없이 계속 듣고만 있었다. 그렇지만 속으로는 심사에 어떤 회의가 있는 게 분명했다. 계속 제 누나 입만 살펴보고 있었다.

며칠 후 정애는 단단히 벼르던 각오를 남편에게 단행하기로 했다. 하지만 남편은 그날도 퇴근 후 한낮까지 자고 일어나 말없이 밖으로 나가 버렸다. 매일 이어지는 남편의 일상은 시작과 끝이 없는 쳇바퀴나 다름없었다. 밤 11시가 넘어서야 남편은 들어왔다. 돈이 떨어졌는지 그날은 술이 조금 덜 취해 있는 듯했다.

정애는 이때다 싶었다. 며칠간 잠 못 자고 세워놓았던 계획을 오늘밤 단행하기로 했다. 그런데도 남편은 아무 일 없었다는 듯이 방문을 잠그고 와 정애 옆에 누워 그 짓을 하려고 했다. 무슨 벌레가 스멀거리며 기어오르는 느낌이었다. 정애는 반사적으로 벌떡 일어났다. 잇몸이 아직 덜 아물어 이빨 빠진 입으로 입술을 실룩거리며 새는 소리로 말했다.

"우리 이제 그만 합시다. 당신과 더 이상 이 가정 유지 못해요. 이혼해요……."

남편이 놀라지도 않은 채 누운 채로 말했다.

"귀신 씨 나락 까먹는 소리 말고 이리 와서 들이대! 이혼이 누구 이름이냐?"

이건 사람이 할 행동은 아니었다. 앞니 빠진 정애의 입에서 대번에 욕설이 튀어나왔다.

"이 자식! 아직도 정신 못 차렸네. 정말 뭐 이따위가 다 있어?"

정애는 이제 아이들의 동의도 얻었겠다 싶어 일부러 큰 목소리로 떠들어 댔다.

"뭐라고? 이빨이 나가도록 맞았어도 아직 정신 못 차렸나? 이년이 어따 대고 까불고 있어!"

"그래, 밑에 이빨마저 빼라 이놈아! 너 용서된 줄 알았냐? 천벌을 받을 놈 같으니라구……."

정애는 이제 이판사판이었다.

"그래, 내 몸뚱이는 니 맘대로 해도 괜찮은 공짠 줄 알았냐? 가정과 아이들 지키려고 개처럼 살아주었더니 이게 이제는 사람을 완전 등신으로 알고 있어. 하지만 이제부터는 아니야. 너야 말로 까불지 말고 이혼해. 더 이상 너 같은 놈하고는 안 산다, 이놈아!"

이젠 밖에서 애들이 듣든 말든 정애는 아랑곳없었다. 생전 안 하던 짓을 하는 아내의 기세에 뭔가를 느꼈는지 남편은 어느 개가 짖느냐는 듯이 별안간 말이 없었다. 하지만 정애는 단호했다.

"이젠 더 이상 못 참는다. 애들도 그 어릴 때부터 너 그 개 같은 행동을 다 겪고 살았는데……이제 재들도 다 커서 부모 추잡하게 보이는 것도 그렇지만, 분명히 재들도 이상하게 빗나갈 때야……부부간의 성관계도 신비가 있어야 아름다울 것인데 네놈 때문에 다 엉망이 되어버렸단 말이다. 이 악귀 같은 놈아……."

남편은 뭔가가 많이 거슬리는 모양이었다. 한 번씩 불뚝 일어서려는 기세를 억지로 짓눌러 참는 모습이 역력했다. 정애는 이때를 놓치지 않았다.

"이제 우리 오늘 마무리 합시다. 당신이 아무리 때려죽인다 해도 이젠 당신이랑 안 살아……그동안 정말 많이 참았네."

그때까지도 남편은 말없이 눈을 감고 듣고만 있었다. 정애는 할 수 없이 여태껏 안 해오던 심한 막말을 해댔다. 이 상황 그냥 또 지나가면 언제 또 만들어질지 몰랐다. 밖에서는 아이들이 안방에서 벌어지는 소리를 귀 기울여 듣고 있을 것이다. 거의 매일이다시피 싸움질을 하는 환경 속에서 아이들도 이골이 난 터라 차라리 더 혹독한 광경이 벌어지더라도, 엄마가 뭔가를 종지부 찍어주기를 마음 졸이며 기다리는 듯했다. 정애는 밤새 잠을 못 자더라도 결판을 내야 했다. 정애가 온갖 욕설과 막말을 퍼붓자 남편은 벌떡 일어났다. 오른손이 그냥 아래위로 왔다 갔다 하고 있었다.

"왜 또 한 대 치려고? 이제 아랫 이빨까지 부러트리겠다 이 말이야? 그래 해봐라, 이놈아! 당장 경찰서에 신고해 버릴 거니까."

정애는 얼굴을 들이밀고 고래고래 고함을 쳐댔다. 남편은 온갖 욕설을 내뱉으며 케 세라 세라 식으로 나오는 아내를 보고 어쩔 수 없다는 듯 비장한 카드를 내밀며 협박했다.

"그럼 집에 생활비 안 줘도 되지? 내가 딴 데 가서 살려면 나도 돈이 있어야 되고 하니까……너 애들 데리고 살 수 있어?"

"그럼! 니놈 안 보며 사는 게 생활비 좀 쪼들리는 거보다 백 번 낫다 이 놈아. 내가 그런 각오없이 이런 결심한 줄 알았냐? 이때까지 애들 땜에 참고 살았더니 진짜 이게 누굴 등신인 줄 알았구만……."

남편은 진짜 자기 아니면 아내와 아이들이 굶어 죽을 가족이라고 큰소리 치며 위풍당당했다.

"그럼 애들도 너처럼 그런 생각인지 물어보고 내 결정 지어 주지…….
진짜 그렇게 되면 생활비고 뭐고 얄짤 없어. 니들끼리 살아야 돼?"

"그래. 애들도 이미 다 결정했어. 너 혼자 애들 불러놓고 물어 봐!"

정애는 이때다 싶어 거실에서 안방의 형태만 살피던 애들을 불러 들였다. 애들은 시간을 좀 지체해서 자기들 방에서 자고 있었다는 듯 일부러 눈을 비비며 안방으로 들어왔다.

애들이 안방에서 그 난리를 치는데 잠을 잤을 리는 만무했다. 남편이 그사이 벗고 있던 바지를 주섬주섬 꿰어 입고 침울한 듯이 바로 앉았다. 아주 애들이 불쌍해서 못 살겠다는 얼굴이었다. 분명 남편은 아이들이 경제적으로 절대적인 아버지 편일 거라고 생각한 눈치였다. 이때까지 가족들에게 밥이나마 먹고 지내게 해주고 잠잘 수 있는 집을 마련해 주었다는 데서 아주 으스대며 지냈던 행동들이 이번에 남편의 입에서 고스란히 튀어나왔다.

"너희들 말해 봐! 정말 니 엄마와 이혼하고 내가 집에서 나가는 게 좋겠나? 나 없이 살 수 있어?"

"……."

"……."

아이들은 한동안 말없이 앉아 있기만 했다. 뭔가 엄마와 아빠가 싸우는 동안 경제 문제로 둘이서 말이 있었나 보았다. 정애가 옆에서 다그쳤다.

"너희들 빨리 말해. 계속 이렇게 살기를 원해? 아빠와 같이 안 사는 게 좋다고 했잖아!"

아이들은 다시 눈치를 보는 것 같았다. 정애가 다시 소리 질렀다.

"오늘 이대로 넘어가면 다신 변하지 못해. 계속 이대로 사는 수밖에 없어. 그리곤 나는 더 이상 너희들 아빠와는 부부도 아니다. 아니면 이 집 절반 또갈라(나눠) 가지고 나 혼자 나가서 살 거니까 너희들 아빠와 살고 싶으면 지금 결정 잘해!"

정애는 그래도 또 망설이는 아이들 앞에서 아주 단호했다. 이윽고 딸 향아가 입을 열었다.

"이혼하세요. 이렇게는 저도 더 이상은 살 수가 없어요."

남편은 짐짓 놀라는 듯했다. 남편은 다시 남자끼리 구원이라도 청하듯 아들에게 다시 물었다.

"주엽이 너도 그러냐?"

아들은 아무 말 않고 고개만 끄덕였다. 일단 만장일치가 된 셈이었다. 남편은 난감했지만 그래도 그쯤 됐으니 말을 바꿀 순 없었다.

"일단 너희들 뜻 알았으니까 며칠 후 다시 얘기하자. 나도 내 거처를 알아봐야 되니까……."

가족회의를 마치고 나니 시간은 새벽 3시를 넘어서고 있었다.

며칠 후 주말이 다가왔다.

그날은 비번이라 남편이 일찍 퇴근했다. 애들도 토요일이라 일찍 집으로 하교하는 날이지만 딸 향아는 도시락 하나만 싸 가지고 나간 터라 저녁 여섯시가 되어서 집으로 들어왔다. 아들은 오후 2시에 들어와 있었다.

남편은 그날도 밖으로 나갔다가 저녁 일곱 시쯤 들어왔다. 술을 마시긴 했으나 정신은 멀쩡해 보였다. 남편이 저녁을 먹고 정애와 애들을 안방으로 불러 들였다.

"저번에 너희들의 뜻을 잘 알았고 아빠도 며칠 동안 결심을 하는데 시간이 좀 걸렸다. 잘 들어! 당신도 잘 들어……."

여느 때와는 사뭇 다른, 아주 비장한 표정으로 남편은 말을 했다.

"이혼하자! 그리고 내가 버는 게 시원찮아서 너희들 양육비는 못 대준다. 나도 살아야 되니까. 가뜩이나 너희 엄마가 조금 모아놓은 돈마저 병원비로 다 날렸고……. 대신 이 집은 주고 간다."

정애가 대뜸 그 말을 받아,

"그 돈? 니가 벌어다준 돈으로 착각하는 모양인데 내가 부업한 돈 아니면 그 돈도 못 모았어. 니놈이 돈 있으면 내놓을 놈 아니잖나?"

하면서 부러진 이빨 값도 그렇지만, 사실 정애가 한동안 몸에 병이 나서 병원비가 들어간 적이 있었다. 그것도 남편 때문에 스트레스로 난 병이었지만 남편은 그것마저 제 아내 몸 부실한 탓으로 돌려댔다.

정애는 다시금 남편이 생색을 내는 것 같아 또 다시 열불이 치솟았다. 아이들 앞이라는 것마저 망각하고 욕설을 섞어 반말을 해댔다. 애들도 알 것은 알아야 했다. 자기 아빠가 돈을 무척 많이 벌어다 주는데 엄마가 일부러 옷도 안 사주고 거지로 살게 했다는 누명은 벗어야 했다. 설사 애들 옷을 사 입혔다 해도,

"크는 애들은 옷을 사줄 필요 없다."는 둥

"아무 거나 입히라."는 둥

별별 말로 속을 다 뒤집어 놓는 사람이었으므로 애들 앞에서 이 말들은

밝혀야 했다. 안 그러면 정애가 나쁜 엄마로, 또 못된 엄마로 몰릴 참이었다.

"그래, 그렇게 해. 더 이상 말 바꾸지 말고……."

정애는 다짐을 받듯 그렇게 말하며 아이들의 얼굴을 보았다. 아이들도 동시에 엄마의 얼굴을 쳐다보았다. 정애는 그렇게 하자는 의사표시로 몇 차례 고개를 끄덕였다.

그 순간 정애는 아주 험난한 장애물을 건너온 듯 가쁜 숨을 몰아쉬었다. 그러면서도 그 큰 눈동자에서는 뜨거운 눈물이 야윈 볼을 타고 연방 줄줄 흘러내렸다. 결국은 아이들 다 키워 출가시킬 때까지 견디지 못하고 이렇게 중동무이가 되고 말 것을 왜 여태까지 미련을 떨며 그 숱한 세월을 눈물로 살아왔을까 하는 생각이 가슴을 쳤다. 진작 이런 결정을 내리고 하루라도 빨리 갈라섰다면 아이들 가슴에 평생에 지울 수 없는 상처들을 덜 입혔을 것이고, 자신도 짐승 같은 남편의 굴레에서 하루라도 빨리 해방되었을 텐데 하는 후회의 눈물이 밤새도록 야윈 뺨을 타고 흘러내렸다.

현실 도피가 남긴 것

남편이 집을 나간 지 한 달쯤 되었다.

어디에서 뭣을 하고 사는지 알고 싶지도 않았다. 그렇지만 행여 마음이 변해 집으로 들어와 또 말도 안 되는 행패를 부릴까 싶어 정애는 하루하루가 불안했다. 원래가 말도 안 되는 짓거리를 서슴없이 18년 동안이나 해온 남편이 아니던가?

그런데 아이들이 학교에 가고 없는 틈을 타 연락도 없이 남편이 불쑥 집으로 들어왔다. 정애는 순간적으로 섬뜩했다. 속으론 막 진저리가 날 지경이었지만 잘못 건드렸다간 다시 들어오겠다고 억지를 부릴까 봐 정애는 그냥 벌래 씹은 얼굴을 하고 눈치만 살폈다.

"내가 없으니까 좋아? 재미있어?"

"그렇네! 일단 아이들이 안정돼서……나는 좋다기보다 마음이 편해서 덜 고통스럽고……."

"내가 다시 들어오면 안 되겠지?"

"말도 안 되는 소리……애들 앞에서 말해놓고 체면이 있어야지. 이제 겨우 애들이 심적으로 안정을 찾았는데 그건 안 되지……. 지금까지 잘 지냈구만. 계속 그렇게 지내도록 해요. 다방 마담한테 빌이 붙던지 퇴근 후에 다방에서 서빙을 하던지……."

"……."

"잘됐네. 매일 집에 오면 다방을 들르더니 이젠 바로 다방으로 퇴근하 니……."

정애로서는 남편이 분명 다방 마담이 있는 거처로 들어갔으리라 생각 했다.

"……."

남편은 계속 말이 없었다.

"이혼서류 갖고 왔으면 어서 내밀어요. 나 목도장 새겨 놨으니 찍어줄 게……."

남편은 마지막으로 정애에게 관심을 보인다며 정애를 살짝 밀어 뉘었 다. 그리고는 가슴을 밀착했다. 정애는 반사적으로 소스라치게 놀라 남 편을 확 밀어내고 벌떡 일어서 버렸다.

"정신 차려! 이 또라이야(돌아이)……."

정애는 자신도 모르게 놀라 이성을 잃고 고함을 쳤다.

"나가! 이혼서류 갖고 오기 전엔 다시 이 집에 오지 마! 이 집은 우리가 살게 해준다고 했으니까……. 넌 니 월급 갖고 산다고 했잖아?"

얼마나 데었으면 서슴없이 이런 행동이 나왔을까? 정애 자신도 스스 로 놀라고 있었다. 이젠 애들도 컸으니 일을 결정하기엔 훨씬 수월했다. 남편은 더 이상 거친 행동 없이 순순히 대해 주었다.

"그래, 이때까지 정말 너에겐 미안했어. 내가 나가 살아보니까 느끼는 게 많았지만 때가 늦었다는 걸 알았으니까 갈게. 낼 모레 보자."

남편이 나가고 난 뒤 정애는 한 시간이 지나도록 얼굴이 벌겋게 상기돼 있었다. 정다운 척하고 다가온 남편의 모습에 순간적으로 놀란 가슴이 가라앉질 않았다. 그렇게 섬뜩하고 진저리나는 남편과 지난 세월을 어떻게 한 집에서 살아왔는지 자신이 생각해도 이해가 되지 않았다.

이틀 후 박정애와 김종태는 누구의 강압이나 종용없이 자의로 이혼에 합의했다. 재산이라고는 달랑 1,200만 원짜리 5층 아파트 24평 밖에 없었지만, 최종적으로 아이들과 아내가 살아야 된다는 이유로 정애 앞으로 등기 등록도 마쳤다. 이젠 진짜 부부 사이가 법적으로 깨끗이 정리가 된 셈이었다. 잠깐, 정애는 홀가분함과 착잡함이 교차되어 스쳐갔다.

이제 남편은 다방마담 집에서 월급을 갖다 바치며 빌붙어 살 것이다. 그냥 그럴 것이다 하고 예감만 할 뿐 확실한 내용은 알고 싶지도 않았다. 이제 정애에겐 아이들이랑 함께 생활해 나갈 생활비를 벌어야 할 숙제가 남았다. 생활비를 벌어 와야 된다는 생각만 하면 아직도 세상에 대한 두려움과 공포감이 가슴을 짓눌러오지만 그 대신 마음 하나 만은 편해서 정말 좋았다. 무슨 천국에 온 기분이기도 했다. 일단 남편의 무분별한 행위 때문에 아이들에게 들킬까 봐 가슴 졸이지 않고 사는 게 행복하기도 했다. 아이들도 일단은 마음이 안정된 것 같았다.

아래층 4층에 사는 현주엄마가 언젠가부터 전자회사에 다닌다는 말을 들어왔다. 가끔 밖에서 마주칠 때면 굉장히 친절한 현주엄마였다. 매일 이다시피 위층에서 우당탕탕 시끄럽게 했지만 한 번도 위층에다 대고 항의하는 법이 없는 이웃이었다.

현주엄마도 딸 하나 데리고 혼자 산다고 했다. 정애는 일단 생활비를 벌어야 했기 때문에 창피했지만, 현주 엄마가 쉬는 날을 택해 아래층으로 찾아갔다. 현주엄마는 반색하며 맞아주었다.

"어쩐 일이세요? 향아엄마가 저희 집을 다 찾아주시고……."

생전 처음 들여다 본 집이라 좀 어색하게 웃으며 거실로 들어섰다. 집 구조는 정애네와 똑 같고 평수도 같았다. 그렇지만 집안엔 고급스런 살림살이들이 깔끔하게 정리정돈이 돼 있었다. 그에 비하면 정애네 집은 돼지우리나 다름없었다. 현주엄마가 자신의 집에 와본다면 정말 웃기는 집구석이라 할 것 같아 정애는 스스로 부끄럽고 창피한 생각이 들어 얼굴이 화끈거렸다.

"이리 오세요. 차 한 잔 하게요."

현주엄마가 안방에서 불렀다. 안방으로 안내된 정애는 자신의 방 환경과 사뭇 다른 배치를 해놓은 분위기에 신선한 느낌마저 들었다.

사용하는 사람에 따라 이 집 방은 이렇게 호강하고 있구나…….

정애는 한순간 자격지심에 사로잡혔다. 이제는 자신도 생활이 바뀌어졌으니 모든 환경을 다르게 꾸며야겠다는 생각을 잠깐 했다. 이리저리 짧은 시간에 둘러본 거실엔 소파도 있었고 오밀조밀 잘 꾸며 놓고 살았다. 안방엔 침대가 하나 놓여 있고, 벽 쪽에는 장롱 한 개 밖에 없었지만 침대 옆으로 조그만 탁자와 의자 두 개가 놓여 있었다. 현주엄마가 그 탁자 위에 다과를 준비해 놓았다. 정애는 불쑥 찾아와 미안하다며 다소곳이 의자에 앉아 커피 잔을 들었다.

"현주엄마는 일요일이면 더 바쁘겠어?"

정애는 현주엄마가 자신보다 나이가 아래인 것을 알고 있었다. 때문에 밖에서 가끔씩 만날 때도 처음부터 반말을 하며 이웃 간에 정을 주고받는 사이였다.

"뭐, 식구가 없으니까요. 현주가 평상시에 잘 도와줘서 별 어려움이 없어요. 그런데 어쩐 일이세요?"

"저어, 저……."

정애는 창피하고 부끄러워 얼른 말이 나오지 않아 머뭇거렸다. 하지만 앞으로의 생계가 걸린 일이라 말하지 않을 수 없었다.

"혹시 현주엄마가 다니는 회사에 사람 안 써?"

"왜요? 누가 취직 부탁해요?"

정애는 선뜻 자신이 그렇단 말을 못 꺼냈다. 현주엄마가 그렇게 묻는 바람에 더 난처했다.

"아니, 내가 좀 다녀 보려고……. 사실 회사의 일은 한 번도 안 해 봤고 집에서 부업 같은 것만 해본 상태라 뭐라고 말할 순 없지만 뭐 다 사람이 하는 일인데 배우면서 하면 안 될까 싶어서……."

"그럼요, 집에서 여러 가지 부업하셨다면 크게 어렵지는 않을 거예요, 우리 회사 생활은요."

정애는 쑥스러워 웃음으로 얼버무렸다.

"잘됐네요. 그러잖아도 지금 사람 충원 중인데……."

현주엄마가 다니는 그 전자회사는 지금 사원을 충원 중이라고 했다. 기존 사원들에게 신입사원을 데리고 오는 사원들에 한해서는 1인당 5,000원의 충원금까지 지급하고 있다고 했다.

"아줌마, 그럼 내일 제가 출근할 때 같이 한번 가 봐요."

"혹 나이 제한 같은 건 없어?"

"상관없어요. 45세 미만이니까"

"그럼 잘됐네. 근데 내가 할 수 있는 일일지 모르겠네."

"너무 염려 마세요. 초보자도 환영이라는데요, 뭐……."

정애는 기분 좋게 현주엄마와 약속을 해놓고 집으로 돌아왔다.

이튿날 아침 여덟 시가 되어 현주엄마를 따라 길을 나섰다. 그 전자 회사는 집에서 도보로 빨리 걸어 20분 가량 걸렸다. 정말 다행이었다. 자동차 안에 부착시키는 트랜지스터와 카세트를 만들고 있는 회사였다. 라인이 돌아가고 그 라인 양쪽으로 여자들이 일렬로 앉아 자기가 맡은 공정들을 처리해 나가고 있었다.

회사의 간부가 정애를 그 라인의 여자들 사이에 끼워 넣어 인두로 납땜하는 일을 시켰다. 납땜을 잘못하면 떨어지기 쉽고, 쇼트가 되면 불량품이 된다고 주의를 주었다. 다른 여자들은 한번에 네 개씩이나 납땜을 해내는데 정애는 우선 두 개만 주었는데도 빨리 해내지를 못해 쩔쩔매며 헤맸다.

점심시간이 끝나고 일 들어가면 정애는 다시 고전을 면하지 못할 것이라 점심 먹고 쉬는 시간에도 밀려 있던 납땜을 하느라 쉴 수가 없었다.

밀려 있던 납땜이 두어 개 남아있을 무렵 오후 업무가 다시 시작되었다. 나름대로는 열심히 했지만 또다시 밀리게 되어, 정애는 하루 일과를 진땀을 빼며 마쳤다.

간간히 쉬는 시간에도 정애는 밀린 일을 해내느라 죽을힘을 다했다. 며칠 다니다 보니 병이 날 것 같았다. 그렇지만 이 역경을 이겨내지 못하면 남은 여생을 포기해야 된다는 생각이 가슴을 짓눌러 왔다. 아이들도 정애가 책임져야 하는 것이다. 물론 출근한 지 며칠 되지 않고 난생 처음 해보는 회사생활이라 다른 동료들이 이해는 해주겠지만 정애로서는 정말 죽을 지경이었다.

그렇지만 그녀 자신도 열심히 연습하면서 꾸준히 다니다 보면 저 여자들처럼 여유로운 회사생활을 할 수 있으리라는 생각이 들어 또 용기를 내었다. 퇴근시간이 되어 어둑어둑해진 길을 현주엄마와 걸어오며 정애는 현주엄마의 눈치를 살피며 물었다.

"나 일 잘 못한다고 회사 나오지 말라고 하면 어쩌지?"

정애는 멋쩍은 웃음을 보이며 걱정스레 물었다.

"하다보면 점점 나아질 테지요. 너무 걱정 마세요. 처음엔 누구나 다 그래요."

아무튼 오늘도 하루 일당 7500원은 벌어 논 셈이었다. 정애는 내일 또 회사에 나가서 컨베이어를 타고 밀려오는 자신의 할당량을 마쳐야 한다고 생각하니 마음이 심란했다. 하지만 이 역경을 이겨내지 못하면 아이들을 그 싫어하는 아비 곁으로 보내고 자신은 죽어야 한다고 막다른 생각을 하며 이를 악물었다.

이제 정애는 홀로서기를 위해 스스로 물속으로 뛰어든 것이다. 물속으로 뛰어든 이상 익사하지 않으려면 개헤엄이라도 쳐야 했다. 사지를 허우적거려서라도 물에 계속 떠 있어야만 최소한 목숨을 부지할 수 있는 것이다. 부력을 만들기 위해서도 물과 싸워야만 되었다. 많은 물을 들이마시고 온몸이 물에 퉁퉁 불어 있다 해도 정애는 이제 몸부림을 쳐야만 두 아이들과 살아갈 수 있었다.

하루하루의 공장일은 버거웠다. 일은 진전되지 않고 나아질 기미도 없었다. 돌아가는 라인 앞과 옆의 눈초리들이 매서운 얼굴로 인상을 쓰며 뼛속 깊이 아픔을 던져주는 듯했다.

그래도 행운인지, 다행인지, 보름이 지나도록 정애를 향해 회사를 나가 달라는 말을 하는 사람은 아무도 없었다. 보름을 넘기면서부터 슬슬 자신감이 생기면서 우선 두려움이 사라졌다. 세상에 대한 두려움과 공포심이 사라지자 그때부터는 남편이 없어도 자기 혼자 힘으로 홀로서기가 가능할 것 같은 생각이 들었다.

회사에서 나가라고 할 때까지 만이라도 꾸준히 다녀보자…….

정애는 또 용기를 내며 아침 출근 준비를 서둘렀다.

새 세상

딸이 고등학교를 졸업하고 아들은 고등학교에 들어갔다.

아이들 학비가 조금은 버거웠지만 그만큼 더 알뜰하게 살다 보니 정애의 생활이나 가정생활이 더 안정이 되었다. 남편이 있을 때와 경제적인 차이도 크게 나지 않았다. 오히려 겨우 입에 풀칠할 정도로만 생활비를 대주고도 큰소리치며 우쭐대고, 치사스럽게 생활하던 것을 생각하면 정애는 자신이 수고해서 떳떳하게 번 돈으로 아이들과 함께 생활할 수 있다는 것이 큰 보람으로 다가왔다.

딸은 장학금을 받고 ○○교대에 들어갔다. 원래는 명문인 ○○여대를 꿈꿨지만 가정환경을 생각해서 장학금을 주는 교대로 최종 결정을 내렸다. ○○교대는 국립대학이라 등록금 또한 저렴했다. 게다가 향아는 장학금과 과외 활동까지 해서 자기 동생 등록금까지 해결해 주었다. 그 통에 정애의 삶은 조금씩 여유를 가지게 되었다. 이제 다른 어떤 윤택한 여자들을 봐도 별 부러움을 느끼지 못했다. 사람들은 그런 정애를 보고 "자유부인"이란 닉네임까지 붙여주었다.

정애는 모임이 있는 곳에서 노래도 곧잘 했다. 그러다 보니 회사 동료들과 회식자리에도 자주 끼었다. 거리마다 노래방이란 영업장이 생겨서 정애는 2차에 그 노래방까지 자주 끌려 다니기도 했다. 술도 잘 마시고 노래도 잘 불러 분위기 띄우는 데는 정애가 아주 제격이었던 것이다.

이런 걸 왜 모르고 살았나 싶었다. 회사에서 야간까지 몇 시간 하고나서 회식과 노래방까지 들러서 오면 거의 밤 12시를 넘을 때가 많았다. 하지만 이제는 아들 주엽의 도시락 두 개만 싸면 되니까 마음은 한갓졌다. 술에 절여 밤늦게 잠을 잤어도 꼭 아침 다섯 시만 되면 기상하는 정애였다. 그만큼 자기가 해야 할 일에는 최선을 다했다.

딸 고등학교 때도 아들 중학교 때도 매일 아침 학교 교복(하복)을 다려서 입혀 보내곤 했다. 한 번도 애들 밥을 굶겨 보내는 일은 없었다. 지금은 사복을 입고 다니며 대학생활을 하는 딸은 시간의 여유가 있기 때문에 엄마의 노고를 많이 덜어주었다. 딸은 과외해서 받은 돈으로 자신의 옷가지를 한 벌씩 사서 입곤 했다. 딸은 몸이 날씬하고 가늘어 바짝 마른 정애의 체구와 비슷했다. 한 가지 옷을 사면 둘이 같이 입어도 보기가 좋았다. 정애는 한 번씩 회사에서 회식 있는 날은 몰래 딸의 옷을 빌려 입고 나갔다. 아주 잘 맞았고 세련미도 있었다.

남편과 살 때에는 한 번도 애들 옷이랑 자신의 옷을 사 입을 수가 없었다. 때문에 정앤 자신의 삶이 아닌 다른 사람의 삶을 사는 것 같은 착각속에 불안에 떨기도 했다. 이 삶이 깨어지면 어떡하나 하고 말이다.

아들이 고3이 되었다.

어느 날 느닷없이 어떤 아가씨를 데리고 들어왔다. 아들은 뜬금없이 졸업과 동시에 이 아가씨와 결혼을 하겠다고 했다. 아들은 자기 누나와는 달리 머리가 좋지 않았다. 그렇지만 자기 아빠와 같이 생활할 때도 거의 자기방 밖에서 벌어지는 일에는 크게 신경을 쓰지 않을 만큼 낙천적인 성격이었다. 어쩌면 자기 아빠가 하던 행동들이 아들에게 아무런 거리낌 없이 몸에 배인지도 몰랐다.

정애는 기가 막혔다. 그 아가씨는 이제 막 스물인 아들보다 한 살 더 많았다. 주엽과 같은 부류로 공부와 진학에는 관심이 없는 타입이었다. 그러나 집이 좀 윤택했고, 다른 형제자매가 없는 무남독녀라고 했다.

피는 못 속이는 모양이다. 차라리 잘된 지도 몰랐다. 정애는 두고 보자고 했다. 가만 보니 아들은 학업에는 정말 관심이 없고 졸업만 하기 위해서 학교를 다니고 있는 것 같았다. 아들의 장래는 물 흐르는 데로 흐르게 그냥 놔두는 게 좋은 것인지도 몰랐다. 어릴 때부터 아들은 부모가 싸우든, 아버지가 술을 먹든 별로 큰 관심을 두지 않고 세월만 죽이는 스타일이었다. 어렵게 공부해도 붙을까 말까 하는 대학은 벌써 포기한 지 오래 되었다. 누나의 닦달과 엄마의 권유에 못 이겨 고등학교는 졸업장을 따기 위해 다닌다고 거리낌없이 속내를 내보였다. 학교 공부보다 아들은 진정 인생 동반자를 미리 만들고 싶어 했다.

어떻게 생각하면 그런 돼먹지도 않은 환경 속에서 진학을 포기하고 다른 길을 택하는 게 더 현명했을 지도 몰랐다. 그래도 그렇지, 어쩌면 아들마저 제 아버지를 그렇게 속 빼닮았는지 부전자전이란 말이 무색하게 느껴졌다. 정애는 심히 불안했지만 일단 자신의 회사생활도 신경 쓰지 않을 수 없었다.

정애는 우선 집안 평화롭고 바깥 생활 즐거운 게 그렇게 천만다행일 수가 없었다. 별천지에서 살고 있는 느낌이고, 새 세상을 만난 기분이었다. 정말 좋았다. 딸은 딸대로 자신의 학업에 충실하겠다, 아들은 아들대로 자신의 길을 잘 걷고 있는 것 같아 자식에 대한 걱정은 별로 없었다.

정애는 집안에서 자신이 해야 할 본분은 무조건 다 수행하고 난 다음 자신의 사생활에 전념하리라고 다짐했다. 최소한 아들딸에게 떳떳한 엄마가 되어야만 나중에라도 큰소리 칠 수 있을 것이라고 생각했다.

아침에 애들 도시락 싸고 아침밥 먹여 학교 보내고 난 후 정애는 그냥 아침밥을 굶고 회사에 출근했다. 작업장에 들어가서 4시간만 일하면 점심시간이라 정애는 시장기를 참으며 오전 시간을 이겨냈다. 점심시간이 되면 얼른 정해진 식당으로 달려갔다. 걸음이 좀 느린 편이라 아무리 빨리 가도 정애 앞에는 벌써 몇 명이 식판을 들고 줄을 서 있곤 했다.

정애는 식판 밥 담는 자리에 남들보다 세 배 정도 밥을 더 담았다. 국도 찰찰 넘치도록 담았다. 반찬도 넉넉하게 담아왔다. 옆의 동료가 놀라며 농담을 건넸다.

"아유, 언니! 무슨 밥을 그렇게 많이 담는 거야? 삐쩍 말라가지고 그렇게 많이 먹는데도 살도 못 찌면서……."

"히히 우리 집엔 쌀이 없어서 나 여기서 밥 많이 먹어야 한다니까?"

정애는 진담을 농담처럼 얼버무려 댔다. 나지막한 키에 바싹 말라 그 큰 눈이 더 움푹 들어간 듯했다. 사실 집에서는 밥을 안 먹으려고 회사에서 많이 먹고 가지만, 동료들이야 정애가 하는 익살스러운 대답을 그대로 믿지는 않았다. 저녁도 잔업 두 시간이 거의 날마다 계속돼 저녁밥은 모두 사발면으로 먹었다. 정애는 점심때 먹고 남은 밥을 식당부엌에 가서 한 양재기 퍼오는 그런 너스레까지 떨었다.

사발면 먹고 남은 라면 국물에다 밥을 말아 막김치 걸쳐 배불리 먹곤 했다. 동료들은 정애의 그런 행위가 자연스런 익살로 보였지만, 어찌 저 체격에 저 많은 밥이 다 들어갈까 의아해하는 때도 있었다.

일 끝난 후 회식이 있는 날은 전 사원 공동 회식이 아니라 좀 친근한 사람들끼리 그룹을 지어 회식자리를 만들기 때문에 동료 남녀 몇 명이 함께 뭉쳤다. 희한하게 그런 자리에선 여자들은 거의 얻어먹는 편이었다. 남자들이 경비를 다 부담했던 것이다. 물론 노래방까지 연속으로.

진짜 이런 딴 세상을 만날 줄은 몰랐다. 회사에 출근해 일만 하면 밥 주지, 한 달 지나면 돈 주지, 가끔 스트레스도 풀어주지……모범적인 가정생활만 집착하며 지난 18년간 왜 그렇게 미련하게 살아왔는지 지금 생각해보면 이해가 되지 않았다. 생활이 바뀌니 마음 돌리기도 그렇게 쉽게 느껴졌다.

정애는 생활하기 쉬운 방향으로 자꾸 빠져들었다. 술에 취해 집으로 들어오는 날이 부지기수였다. 그런 날은 가끔씩 혼자 울기도 했다. 아이들이 아빠의 횡포를 벗어났지만 엄마의 그런 행동으로 인해 신경 쓰이고 스트레스가 쌓인다는 걸 정애는 짐작도 하지 못했다. 남편이 했던 것처럼 정애 자신만 좋고 편한 것만 알았지 아이들이 또 상처받고 있다는 것을 정애는 미처 생각하지 못했다.

자기 아빠가 가족에게 했던 일들을 정애가 무의식으로 아이들에게 다시 더해 주고 있었다. 말은 하지 않고 있었지만 아들과 마찬가지로 딸 향아도 아마 이런 환경을 하루라도 빨리 탈출하려고 안간힘을 쓰고 있는지도 모를 일이다.

아들의 연인

딸 향아가 대학 4학년이 될 때까지 세월은 무던히도 더디 가는 것 같았다. 그동안 딸은 계속 장학금도 받고 과외수업도 병행하면서 자기 옷도 사 입고 엄마 옷도 사주고, 생활비도 보태주며 제 깐에는 최선을 다하는 것 같았다.

딸이 하나둘 사오는 옷은 정말 세련미가 있었다. 어릴 때부터 지금까지 성장해 오는 동안 딸의 옷이라곤 길거리에서 파는 싸구려 속옷 몇 벌 새로 사준 게 전부였다. 겉옷은 시쳇말로 쪽팔림을 무릅쓰고 다른 집 아이들이 버리는 것을 얻어 입혔다. 정애 큰오빠 아들딸들이 입던 조카들 옷을 좀 달라고 해서 얻어 입히며 키워 왔다. 그 때문에 딸이 그렇게 여러 가지 옷을 사들이는 모습을 보고 정애는 너무 가슴이 아팠다.

얼마나 옷에 한이 맺혔으면 저렇게 옷을 사들일까?

정애는 딸이 자꾸 옷을 사들이는 행동을 막을 수 없었다. 가슴속에 서린 한이 풀어질 때까지는 가만히 두어야 한다는 생각이 떠나질 않았다.

정애 역시 올케언니의 헌옷을 얻어 입으며 살아왔기 때문에 딸이 사주는 옷이 정말 고마웠고 신주단지처럼 소중하게 느껴지기도 했다. 또 가고 오는 길을 합쳐 봤자 30분밖에 안 되는 거리지만 한 번씩 그 옷들을 입고 나가면 동료 사원의 눈길이 달라졌다. 그 때문에 그 세련된 옷들은 정애의 삶에선 엔도르핀과 같은 역할을 했다.

아들 주엽이가 고등학교 졸업을 하자마자 진짜 그 여자와의 결혼을 서둘러 댔다. 대학 진학 대신에 자신은 일찌감치 결혼해서 자리를 잡겠다고 했다. 주엽이가 그 여자 친구와 결혼을 하게 된다면 호적상으로만 정애 아들이지 사실은 처갓집 데릴사위라고 해도 과언은 아닐 것이다. 그 여자 친구 집에서 사업 자금까지 대주겠다는 말도 했다며 하루라도 빨리 결혼식을 올려야겠다고 예식장을 보러 다녔다.

이제 방금 고등학교를 졸업한 애가 사업인들 알겠는가마는, 그 사업자금이라는 것을 장사 밑천이라고 생각하면 크게 염려할 계제도 아니었다. 어쨌든 2년 동안 두 사람이 그 마음 변하지 않고 있었다는 것에 대해 정애의 마음은 동요가 일기도 했다. 정애의 입장으론 자식들을 그렇게 불우하게 키웠던 죄책감에서 헤어나지 못했기 때문에 어리다고 무조건 반대만 할 입장은 아니었다.

어쩌면 아들은 아주 현명한 선택을 했는지 모를 일이다. 더구나 그 여자 친구는 형제자매가 없는 무남독녀가 아닌가? 다행히 주엽은 인물도 좋고 키도 훤칠해 여자 친구들에게는 인기도 있었을 것이다. 어떻게 보면 정애에게도 행운일 수 있을 것이다. 학업 성적은 어줍잖았지만 설사 학업 성적이 좋다고 해도 정애는 아들을 대학에 보낼 형편은 못되었다. 그럴 바에야 제 앞길을 빨리 찾아가도록 아들의 의사를 존중해 주는 것도 아들을 도와주는 일이 아닐까?

근심이 떠나질 않았지만 그해 5월 정애는 저쪽 사돈될 사람을 만나 상견례를 했다. 정애의 나이는 그때 막 50세가 되었다. 저쪽의 안사돈 될 신부 어머니는 정애보다 두 살 위인 52세라고 했다. 정애는 상견례 자리에서 자신의 심정을 솔직하게 털어놓으며 근심어린 모습을 보였다. 안사돈 될 신부 어머니가 말했다.

"그런 건 걱정 안 하셔도 돼요. 우리 건물이 있으니 둘이 장사 한번 시켜 보지요 뭐. 제가 뒤를 봐줘도 되고요……."

"죄송합니다. 아들이 저렇게 밀고 나가니 제 아들이지만 제가 아들의 장래를 좌지우지할 수도 없고 한편으로는 걱정도 되고……."

정애는 비참했지만 쑥스럽게 웃었다.

"좀 이른 면이 있지만 저희들 둘이 죽고 못 산다니까……."

안사돈 될 신부 어머니도 맞장구를 치며 어색하게 웃었다. 모든 결혼 비용은 자신들이 감당하겠다고 했다. 그렇게 되면 정애는 아들을 그냥 사돈네 아들로 입적시켜 주는 것과 진배없을 것이라고 생각했다. 그래도 정애의 아들인 것만은 명백한 사실이므로 정애는 그것으로 위로를 받으며 염치 불구하고 아들의 장래만 생각하기로 했다.

그렇지만 정애는 일이 완전히 성사될 때까지는 딸한테도 제 동생 얘기를 하지 못했다. 딸이 받아야 할 충격과 그 가슴이 얼마나 아플까 하는 염려 때문에 말이다. 그날 이후 정애는 딸 향아의 눈치만 살피는 엄마가 되고 말았다.

아들의 결혼 날짜가 확정되고 난 뒤부터는 마음이 더 혼란스러워졌다. 계속 동생이 결혼하게 되었다는 사실을 함구해 오다 어쩔 수 없이 딸에게 동생 혼사 이야기를 꺼냈다. 정애는 향아가 마음에 상처를 입는 것도 가슴 아팠지만, 자신의 자존심이 말이 아니었다. 그냥 어쩔 수 없는 소용 돌이 물길 속으로 정신없이 빨려 들어가는 심정이었다.

향아는 정애의 말을 듣고 한참 동안 기가 막혀 말을 못했다. 누나인 자 신보다 먼저 결혼하는 게 문제가 아니라 이제 갓 고등학교 졸업한 놈이 뭘 안다고 벌써 결혼이냐며 어이없어 했다.

"엄마! 제 정신이야? 주엽이 이제 막 고등학교 졸업했는데 앞으로 군 에도 가야 하고 진학도 해야 되는데……둘 다 미쳤어, 정말!"

딸은 펄펄 뛰었다.

"고2때부터 사귀었대. 그쪽에서 더 좋아하고 있으니 차라리 다행이다. 그냥 보내자……."

"아빠가 안 계시니 집구석이 엉망이 되는구나."

정애는 깜짝 놀랐다. 서슴없이 내뱉는 딸 향아 입에서 어찌 그런 말이 나올 수 있단 말인가? 정애는 한순간 혀를 물린 것 같은 아픔이 전신을 타고 흘러내렸다. 그것은 생각할 것도 없이 향아의 가슴속에 든 진심이 기 때문이다.

정애로서는 애들이 아빠가 없는 생활이 정말 마음 편한 생활로만 생각 했었다. 가족 구성원으로서야 이빨이 빠진 것이 분명하지만, 매일 그렇 게 아빠 때문에 집안이 난장판이 되어 가족 모두가 죽을 지경이었는데 딸의 의식구조는 전혀 그런 것이 아니었다. 정애는 한참 허둥거리다 다 시 물었다.

"너, 설마 아빠 엄마가 이혼한 게 못마땅했어? 그 안에 엄마가 미쳤던 지 너희들 앞길이 안 보였을 수도 있었다는 것은 생각 안 해봤어?"

"그거야 그럴 수도 있었겠지만 나는 모두가 마음 아파. 엄마는 아빠가 어디서 어떻게 사는지 알고나 있어?"

"솔직히 나는 알고 싶은 맘이 없다. 너희들이야 아빠니까 궁금하고 보고 싶기도 하겠구나. 내가 미처 그 생각은 못했구나……."

처음에는 홀가분했는지 모르지만, 애들은 해가 거듭 될수록 나이가 들어 철이 들수록 마음 깊이 사무칠 수도 있겠다 싶은 생각도 들었다. 그러나 정애로서는 달이 가고 해가 가도 남편의 욕구를 풀어주는 성 도구에서 벗어난 것만으로도, 남편에게서 더러운 욕설만 듣지 않아도 인격이 제자리 찾은 것 같았다. 회사에 나가면 사람대접 받고 사는 것 같아서 자신의 존재감을 느끼며 사회생활을 해나가고 있는데, 아이들은 아빠가 있었을 때나 엄마가 아빠 대신 생활전선에 나가고 있을 때나 가정환경이 달라진 것을 별로 느끼지 못하고 있는 것 같았다.

정애는 남편의 굴레에서 벗어나 자유롭고 인격적인 생활로 해방되었다고 생각하며 지난 몇 년간을 정말 자유분방하게 살아왔지만, 아이들은 자신들에겐 크게 변동이 없었다고 생각하고 있는 것 같았다. 오히려 가정의 파탄이 결손가정이라는 또 하나의 상처로 자라고 있는지도 모를 일이었다. 가하는 사람과 당하는 사람의 아집이 다 똑같을 것이라는 것을 정애는 미처 느끼지 못했다. 흔히 말하는,

"네가 내 경우가 돼 봐라."

라는 그 말이 진정한 의미인지도 모를 것이다. 이 세상 그 어느 누구도 항상 자신의 경우와 입장에서만 세상사를 판단하고 느낄 수 있는 게 어쩌면 더 옳은 표현일 것이다. 절대로 '네'가 '내'가 될 수는 없는 것이다. 정애는 뭐라고 당장은 할 말이 없어 나오는 대로 내뱉고 말았다.

"할 수 없지 뭐! 벌써 그렇게까지 진행됐다니 지 인생 지더러 알아서 살아가라고 해!"

"……."

정애는 우선 아무 일없이 가족 간의 합의가 됐다고만 생각하기로 했다. 그런데 향아가 또 제 아버지 이야기를 꺼냈다.

"진짜 아빠 어데 사는지 엄만 몰라? 주엽이 결혼식 때 아빠는 안 불러도 돼?"

"안 되지! 이미 사돈될 사람들은 아빠가 안 계시는 줄 알고 있는데 새삼 네 아빠를 찾아 불러온다는 건 말도 안 돼. 그냥 가자고……."

정애는 딸이 정말 이런 생각까지 마음에 품고 있었다는데 대해서 계속 마음이 편치 않았다. 하기야 이럴 때는 양쪽 부모가 다 있어야 좋겠지만, 정상적으로 성장해 온 가정에서야 자식들의 진로도 평탄했을 것이고 이런 조기 결혼도 없을 것이다. 정애는 딸과의 의견 충돌 이후 한동안 또 마음을 잡지 못했다.

그렇지만 직장에서는 그동안 자리가 잡혀 있었다. 세척실에서 조장 자리를 맡아 월급이 어느새 45만 원에 육박했던 것이다. 그러나 두 아이들 학비를 대며 함께 생활해 오다 보니 모아놓은 돈은 별로 없었다. 그런 형편을 눈치 채고 사돈될 집에서 결혼비용을 자기들이 부담하겠다고 했는지도 모를 일이다. 발가벗긴 채로 거리로 내몰리는 심정이었지만 정애는 그렇게 할 수밖에 없었다.

결과적으론 그 사돈집에다 아들을 팔아먹는 꼴이 돼 버렸다. 그 집이 비록 졸부이지만 부잣집인 데다 무남독녀 외동딸인 관계로 어찌 보면 아들 주엽은 그 집에 들어가서 그 집 식구로 사는 운명이 어릴 때부터 만들어졌는지도 모를 일이다. 그렇게 제 아비 어미가 죽네 사네 싸움질을 하면서 집안이 난장판이 되어도 한 치의 동요도 없이 문도 열어보지 않던 그 아들이 아니던가?

아들의 결혼식 날이 다가왔다.

정애 쪽에는 친정 오빠와 동생 그리고 정애 주위의 지인과 회사 담당 과장과 동료들이 참석했다. 그리고 딸 친구 몇 명. 아들의 고등학교 친구들이 모두였다.

그래도 아들의 고교 동창들이 힘을 합쳐 커다란 화환을 마련해 주어 결혼식장을 한결 빛내 주었다. 주엽이는 고교 동창들 중 제일 먼저 결혼한 일인자가 되기도 해 웃을 수도 없는 일이었지만 아들은 정말 여러 사람들로부터 축복을 받으며 결혼이라는 인생 대사 하나를 무난히 끝마쳤다.

또 하나의 파란

결혼식 후 아들은 제주도로 신혼여행을 떠났다.

신혼여행에서 돌아온 뒤 바로 처가댁으로 들어가 둥지를 틀었다. 아들과 며느리는 나름대로 신혼생활을 즐기고 있었고, 사돈은 데릴사위나 진배없는 주엽에게 진정으로 최선의 대접을 해주고 있었다.

정애의 경험으로 봐선 아직 어린것들이 뭘 알고 결혼생활을 할 수 있을 것인가 싶었지만 그건 어른들의 생각이고 정애의 생각일 뿐이었다. 아들은 결혼생활을 정말 잘 해나가고 있었다. 행여 자기 부모의 결혼생활을 본 따르지나 않을까 걱정도 되었으나 그것은 기우였다. 아들이 어릴 때부터 무분별했던 자기 아빠의 생활을 봐온 것일 수도 있어 정애는 행여 아들의 결혼생활이 제 아비의 판박이가 되지 않을까 하고 내심 걱정했다. 그리고 혹시라도 결혼생활이 얼마 가지 못하고 파경에 이르면 어쩌나 하고 마음 졸이며 아들 내외를 걱정 어린 시선으로 봐 왔다.

그러나 그건 기우였다. 아들 내외는 신세대답게 또 자기들의 방식대로 가정을 잘 꾸려 나가고 있었다. 시댁이라고 한 번씩 왔다 가는 며느리가 정애에게는 오히려 부담이 되고 어렵게 느껴졌다.

아들이 결혼한 이후 정애는 긴장되었던 마음이 풀어진 탓인지 매일 아침밥도 해 먹는 둥 마는 둥 대충대충 닥치는 대로 해 먹고 살았다. 딸은 밥을 먹고 다니는지 굶고 다니는지 아예 신경도 쓰지 못한 채 오직 자기 한 몸만 살피며 허우적대는 꼴이 되었다. 딸의 말대로 집안은 나날이 엉망이 되어갔다. 자유부인이라나 뭐라나, 그 모습을 벗어나지 못한 채 정애는 아주 방종에 가까운 생활로 하루하루를 이어가고 있다고 생각했다. 딸이 말했다.

"엄마! 집안 좀 치우고 다니면 안 돼?"

정애는 속이 뜨끔했지만 자신도 모르게 반발심이 일어났다.

"그래. 내가 요즘 많이 풀려 있어. 근데 너는 좀 치우면 안 되냐? 지지배가 다 컸으면 집안일도 좀 하고 그러지 왜 꼭 나만 해야 되냐고?"

딸이 잠시 말을 잇지 못했다. 정애는 괜히 심술이 치솟아 말 나오는 대로 마구 내뱉어 댔다.

"아주 잘해 주지는 못했더라도 나는 너희들한테 최선을 다했다. 솔직히 너희 아빠가 나한테 결혼기념일, 생일 한번 안 챙겨주고 살았어도 나는 네 아빠는 물론, 너희들 생일까지 다 기억해줬고 생활 형편대로 미역국이라도 꼭 끓여다 바쳤다. 하지만 솔직히 너 이만큼 클 때까지 엄마 생일 때 미역국 한 번 끓여 줬으면 말해 봐! 이 나쁜 지지배!"

정애는 그동안 지내오면서 치사스러워서 말은 안 했지만, 서운했던 일들을 숨도 안 쉬고 다 내뱉고 말았다.

"이제 너도 집안일 좀 해! 너랑 나랑 둘밖에 안 사는 집안이 이게 뭐냐? 니 방이나 좀 봐! 그게 마굿간이냐, 돼지우리냐?"

딸은 별안간 멍해진 표정이었다. 정애는 또 속사포처럼 쏘아댔다.

"나도 이제 좀 편해 보자. 공장일도 힘든데 집안일까지 해야 돼?"

딸은 대꾸도 없이 그냥 밖으로 나가버렸다. 정애는 딸이 밖으로 나간 뒤 혹시 자기가 너무 심한 말을 하지 않았나 하고 자책감도 들었다. 평일과 토요일은 아침 일찍 일어나 아침밥도 그른 채 출근 준비에 즐거워했고, 특히 토요일은 더욱 신나는 날이었다. 매일 아침밥 안 먹고 출근해도 네 시간만 일하고 나면 점심밥 먹을 수 있고, 또 네 시간 일하고 나면 저녁 식사 나오고, 그냥 퇴근해 집에 오면 피곤하다는 이유로 침대에 누워서 TV 시청하다가 편히 잠들고…….

아침에 일어나서 아침밥 잠깐 해놓으면 딸이 알아서 할 것이라고 생각했다. 먹고 싶으면 먹고 갈 것이고 싫으면 그냥 갔다가 배고프면 들어와서 챙겨 먹겠지 하면서 50여 년의 일생 중 제일 마음 편하게 인생의 한 시절을 보내고 있다고 생각했다.

"사람이 살다보면 이런 날도 있구나…….."

하는 말을 남들만 사용하는 말인 줄 알고 정애는 평소 부러워했다. 그런데 자신에게도 이런 시절이 찾아올 것이라고는 정말 꿈에도 생각할 수 없었다. 호사다마라는 말처럼 어느 때는 이 행복한 시간을 시샘이라도 해 누군가에게 뺏기지나 않을까 하는 조바심도 일었다.

어쨌든 여자의 길이건, 여자의 일생이건, 걷는 길의 모양이 갈 지(之) 자 일망정 양쪽 그 옆으로 줄이 그어져 있는 선만 넘지 않으면 될 것이다. 정애는 그래도 좌우로 그어져 있는 세로로 된 선이 보일락 말락 하지만 그 옆까지 아슬아슬하게 닿긴 했지만, 얼른 정신을 차리고 비틀비틀 하면서도 앞을 잘 주시하며 걷고 있었다.

그놈의 인생의 바른 길이 뭔지……여자의 길이 뭔지……그 길이란 것을 친정에서부터 잘못 터득했던 건 아닌지…….

그녀 스스로가 자존심을 걸고 선택했던 정도(正道)! 사람이라면 짐승을 닮은 행동은 하지 말자라는 그 집착과 같은 잘못된 선택 때문에 이상한 길로 접어들어도 그걸 감수하며, 단 한 번뿐인 인생을 염원과는 달리 고지식하게 살아왔다는 생각이 근래에 들어와 자주 정애의 머리를 쳤다. 그리고 숨도 쉬지 못할 만큼 가슴을 아프게 했다.

이혼은 했지만 그 사람은 어떻게 살고 있을까? 지금도 그 여인에게 밤낮으로 자신의 욕정만을 요구하며 살고 있을까? 그 여자는 과연 일방적인 그의 미친 욕정을 잘 받아주고 있을까? 혹시 정애 자신과는 달리 그 대가가 큰 지불로 이어지진 않은지……한 번씩 쓴소를 지으면서도 그 딱한 인생이 불쌍하게 여겨질 때도 있었다. 어떤 여자를 만나서 사는지는 몰라도 분명 그 여자에게는 계속 공짜로 자신의 욕정을 풀어달라고 요구할 순 없을 것이다.

어쩌면 그동안 꾸려왔던 가정에서 "조금만 잘할 걸……." 하고 후회하고 있는지도 모를 일이다. 아무리 못 배웠다고 해도 인간임을 거부하고 살아야 되는 건 아닐 것이다. 인간은 특히, 학교 교육으로 사람됨을 매김질하는 건 아니다. 학교 교육을 많이 받아도 인성, 특히 가정교육이 더 중요할 것이다.

정애가 그런 생각에 파묻혀 시계추처럼 회사와 집만 왔다 갔다 하는 동안 딸 향아가 집에서 계속 두문불출하고 있는 걸 몰랐다. 딸은 당연히 자기의 생활을 자신이 알아서 잘하고 있는 줄만 알았다. 그런데 딸 향아는 정애가 생각해 오던 것과는 달리 언젠가부터 대인기피증에 걸려 있었다. 정상적이라면 정말 아름답고 멋진 연애생활을 동경하거나 실천에 옮기면서 청춘기를 보내야 할 성년의 나이지만, 향아는 학교에 가는 일 외에 집에서는 방안에서만 지내고 있는 줄을 정애는 몇 달 후에야 알았던 것이다. 한집에서 서로 나갔다 들어왔다 하면서도 소통 없이 생활해 온 것이 그런 결과를 낳고 말았다. 최소한 자신의 방만큼은 깨끗하게 해놓고 지내는 모습을 봐선 저번에 자신이 딸에게 속사포 쏘듯 맘에 있던 말을 다한 것이 효과가 있는 듯해서 정애는 말하길 잘했다는 생각만 하고 여태 말없이 생활해온 것이다.

향아는 대체적으로 조용하게 지내고 있었다. 무슨 영문인지 초등학생들을 가르치던 과외도 끊은 듯했다. 정애는 딸이 그냥 쉬고 싶은 것이겠지 하며 딸의 생활을 더 이상 참견하지 않았다. 그러던 어느 날이었다. 향아가 정애 방에 들어와서 머뭇거리며 무슨 말을 하려는 것 같았다. 정애가 물었다.

"왜? 엄마한테 무슨 할 말 있어? 너 요즘 많이 힘든 모양이더라. 쉬엄 쉬엄 해!"

"엄마! 요즘 아빠 소식 듣는 거 없어?"

"아니? 내가 너희 아빠 신경 쓰고 싶지 않은 거 너 알잖아! 좋은 여자 만나서 잘 살고 있겠지 뭐……왜?"

"내가 307호 아줌마를 통해 들었는데 아빠를 서울 지하철역 계단에서 봤다는 거야."

"그래? 어디 다녀오는 길인가 보지 뭐! 그게 뭐 어떻다는 거야. 왜? 행색이 좋아 보이더라고 하더냐? 집 나가서……."

"그게 아니고……."

딸은 얼굴이 아주 굳어 있는 듯했다.

"왜? 아빠가 그 사람한테 뭐라고 그랬데? 아주 잘 살고 있다더냐? 어리석은 인간……."

정애는 남편으로서는 도저히 인정해 줄 수 없는 인간이지만, 딸로 봐서는 자기 아빠인데 마음이 크게 개운하지는 않을 거란 생각은 들었다. 그렇지만 그냥 무시하고 말았다. 딸의 마음을 생각하면 안쓰러운 마음도 없진 않았다.

"엄마! 아빠가 지하철 계단에서 앞에 그릇 하나 갖다 놓고 엎드려 있더래. 그냥 불쌍하다 싶어 오백원짜리 동전 하나 땡그랑 넣어줬더니 고맙다며 고개를 드는데 보니까 아빠더라는 거야……."

"뭐어? 말도 안 되는 소리 그만 해. 니 아빠가 왜 그 짓을 해. 다니던 직장은 어쩌고?"

"그거야 모르지……그래서 내가 어제 그 장소에 가봤는데 아빠가 없었어. 아마 아는 사람에게 들켜서 다른 데로 갔는지……."

향아는 눈물까지 글썽였다. 정애는 머리를 한 방 맞은 것처럼 띠잉 했다. 당최 믿어지질 않아서 혼란스럽기도 했다.

"말도 안 되잖아? 거기서 왜 그러고 있겠어. 그 아줌마가 사람을 잘못 봤겠지……."

"분명히 아빠 맞더래. 눈이 마주치니까 놀래서 얼른 숙이더라는 말까지 해줬어……."

"근데 307호 여자 왜 나한테는 아무 말 없고 너한테 그런 말을 한대?"

정애는 괘씸한 생각마저 들었다. 아무리 지난날 남편 술버릇으로 온

동네가 다 알게 시끄럽게 살았어도 자신한테는 말을 해주지 않고 딸한테
다 그런 말을 해서 상처를 주는지 이해가 되지 않았다. 정애는 307호 여
자가 괘씸해서 견딜 수가 없었다. 그 소리를 들은 딸이 얼마나 창피하고
자존심 상했을까 말이다.

"아무래도 아빠가 노숙자가 된 거 같으니 엄마가 한번 찾아 봐!"

"내가 왜 그 인간을 찾아? 싫다! 지 인생 지가 알아서 살겠지 뭐. 놔둬
라. 신경 쓰지 말고 니는 니 일이나 잘 해!"

정애는 단호하게 잘라버렸다. 딸은 흐느껴 울고 있었다. 정애는 울고
있는 딸의 모습에 마음이 몹시 아렸지만 그렇다고 말이나 행동을 번복하
기는 싫었다.

딸의 가출

결혼한 지 삼 년이 되어도 아기 소식이 없던 며느리가 임신을 했다. 고등학교를 졸업하자마자 결혼을 서둘렀던 아들이라 그렇게 간절하게 손주를 바라진 않았다. 또 그렇게 빨리 할머니가 되고 싶은 마음도 없었다. 아직 딸이 결혼을 하지 않은 터라 손주가 빨리 태어나지 않은 것도 정애는 하나의 부조라고 생각했다. 하지만 결혼한 지 몇 년이 되도록 아이가 없다면 그것도 걱정은 될 것이다.

그런데 좀 늦은 편이지만 임신한 며느리가 정말 기특했다. 아니 아무것도 모를 것 같았던 아들이 더 기특했다. 정애는 자신이 임신 때 남편에게서 받지 못했던 배려들을 며느리에게 잘해주라고 아들한테 신신당부를 했다.

"임신 때 남편이 잘해 주지 않으면 두고두고 평생 원망 듣는다. 너 어릴 때 엄마가 맨날 아빠하고 그 문제 때문에 싸우는 거 봤지?"

아들이 겸연쩍게 웃었다. 정애는 간혹 며느리한테 잘해주고 싶어도 안

사돈이 너무 잘 알아서 챙겨주기 때문에 그냥 서로 맘 편하게 지내는 게 좋다고 생각했다. 오히려 시어머니가 별나게 그러면 안 하던 정애 자신도 어색하지만 며느리가 불편할지도 모른다. 그냥 자연스럽게 지내기로 했다. 며느리 자신도 자연스럽게 친정엄마의 보살핌을 받는 게 더 편할 것이다.

향아는 무슨 생각을 하고 있는지 한동안 집 밖을 나가지 않고 방에만 처박혀 있었다. 제 아버지 일로 마음이 무거울 것이라는 것은 익히 알고 있었다. 그것은 어쩌면 결손가정의 자녀가 타넘어야 할 숙명이고, 그 시원을 더 거슬러 올라가면 정애가 결혼의 첫 단추를 잘못 끼운 데서부터 비롯된 원죄일지도 모른다.

자식들에게는 고개를 들기도 힘들만큼 죄인이 되어 있지만 지난 24년간의 결혼생활은 참으로 파란만장했다. 아니 그보다도 어린 시절 작은오빠와 함께 성장기를 보내면서 좀 곧게 자란 탓에 사춘기 지나면서부터 조금만 비틀어졌다 싶으면, 아니 정도(正道)가 아닌 듯하면 그냥은 못 견디는 성격이 좀 별났다고나 할까? 나쁘다면 바로 거부의 기분이 팽배해 버리는 생활들이 몸에 배어 있었던 탓일까? 잘못된 점을 마주치면 다시 고치고 다듬어서 바르게 진행할 그릇이 못되는 주제라는 것을 미리부터 알았더라면 그것을 고치려고 덤벼들지는 않았을 것이다. 아주 싫은 일, 좋지 않은 일을 만나면 바로 거부반응을 나타냈다. 그 불같은 성격이 팔자를 바꿔놓았다는 생각도 들었다.

정애는 남편이 그렇게 된 것에 대해 자유로울 수 없었다. 자기 자신만 생각하고 희생할 줄 몰랐다는 자책감이 늘 그녀를 괴롭혔다. 그렇다고 해서 지금 딸이 요구하는 것처럼 다시 집으로 이혼한 남편을 불러들여

같이 살고 싶은 생각은 추호도 없었다.

경비직이지만 호텔 경비는 팁도 받고 해서 수입도 짭짤하다고 했다. 그렇지만 남편은 가정이라는 안정된 둥지를 벗어나 정신적으로 안착이 되지 않았던 모양이다. 조강지처처럼 술 마시고 들어와 잠자리하고 싶다면 싫어도 곁에 누워주고, 새벽 같이 일어나 따스한 조반상 차려와 아침밥 든든히 먹여주고 빨래해 옷 갈아입혀주는 여자가 어디 또 있으련만, 남편은 그 가족의 소중함을 모르고 제 팔자를 엎어버린 사람이다. 아니 가족이 소중하다는 것을 알고 있었다 해도 자신이 직장에서 타다주는 월급에 목숨 줄을 달고 사는 피조물이라고 생각했다. 자신이 매달 수령하는 월급 정도의 돈만 있으면 현재의 아내나 자식 정도는 어디서라도 사올 수 있는 암퇘지나 고양이 같은 존재로만 인식했던 것이다. 그래서 정애가 이혼하자는 말을 했을 때 "내 월급에 목숨 줄을 달고 사는 네년이 내 곁을 벗어나면 목숨이나 연명할 수 있을 것 같애……." 하면서 조강지처와 토끼 같은 자식들의 양육 책임까지 내던진 채 월급봉투 하나만 거머쥐고 가정을 뛰쳐나간 뒤 남편도 후회를 많이 한 것 같았다.

정애는 남편이 가끔씩 궁금했을 정도였지만 딸 향아는 자신의 아빠 일이라 심각하게 신경을 쓰고 있었던 것 같았다. 딸이 보기에 자신의 엄마는 아빠에게서 해방되어 저렇게 자유로운데 자기 입으로 "이혼하세요. 저도 이대로는 더 못 살겠어요." 하면서 이혼에 동의해 준 아빠는 노숙자가 되어 있다니……. 그 죄책감 때문에 딸은 몇 군데 전철역마다 헤매며 제 아빠를 찾아봤지만 남편은 옆집 여자의 눈에 띄고 난 후는 자취를 감춰버린 것 같았다. 직장은 남편 자신의 처지가 괴롭다 보니 밤낮으로 술을 마시고 출근하다가 근무불성실로 해고를 당한 것 같았다. 그리고 수

년 동안 근무한 퇴직금은 근무불성실로 입힌 회사의 손실을 변상해 주었
거나 아니면 새로 살림을 차리기로 약속한 그 다방 마담에게 속아 통째
로 사기를 당한 느낌이 들었다. 그렇잖고는 그 사이에 그렇게 노숙자가
될 수가 없는 것이다.

　딸은 초등학교 교사가 되고 나서 차분히 자기 생활에 잘 적응해 들어
갔으나 자기 아버지 소식을 들은 이후부터는 깊은 심연에 빠져 있는 모
습이었다. 하루하루 딸아이가 겪는 정신적 괴로움은 더할 나위 없을 만
큼 참담해 보였지만 정애로서는 궁극적으로 딸아이가 원하는 대로 이혼
한 남편의 뒤를 봐주거나 다시 집으로 불러들일 의향은 추호도 없었다.

　며느리가 만삭이 된 몸으로 인사를 왔다. 다음 달이면 출산이라고 했
다. 며느리에게 뭐 필요한 것은 없느냐고 물어보았다. 시어머니로서 뭔
가를 꼭 해줘야 될 것 같아서였다. 그렇지만 며느리는 친정어머니가 벌
써 필요한 것은 다 준비해 놓았다고 했다. 하기야 사돈네는 없는 거 없이
다 있는 부잣집인데다가 무남독녀 딸이 임신했으니 오죽이나 잘해주랴.
정애는 아들을 뺏긴 듯했지만 그렇다고 호적이 남의 것이 되진 않을 것
이다. 어미의 입장에서는 아들의 안정된 실생활과 행복한 장래가 더 중
요하게 느껴졌다.

　워낙 아들은 어릴 때부터 자신의 부모가 피 터지게 싸우거나 말거나
방안에서 두문불출하며 신경을 쓰지 않는 낙천적인 성격을 지녔다고 하
면 정답일 것이지만, 반면 딸 향아는 지나치게 예민해 조그만 일에도 많
은 상처를 받는 타입이었다. 고등학교 시절 남녀공학 셔틀버스를 타고
다닐 때도 같은 학교 선배 남학생이 딸 향아 때문에 진학공부에 큰 지장
이 있을 정도로 좋아해 그 남학생 선배가 대신 향아를 찾아와 친구의 사

정을 전달하고 상담을 요구했다. 그러나 향아는 일언반구에 딱 잘라버렸다. 학교 동료 남자 교사가 접근을 해도 딸 향아는 무조건 싫다고 했다. 스물다섯이 넘어 많은 이성의 구애도 있었지만 딸은 어쩐 일인지 석녀(?)처럼 굴었다.

정애는 향아가 제 아버지 일로 공황장애를 앓고 있다는 사실을 미처 눈치 채지 못했다. 정애 자신의 결혼생활 전 과정이 그런 증세를 안고 살아온 세월이었기 때문에 더 둔감했는지도 모를 일이다. 또 알아차렸다 해도 정애는 그런 증상들은 자기 스스로가 계기를 만들어 이겨내야 된다는 사고방식을 갖고 있었다. 정애는 남편이 이혼 이후 한 번도 아이들을 찾아온다거나 집을 기웃거리지 않은 것에 대해서는 고마워했다. 큰소리치며 이혼하고 갈라선 이후 비겁하게 다시 찾아오거나 같이 살자며 구질구질하게 번복하지 않은 것은 자기 자신에 대한 자존심이나 큰 뉘우침 때문이라고 생각했다. 차라리 노숙을 할망정 지킬 건 지키겠다는 남편의 의지가 아니었을까? 진작 그 지경까지 가지 않았을 때 조금만 자신이나 남들 사는 것을 돌아봤더라도 얼마나 행복했을까? 언젠가 남편이 이런 말을 한 적이 있었다.

“내가 집에서 그렇게 대하는 건 내가 잘해 주면 행여 나에게 기어오를 수 있으니까 그걸 염려하는 것이야…….”

정애 앞에 대놓고 그런 말을 할 당시에는 너무나도 기가 막혀 남편이 사람 같이 보이지 않았다. 그래도 정애는 적은 봉급이나마 계획을 세워 이리 쪼개고 저래 쪼개 서로 알뜰하게 살아가다 보면 알찬 생활이 되리라고 믿었으므로 혼자 애를 쓰곤 했다. 하지만 남편은 집에다 굶지 않을 만큼의 쌀과 공과금만 해결해 주고 먹을 반찬이나 아이들한테 들어가는 옷가지 같은 것은 정애가 부업을 하든지 말든지 알아서 해결하라며 나머지 봉급과 봉급 외 수입은 매일 술집이나 다방을 찾아다니며 쓰는 것이 풍류를 아는 멋쟁이고 그 시대는 '잘난 남자'라는 사회적 풍속도에 빠져 있던 사람이었다. 그건 어쩌면 우리 사회가 산업사회로 전이되고, 개발독재시대가 수십 년간 계속되던 시절에 부평초처럼 객지를 떠돌며 인격형성기를 보낸 남편 또래의 베이비부머 세대 남정네들이 좋든 싫든 받아들여야 했던 시대적 환경이 만들어낸 풍속도나 가치관일지도 모를 일이다. 가족의 부양이란 대명제 아래 오래도록 가정을 비우고 바깥에서 생활하는 남정네들이 일과 후 모여 앉아 나누는 대화 속에는 그 시대의 풍류와 가치관들이 뭇 남정네들의 의식 속으로 유행가처럼 전파되었는데, 그 시절에 "아내에게 짓눌리지 않고 살아가는 남자"가 가장 잘난 남자였고, "명태와 여자는 두들겨 패야 부드러워진다."는 궤변에 속아 퇴근해서 집에 들어오기만 하면 가족들 무시하고 마누라 학대하며 살아온 사람이 남편 김종태(金鍾泰)라고 생각했다.

하지만 용서 못할 남편의 그런 작태를 고스란히 당해야 하는 아내는 무슨 운명이란 말인가? 하루 이틀도 아닌 그 긴 세월동안 말이다. 가부장이라는 말을 어디서 들은 것은 분명한데 남편은 그 말의 참뜻을 잘못 인식하고 있는 것이 틀림없었다. 남편은 결국 자기 자존심의 유혹에 끌려 집을 나간 후에야 자신의 사고방식이 잘못됐다는 걸 깨달았던 것 같았다.

그 시절 가정을 이루고 사는 부부들 중 여자의 학력이 더 높은 부부들이 과연 몇 쌍이나 되었을까? 부부생활에 학력은 크게 작용하지 않는다고 생각했다. 많이 배웠거나 적게 배웠거나 서로 비슷하면 된다고 생각했다. 그러나 두 부부의 인간성이나 인격은 가정생활과 부부생활의 가장 원초적인 기반이라고 생각했다.

사람이 성장해 온 환경이나 학력 같은 것은 부부간에 서로 다를 수가 있다. 그러므로 학력과 학벌은 부부생활에 큰 영향을 미치지 않는다고 생각했다. 문화나 종족이 다른 사람들끼리의 국제결혼도 흔하지 않는가? 문제는 각 인격체가 가지고 있는 품성이다. 그러므로 "인격과 품성을 잘 갖춘 사람끼리 만나야 행복한 가정을 꾸릴 수 있다."라는 그 말은 만고의 진리처럼 느껴졌다.

그런데도 정애는 결혼이라는 인륜대사를 앞두고 남편의 성장환경이나 품성 같은 것은 생각해 보지도 않고 결혼해 버렸다. 자식들에게는 자린고비 같이 인색하고, 자신의 권위나 체면을 세우는 일에는 돈이 아까운 줄 모르는, 이중인격자나 다름없는 아버지의 슬하에서 벗어나기 위한 수단으로 결혼을 서둘렀고, 중매쟁이 할머니의 말만 듣고 〈고명상고〉를 졸업했다는 남편의 학력을 확인해 보지도 않고 그대로 믿어버렸던 것이 가장 큰 화근이었다. 그리고는 자장면 한 그릇의 낭만에 도취돼 몸도장을 요구하는 총각 김종태의 불한당 같은 언사를 연민에 정에 끌려 계획에도 없던 〈첫 경험〉을 하게 되고, 그 첫 경험 이후는 귀신 씨 나락 까먹는 소리에 불과한 일부종사(一夫從事)의 가치관에 함몰되어 그 숱한 세월을 어찌 두들겨 맞으면서 살아왔는지, 현재의 시점에서 자신이 생각해 봐도 인간 박정애는 한심하기 이를 데 없는 속물이고 제 눈을 제가 찌른 장본인이라는 생각이 두 말할 필요가 없었다. 그렇지만 연습이 없는 인생은 원점으로 돌아갈 수 없고, 마냥 터지고 깨지고 곪아터진 뒤에야 그 말의 참뜻을 깨달을 수 있으니 이제 와서 어떻게 해야 좋단 말인가.

지나온 그 세월들이 전부 다 리허설이었다면 얼마나 좋을까? 정말 앞으로는 보란 듯이 한번 잘 살아볼 텐데 말이다.

딸 향아는 집에 들어와 엄마한테 말은 안 해도 언젠가부터 자기 아빠를 수소문해서 만나고 있는 듯했다. 남편은 직장에서 술을 마시고, 술이 취한 채로 근무에 임하다 근무 태만과 불성실로 직장에서 해고된 것이 분명했다. 그리고 그로 인해 같이 동거하던 여자한테서도 쫓겨난 모양이었다. 딸이 틈날 때마다 지하철역을 헤매며 수소문해 찾아낸 제 아빠의 근황은 결국 정애가 예측한 그 범위를 크게 벗어나지 않았다.

그 후 딸은 정애에게 다시 제 아빠를 받아들여주면 어떻겠냐는 식으로 제의를 했다. 정애는 딸의 제의를 완강히 거부했다. 향아는 어쩔 수 없이 사글세방을 얻어 그곳에다 제 아빠를 기거하도록 하면서 엄마를 설득해봤지만, 정애의 생활이 너무 자유분방하고 행복해 하는 것 같아 더 이상 제 아빠 이야기를 꺼내지 못하고 혼자 마음을 끓이며 지금껏 앓고 있었던 것이다.

하지만 정애는 그러는 딸이 못마땅했다. 제 아빠라는 것만 생각했지 같은 여자의 입장에서 제 아버지를 위한 '마지막 희생'을 요구하며 엄마의 남은 인생은 고려하지 않는 딸의 심사가 어느 때는 분통이 터지도록 얄밉기도 했다.

오늘도 정애는 그럼 감정에서 헤아지 못해 구멍가게에서 사다두었던 소주 한 병을 시어터진 김치조각 한 접시 꺼내놓고 홀짝홀짝 마시다 보니 한 병을 다 마시게 되었다. 그런데도 술이 취하지를 않았다. 정애는 다시 구멍가게에 가서 소주 두 병을 더 사왔다. 다시 한 병을 취할 때까지 홀짝이다 보니 어언 두 병째가 다 비워졌다.

낮술이 도를 지나쳤다. 언제부터 술이 취해졌는지 정애는 이제 그것도 분간하지 못할 때였다. 딸이 퇴근해 집으로 들어왔다. 딸은 집안으로 들어서자마자 술 냄새가 진동을 하고 있는 집안 분위기가 몹시 언짢았던 모양이다. 거기다 눈이 게슴츠레해져 홍알거리는 엄마의 모습이 눈에 들어오자 확 치솟는 스트레스를 느꼈다.

"들어왔니? 왜 오늘은 너희 아빠한테 안 갔어? 왜 왔어? 니 아빠한테 가서 같이 살지……에잇!"

딸은 아무 대꾸도 없이 자기 방으로 들어 가버렸다. 정애가 닫힌 딸의 방문에다 대고 고래고래 소리를 질러댔다.

"왜 말이 없어, 이년아? 그렇게 골탕 먹고 살았으면 됐지 넌 그리도 니 아빠가 좋더나? 이 엄마 생각은 안 해?"

듣다못해 딸이 방문을 벌컥 열었다. 정애는 딸이 안 나올 줄 알고 맘 놓고 고래고래 온갖 욕설을 다 퍼붓고 있다가 속으론 깜짝 놀랐다. 그렇지만 겉으론 태연한 척했다. 그리고 더 기세를 부려댔다.

"그래, 문을 열면 어쩔 건데? 나 잡아먹기라도 할래? 그래 잡아먹어라!"

정애는 술기운에 간이 커질 대로 커졌다. 눈에 아무것도 보이는 게 없었다. 그냥 엄마의 기분은 생각도 안 해주고 제 아빠를 위해 밖으로 나도는 딸이 괘씸하기만 했던 것이다.

안타깝지만 정애는 아직 결혼도 안한 딸에게 자신이 남편에게 성 도구처럼 마냥 당하고 살아온 그 긴 세월의 내막을 말해줄 수 없었다. 수치심과 자존심도 걸렸지만 부부간의 성생활을 체험해보지 못한 혼전의 딸에게 남자에 대한 적대감과 성에 대한 혐오감이나 증오감을 안겨주고 싶지 않았던 것이다. 정애의 그런 한 서린 속 심정을 속속들이 알 리 없는 향아가 신경질적으로 대들었다.

"이대로는 더 이상 못 살겠어. 죽고 싶어. 나 정말 죽을 거야!"

정애는 딸이 죽고 싶다는 말을 할 줄은 생각도 못했다. 신경질이 나니까 그냥 나오는 대로 내뱉는 말이라고 생각했다. 제 엄마의 입장은 요만큼도 생각지 않고 자기 아빠만 생각하는 게 더 야속하고 괘씸하다고만 생각했다.

"그래 죽어라, 이년아! 약 줘? 처먹고 죽을래?"

술에 취해 이미 정신 줄을 놓아버린 채 자존심과 오기만 남은 정애에게는 딸이 하는 말을 새겨서 받아들일 여유가 없었다. 술기운과 함께 괘씸한 마음만 들끓어 올랐다. 정애는 잠이 오지 않을 때 먹으려고 사놓은 신경안정제 몇 알을 덥석 내주었다.

"그래 이거 먹고 죽어. 이거 죽는 약이야!"

딸이 홧김에 그 약을 받아 단번에 꿀꺽 삼키고 말았다. 그리고는 펑펑 눈물을 쏟았다. 정애는 엄마 앞에서 서슴지 않는 딸의 그런 행동들이 더 괘씸했다.

"그래, 약을 먹었다 이거지? 그거 먹곤 안 죽어. 다른 약 더 줄 거니까 마저 먹어라……."

정애는 화장대 서랍에 먹다가 남겨 두었던 감기약과 두통약, 소염제 같은, 약이란 약은 다 꺼내 딸 앞에 내놓았다. 딸은 울어서 퉁퉁 부은 눈을 한 번 스윽 닦고 나서는 엄마를 흘겨보며 식식대더니 다시 그 약들을 몽땅 모아 한입에 털어 넣었다.

조금 후 딸은 거실 바닥에 쓰러지고 말았다. 정애는 앞뒤 생각지 않고 바로 행동으로 옮겨버리는 딸의 그 모습에 술이 확 깨는 느낌이었다. 엎어져 있는 딸의 모습을 재확인하는 순간 번쩍 정신이 들었다. 그리고 딸이 한 줌 움켜쥐고 삼킨 약들의 총량이 가늠되었다.

잘못하면 치사량이 될 수 있다는 생각이 뇌리를 스치고 지나갔다. 거기다 눈앞에 쓰러진 딸이 미동도 않고 있는 것이다. 정애는 앞뒤 체면과 자존심 가릴 틈 없이 마음이 급해졌다. 자신의 자존심 때문에 술에 취해 언성이 높아졌고, 설마 죽으랴 싶어 이참에 딸의 기를 꺾어 놓으려는 생각에 오기를 부렸던 것이 상상도 못할 결과를 불러온 것이다.

정애는 다급했다. 전화기를 끌어당겨 다급히 119를 불렀다. 쓰러져 있는 딸을 안고 119를 기다리는 마음은 정말 일각이 여삼추 같았다. 그 길게 느껴지는 시각을 입술을 깨물며 기다리다 보니 앵앵거리는 소리와 함께 119가 들이닥쳤다. 119에 딸을 싣고 병원으로 달려간 정애의 얼굴은 술에 찌들었던 남편의 몰골과 진배없었다. 정애를 바라보는 의사와 간호사들의 시선이 매우 따갑게 느껴졌지만, 정애는 딸의 상황이 더 다급했다. 의사와 간호사들에게는 정애의 몰골과 딸의 상태가 집에서 있었던 사건의 전모와 상황을 그대로 말해 주고 있었다.

딸은 응급실로 들어오자마자 바로 위세척을 했다. 위세척 후 신경안정제와 링거 주사를 투약한 뒤 회복실로 옮겨졌다. 새벽이 되어서야 딸이 제정신으로 돌아왔다.

정애는 딸의 얼굴을 차마 마주보지 못했다. 딸도 엄마의 얼굴을 외면하고 있었다. 오후 늦게야 정상으로 돌아온 딸을 데리고 집으로 돌아오면서 정애는 속으론 몹시 안타깝고 미안했지만 그 참지 못할 자존심 때문에 또 딸에게 모진 말을 해버렸다.

"엄마에게 왜 대들어? 살기 싫다면 내가 겁먹을 줄 알았어? 너희들 앞에서 엄마가 죽은 모습을 보여주기 싫어서 숨은 쉬고 있지만 엄마도 정말 살기 싫거든……."

이제 안정을 좀 되찾은 딸에게 정애는 또 객기를 부려댔다.

며칠이 지났다.

병원에서 퇴원한 후 말이 없던 향아가 직장에서 돌아오지 않았다. 정애는 딸의 친구들 전화번호조차도 모르고 있는 터였다. 며칠이 지나도 딸이 들어오지 않자 정애는 직장에다 하루 월차 휴가를 내어 딸이 근무하는 학교로 찾아갔다. 아무리 교무실을 두리번거려도 딸의 모습이 보이지 않았다. 정애는 딸의 동료 교사한테 물었다.

"안녕하세요? 저 말씀 좀 물을게요."

"네에. 몇 학년 어느 반 학부모님이신가요?"

"아뇨. 그게 아니라, 여기 김향아 선생님 안 계신가요?"

"아, 네에. 그 선생님 며칠 전에 휴직하셨는데요."

"네에?"

정애는 깜짝 놀랐다. 엄마에게 일언반구 상의도 없이 학교에 휴직서를 내다니……. 도대체 어디로 갔단 말인가? 그동안 집에도 들어오지 않고……정애는 딸이 갈만한 곳은 다 수소문해 보았지만 딸의 행방은 묘연했다.

정애는 제정신이 아니었다. 설마 이런 일이 있으리라고는 꿈에도 생각할 수 없었다. 태어난 이후 20여 년간 학교 수학여행을 제외하곤 단 한 번도 집을 떠나본 적이 없는 딸이었다. 정애는 직장에다 집에 큰 사정이 생겼다고 말하고 며칠 휴직원을 낼 수밖에 없었다. 딸이 직장마저 휴직하고 행방불명됐다는 사실을 곧이곧대로 이야기할 수는 없었다. 그냥 몸에 병이 나서 딸이 병원에 입원하게 되었다고 집안 사정을 휴직신청 이유로 댈 수밖에 없었다.

며칠간의 수소문 끝에 정애는 딸이 학생 때부터 친했던 친구 효정이를 찾아갔다. 그 친구는 혹시 알고 있을지 몰라서였다. 다행히 효정이는 향아의 행방을 알고 있는 듯했다.

"효정아! 우리 향아 어디 있는지 알지? 좀 알려주라."

효정은 머뭇거렸다.

"저어, 사실은요……."

효정은 쉽사리 말을 꺼내지 못했다.

"실은요, 향아가 행여 엄마가 찾아오셔도 말하지 말아 달라고 부탁한 일이라……."

"그렇다고 말 안 해주면 안 되는 거잖아? 향아가 어디에 있는지만 말해주면 안심할게. 알려주라……."

"당분간 어느 절에 가 있겠다고 했어요. 마음 좀 정리하고 오겠다면서요……."

"어느 절인지는 모르고?"

"네."

정애는 그 소식만 들어도 한시름 놓을 수 있었다. 단짝 친구에게는 어느 절에 가서 휴양을 좀 하겠다고 했어도, 정애의 짐작으로는 제 아빠를 찾아 보살피러 갔을지도 모른다는 생각이 들어 한결 안심이 되었다. 지금 당장은 어느 절로 들어갔는지 행방은 할 수 없으나 딸의 의도를 알았으로 정애는 얼마간 더 기다려볼 수밖에 없었다.

우연찮게 시작된 낮술로 빚어진 투약 사건은 두 모녀에게 충격과 상처만 남겨 놓은 채 하루하루 일상의 시간 속에 묻혀갔다. 하지만 정애는 그 후유증으로 몸이 많이 쇠하여졌다. 밥도 안 넘어갈 정도였다. 직장에는 휴직신청서를 내놨으니 이참에 며칠 쉬면서 몸부터 다독거려야겠다고 생각했다.

홀로 가슴을 쥐어 뜯다

　몇 며칠이 지나도 향아는 소식을 주지 않았다. 집에서 쉬면서 건강 회복에 온 정성을 쏟았지만 심중에 근심이 있어서 그런지 몸과 마음은 매양 그대로였다. 마치 마지막 잎새의 주인공처럼 베란다 밖 나뭇잎들이 바람에 부대끼는 스산한 모습들을 바라보며 누가 쫓아오지도 않는데 수십 리를 뛴 것처럼 정애는 숨이 차곤 했다.

　지난날을 더듬어 봤을 때 지금까지 살아온 오십여 년의 세월이 어느 기막힌 한 편의 소설을 읽은 느낌이었다. 그 소설 속에 빨려 들어가 그냥 흥분하고, 서러워하고……신혼 초부터 남편의 박대가 심했지만 격심한 산고를 느끼며 엄마로서 두 아이를 출산했을 때의 그 새 생명에 대한 신비함에 혼자 잠시 희열을 느끼며 행복해 했을 때……자식을 낳은 그 뒤 남편의 모진 막말과 술만 마시고 들어오면 버릇처럼 아내의 몸을 자신의 성욕을 풀어주는 도구로 만들어 짓눌러 대는 성폭력만은 근절시켜 달라고 그렇게도 간절하게 애원했건만……그럴 때마다 올라오는 남편의 손찌검과 자식들에 대한 폭력 행위는 성장하는 자식들의 가슴에 치유할 수 없는 상처만 남겨 놓았다.

결국에는 가정도 파탄 나고 그 가정에서 성장한 딸마저 제 길을 걷지 못하고 방황하고 있다고 생각하니 그냥 남편에게 두들겨 맞고 모진 말을 들으면서도 등신처럼 목숨이 붙어 있는 날까지 이혼을 하지 않고 살았더라면 딸이 저 모양으로 방황하며 비틀거리지는 않았을까 하는 때늦은 후회가 가슴을 쥐어뜯고 했다.

딸이 어렸을 때부터 가정환경 때문에 얼마나 정신적으로 괴로워하고 못 견뎌했는지를 정애는 너무나 잘 안다. 학교 갈 때와 올 때, 길가에서 택시 지붕에 매달린 다이아몬드 꼴 표시등과 복주머니 꼴 표시등 중 다이아몬드 꼴 표시등을 본 날은 "오늘 밤도 분명히 아빠가 술을 먹고 집으로 들어와 밤늦게까지 술주정을 부리다 만류하는 엄마와 대판 싸울 것이다." 하며 스스로 점을 쳐 학교에서 내내 우울했다는 딸. 어쩌다 복주머니 꼴 표시등을 본 날은 학교에서 돌아오는 딸의 얼굴이 밝아져 있었다. 그런 날은 희한하게도 남편의 몸이 아프던지, 아니면 다른 무슨 사연으로 술을 마시지 않고 집으로 귀가하는 날이었다. 그런 일들이 한두 번씩 맞혀질 때마다 택시의 다이아몬드 꼴 표시등은 딸에게는 또 하나의 징크스가 되어 있었다.

이제 정애마저도 정신병이 깊어지고 있었다. 딸이 공황장애! 정애도 공황장애! 남편은 지하철역 노숙자! 어쩌면 자기 생활에 너무 감정 조절 없이 충실하게 지냈던 세 사람! 가정환경이야 어찌 되었든 낙천적으로 살기도 보통 어려운 일이 아닐 터인데 아들만은 제 갈 길을 똑바로 찾은 듯했다.

제 아빠가 다른 데서 잘 살고 있었다면 딸의 마음 병이 저토록 깊어지지는 않았을 것이다. 게다가 엄마라는 사람은 제 아버지의 가정 폭력에서 해방됐다고 좋아 날뛰는데 아빠라는 사람은 노숙자가 되었으니 딸이 마음이 괴로워 정상적인 마음으론 하루하루 버티기 힘들었을 수도 있겠다 싶었다.

정애는 며칠을 계속 방문 위쪽에 놓인 파란색 전화기에게만 귀를 기울이며 눈길을 주었다. 어느 절에 가 있겠다고 했다지만 행여 엄마가 걱정돼 전화라도 한 통 주면 좋겠다는 생각이 간절했다. 하지만 딸의 마음속에는 엄마가 없는 듯했다. 제 아빠만 불행하다고 생각하는 모양이었다.

정애는 억울했다. 그렇다고 시시콜콜 자식들에게 어른들의 잘못된 은밀한 생활까지 설명할 수는 없었다. 하기야 정애나 남편이 술 마시고 횡설수설 부부싸움을 할 때 다 들었을 지도 모를 일이다.

며칠이나 지났을까?

날이 가는지 달이 가는지 비몽사몽간에 몸을 가누지 못한 채 힘들게 버티고 있던 어느 날이었다. 전화벨이 요란하게 울렸다. 정애는 파김치처럼 늘어져 누웠다가 겨우 몸을 일으켜 기어가 수화기를 들었다. 송수화기 드는 것조차 힘겹게 느껴졌다.

"여보세요."

정애는 거의 탈진이 되어 목소리마저 잘 나오지 않았다. 흥분된 상대편의 목소리가 정애의 귓전을 때렸다. 다 듣고 보니 친구 혜정이었다.

"어머니! 향아에게서 연락이 왔어요. 절에 있대요."

"뭐라구? 그래, 거기가 어느 절이래?"

별안간 정애의 언성이 높아졌다. 그 순간 정애는 초능력을 느꼈다. 근

사흘 동안 물 한 모금 못 마시고 누워만 있었는데 딸 소식 전화를 받고는 벌떡 몸을 일으킨 것이다.

"산속에 있는 깊은 절이 아니라 근교에 있는……."

혜정이가 말하는 그 절은 도심의 야산 밑에 자리한 암자 같은 한옥 사찰이었다. 딸은 그 사찰 요사채의 후미진 방 한 칸을 얻어 은둔생활을 하고 있는 듯했다.

정애는 마음이 급해졌다. 물어물어 그 절을 찾아가 요사채 방문을 열었다. 향아가 혼자 누워 있다가 깜짝 놀라 일어났다.

"너! 왜 여기 있어? 집에 엄마 혼자 있는데……엄마하고 있는 게 그렇게 싫었어?"

"……."

"집에 가자. 얼른!"

"……."

딸은 아무 말도 않은 채 돌부처처럼 앉아 있었다.

"얼른 가자고! 얼른!"

딸이 마지못해 한마디 했다.

"아빠 소식 들었어?"

"아니? 니 아빠 얘긴 하지 말자고 했잖아."

"미친 년!"

딸이 별안간 정애를 향해 내뱉은 말이다. 정애는 자신의 귀를 의심했다. 설마 초등학교 교사라는 딸의 입에서 그런 막말이 튀어 나올 수 있을까? 정애는 다시 물었다.

"너 나한테 한 말이냐?"

"……."

딸은 그 한마디를 뱉어놓고는 입을 앙다문 채 눈을 비스듬히 옆으로 돌려 방바닥만 응시하고 있었다. 잠시 후 딸이 다시 말했다.

"나 안가! 엄마 혼자 재밌고 즐겁게 잘 살면 되잖아. 그냥 가!"

정애는 또 정신이 혼미해졌다. 앞뒤 선후야 어찌 됐든 딸이 제 엄마한테 "미친 년"이란 욕설을 내뱉은 것부터 쇼크였다. 부부간에야 오만 욕설을 내뱉으며 싸워도 그럴 수 있다고 생각되지만, 저를 낳아 진자리 마른자리 갈아주며 키워 대학까지 공부시켜 준 엄마한데 그런 입에 담지 못할 욕설을 퍼붓다니……

이건 갈 데까지 간 패륜이다. 솔직히 정애는 유교사상을 충실히 지키는 친정아버지 덕분에 욕설 한번 듣지 않고 성장했다. 그런 이유가 아니더라도 가정 내에서 사랑을 끼얹은 애칭으로 "이놈아! 이 가시나야!" 하고 부르는 욕설 정도는 허용이 되지만, 친정어머니에게서도 "이년" 소리 한번 안 듣고 오십여 년을 살아온 정애였다. 그렇게 정도(正道)만 고집하며 살아왔던 정애의 인생행로와 인격체가 딸의 그 한마디로 와르르 무너진 느낌이었다.

비참했다. 그리고 소리 내어 통곡이라도 하고 싶을 만큼 가슴이 메어왔다. 정애는 더 이상 무슨 말을 할 수가 없어 그냥 집으로 돌아오고 말았다. 오는 길 내내 머리가 어지러웠다. 가슴이 먹먹했다. 세상이 무너져 내려앉는 것 같았다.

내가 뭘 그리 잘못했을까?

이제 어떤 방식으로 살아가야 좋단 말인가?

나는 뭔가?

정애 자신의 해방도 해방이지만 자식들의 정서생활을 위해서라도 남편과 빨리 격리되는 게 최선이라 생각했었다. 그런데 이혼 이후 남편과 격리되어 몇 년간 살아오는 동안 그 격리가 딸에게는 오히려 치명이 되어버린 것 같았다. 정애는 절망의 벼랑에서 온몸을 떨고 있었다.

정애는 다시 기력을 잃고 쇠잔하여 며칠간 요동도 못하고 누워 있었다. 손끝 하나 까딱할 힘마저 잃어버렸다. 이대로 죽어도 생애에 큰 미련이야 없지만 망가져버린 딸을 제자리로 돌려놓지 않고선 죽을 수도 없을 것 같은 심정이었다. 무슨 소식을 들었는지 307호 여자가 미음을 쑤어 큰 냄비에 가득 담아 찾아왔다.

"아니! 도대체 어떻게 된 거야? 향아는 아직도 안 들어온 거야?"

지하철역 계단에서 구걸하는 남편을 보고 향아에게 말해 준 것도 이 여자였다. 이 여자는 분명 이 상황에서 "정애네 가족이 어떻게 처신하고 있을까?" 하고 그것을 염탐이라도 하듯 그냥은 올 수 없으니 죽을 쑤어 들고 병문안을 핑계 삼아 찾아온 게 분명했다.

병 주고 약 주는 여자였다. 하지만 무턱대고 미워할 수는 없었다. 회사 동료들이야 정애가 말을 하지 않았으니 몰라서 찾아오지 않았지만 적막강산 같은 이 초라한 5층 아파트에 이 여자라도 찾아와 주니 정애는 죽지 않고 살아 있다는 존재감을 느낄 수 있어 고마웠다.

암, 고맙고 말고…….

한참을 머물며 이리저리 살피며 뒷설거지까지 해주고 간 307호 여자는 동네에서 제1방송국이란 별명이 붙어 있을 만큼 말이 많은 여자였다. 그러거나 말거나 정애에게는 고마운 존재임에 틀림없었다. 남편의 소식을 전해주었으니까 말이다.

딸 앞에 무릎을 꿇고

정애는 다시 힘을 내어 일어나야 했다. 이대로 못 일어난다면 아무것도 해결할 수 없었다. 그러나 너무 탈진할 대로 탈진한 상태라 이를 악물고 용을 써도 의지만으로는 몸이 움직여지지 않았다. 정애는 몸부림치다시피 화장실로 기어가 한바탕 토하고 난 후 다시 자리로 와서 누웠다.

손끝도 까딱 할 수 없을 정도로 녹초가 되어버렸다. 이젠 어디가 아픈지 분간도 되지 않았다. 정신마저 혼미해졌다. 여기서 거칠어진 호흡마저 끊어진다면 죽음에 이르리라.

심장의 박동이 힘겹게 느껴졌다. 아무도 찾아오지 않는 이 24평 아파트 안에서 숨이 끊어져 며칠을 지나도 외부 사람들은 모를 것이다. 몸이 거의 부패될 쯤 아들 내외가 한번 들러볼 수도 있겠지만, 며느리 또한 배가 불러 출산을 앞두고 있는 몸이라 마음의 여유는 더욱 없을 것이다.

어쩌면 아들 내외조차 이곳 본가의 사정은 계속 모르고 지내는 게 더 나을 수도 있을 것이다. 무탈하게 잘 살고 있는 아들 내외의 일상에 걸림

돌은 되지 말아야 할 것이기 때문이다. 정애의 영혼은 이제 희미하게 옛 것에서부터 현재의 집안 구석구석을 힘없이 배회하고 있는 낌이었다. 퀭하니 푹 꺼진 눈꺼풀이 제 멋대로 파르르 떨기도 했다.

그런 상태에서도 마음속에서는 향아에 대한 염려뿐이었다. 엄마가 딸한테서 "미친년!"이란 소리를 들은 상태였지만, 그건 뒤집어보면 딸이 미친 것이다. 아니, 딸이 미치게까지 만든 엄마! 자신의 불행에서만 탈피하려고 용을 썼던 엄마라는 존재! 남편이란 존재! 또한 몸에 맞지 않은 옷을 입고 허우적대다가 헤어나는 방법을 몰라 결국 벗지도 못한 채 찢어버린……그래서 그 찢어진 옷 사이로 튕겨져 나간 자식들……답답하고 숨 막히는 순간만을 탈피하려고 몸부림쳤던 처절하고 절박했던 시간들……슬기롭지 못하고 천착하지 못했던 엄마의 일생! 정애는 가슴마저 찢어져 이제 너덜너덜해진 느낌이었다. 짜깁기 할 형편도 지나 이제 꿰맨다 해도 그 자국들은 흉하디흉한 상처로 남아 있을 것이다.

며칠을 드러누워 있었는지 날짜 계산도 쉽지 않았다. 그런데도 정애는 다시 용을 쓰며 누운 자리에서 일어났다. 딸을 찾아가 제자리로 돌려놔야만 눈이라도 감을 수 있을 것 같았다. 정애는 엉거주춤 긴팔 옷을 꺼내 입고 집을 나섰다.

딸을 찾아가는 길목엔 노랗게 물든 은행나무가 가을바람에 후두둑 이파리와 열매를 떨어뜨리며 겨울을 맞을 채비를 하고 있었다. 길바닥에 잔자갈처럼 딩굴고 있는 은행 열매는 행인들의 발길에 짓이겨져 지독한 냄새를 풍겼다. 정애는 그 쿠리쿠리한 냄새가 풍기는 은행나무 가로수 밑을 한참이나 걸어가면서 깊은 생각에 잠겼다.

내 생애가 언제부터 이런 쿠리쿠리한 길로 접어들었던가?

딸이 기거하는 그 절까지 가려면 아직 한참을 더 걸어야 했다. 그 지나온 은행나무 가로수 길처럼 자신의 냄새 나고 절박한 인생길은 얼마나 더 걸어야 벗어날 수 있을까? 막막한 마음으로 다리를 절룩거려 걸으며 정애는 "제발! 제발⋯⋯."만 마음속으로 애절하게 외치며 걸었다. 숨통만 좀 트였다고, 그걸 남편의 굴레에서 벗어난 걸로 착각하며 잠시 거칠게 숨을 내몰아 쉬고 있을 사이 딸자식이 머리가 깨져 철철 피를 흘리고 있는 줄을 그녀는 까맣게 모르고 있었던 것이다.

정애는 풀릴 대로 풀어진 다리에 조금씩 힘을 가하며 아직 도착하자면 한참을 더 걸어야만 하는 그 절을 향해 힘겹게 발걸음을 옮겨놓았다. 왜 이리 자꾸만 뒤로 가는 느낌일까? 마음이 급한 탓일까? 걸어도 걸어도 목적지는 까마득하게 멀게만 느껴졌다.

거의 한나절을 걸어 딸이 은둔해 있는 요사채 방문을 열었다. 얇은 홑이불을 덮은 채 딸은 반대쪽 벽을 향해 누워 있었다.

자는 건가?

정애는 또 딸이 미친년이란 말로 대응하지 않을까 하는 선입감에 몸을 떨며 방으로 들어갔다.

"향아야, 자니?"

정애는 낮은 목소리로 딸의 이름을 불러 보았다. 딸은 꿈쩍도 안 했다. 요동도 없는 듯했다. 아니 숨을 쉬고 있는 것 같지도 않은 듯했다. 벽을 보고 옆으로 누워 있는 딸을 어깨를 잡고 살며시 앞으로 당겨 보았다.

딸의 얼굴이 몹시 야위어 있었다. 하도 울어서 그런지 눈두덩이 벌겋게 부어 있었다. 정애와 같은 시간을 딸도 같이 굶고 누워 있었던 듯했다. 어깨를 당기자 딸은 바로 누운 자세가 되었다. 그래도 향아는 얼굴에 아무런 표정이 없었다. 눈물자국만 그려진 채 무표정 그대로였다. 그동안 절에서 석고상이 되기 위해 도를 닦기라도 한 것일까? 모든 삶을 내려놓은 듯한 그런 얼굴이었다.

"향아야! 내 말 들려? 나 좀 봐!"

딸은 그제야 흐린 동공을 힘없이 돌려 엄마를 쳐다봤다. 정애는 그동안 말라있던 눈물의 샘이 터져 쉴새없이 흘러내렸다.

"향아야! 엄마가 잘못했어. 엄마하고 같이 집에 가자……."

정애는 딸이 누워 있는 옆에서 두 다리를 꿇었다. 그리고는 울고 또 울었다. 애원하고 또 애원했다. 그러나 딸은 이미 도를 통한 듯 얼굴 모습 하나 변하지 않았다. 정신이 아니, 혼이 빠져 나간 듯한 얼굴이랄까? 딸은 정말 삶을 포기라도 한 것일까?

왜? 무슨 생각으로 학교에 휴직신청서를 내고 이렇게 세상을 등진 듯 은둔생활을 하고 있는가?

제 아빠 때문에? 아니면 인생이 싫어서? 그것도 아니라면 제 엄마가 철부지처럼 너무 정신없이 살아가고 있어서……?

정애는 기진맥진한 상태에서 딸의 무표정한 얼굴을 보고 있는 게 더욱더 가슴이 뭉그러졌다. 우울증! 그 병세를 정애는 그렇게 심각하게 생각하지 않은 터였지만 이렇게 공황장애로까지 전이될 줄은 미처 몰랐다. 공황장애……이런 용어는 다른 포시랍게 사는 사람들만 구사할 수 있는 말인 줄 알았다. 딸이 공황장애로 이렇게 사경을 헤맬 줄은 꿈에도 생각할 수 없었다.

"엄마!"

딸이 힘없이 엄마를 불렀다. 정애는 정신이 번쩍 들었다. 바짝 마른 입술이 파르르 떨고 있었다.

"응? 왜? 말해 봐. 얼른⋯⋯. 엄마가 할 수 있는 일이라면 뭐든 다 들어 줄게."

"아빠한테서 아무 연락 없었어?"

정애는 아무 말도 하지 못했다. 그냥 고개만 끄덕이면서 안쓰러운 표정으로 딸의 얼굴만 바라보고 있었다.

"나⋯⋯아이들 가르칠 선생님 자격 없어. 자기 아빠가 그렇게 다니도록 내버려두고 어찌 그 어린 아이들을 가르쳐⋯⋯."

정애는 딸이 하는 말의 의미를 알고 있었기에 더 이상 무슨 말을 할 수가 없었다. 물론 부부관계의 입장과 부모와 자식 관계의 입장은 다른 것이다. 그럼에도 딸의 생각과 마음이 그렇게 깊은 줄을 정애는 생각을 못한 것이다. 딸이 자신의 장래를 위해서 교육대를 지원해 열심히 애써 왔는데 유감스럽게도 딸의 아버지는 남의 여자와 살게 됐다지만, 거기까진 좋았다. 어쩔 수 없이 자신들이 갈 길을 딸은 최선을 다해 걸어갔을 뿐이니까 말이다.

그러나 최선을 다하는 것도 딸은 거기까지라고 생각했다. 자신을 낳아주고 키워준 아버지가 어느 날 엄마랑 이혼하고 집을 나가 부랑자 행각을 하고 있다는 소식을 접하고부터는 딸의 진로가 비틀거린 것이다. 그래서 노숙하는 아버지를 봤다고 하던 지하철역을 혼자 헤매며 찾아다니다 천신만고 끝에 아버지를 찾았지만, 그 찌들은 몰골과 행색을 어찌 필설로 다 옮겨놓을 수 있을까?

이후 그녀가 모아놓은 돈과 은행에서 빌린 돈으로 변두리 지하 단칸방을 사글세로 얻어 아버지의 거처부터 마련해 주었던 딸이지만, 생활비

까진 다 대줄 수 없었다. 아버지와 함께 생활하며 모실 수 없어 엄마에게 사정해 봐도 엄마는 아버지를 다시 집에 들인다는 것에 대해서는 손톱도 안 들어갈 만큼 완강했다. 그 때문에 딸은 아버지와의 재결합이나 합가 문제는 더 이상 말도 붙이지 못했던 것이다.

하기야 지금 와서 엄마가 철이 있든 없든 어릴 때부터 엄마 아빠가 살아온 과정을 쭉 보아왔고, 오늘의 이 상황이 도래한 것에 대해서도 엄마를 원망하거나 아버지에게 잘잘못을 따지며 책임을 물을 일은 아니었다. 다만, 어쩔 도리가 없는 상황에서 향아 혼자서만 정신적으로 끙끙 앓으면서 망가져 가고 있었던 것이다.

향아는 무엇을 생각하는지 가끔씩 진저리를 치듯 몸을 떨었다. 정애는 그런 딸을 지켜보다 꿇어앉았던 무릎을 다시 고쳐 앉았다. 다리가 저리다 못해 마비가 된 듯 감각이 없었다.

"일단 집으로 가자! 집으로 들어가서 생각해보자, 향아야?"

딸은 아무 대꾸도 없이 풀린 눈으로 천정만 주시하고 있었다.

"너, 니네 아빠 어디 있는지는 알고 있어?"

"……."

"일단 가자. 집에 가서 이야기하자……주엽이는 너 이러는 거 모르고 있어. 니 올케나 주엽이가 알면 안 좋잖아. 사돈보기도 그렇고……. 일단 집에 들어가자."

정애는 무조건 딸을 집으로 데리고 가야 한다는 일념밖에 없었다. 뭐 그리 싸야 될 짐도 없지만 주섬주섬 딸의 물건들을 가방에다 집어넣기 시작했다.

"이 절에 대한 인사는 나중에 와서 하고 오늘은 빨리 집에나 가자."

정애는 자신의 몸도 제대로 가누지 못하면서 딸을 힘겹게 일으켜 세웠다. 버스를 타고 시내로 나와 택시를 잡았다. 집안은 어수선하고 공기마저 싸늘해 을씨년스럽기 짝이 없었다. 딸을 자기 방으로 들여보내고 정애는 얼른 연탄보일러에다 번개탄에 불을 붙였다. 그래도 딸이 사용하는 방은 깔끔하게 정돈해 놓은 싱글 침대가 놓여 있었다.

며칠 동안 아무 말 없이 보내면서 정애와 향아는 서로의 몸과 마음부터 추슬러야 했다. 그러다 향아는 다시 제 아빠의 거처로 찾아가 봤다. 그러나 아빠는 집에 없었다. 옷가지와 하루 이틀 전까지 생활한 흔적이 있는 듯하여 그냥 메모만 한 장 남기고 집으로 돌아왔다.

며칠 후 딸이 가르쳐 준 대로 정애도 남편이 거처하는 곳을 찾아가 봤다. 썰렁한 방안에는 빈 소주병 두 개와 비닐봉지 속의 멸치 몇 마리가 빈집을 지키고 있었다. 남편은 그런 생활 속에서도 계속 술을 마시는 듯했다. 정애는 또 스트레스를 받으며 그냥 집으로 돌아오고 말았다.

그 후에도 몇 번 딸과 번갈아가며 남편이 거처하는 반지하 단칸방을 찾아갔다. 그렇지만 번번이 만나보지 못하고 되돌아오곤 했다. 아마도 그 며칠 동안 집엘 들어오지 않은 듯했다. 혹 어디 먹고 자고 하는 일자리를 찾은 건 아닌가 싶기도 했다. 딸이 마련해준 반지하 단칸방이지만 설마 자신의 방을 놔두고 노숙이야 하지 않을 거란 생각도 들었다.

은행나무 가로수 노란 잎들이 다 떨어지고 앙상한 가지만 삭풍에 떨고 있는 12월 초였다. 날씨가 별안간 추워졌다. 이제 딸은 집으로 돌아온 상황이고 모녀는 몸부터 추스르고 볼 일이었다. 정애는 계속 딸의 거동만 살피며 생활했다.

숨은 조금씩 편하게 쉴 수 있으나 아직도 몸은 많이 쇠약했다. 곳곳이 아팠다. 앉았다 일어섰다 할 때는 관절부에서 삐그덕거리는 소리가 날 만큼 아팠다. 마음이 아플 때는 정녕 몸이 아픈 줄 몰랐는데 딸이 귀가한 뒤부터는 긴장을 풀어버려서 그런지 온 뼈마디가 저리고 속속들이 찔러대는 듯했다.

그나마 다행인 것은 향아가 마음을 좀 추스른 듯했다. 눈도 뜰 수 없을 만큼 거친 풍파와 회오리가 지나가는 동안 날씨는 본격적으로 동장군을 불러올 채비를 했다. 아스팔트 길 옆으로 플라타너스 잎들이 말라비틀어진 채 불어오는 북풍에 밀려 끌끌끌 소리를 내며 어디론가 밀려갔고, 길을 걷는 행인들의 발걸음은 점점 더 빨라졌다.

겹옷을 입지 않고는 배겨내지 못할 만큼 초겨울 추위가 기승을 부리던 날. 아파트에선 김장 준비로 집집마다 꺼내 놓은 배추 쓰레기들이 산더미를 이루었다. 이 집 저 집에서 쿵쿵 마늘 빻아대는 절구통 소리가 층간 소음처럼 들려오던 날 저녁 뉴스가 정애를 긴장시켰다. 어떤 남자가 노상에서 올 겨울 첫추위에 얼어 죽었다는 것이다.

아직 신원이 밝혀지지는 않았으나 올겨울 첫 동사자로 매스컴을 탄 그 남자의 비보는 자라처럼 목을 쑥 집어넣고 길을 걷는 행인들의 마음을 더 춥고 어둡게 만들었다. 김장을 버무리던 아낙들의 손길을 붙들어 맨 그 동사자는 신분증도 지참하지 않았다고 했다. 하루가 지나도록 계속 신원미상의 동사자로 보도되었다.

딸이 무슨 촉각을 느꼈는지 그 사건을 다루는 곳으로 찾아갔다. 정애는 그런 일들을 당했다 해도 어떻게 알아볼 도리도 없는 주제지만, 향아는 그 동사자가 자기 아버지란 사실을 밝혀 낸 것이다. 정말 획기적이었다. 두 번 다시 그 남편의 얼굴은 보지 않겠다는 마음으로 살았지만 정작 이렇게 되고 보니 눈앞에 펼쳐지는 현실이 기가 막힐 만큼 캄캄해지는 심정이었다. 한 인간의 일생이 어찌 이렇게 비참하게 끝장 나버린단 말인가?

동사자가 아이들 아버지란 사실을 알고부터는 어떻게 처신해야 좋을지 몰라 많이 덤벙거렸다. 그리고 놀랐다. 하늘이 내려앉는 듯한 적막감과 두려움에 질려 이불을 뒤집어쓰고 혼자 울기만 했다. 그러다 친정 오빠에게 연락을 했다. 그 연락을 받고 막냇동생 철우와 오빠가 달려왔다. 친정식구들은 그때까지도 이혼을 했는지, 따로 사는지를 모르고 있었다. 그동안 남편에 대한 소식은 계속 함구해 온 터라 친정 식구들은 그냥그냥 잘 살고 있다가 술 좋아하는 처남이 취중에 길가에서 변을 당한 줄 알고 있었다. 정애는 차마 오빠에게 남편과의 이혼이나 극단적인 집안일은 말로 전할 수 없었다. 친정 식구들에게는 정애가 몇 년 만에 처음 연락을 한 것이다.

오빠가 동사자 처리 절차를 밟아 남편의 시신을 인계받았다. 가족에게 인계된 남편은 화장장으로 옮겨져 자신의 시신과 함께 평생의 업보를 기름불에 태웠다. 함 줌의 재로 변한 유골은 아들딸이 동생 철우와 함께 인근 야산에다 뿌려 주었다. 정애는 도저히 그 산 위로 올라가지 못했다. 산 밑에서 추위에 달달 떨면서 아들과 딸을 기다렸다. 정말 이런 때는 피붙이밖에 없다는 생각이 절실했다.

하늘이 울고 땅이 운다 해도 산 사람은 현실에 기대어 살 수밖에 없었다. 그렇게 시달리며 인간으로서의 한평생이 올바르지 못했다 해도, 남편의 환영은 한동안 정애의 뇌리에서 떠나질 않았다. 그때마다 정애는 잔인하게만 느껴지는 그 세월들이 주마등처럼 자신의 생활권에서 하루 빨리 지나가기를 염원할 뿐이었다.

한 달 후 해가 바뀌었다.

정애는 그 겨울 내내 몸살로 앓았다. 깨어났다 기절했다를 여러 번 반복했다. 딸과 어미, 두 모녀는 연탄불도 꺼진 싸늘한 공간에서 죽지 못해 살아남은 듯했다.

5층 아파트 발코니 앞의 정경은 그새 낙엽이 져버려 휑했다. 삭풍에 흔들리는 나뭇가지 위에 몇 차례 눈이 내려 쌓이고, 쌓인 눈이 녹아내리기를 반복하다 춘삼월 새봄이 찾아왔다.

1년간 휴직했던 향아가 또 다시 휴직을 연장할 것인가? 정애는 마음이 조마조마했지만 딸에게 물어볼 수 없었다. 그냥 마음속으로만 제발 복직을 해서 제 갈 길을 순조롭게 걸어갔으면 더 바랄 것이 없다고 빌었다.

향아는 새 학기 3월 초가 됐는데도 여전히 별 말이 없었다. 정애 또한 딸의 행로가 궁금하기 이를 데 없었으나 대놓고 물어볼 처지가 못 되었다. 이젠 복직 문제도 딸이 알아서 할 일이었다. 두 자식에게, 특히 딸 향아에게는 죄인이 되고 만 것이다. 그렇다고 해서 이미 고인으로 변해 저승으로 떠나간 남편과의 지난 일들을 고백하듯 새삼 들먹거릴 필요는 없다고 생각했다. 평생의 업보처럼 정애 혼자 조용히 지니고 있다가, 이승의 삶이 다하는 날, 영혼이 떠난 시신과 함께 태워버릴 일만 남아 있을 뿐이다. 정애는 하루 빨리 그날이 다가오기를 기다리듯 죽지 못해 조용히 숨소리만 가늘게 내쉬고 있었다.

성격과 팔자

남편을 떠나보낸 이후 정애의 일상은 표면적으로는 많이 홀가분해졌다. 결혼 이후 술에 찌들어 살다 떠나가야 했던 남편의 일생에 끼어들어 엉망진창이 된 정애 자신의 일생이 생각만 해도 어지럽게 느껴졌다. 만약 그 모든 것을 견디고, 당하고, 맞추면서 등신 무지렁이 짓을 계속하며 살아주었다면 남편은 길거리에서 동사까지 하지 않았을 지도 모른다. 그렇지만 만약 그렇게 살았더라면 정애 자신이 먼저 어떻게 되었을 수도 있었을 것이다.

등신! 자의로 나갔든 타의로 나갔든 집구석에서 하던 그 못된 짓만 버렸다면 길모퉁이에서 천애고아처럼 얼어 죽지는 않았을 것인데……

자신이 남편의 팔자를 그렇게 만들었는지도 모른다는 생각이 밀려올 때마다 정애는 심하게 도리질을 하며 괴로워했다. 한동안, 정말 비명에 떠나간 남편의 환영을 지워버리려고 정애는 매일 술로 소일했다. 알코올의 힘이란 정말 한 많은 여자의 정신 줄을 놓게 하는 데에는 최고라는 생각이 들었다.

인생이 부초 같은 것을……그 모든 걱정과 시름도 파도가 한번씩 쓸어가면 다 지워져버릴 것이고, 올곧은 인생을 고집한다고 해도 태풍이 한번씩 몰려오면 바로 꺾어지고 마는 것을……나는 왜 그렇게 힘들게 곧게 서서 정도를 걷겠다고 고집을 부렸을까? 이제 와서 지나온 삶의 궤적을 되돌아보는 것이 부질없다는 것을 뻔히 알면서도 혼자 짊어지고 있기엔 너무 무겁게 느껴지고 버거웠다.

버리자. 버려야 남은 삶이라도 명대로 살 수 있다…….

향아는 또다시 극심한 공황장애를 앓고 있었다. 이성을 대하기가 무서웠고 대인기피 증세도 심했다. 심한 불안감이 엄습하는 시간들이 잦았고, 바깥에 나가는 것을 싫어하기 시작하더니 이제는 입맛마저 잃어버린 것 같았다. 사춘기 때부터 아빠의 술주정을 이겨내야 했고, 아버지란 사람은 집에 오기만 하면 보여주는 모습이 밥을 먹는 모습이 아니라 술에 취한 모습으로 엄마를 상대로 "가랑이 벌려준다."는 흉측한 말만 되풀이하면서 엄마와 싸우는 것만 보고 성장해 학교 공부보다 이성에 대한 공포가 더 심하게 딸의 정신세계를 압박해 온 것이다. 아름다운 청춘기를 맞이해 이성에 대한 그리운 호기심과 푸른 꿈들은 모두 이성에 대한 적개심으로 변질되어 버렸다.

향아의 가슴속에는 엄마 아빠의 결혼생활을 어릴 때부터 봐온 터라 이성에 대한 꿈이나 사랑, 더욱이 결혼 같은 건 존재하지도 않았다. 이 세상 연인들 사이에서 피어나는 연분홍빛 관계들은 믿을 수도 없었고, 가슴 속에 자기 혼자 고이고이 간직하고픈 한 올의 감정도 갖고 있지 않았다. 그래도 정애는 "인격이란 건 사치품이다. 나를 죽이고 그냥 죽은 듯이 살아가자." 하고 살 수는 없는 것이 이승을 살아가는 사람들의 삶이었기에 생존하기 위해 몸부림친 게 죄라는 생각은 하지 않았다.

딸에게는 술에 찌들어 살다가 가족에게 버림받고 길모퉁이에서 비명횡사한 아버지의 짧은 인생이 한없이 가엾게 느껴졌을지도 모를 일이다. 그리고 그런 결과를 놓고 향아는 엄마를 원망했다. 모든 것이 어렵고 힘들게 살아온 시절이었다 해도 엄마가 더 참고 현명한 행동으로 가정을 이끌어 줬다면, 아니 할머니 젊은 시절의 엄마들처럼 자식들을 위해 희생의 세월을 살아줬다면, 적어도 이런 결과는 없었을 것이라고 향아는 잘라 말했다. 엄마의 불행했던 결혼생활은 홀로 살지 않고 결혼이라는 걸 받아들인 이상 그건 엄마의 운명이고 엄마가 감당해야 할 몫이라고 딱 잘라 말하는 향아의 의중을 정애가 알아냈을 땐 더 기가 막혔다.

짓밟힌 한 여자의 자존심보단 결혼을 자의로 받아들인 여성에겐 남편과 자식들의 앞날이 더 우선이라는 딸의 말엔 가슴이 떨려 말을 잇지 못했다. 만약 엄마가 그런 정신으로 가정을 이끌어 주었다면 아버지의 삶은 두 동강 나지 않았을 것이고 비명횡사도 없었을 것이라고 딸은 또 다시 단언했다.

향아의 단언처럼, 남편과 딸의 행로가 다 정애 자신에게 달려 있었다는 걸 진작 깨달았다면 속이 짓무르고 썩어 빠져도 삭히고 또 삭히며 지나왔을지도 모른다. 정애는 자신의 성격이 자기 자신은 물론 남편과 두 자식의 팔자를 만든 것인지도 모른다는 생각도 했지만, 다시 똑같은 상황이 재연된다 해도 정애는 그 상황에선 그렇게 갈라설 수밖에 없다고 결론을 내렸다.

아직도 남편은 하늘에서, 딸은 자기 방에서 정애를 원망하고 있을지도 모른다. 하지만 정애는 억울했다. 자신의 잘못이야 속속들이 내용을 모르는 타인의 눈으로 보았을 땐 나쁜 편견으로 가득 차 있을 것이다……. 그렇다고 일일이 변명하듯 지금 와서 퍼낼 수도 없는 일 아닌가? 정애는 무심코 자신의 안 좋은 행동들을 딸에게 표출하게 되었을 때 자신도 모르게 딸의 나이에 받아들일 수 없는 말들을 다급하게 변명삼아 한 적도 있었다. 따지고 보면 그땐 정말 정애 자신이 바보였는지도 모른다.

살아남을 것에만 급급해 앞뒤 가리지 못하고 내뱉은 말들이 결국에는 딸의 입에서 "미친년"이란 막말이 나오게끔 했는지도 모를 일이다. 향아 역시 가슴속에 참고 있던 평소의 생각들이 격한 마음에서 엄마를 닮아 자신도 모르게 내 뱉은 말이었겠지만, 가끔은 미안한 마음도 있을 것이리라.

정애는 딸이 자신을 향해 무심코 내뱉은 "미친년!"이란 그 말이 무슨 일을 하다가도 문득문득 떠오르면 인생의 한 치욕으로 가슴을 쳤다. 딸은 홧김에 내뱉었다고 해도 정애는 죽을 때까지 그 말을 잊을 수 없었다. 그리고 가슴 한쪽에선 불쑥불쑥 고개를 쳐들곤 했다. 자식으로부터 그런 말을 들으려고 결혼한 건 결코 아니었던 것이다. 현모양처를 꿈꾸며 결혼을 하고, 그 이후 숱한 고난과 역경을 이기며 두 자식을 낳아 키워왔던 지난 세월이 한순간에 무위로 변해버렸다는 생각에 가슴은 늘 허탈했다.

에필로그

〈내 삶을 눈물로 채워도〉

간간히 너를 그리워하지만
어쩌다 너를 잊기도 하지 ♬
때로는 너를 미워도 하지만
가끔은 눈시울 젖기도 하지…….

라디오에서 흘러나오는 나훈아의 〈내 삶을 눈물로 채워도〉란 노래가
갑자기 심금을 울린다. 가슴이 아프다. 삶이 너무 서글프게 느껴진다. 하
늘에 뜬 해가 서쪽으로 기우는 모습이 너무 힘겨워 보인다. 딴에는 잽싸
게 부는 바람이 구름을 동쪽으로 사정없이 밀어 보내는데도 그래서 해는
막 서쪽으로 달리는 듯하지만, 날이 흐르는 흔적은 없다. 시계 초침이 부
지런히 가는 듯해서 간절한 마음으로 분침을 살피지만 제대로 걷지를 못

하며 머뭇거리고 있는 시침은 아예 꿈쩍도 않는 느낌이다. 하루가 이렇게 지루한데 한 달은 어떠하랴.

향아가 또 말 한 마디 없이 집을 나가 소식을 끊은 지 일 년이 다 되어간다. 그래도 정애는 이번엔 딸을 찾지 않았다. 정상적인 삶을 포기하고 명한 생활을 지속하며 지낸 지난 수 년 간의 시간들. 자신을 이겨내기 위해 스스로 은둔의 삶을 선택한 서른 후반의 딸! 영혼도 없는 두 여자가 숨만 할딱거리며 연명하는 듯한 생활은 누구든 먼저 빨리 탈피하는 게 좋을 것이다.

향아는 분명 다시 어느 절간에서 어지러운 영혼을 정리하고 있을 것이다. 이젠 나이도 찰 만큼 찬 연령이지만 시시콜콜 간섭하는 것도 때가 지났다. 지나온 삶이 너무 어렵고 힘들어서 정녕 딸에게 잘해 준 것은 한 가지도 내세울 게 없다. 그냥 어미로서 최소한의 해줄 일만 해 줬을 뿐이다. 딸에게서 미친년 소리를 들었어도 노여움보다 미안한 마음이 더 많다.

딸이 다시 집을 나가고, 5층 아파트를 그녀 혼자 지키고 있어서 그런지 정애는 밤마다 남편의 환영에 시달렸다. 불을 끄지 못한 채 거실에서 잠을 청하면 이 방 저 방에서 남편이 문을 열고 나오는 듯했다. 일부러 집안 화장실을 비롯해 방마다 문을 꼭꼭 닫아 놓아도 귓전으로는 드르륵 하며 문 여는 소리가 수시로 들려온다.

형체도 알 수 없는 온갖 환청이 집안 곳곳에서 들썩거리고 있는 것 같다. 거실에서 네 가족이 모여앉아 모처럼 이야기꽃을 피우다가도 남편이 그 행복했던 순간을 참지 못해 "너희들은 방으로 들어가 공부하고 당신은 빨리 들어와!" 하는 환청이 온 정신을 괴롭히고 있는 것 같다. 그런 환

청들은 나중에는,

"고귀한 몸뚱아리 지금은 행복하게 잘 살고 있냐?"

하고 빈정대는 환청으로 변해 정애의 귓전을 때리는 듯했다.

장롱 위에서도 몸체 없는 남편이 얼굴만 내민 채 자꾸 씰룩거리며 웃고 있는 것 같다. 한두 가지가 아닌 환영들이 오만 가지 환청을 불러오는 것 같다. 그리고는 얼키고 설킨 채로 뒤범벅이 되다간 어지럼증과 현기증을 몰고 왔다. 심하게 현기증이 몰려올 땐 온 몸이 공중으로 붕 뜨는 것 같았다.

밤마다 이런 환영과 환청에 시달리다 보니 이 집을 나가고 싶을 때도 많았다. 하지만 갈 데가 없다. 이 집을 싼 값으로 팔고 다른 곳으로 이사를 간다 해도 언제 향아가 되돌아올지도 몰라 쉽사리 집 정리와 이사를 못했다. 전화도 필요 없어 끊어버리고 싶지만 그럴 수도 없었다. 딸이 마음을 추스르고 웃으며 "엄마!" 하고 전화를 걸지도 모를 일이다.

정애는 그 험악한 인생길을 제대로 된 운전면허도 없이 뒤죽박죽으로 살아온 것 같다. 산다는 이유조차 명확하게 다져놓은 것 또한 없었다. 말 그대로 정말 비틀비틀하며 하루하루 시간을 죽여 온 느낌이다. 몸과 마음은 상처투성이 같다. 그런 상처투성이 몸으로 험악한 인생길을 뒤죽박죽 닥치는 대로 타넘고 왔으니 무엇 하나 제대로 된 게 있으랴. 이럴 땐 누군가가 뒤에서 조금만 밀어라도 줬으면 하는 생각이 간절하지만 모두들 각자 제 앞에 놓인 삶을 살아가기도 바쁠 것이다.

이제 얼마쯤 남았을까? 끝 모를 인생길을 정애는 음주운전으로 비틀거리며 행보하고 있는 느낌이다. 이렇게 가다간 정말로 어디로 굴러 떨어질지 모른다. 폭음했을 때는 달리는 길도 폭주를 하고 있는 느낌이지만 그래봤자 시간은 겨우 한나절만 지나갈 뿐이다. 야간 주행 때는 오히려 더 폭음이 필요하다. 밤을 낮으로 바꿀 재간이 없는 한 고스란히 남편의 환영과 환청을 그대로 받아 들여 두 영혼이 밤새도록 맞붙어 싸울 뿐이다.

최근에 들어와 정애는 휘발유(소주)도 주유하고 경유(막걸리)도 주유했다. 경제사정에 따라 이것저것 가리지 않고 들이부운 정애의 몸은 짬뽕 주유를 할 때마다 더 빨리 망가졌다. 머리카락은 희끗희끗하다 못해 백발이 성성했다. 먹는 것도 없는데 주야로 마시는 그것들이 그래도 수분 역할을 하는지 머리카락은 빨리도 자란다 싶었다. 금방 길어진 머리카락을 정애는 제 맘대로 지끈 묶어놓기도 하고, 어떨 땐 TV에 나오는 전설의 고향을 연출하기도 했다. 이건 사방에서 방영되는 전설의 고향 대형 TV이기도 했다.

어쩌다 용케 잠이 들어도 그 꿈속에서까지 남편의 빈정거리는 모습과 싸우다 잠을 깨었다. 대체 뭔가? 이건 정애 자신이 망상 속에서 깨어나지 못하는 일종의 정신병인 것이다. 이것은 정애가 자력으로 정신을 바꾸지 않으면 평생 못 고치는 병이다. 그냥 어느 한 구석으로 속절없이 자꾸 꺼져가는 데에는 대책이 없다. 일어설 수는 더욱 없다. 지팡이도 없다. 지팡이가 있다 해도 지팡이를 잡을 손아귀의 힘도 다 뺏겨버렸다. 두 무릎과 팔꿈치가 저절로 접혀졌다. 죽을힘을 다해 남편의 환영과 싸울 뿐이었다.

저리 가! 저리 가!

오지 마! 오지 마!

나 잘못한 거 없어.

니가 그렇게 살았잖아. 나 잘못한 거 없어 저리가!

정애는 이젠 낮인지 밤인지 잊어먹었다. 꿈인지 생시인지 분간도 못했다. 과거인지 현재인지 자신의 나이조차 망각상태에서 하루는 20대, 하루는 30대가 되어 그 시절의 행복을 꿈꿨다. 또 어느 하루는 몸서리치며 손을 내저었고, 그 다음 하루는 어린 아들딸 앞에서 마냥 웃음을 흘려대곤 했다. 돌아가지도 않는 정애의 냉장고에는 한꺼번에 사놨던 소주 몇 병과 언제 담아놨던 것인지 시어터진 김치조각이 큰 김치통 바닥에 깔려 있다. 아마도 김치통을 채우고 있던 김치들은 모두 정애와 삶을 함께 한 주유의 파트너로 사라져 갔을 것이다.

그 아무도 알아주지 않는 자존심들이 뭉텅뭉텅 잘려 나가도 정애는 전혀 통증을 못 느꼈다. 아마도 매일 주입하는 알코올들이 마취제 역할을 하고 있는 같았다. 손가락으로 찔러도, 칼로 베어도 마비된 마음과 정신세계는 제 혼자 춤을 추고 있는 것 같다.

어쩌다 한번씩 잠깐 현실로 돌아왔을 땐 힘없이 집 뒤쪽 야산을 기어올랐다. 계속 앞으로 걷지만 의식은 자꾸 뒤로 걷는 듯했다. 허리는 있는 대로 굽어 있어 자꾸 꼬꾸라질 것 같았다. 나뭇가지와 풀뿌리를 연거푸 짚어가며 기어오르다가 숨이 차서 산중턱도 아닌 비탈길 모퉁이 바위 위에 걸터앉았다.

거기서 내려다본 산 아래의 풍경들은 바삐도 움직여 댔다. 수많은 차들이 높고 낮은 빌딩들 사이를 막 헤집고 다니는 모습이 보였다. 정애는 더 이상 올라갈 기력이 없었다. 자신이 없었다. 그나마 쌍꺼풀진 그 커다란 눈망울이 야윈 얼굴의 절반은 차지한 듯 한 십 리는 들어간 느낌이다.

그땐 참 그런대로 예뻤는데…….

사랑이 별건 줄 알고 가슴만 부풀었던가? 인생이 대단한 건 줄 알고 너무 기대에 차 있었던 건가? 바보보다 더 바보 같은 박정애의 일생은 이렇게 끝나는 것인가?

정애는 이제 어느 부위도 아프지 않았다. 그렇게 아팠던 마음도 마비된 지 오래다. 길을 걷는 뭇 사람들이 마구 인상을 찡그리며 쏘아대는 눈총도 정애는 이제 하나도 따갑지 않았다. 살아가는 데 제일 편한 것은 어떤 상황에서건 그저 웃음뿐이었다. 웃음 중에도 별 뜻을 필요로 하지 않는 그냥 허허실실 웃음이 제일 편했다.

세월이 걸러내고 남은 큰 건더기들만 오락가락하는 정신 속에서 정애는 석양을 맞았다. 정신이 들쭉날쭉 하는 동안에도 서산으로 기우는 해가 보였다. 정애는 또 한 차례 숨을 돌리며 나무 그늘 밑 바위에 걸터앉았다. 붉게 노을을 피우며 넘어가던 해가 정애의 얼굴을 한번 쓰다듬어 주듯 붉은 빛을 발하다간 온 천지를 빨갛게 물들여놓고 서산 너머로 자취를 감춰버렸다. 부지런히 날개를 휘저으며 훠어이 훠어이 창공을 날아가던 산새들도 하루의 날개 짓을 끝내고 둥지를 찾아갔다.

훠어이 훠이, 훠이 훠이…….

정애는 세월이 만들어놓은 쭈글쭈글한 얼굴로 붉은 노을마저 사라져가는 서쪽 하늘을 바라보았다. 퀭한 정애의 눈에 살며시 웃음이 피어오른다. 두 아이를 낳고 행복해 했던 그 시절이 눈앞을 스쳐 갔던 것이다. 그러다간 또 고통스러운 환영들이 다가오는지 애써 눈을 감으며 심하게 도리질을 해댔다. 노을을 쫓던 그녀의 동공은 두꺼운 눈꺼풀 속에 묻힌 채 메말라 갔다. 핏기마저 사라진 얼굴은 점점 그늘이 덮여오며 거무튀튀해졌다. 숨 쉬는 것조차 힘겨워하던 정애가 마침내는 허공을 향해 갈

쿠리 같은 손을 마구 휘저어 댔다.

휘어이 휘이

이것들아 나도 같이 가자구나

정애의 마음이 별안간 급해졌다.

휘어이 휘이, 휘어이 휘이, 휘이 휘이

같이 가자, 같이 가…….

정애는 힘겹게 걸터앉았던 바위에서 내려와 길바닥에 반듯하게 더러 누워 버린다. 산비탈 오솔길에 온몸을 맡기고 정애는 아주 깊은 잠에 빠졌다. 참 평온한 모습이었다.

밤바람이 수의를 겸해 온몸을 감싸주었다.

풀벌레들이 그녀의 영면을 추모하듯 밤새도록 울어주었다. ◉

베이비부머 세대들의 사회 진출과
어느 한 가족의 생성과 소멸 그린 자전소설

서 동 익(소설가)

우리나라가 산업사회로 접어들고, 농어산촌에서 1차 생산품으로 삶을 연명해 오던 시골 출신 젊은이들이 대도시로 진출해 새로운 삶의 터전을 개척하며 개개인의 인생을 새로 설계하여 가정을 이루던 1970년대, 80년대, 그리고 1990년대 말 IMF가 오기까지의 도시 변두리 빈민층과 중산층의 삶의 실태가 아주 생생하게 그려져 있는 주인공 박정애(朴貞愛)와 그 가족들의 라이프 사이클을 그린 자전소설이다.

주인공 박정애라는 인물의 성장 과정과 결혼에 이르는 과정, 그 후 우리 사회의 가장 기초 단위인 한 가정의 생성과 해체, 그리고 그 가족 구성원의 소멸에 이르는 과정이 눈물겹다.

특히 긴 여로의 원체험에서 터득한 가족 구성원들 일상의 진지한 기록들이 한 개인의 인생사를 넘어, 우리 사회 변천사와 오늘에 이르는 과정을 되돌아볼 수 있게 하는 소설이며, 나아가 이 소설을 읽는 독자들로 하여금 "나는 이때쯤 어떻게 살고 있었나?" 하는 회상과 반성을 불러올 만큼 우리가 살아온 궤적을 되돌아보게 하는 소설이다.

대다수의 자전소설들은 사소설처럼 주인공을 '나'로 시작하는 1인칭 소설인데 반해, 이 소설은 적나라한 한 가족사의 충격적 사실을 완화시키기 위해 작가가 작위적으로 3인칭 소설로 변형시켜 주인공 박정애의, 넓은 시각에서 보면 우리 사회 베이비부머 세대들의 사회진출과 인생여정을 세밀하게 그려주고 있다.

미국이나 유럽에서는 베이비부머 세대들을 우리의 해방둥이들과 같은 시대를 살아간 세대들을 베이비부머 세대라 부르고 있다. 그러나 우리나라의 베이비부머 세대들은 6.25 전쟁이 휴전(1953년 7월 27일)되고 전후 복구 사업이 범국가적으로 전개된 시기에 태어난 세대들을 베이비부머 세대들이라고 일컫는다.

이 시기에 태어난 베이비부머 세대들은 우리 사회 대다수 국민들이 1차 생산품으로 삶을 연명해가던 농업사회에서 산업사회로 전환되던 시기에 청년들로 활동했고, 정치 사회적으로는 학창시절에 5.16을 겪고 개발독재시절에 지방의 대도시나 서울로 무작정 상경하여 부평초 같은 신세로 직장을 찾고 연인을 만나서 가정을 꾸미며 전후기 산업사회의 주역으로 30~40년간 활동하다 후배들에게 자기 자리를 물려주고 장년층 또는 노인층으로 물러앉은 세대를 말한다.

우리 사회는 이 시기 육영수 여사 피살사건(1974년 8월 15일)과 박정희 대통령 시해 사건(1979년 10월 26일), 12.12 군사반란 사건(1979년 12월 12일)과 5.18 광주민주화운동(1980년 5월 18일) 같은 파란과 대격동의 시절을 거치면서도 제24회 서울올림픽(1988년 9월 17일)을 성공적으로 잘 치러 국위 선양은 물로 "반공을 국시의 제1의로 삼고" 군사분계선 너머 북한과 도토리 키 재기를 하던 시절에서 벗어나 전 세계를 향해 국력과 국위를 선양시 키면서 선두개발도상국가에서 1995년에는 국민소득 1만 달러를 달성 하였고, 이듬해인 1996년에는 이른바 세계 선진국의 모임이라 불리던 OECD(Organization for Economic Cooperation and Development:경제협력개발기구)에까지 가 입하면서 선진국으로의 도약의 발판을 마련했다.

그러다 우리는 서울올림픽의 영광을 누린 지 10년 만이 1998년 1월 국가부도사태(IMF 외환위기)를 맞아 국내 대다수 재벌기업과 그들과 연계되 어 있던 모든 은행들이 국제통화기금의 냉정한 잣대와 일방적 요구에 따 라 구조조정이라는 이름 아래 자사에 몸담고 살아가던 사원들을 대량으 로 해고시켰다. 뿐만 아니라 도시 중산층과 빈민층의 목숨 줄 역할을 하 던 수많은 대중소 기업들이 부도를 내며 사라지자 그 회사에 몸담고 있 던 사원들과 하청업자들도 하루아침에 만세를 부르듯 부도를 선언하며 사업체 문을 닫아야만 했다.

1970년대 초 시골의 면소재지에서 여고를 졸업하고 사회의 첫발을 내 디딘 박정애는 천석꾼 집안 5남매 중 외동딸로 태어나 해방둥이 세대나 6.25 전쟁 시기에 태어난 세대들보다는 비교적 순탄한 교육을 받았고 배 고픔의 고통과 가난의 서러움을 덜 겪은 우리 사회 베이비부머 1세대이 다. 가정 내의 위상으로는 오빠 둘, 아래로는 남동생 둘과 여동생 하나를 더 둔 6남매였으나 막내 여동생 금애가 불의의 사고로 죽어버렸기 때문 에 5남매 정중앙에 낀 외동딸이 되어 가족의 사랑을 독차지하며 성장한 다.

그러나 남자 형제들 속에서 혼자 여자로 성장하다 보니 자연 오빠들의
영향을 받아 성정이 좀 거칠고 고집스러울 만큼 시시비비를 잘 따진다.
어린 소견에도 원칙을 벗어났다고 판단되면 그녀는 물불을 가리지 않고
덤벼들어 자신의 소신을 관철시키는 이른바 "대가 센 소녀"로 성장해 고
등학교 시절에는 가부장적이고 권위주의적인 아버지 박천석 씨와도 마
주앉아 시시비비를 따지며 아버지의 권위에도 겁 없이 도전하는 당돌함
을 보인다. 그렇지만 5남매 외동딸로 태어난 태생적인 성정이나 천성은
버리지 못한다. 다분히 감성적이고 열정적이며 인정이나 연민의 정에 끌
려 방향감각을 잃어버리거나 때로는 명분도 없는 일에 오기를 부려 손실
을 입고 그 책임을 지기 위해 하지 않아도 될 고생을 하는 경우가 많다.
　　이런 인격의 소유자가 고등학교 때 버스 통학을 하며 만난 인근 고등
학교 2학년인 김상우(金相雨) 학생을 사랑하게 된다. 이들 커플은 그 시절
학생층에서 유행하던 플라토닉 러브로 주위 친구들의 선망의 대상이 될
정도로 소문의 주인공이 되고 만다.

　　박정애의 남자친구 김상우 군은 그때 교육대학 2학년에 재학 중인 대
학생이었다. 그는 4남매 외동아들로 태어나 부모님의 사랑과 기대를 한
몸에 받으며 성장한 몸이라 자존심이 대단했으나 불행히도 일찍 어머니
를 여위고 연로한 아버지 혼자만 생존해 계시는 가정에서 누님의 보호를
받으며 어렵게 학업을 이어간다. 일찍 세상을 떠난 어머니를 대신해 홀
로된 아버지를 봉양하며 막내둥이 남동생 대학생활까지 뒷바라지해 온
누님은 상우가 교육대학을 졸업하게 되자 부유한 집 여성과의 조기결혼
을 서두르기 시작한다……

그러던 어느 날 박정애는 고향 친구들을 통해 남자친구 김상우가 같은 학교에 근무하는 여선생과 결혼한다는 소식을 듣게 된다. 박정애는 김상우가 변심한 사유를 알고 싶어 결혼하기 전에 꼭 한 번만 만나 달라고 편지를 보낸다. 그 편지를 받은 김상우는 결혼식을 하기 전에 박정애와의 지난 관계를 정리하는 심정으로 고향으로 내려와 그녀를 만난다.

상우는 어색하게 웃으면서 적막을 깨트렸다. 하지만 정애는 분한 마음도 있고 해서 아무 말도 나오지 않았다. 그동안 가슴 졸이던 날을 생각하면 정말 그가 밉기도 했다. 정애는 그동안 속 태우며 보낸 기막힌 시간들을 생각했을 땐 꼭 무슨 말을 해야 된다고 생각했는데 그를 보자 갑자기 머릿속이 하얗게 되면서 아무 말도 할 수가 없었다. 상우는 아무 일도 없었다는 듯 너스레를 떨었다.

"아니, 나를 그렇게 만나봐야겠다고 구구절절 편지까지 보내놓고 어찌 말을 않고 그래요?"

그제야 정애는 안 되겠다 싶어 입을 열었다.

"그동안 왜 아무 연락도 없었어요?"

정애는 톡 쏘듯 한 마디 해놓고는 그의 표정을 살폈다.

"그냥 좀 바쁘기도 했고……."

"제가 상우 씨 만나려고 애쓴 거 알아요?"

상우는 약간 씁쓸한 표정으로 대답했다.

"알아요."

"그럼, 왜 그랬는지 이유도 알겠네요?"

"네. 알지만 지금은 제 마음이 너무나 괴롭고 어디론가 떠밀려 가는 심정이라 무슨 말을 할 수가 없네요."

"왜요? 그런데 그 소문은 사실인가요?"

상우는 정애가 무슨 말을 물으려는지 알고 있었다.

"그렇지만 나는 아직 그 사람과 손도 한번 잡아보지 않았고……."

정애는 속으로는 "그런데도 결혼을 한다는 말인가요?" 하면서 상우를 마구 윽박지르고 싶은데 그런 말들이 마음속에 꼭꼭 숨은 채 전혀 입 밖으로 나오지 않았다.

이 사람이 왜 이런 말을 하고 있는가? 그리고 나는 왜 이 사람에게 더 이상 할 말을 못하고 이러고 있나?

혼자서 그런 생각만 하면서 그를 따라 걷는데 상우가 또 입을 열었다.

"건강하게 잘 지내요. 나 같은 거는 이제 잊어버리고요……."

순간 정애는 "그만 올 것이 오고 말았구나." 하고 가슴이 철렁 내려앉았다. 그렇게 애써 상우를 만났던 그날, 정애는 그에게 꼭 전해야겠다는 말들도 다 전하지 못한 채 그렇게 찝찝한 채로 그를 돌려보내고 말았다.

주인공 박정애의 첫사랑은 이런 식으로 깨져버린다. 이후 박정애는 2년 가까이 비련의 주인공처럼 혼자 가슴앓이를 해대다 중매쟁이 할머니를 통해 이 남자 저 남자를 소개받으며 이른바 맞선을 보게 된다. 그렇지만 그녀의 가슴 속엔 아직도 찝찝한 채로 헤어진 상우의 잔상이 지워지지 않아 중매쟁이 할머니를 통한 맞선으로 결혼을 한다는 것이 쉽지 않다는 것을 절감한다.

그런데도 중매쟁이 할머니는 그동안 수고한 노력이 아까운 듯 자신이 연락할 수 있는 남자란 남자는 모두 박정애의 집으로 데리고 와서 박정애에게 맞선을 보라고 한다. 박정애는 도나 개나 남자라고 생긴 사내는 죄다 집으로 데리고 오는 중매쟁이 할머니의 분별없는 처사에 진절머릴

느끼다 가족들에게 맞선을 보지 않겠다고 선언해버린다. 그런데도 중매쟁이 할머니가 계속 맞선볼 신랑감을 데리고 오자 나중에는 중매쟁이 할머니를 따라온 신랑감 남자들마저 무시하듯 얼굴마저 내밀지 않고 역정을 낸다. 그러다 박정애는 어느 날 〈머저리총각〉이란 남자로부터 자기 가정을 짓밟아대는 것 같은 기분 나쁜 편지 한 통을 받게 된다.

"제가 아무리 그대의 맘에 안 든다 해도 명문가정에서……그것도 신중한 인생의 대사를 논의하러 간 사람을 그렇게 거지 내쫓듯 하는 것이 소문난 명문대가의 예도인가요?"

자기 자존심에 대한 항의어린 문구였다. 정애는 우선 그 편지를 들고 곰곰 생각해 보았다. 글씨가 제법 정성들여 쓴 것 같았다. 한자를 꽤 많이 섞어서 쓰고 있었다. 편지내용 밑에는 그 사람의 서울 주소가 적혀 있었다. 그렇다면 회답을 바란다는 뜻이 아닌가? 정애의 얼굴에 갑자기 웃음꽃이 피어오르며 호기심이 발동했다. 어떻게 생겨먹은 남자인지는 모르겠지만 이 지리멸렬한 나날에서 벗어날 수 있는 돌파구가 생긴 것 같은 느낌이 밀려왔다. 정애는 옛날 펜팔 하던 기억을 더듬으며, 얼굴도 모르고 이름도 모르는 그 편지의 주인공에게 회답을 써 내려가기 시작했다.

"미안합니다. 원래가 그렇게 예의 없는 사람도 아니고, 또 저희 집안은 그렇게 경우 없는 집안은 결코 아닙니다. 그런데도 그날은 중매쟁이 할머니가 맞선이라는 명분을 내세우며 이 남자 저 남자 가리지 않고 마구 저희 집으로 데리고 오는 통에 제가 좀 예민해진 것 같습니다……. 집안의 여러 가지 복잡한 일들이 겹친 상황 속에서 하필이면 머저리총각 당신이 운 나쁘게 당한 것 같으니까 제발 노여워하지 말고 기분 나빴던 그날의 기억들은 다 잊어 달라."는 내용을 담아 정확한 주소와 함께 정애의 이름을 적어 회답을 보냈다.

4일 후에 다시 그 답신에 대한 응답이 왔다. 그 편지가 실례가 되었다면 죄송하다는 말과 함께 기대하지도 않았던 회답을 해줘서 우선 고맙다고 했다. 그리고 처음 시작은 자타가 공인하듯 몹시 기분이 나빴지만, 오늘 이렇게 정애 씨의 정중한 사과 편지를 받고 보니 너무 기뻐서 "오늘밤은 잠이 오지 않습니다."라는 내용과 함께 "수일 내 내려가면 한번 만나볼 수 있겠습니까?"하고 물어왔다. 정애는 다시 회답을 썼다.

"그러지 말고 우선 얼굴도 모르고 그대에 대해 모르는 게 너무 많으니 사진부터 교환하자."고 제의했다.

며칠 후 다시 편지가 왔다. 편지 봉투 안에는 군대서 복무할 때 찍은 것이라며 사진 한 장이 들어 있었다. 머리는 짧은 깍두기 머리였지만 이목구비는 잘 생겼다는 생각이 들었다. 하기야 정애 자신도 눈만 크고 시원스러울 뿐 다른 모습은 그리 잘 생겼다고는 생각지 않았던 정도니까 그냥 한번 만나봐서 인간성만 괜찮으면 계속 만나보고 싶은 심정이었다.

그의 편지 안에는 자기만 사진을 보내면 자존심이 상하니까 정애 씨 사진도 보내줘야 하지 않느냐고 했다. 정애는 그 말도 일리가 있다 싶어 고3 시절 3층 교실 창문 밖을 내다보며 친구와 함께 찍은 사진을 왼쪽 여학생이 본인이란 말을 덧붙여 보냈다. 그리고 펜팔 하듯 몇 번씩 편지가 오갔다. 그러는 사이 그 무덥던 여름도 다 가고, 두 사람 사이는 꽤 정이 든 것 같았다.

어느 새 늦가을이 되었다.

정애는 까만 바바리코트를 입고 쌀쌀한 늦가을 바람을 얼굴로 받으며 천천히 철길을 걸었다. 철길 옆에는 적당히 키가 큰 코스모스가 불어오는 찬바람을 맞으며 하늘거리고 있었다. 황금 들녘엔 군데군데 추수한 자욱이 거무튀튀한 땅 색깔을 그대로 드러내고 있었고, 서쪽 산자락으로 기운 햇살은 쌀쌀한 저녁나절을 더욱 더 을씨년스럽게 만들었다. 가슴 한구석에 상우를 잠깐 접어 둔 채, 정애는 그 군복 입은 머저리총각 사진을 떠올리며 천천히 발걸음을 옮겨 놓았다.

"어떡할까? 한번 만나볼까?"

발가락이 다 보이는 샌들을 신은 발이 시려왔다. 발이 시려오자 마음마저 심란했다.

"사람 인간성만 괜찮으면……."

어느새 석양은 서산 밑으로 그 붉은 노을을 감추었다.

　좌충우돌하듯 박정애는 이런 과정을 거치며 알게 된 머저리총각과 1970년대 중반 결혼하게 된다. 그리고 몇 개월간 시댁에서 시집살이를 하다가 남편과 함께 서울로 올라온다. 서울역에 도착한 이후 박정애 부부는 대한민국 현대사의 한복판을 달리며 그들의 인생 중반기를 치열하게 살아간다. 그들 부부는 서울 변두리 달동네 셋방에서 첫 서울살이를 시작하여 1974년 8월 15일 육영수 여사가 문세광이 쏜 총탄에 쓰러지던 그해 첫딸 향아를 얻는다. 그리고 1979년 10월 26일 박정희 대통령이 시해되던 그해 3월 세 번째 자식이나 둘째 아들로 호적에 입적한 아들 주엽이를 낳는다.

　그 이후 12.12 군사반란 사건(1979년), 5.18 광주민주화운동(1980년), 제24회 서울올림픽(1988년), 그리고 1997년 12월부터 1998년 1월 사이에 약 3,000여 기업들이 도산해버린 IMF 외환위기까지 한국 현대사는 기복에 기복을 거듭하며 파란만장하게 펼쳐진다.

　박정애와 김종태 부부 역시 한국 현대사만큼 파란만장하게 가정생활을 영위해 나간다. 읽는 이의 관점에 따라 그 느낌은 달라지겠지만, 이 소설을 읽다보면 오도된 가부장제 그늘 아래서 삶을 영위해 온 우리 사회 어느 한 가정의 생성과 해체, 그리고 그 가족 구성원의 소멸에 이르는 과정이 너무나 생생하게 그려져 바로 우리 옆집 아저씨나 혈육들의 이야기처럼 가깝게 다가온다.

　특히 이 소설 속에는 박정애의 남편 김종태의 성도착 증세가 엿보이는 부부간의 성관계 이야기가 자주 나오는데 이것은 그 당시 고학력 규수와 결혼한 김종태의 평상시 내적 심리가 적나라하게 성 행위로 드러나고 있는 모습이며 "세상에, 정말 이런 정력의 화신도 있을까?" 하는 의아심을 자아내기도 한다.

그러나 이것을 한국 현대사 속에 대입시켜 보면 개발독재시대 한탕씩 거나하게 해먹은 자들의 추악한 실체가 신문지상을 도배할 때마다 도시 변두리 달동네 빈민층들은 날마다 쌓이고 쌓이는 열패감과 상실감을 달래기 위해 온갖 명목으로 술을 마시게 되고, 술이 취하면 집으로 돌아와 아내의 배 위에서 방아깨비처럼 쿵덕쿵덕 방아를 찧어대며 다음 날 또 그 악다구니 같은 삶의 현장으로 달려갈 새 힘을 얻는, 궁여지책과 같은 안타까운 모습을 보면 독자들은 자신도 모르게 "나는 이 시절 어떠했나?" "어디서, 무얼 하고 살았나?" 하는 상념이 떠오르며 "향아 어머니! 많이 힘드시더라도 바깥양반 너무 미워하지는 마십시오. 오직 그것 하나 외는 자기를 다스릴 낙이 없는데 어쩌겠습니까?" 하면서 위로의 말이라도 건네주고 싶은 충동을 느낀다.

국가나 사회는 돌아가는 톱니바퀴처럼 각양각색의 직업과 전문인들, 그리고 도시와 농어산촌까지 분포돼 있는 전체 국민들이 각자의 자리에서 하나의 톱니처럼 제 자리를 지키며 자기의 소임을 다 해주었을 때만 정상적인 가동을 계속할 수 있다. 어느 한쪽이 무너지거나 이빨이 빠져버리면 덜커덩거리며 몇 바퀴 돌아가다 흐름이나 역사가 정지해버리거나 대파돼 버린다.

한국 현대사에서 우리는 이런 파란과 격동을 여러 차례 경험해 왔다.

그리고 그 원인은 여러 군데서 찾을 수 있다. 그러나 그 중에서도 가장 큰 원인은 한국 현대사를 좌지우지하며 끌고 온 집권층과 그 집권층과 협력해 국민소득 3만 불 시대를 열어온 기업들에게 부(富)가 너무 편중되어 있다는 사실은 이미 여러 연구기관과 석학들에 의해 극명하게 증명되었다. 이제 후세나 후배들에게 자신들의 일자리를 넘겨주고 물러앉은 베이비부머 세대들을 위해 이 소설은 조종을 울리듯 흐느끼며 대미를 장식하고 있는데 그 마지막이 가슴을 짓누른다.

머저리총각 김종태는 결혼생활 20여 년 만에 왜 동사자가 되며, 그의 아내 박정애는 왜 알코올 중독자가 되어 동네 뒷산 오솔길에서 객사를 하게 되는가? 그리고 그의 딸 김향아 선생님은 왜 초등학교 교단에서 스스로 내려와 도시 변두리 암자에서 공황장애를 앓으며 더 심각하게 병들어가고 있는지, 이 소설의 주인공들과 한 시대를 같이 살아온 베이비부머 세대들 대다수는 이 소설 한 편을 통해 크게 한 대 얻어맞는 고역을 치르거나 가슴을 쓸어내리며 함께 통곡할 것이다.

그대의 팔자가 내 팔자요, 당신의 슬픔이 바로 내 슬픔이외다 하면서 말이다. ◉

박종희 장편소설
천석꾼 외동딸

2019년 11월 01일 1판 1쇄 인쇄
2019년 11월 05일 1판 1쇄 발행

지은이 박 종 희
펴낸이 김 송 희
펴낸곳 JMG(자료원 메세나 그래그래)

우편 405-110
주소 인천광역시 부평구 하정로 19번길 39, B01호(십정동)
전화 (032)463-8338(대표)
팩스 (032)463-8339(전용)

홈페이지 www.jmgbooks.kr(출판그룹 JMG)
          www.olinews.com(온라인인물뉴스)

출판등록 제2015-000006호(2010. 08. 09)
ISBN 979-11-87715-07-8   03810
ⓒ 박종희, 2019. Printed in Korea

이 도서의 국립중앙도서관 출판예정도서목록(CIP)은 서지정보유통지원시스템 홈페이지
(http://seoji.nl.go.kr)와 국가자료종합목록 구축시스템(http://kolis-net.nl.go.kr)에서 이용하실 수 있습니다.
(CIP제어번호 : CIP2019041249)

※ 책값은 뒤표지에 기록되어 있습니다.